U0906366

马雨 六十年风雨

MAYU LiuShiNianFengYu

郭小马/王大楠/陈蔺
程裕华/陈晓元/嘉嘉 
著

四川文艺出版社

图书在版编目（CIP）数据

马语：六十年风雨/郭小马等著. —成都：四川文艺出版社，2014. 12

ISBN 978-7-5411-4000-6

Ⅰ. ①马… Ⅱ. ①郭… Ⅲ. ①散文集－中国－当代 Ⅳ. ①I267

中国版本图书馆 CIP 数据核字（2014）第 310749 号

MAYU

马 语

LIUSHINIANFENGYU

——六十年风雨

郭小马 等著

责任编辑 张春晓
封面设计 张 妮
版式设计 张 妮
责任印制 唐 茵
责任校对 王 冉 文 诺 韩 华

出版发行 四川文艺出版社
社 址 成都市槐树街 2 号
网 址 www. scwys. com
电 话 028-86259285（发行部） 028-86259303（编辑部）
传 真 028-86259306

读者服务 028-86259293
邮购地址 成都市槐树街 2 号四川文艺出版社邮购部 610031

印 刷 四川华龙印务有限公司
成品尺寸 150mm×230mm 1/16
印 张 20. 5
字 数 300 千
版 次 2015 年 1 月第一版
印 次 2015 年 1 月第一次印刷
书 号 ISBN 978-7-5411-4000-6
定 价 32. 00 元

目录

六十年风雨

华西坝的故事

温莎城堡

郭小马自话

1954 年生于北京。

1971 年我支边去了云南生产建设兵团，落户在二师七团，那一年，我十六挂零。

现在我赋闲在成都家里，喝喝小酒，吹吹口哨，白发轻飘，已然六十挂零。

年轻时好奇，四下里打探，东张西望，南北闯荡，有苦有乐，有悲有喜，都是自找的。现时节平静如水，坐在摇椅上，置清茶一杯，再叼香烟一根，气定神闲，都是自创的。

再以手捧腹，慢慢摩挲，那里曾满腔热血，那里曾满腹牢骚，现在已融为一体，不再咕咕作响，于是我明白，可以讲故事了，于是我就讲了下面的故事。

华西坝的故事

地名的故事

成都有个很有名的地方，叫华西坝，不说尽人皆知，但凡在成都住了一阵的人，应该都知道。这华西坝有个奇怪之处，就是它虽然大名鼎鼎，但是都找不到这个地方，不像天安门，你可以指着它说，这就是天安门，明白无疑。成都这个华西坝，不论你到街上去，还是找来地图看，或者到地方志去查，都找不到它。

前不久有权威人士编辑出版了一本书，叫《成都街巷志》，记载了成都大小上千条街道的名称由来，演变历程，还有背后的故事。这书囊括了成都的全部大街小巷，有依然存在的，有已经消失的，书里也找不到华西坝。有首歌这样唱："听说过，没见过，两万五千里呀"，说的是长征，这华西坝也是这样，听说过，没见过。

前几年文化产业开始火爆，大家纷纷把值得一提的东西翻将出来，精心打磨一番后，将其变为商品，然后冠以文化，加以出售。

成都有条街叫大学路，通长 800 米，也被打造了一通，街头街尾各立了一块牌子，说明此路的来历，其中有一句说，"1904 年，光绪三十年，英美传教士在此投资购房，俗称华西坝"，说且说矣，但语焉不详，且诸多可疑，洋人投资购房就叫华西坝，而且是民间俗称，何不称"洋人街"？于事不合，这大学路在城南，为何称华西，于理不通，将一条街道称之为坝，于情不符，这街牌可能是敷衍塞责，也可能另有难言之处。

还是老君山一位得道高人解出了来历。原来这华西坝，就是因为当年洋人在此修建的“华西协和大学”而得名。华西者，“华西协和”的简称；坝者，周围附近也。通俗讲，“华西坝”就是“华西协和大学周围那一片”的意思，这是泛指，难怪你找不到。这一片是哪一片呢，高人在地图上勾勒出来，南起一环路，北抵锦江河，东起红星路，西止浆洗街，这方圆近五个平方公里的地盘，就是从前华西协和大学的校区，也就是俗称的“华西坝”。

校名的故事

华西坝得名于华西协和大学，尚且如此家喻户晓，想来这大学的名头应该更加响亮才对，却又作怪，“华西协和”之称，恐怕除了专家，没有几个人知道。究其原因，其实也简单，因为这所大学在新中国成立之初就充了公，后来几经改名换姓，已经不复存在了。

华西协和是由美国和加拿大的一些教会组织建立的，始于1905年，原先只是个教会学校，类似于神学院。到了后来，学校主事的把科学的课程也搬进了学校，华西协和逐渐发展成综合性大学，传授自然科学，也传授人文科学，不再以神学为限。

华西协和的医学尤其了得，中国的现代牙医，疾病控制，临床医学等，都发源于此，不可小觑。相比之下，法国的传教士眼光就短浅一点，他们把神学院办在了人迹罕至的山里，鸟儿鸣，花儿香，修行可以，要想长久就不行了。所以华西今天还在，不久前还搞了百岁纪念，校园焕然一新，生机盎然，那边法国的上书院却早已成了瓦砾一片。

华西协和的“华西”二字，是“中国西部”之意，容易理解，这“协和”二字就有些文人的扭捏，按英文的原意，就是“联合”的意思，取几家教会联合兴办的意思。联合国的“联合”也是这两个字，要是译成“协和国”，你想想，是啥味道？

不管怎样，“华西协和”当时位于中国西部边陲，像沙漠中的一片绿洲，为苦难的中国带来许多现代文明。除了推广科学，发展医疗外，还办了小学和中学，现存的小学路、中学路和大学路，都是当年民间为了方便，口传俗称至今的。凡事从娃娃抓起，洋人深谙其道。这还不算，还有育婴堂，专门帮助妇女和儿童，大概和今天的妇幼保健院相仿。

20世纪80年代末，有个加拿大华人到中国公干，临行前母亲给他一张照片，是母亲和襁褓中的他，背景上依稀可见“华西育婴堂”的牌子。母亲告诉他，这是他出生时照的，时间是中国抗日战争时期，地点就是这里，成都某地的“华西育婴堂”。母亲拜托儿子，一定要找到这个地方。

这儿子也孝顺，公干完了，就从上海飞过来，在成都掘地三尺，一定要找到那个不知在何处的“华西育婴堂”。一开始他还是孤军奋战，后来翻来翻去的，动静大了，就惊动了“中加管理培训中心”，那里面有一群从加拿大取经回来的和尚。和尚们刚从加拿大留学回来，得知此事后，马上投桃报李，出手相援。和尚们带了那孝子翻江倒海地找，居然真的找到了这个不为世人所知的“华西育婴堂”，不过时过境迁，那里已变成了一座食府，当年的“育婴堂”已不见了踪影。

成都是美食之都，餐馆见缝插针，四下林立，那孝子没看到原来的育婴堂，虽然稍有遗憾，但表示理解，忙着照了很多照片，千恩万谢地回去了。

成都原是个小城，自称穿城九里，可见其小，城外锦江河畔的华西协和按当时的标准来看，应该算很大。抗战时期，尽管说国民政府不抵抗，但全国仍然烽火连天，前线的大学纷纷搬迁。很多学者到了昆明，组成了“西南联大”，也有一部分到了成都，在华西协和栖身，这其中包括不少一等一的各界大师，如顾颉刚，陈寅恪等。华西协和以其独特的西方胸怀，礼仪周全地接纳了他们。

当然也有不少华西协和的传言，拿婴儿做实验啊，换头术啊等，不一而足。这也难怪，国人当时何等愚昧，《封神榜》里有的是鬼怪，搬一两个下来附会凡间，没啥稀奇。

后来新中国成立了，举国欢腾，但华西协和却没有和大家一起欢庆新中国。因为美国在中国内战时站错了队，支持过老蒋，华西协和带有美国血统，就被划进了“敌产”，敌产充公，校园中的外国人等，无甚用处，就被勒令“滚回老家去”，华西协和大学从此消失，只剩下华西坝，因为在百姓嘴上难以根除，得以传承下来。

几年前有人在地摊上发现一本《中国古代社会研究》，郭沫若著，书上盖有几个印章，大概是当年清理敌产时留下的。从印章上得知，华西协和充公后改的第一个名字叫作“华西大学”，简称“华大”，大概已是一家做主，就把表示联合的“协和”二字去了。

到20世纪50年代，抗美援朝打败了美国野心狼，中美结了大梁子，“华西大学”又改名为“四川医学院”，“华西”二字彻底消失，不让人联想到美国。

“四川医学院”简称“川医”，一直沿用到1985年，是继“华西协和”之后最为响亮的名头。在成都地界，你要不知道“川医”，那就要被低看一眼，被人误认为是外地人，这样老婆都不好找。不过“川医”之称，听起来有点地方性，让人隐约感到不过是个大型的县医院，为了强调其重要性，百姓往往称它为“华西坝的川医”，以示了得。

这“川医”虽然名头响亮，但命运多舛，反“右”，“文革”，自然灾害，一个都没有错过，五脏六腑都翻了一遍，苦不堪言。

后来，打倒了“四人帮”，迎来了新时代，大家怀念起老华西，就把名字又改了，还请邓小平题了字。这回的名字叫“华西医科大学”，历史、特色、级别，都反映在这名字里。

“华西医科大学”简称“华西医大”，托了邓小平的福，运相比“川医”要好得多。因为没有了干扰，校园里的专家们可以像当年的华西协和一样，专心研究学问了，这是华西医大发展时期。洋人们看到华西重回正道，也很欣慰，渐渐也有人回来，怀旧，访友，切磋技艺。“华西医大”吃水不忘挖井人，远赴重洋，与美国、加拿大各国的大学重修旧好，还与约克大学合作建立了“白求恩医学院”，地点在加拿大的多伦多。

国际国内，“华西医大”都顺风顺水，一片欣欣向荣。

好景不长，到了21世纪，虽说进入了新纪元，“华西医大”却寿终正寝，再次消失，变成“四川大学华西医学院”，邓小平手书的“金字招牌”也被取下，送进了陈列室。尽管如此，但华西人仍有一点“人还在，心不死”的味道，现在流行的叫法，就直接是“华西”，民间如此称呼，川大好像也奈何不得。

这么多的名字，听起来都乱，其实很简单，说的都是一件事，那就是英美传教士最初在华西坝创建的“华西协和大学”，简称“华西协和”，新中国成立后称“华大”，后来称“川医”，再后来称“华西医大”。现在有点乱，江湖人称“华西”，内部简称“川大华西”，官名全称是“四川大学华西医学院”，您记好了。

围墙的故事

华西协和时代，是没有围墙的，空气阳光，百姓人等，都可以随意进出。当时有个门，上刻中英两国文字“华西协和大学”，这门没有门扇，只是个标志，像山门一样，立在锦江河畔，随进随出，那时校园的界限也不十分明确，华西坝里星星点点，到处可见华西协和的建筑，其间也有竹林院落，炊烟袅袅，那却是民居。中西文化共存于校园中，我中有你，你中有我，别具一格。

绿树掩映，红花摇曳，华西协和融在大自然中，不用围墙，洋人的建筑大都这样。

教学楼之间也没有墙，只有树，小路曲曲弯弯穿行其间，韵味十足。不过有一个地方是例外，那里有墙，校园中心地带有个女生院，这里就有墙。女生院当然住的都是女生，外国人当然明白中国人讲究男女授受不亲的古训，大概是出于对中国民俗的尊重，这里砌了墙，把女生与外界隔离开来。那墙砌得很高，青砖白缝，很是讲究，不过沿墙一周都种了树，把高墙的肃杀之气悄悄掩藏起来。

新中国成立后，“华西”变成“华大”时，政府建了条大马路，今天称人民南路的就是。这路宽阔无比，把华西一剖两半，考虑到领地权属的问题，“华大”建起了第一道围墙，不过仍属君子墙的范畴，标明界限而已，并不防人。墙用青砖砌就，很矮，且是花墙，间隙之间行得马过得人，墙用金丝竹掩饰起来，隐隐约约，全然没有森严的味道。

到了“川医”时代，政局动荡，民风日下，这花墙就形同虚设，时不时有梁上君子前来，如崂山道士般穿墙而过，进到校园，见啥要啥，实在没有，风都薅一把去。有个小贼进来后发现一群螃蟹，在一个浅池里爬来爬去，小贼不识货，不敢下手，就叫来他爸。那老贼却见过些世面，知道是好东西，他也狠，手不留情，把一池螃蟹一个不留席卷而去。哪承想那螃蟹是用来培养肺吸虫的，老贼一家都着了道，死去活来，还不敢声张。

更有甚者，还有偷死人的。

校园里有一个解剖楼，里面有很多干尸，是用来教人体结构的教具。有天晚上，一个贼摸了进去，大概是初次光临，那贼不知深浅，进去见到大包小包的，满心欢喜，不及细想，捡了一个背好，转身飞檐走壁而去。到家后一验看，包里竟是颗人头，龇牙咧嘴，怒目相向，那贼顿时晕厥过去。醒来后从此不敢看人脸，最多看到颈部，就要装腔作势，战战兢兢。

还有女贼，专偷女生院的内衣内裤，发卡衣袜，不论粗细，偷了再说，弄得人心惶惶。有一回捉住一个，是个小女子，眉清目秀，不像个贼，但是当场捉获，她就是个贼。那时人穷气就大，也比较野蛮，不由分说一阵拳打脚踢，毫不怜香惜玉。打完之后，那女子已不成人样，这才是一失足成千古恨，再回首已是百年身。小女子被送进了劳教所，从此不学好，“文革”时听说还组织过红卫兵。

校园被各路飞贼弄得天无宁日，“川医”决定改造围墙。花墙拆去，建起了高墙，这回是防人之墙，极高极大，墙头布满碎玻璃，间杂些梅花钢刺，一片肃杀之气。

这高墙倒有些作用，起码让老弱病残的蟊贼们望墙兴叹，知难而退了。但天下之事难以预料，蟊贼被挡住了，墙头又出现一拨不盗之人，与“川医”纠缠不清。

那时每逢星期六就要放坝坝电影，花墙时代电影是免费的，随便进，随便看。后来起了大墙，“川医”就高估了大墙防人的作用，在大门口设了票房。坝坝电影要收钱了，票虽不贵，仅五分一张，但那时的人都惜钱如命，尤其是小孩，不说讨不到钱看电影，就是给了他，也绝舍不得用来看电影。墙头于是人影闪动，出现了逃票的队伍。这逃票的与蟊贼有所区别，蟊贼进来后怕被发现，要往黑处去，逃票的则不同，进得院中就万事大吉，坝坝电影，你奈我何，所以大摇大摆，要往人多的地方去。

但“川医”还是担心有蟊贼混杂其间，就提醒保卫科的注意防范，不料保卫科会错了意，叫他防贼，他却防起了逃票的。有个姓李的矮子，下手最狠，因为矮，不敢与大人作对，李矮子专门逮小孩，逮住后又揪又掐，弄得小孩一身青紫。这李矮子揪掐手法据说有七种，都不致命，却让人痛得死去活来。平日里小孩带了伤回家，大人就要盘问，唯独周末带了伤，知道是李矮子所为，就懒得去问。

大墙不是障碍，墙下那个矮子才是麻烦，逃票的要仔细对付。开始时，逃票的都是先派小东西下去，见平安无事，大家才一拥而下。现在因为李矮子凶猛，逃票的就派了精壮的先下，一边震慑李矮子，一边接应后面的小东西，并且不逃，要等人到齐了，才整顿队伍，结伴而行，让李矮子再无可乘之机。

这样你来我往，一直到了“文化大革命”，校门洞开，墙头平静下来，倒不是世事太平，而是大家再不用翻墙，直接从校门挺胸而入，谁敢拦我！李矮子怕逃票的前来寻仇，就胡乱加入了一拨红卫兵，弄个袖章戴上，以求自保的意思。往日的蟊贼也把红卫兵战袍披挂在身，大摇大摆，见啥拿啥，哪还耐烦偷。

那大墙有点形同虚设，被冷落在一边。

天意难测，这造反派渐渐分成了两派。都是保卫毛主席的人，照理说应该是一家，但可能因为在保卫的办法上起了分歧，先是吵，后来就打起来了，而且越打越凶，不可收拾。

“川医”的大墙，这时又有了用武之地，上面捅开大洞小洞，做了枪眼，那大墙本身就成了掩体，高大结实，让人放心。

“川医”大墙外有家工厂，国营的，不知何故，同镇守“川医”的一帮武装中学生结了梁子，学生每天从枪眼往厂里打冷枪，打得厂里的人都蛇行鼠窜，弯着腰走路。

工厂不堪其扰，就从保卫科调了个老兵来，那老兵在朝鲜参过战，是个狙击手。老兵不动声色地观察了两天，一枪未发。第三天，学生们又来了，一共三个人，三条枪，先从枪眼往外看，好决定往哪里打枪。不料电闪雷鸣，老兵的枪响了，扑通撂倒一个；第二个还要发怒，挤到观察孔，不及看清，“啪”一声又吃一枪；第三个慌了，赶紧往下一蹲，那老兵早看清楚，下面贴地的地方还有个枪眼，一声枪响，一股血光，第三个也躺倒在地。

这三个人后来被埋在“川医”的钟楼旁，立了碑，称为少年英烈，到了“华西医大”时代，墓、碑都被夷为平地，不知去向。

“华西医大”是新时代，改天换地，气象一新，那大墙肃杀狰狞，与周围一切都格格不入，于是又遭拆除，代之而起的是环校一圈的烤肉店，大盘鸡，炊烟缭绕。学子云集于此，觥筹交错，一片繁荣景象。

最早无墙，后来是花墙，再后来是大墙，最后商铺作墙，这是历史，您也记好了。

钟楼的故事

华西有很多古色古香的建筑，都是建校时期修建的，各有各用，但名称却不可考了。新中国成立后为了便于称呼，就把这些建筑依次编了号，一共八座，都称作楼，其中三楼可能是以前遭了火灾，后来重建的，称作新三楼，六楼一直缺失，直到“文革”

前才重新建好。另有两座，一座是办公楼，是川医的首脑机关，另一座与办公楼东西相望，是华西的图书馆。

华西的楼有个特点，你一看，就感到它洋盘，明显是老外弄的。比如窗户，长方形，上面却拱个半圆出来；又比如四楼，顶上居然是个塔，教堂一般；还有一楼，二楼的门楼，用斗拱飞出来，上面的木雕，像鹰像雕又像鹦鹉，那东西的造型，神态，完全是玛雅文化那一路。但你仔细一看，这些楼飞檐高挑，木柱昂然，依然是中式的，没人说得清是啥原因。

这一群建筑中，还有鹤立鸡群的一位，你猜得对，就是川医的钟楼。

钟楼建于 1926 年，是一个美国人私人所为。钟楼拔地而起，倚云而立，又用紫红染墙，青瓦做顶，还不挑飞檐，用的是汉唐风格的顶和檐，庄重，威严。钟楼顶层方方正正，四面各有一个钟面，四面佛一般，八方可见。

钟楼背后是个半圆的荷花池，像把弓，钟楼正好立在弓弦的位置，像一支弦上之箭。据说从前有风水先生来看过，说这个势不好，犯凶，让人在钟楼正前方挖了个长池，里面满种荷花。那风水先生说，这长池也像一支箭，但箭倒地而成，不在弦上，再种了莲花，就破了钟楼的凶势。

这风水先生恐怕还是有两刷子，钟楼屹立百年，历经战火、动乱，至今完好无损，照样庄重而威严地走时、报时。你说要不是那风水先生破了凶势，钟楼哪得如此平安?

钟楼是机要重地，因此大门常年紧锁，不让随意进出。但还是有小孩始终不明白那钟是如何走动的，他就好奇，加上调皮，就从窗户钻进去想看个究竟。翻进去一眼扫千秋，钟楼里竟空无一物，只有盘旋而上的木楼梯，小孩顺梯而上，到了顶端，才赫然见到一架巨大的机械，大小齿轮，粗细弹簧布满一屋子，在那里咔嚓咔嚓地转动。旁边还有个大磨一样的东西，是用来上发条的，小孩伸出手臂一比，上面的链条比自己的手臂还粗，小孩伸伸舌头，从此一生都敬重钟楼。

钟楼屹立在荷花池前，不是拿来做摆饰，它是实用的，钟楼就是一架巨大的自鸣钟，敲钟吃饭，敲钟上班，都要听那钟声。钟楼的钟声洪亮悠扬，节奏也很合适，不紧不慢，听着声音不大，但可以传得很远，不说声震百里，传到十里之外是可以的。华西坝那一片的居民大多不买钟表，一是当时穷，二来就是因为有这座钟楼。你不要看钟楼的机械都五大三粗，走时却出奇的精准，很多有手表的，都时不时要靠它来校时。

那时周边的婆婆大娘，都要给家人做饭，做饭的时间不一定都在正点上，听不到钟声，就要出门看钟。10 点半，去买菜，11 点半，打米做饭，全靠了那口钟，生活规规律律，巴巴适适。有不会看钟表的，就要向那看了回来的讨问时间，自己好安排家务。本来可以直接问的，又怕人家不说，就事前喊，张婆婆，你看钟啊，帮我看一眼哈。说好是帮看的，等看钟的回来，她再问，人家就不好不说给她了。

这钟楼就这样几十年如一日，走时、报时，公家百姓都离不开它。但是花无百日红，到了“文革”时候，这钟忽然哑了，变得悄无声息，也不走时了，指针停在 10 点 10 分，双眉竖立，一副怒相。

这时钟楼变成了红卫兵的广播室，四面佛一样的钟面上，都装了高音喇叭，天天吵吵闹闹，弄得钟楼烦不胜烦。

钟楼的怒相一直保持了三年，才慢慢舒缓下来，不过再次发出洪亮悠扬的钟声，却是在十年之后。

钟楼象征故乡，现在的城市、乡村，建得来千人一面，走到哪里都不是故乡，对华西坝的人来说，只有见到这钟楼，才算见到了故乡。

现在成都也建了几座带钟的商品楼，也敲钟，钟声是那种电子声，嗲声嗲气，要死不活的。

将军院长

华西从建立之初就有院长，这自不用说，如果从华西协和时代算起，前后院长恐怕有几十个，但在位时间最长的，当数“川医”时代的那几位。

“川医”高墙大院，院长们也深居简出，世人都不大认得他们。直到有一天，广场上开起了批斗大会，百姓们才得以见到院长们的风采。实在不幸，那天的院长们却没什么风采可言，一个个项挂黑牌，披头散发被人强按住立在土台上，狼狈不堪。当中那一位，身材高大，却被两个红卫兵摁住，屈身弯腰，无可奈何，身上不知哪里弄破了，星星点点的血迹把一领雪白的衬衫染得殷红，旁人指指点点地说，那就是“川医”大名鼎鼎的“将军院长”。

“将军院长”是真正的将军，军人出身，你到“名将录”去查，一定有他，少将，一颗星。

将军生得高大，倒不见得威猛，不像枪林弹雨中经历过的人。平日里对人很亲切，特别喜欢逗弄小孩子，揪揪耳朵，拍拍小脸，说几句什么，小孩知道是善意，就对他笑，只是不大听得懂他的方言，只好还是笑，将军便大笑。

将军有时要外出会客，这时就要披挂起来，将军服一上身，将军的威严就出来了，将星闪烁，大腹便便，好一个将军。

百姓都知道将军有两件宝贝，第一件就是那辆黑色的“伏尔加”轿车，是将军的专车，通体光可照人，亮如明镜。车一到来，邻里闲人就围过去，嘻嘻哈哈地看，有胆大的还要出手摸一摸，车身打了蜡，那指头雪茄一般杵上去，还不弄个满脸花。司机心中恼怒，却不好声张，便暗弄机关，把车身通了电，谁要一摸，便弧光闪闪，吓人一跳。

将军还有一件宝贝，却是一对，那就是他的两个女儿。大的一个很漂亮，小的一个还要漂亮，也不冷漠，见人就打招呼问好，很有礼貌，说起话来慢条斯理，让人感到修养也很好，不愧为大家闺秀。

这大家闺秀与小家碧玉就在这说话的节奏上见分晓。大家闺秀心中坦荡，天不会塌，塌下来将军也会顶着，有啥好怕？心中不慌，说起话来自然不紧不慢，透着斯文。这小家碧玉就不一样，面目尽管秀丽了，但心里太多的事，嫁个丑鬼怎么办，坛子里没米怎么办，纠结不清，说起话来就慌慌张张，哗啦啦一下，乱枪一样扫出去，身份就暴露了。

每到风和日丽的时候，两个宝贝女儿还要搬把藤椅，坐在花园里看书，大概受了保尔·柯察金的影响，这时两个都要穿上水手服，模仿着冬妮娅的形象。

后来两个宝贝要上高中了，将军怕路途遥远，苦了女儿，就命“川医”的工匠在大墙上开了个小门，专供女儿们进出，抄个近道的意思，爱女之心，情理之中。

将军不只对女儿好，对手下的也不错。灾荒年间，粮食稀缺，民间常有饿死的，院里的人也得了水肿病，半死不活的。将军怕他身边的人也饿死了，就专门设了个小灶，每周一餐，让手下大将们前来补充营养。小灶上有肉有蛋有白糖，有时还有牛奶，都是将军千辛万苦弄了回来的。

将军身边的人一个都没饿死，全靠了那颗将星。

却不料事过几年，“文革”来了，今天开起了批斗会，翻出老账，一是女儿门，二是营养灶，要将军说清楚，为啥要搞特权。

这是从何说起！将军感到有口难辩。

省长坐车不买票，百姓坐车要给钱，这里面哪有啥特权，天道如此，何至于大惊小怪。

但今天天道变了，小将揪住了大将，小门呀，小灶呀，死活在特权上纠缠。将军一辩，挨打，再辩，再挨打，将军不辩了，这哪是说理的地方。

将军被纠缠一天，饱受皮肉之苦，被押进了牛棚。

牛棚里很热闹，当年吃小灶的都在这里，也有脾气大不怕的，还在那里骂骂咧咧，将军百感交集，坐在地上不发一言。

将军所在的牛棚，只管住不管吃，伙食要靠家人送来。夫人此刻不能来，两个宝贝也不能来，挡得住千军万马，挡不住饿鬼来袭，将军有些发愁。还是老话灵验，道是患难有真情，将军家的保姆此刻成了忠勇之人，天天来送饭，天天来打探，把将军的情况也顺便捎了出来。

将军是部队出身，老首长听说将军的情况后，可能暗中帮了他一把，将军脱离苦海，从此无影无踪。“文革”结束后，有人在北京见过他，职务好像还升了一点，只是一头白发，今不如昔了。

瘸子院长

开批斗大会时，被押在将军旁边的，还有一人，也是个院长。此人带有伤残，是个瘸子。个子不高，但来历不浅，是红军出身，开始是红小鬼，后来是团首长，身经百战。从长征到解放，白匪，日寇，国民党，凡不顺眼的都打过，那条腿也被日寇弄断了。后来跟着刘邓大军入了川，与将军院长不是一个部队的人马。

瘸子院长行走不便，走路时要拿根手杖，一拐一拐地走，但心里很为他的瘸腿自豪，那是打日本人受的伤，那才是本事。

瘸子院长也有专车，灰色的，比将军院长的稍稍旧了些，不过也是伏尔加。瘸子院长的司机允许闲人摸他的车，从不发火，也不放电，因为那司机每次来接瘸子院长，都忙着钓鱼。

瘸子院长住在紧靠荷花池的一座小院里，花红柳绿，很清雅。荷花池是“川医”的鱼塘，严禁钓鱼，但司机不管，每来必钓，瘸子院长驭下宽厚，也不管。守鱼塘的是孙老头，知道他是瘸子院长的司机，不敢管，那司机每次都提前到来，就为了钓鱼。

司机把车停在门口，按按喇叭，通知瘸子院长，然后从后备厢里拿出鱼竿，直奔荷花池。此人心大，用的饵料也大，用半个馒头挂在钩上，要钓大鱼，照鱼饵的尺寸，估计有鱼上钩，他也拖不动，所以荷花池鱼群如云，他从来没钓到过。瘸子院长有时也来看他钓，不时摇头说，“太大，太大了”，是说他心太大了，司机听得懵里懵懂，瘸子院长也不点破。

瘸子院长是武将出身，枪不离手，虽然现在当了文官，家里还是存了一支枪，是美式卡宾枪。守鱼塘的孙老头知道这事，时不时就要撺掇瘸子院长打打枪。

荷花池旁边就是那个举世闻名的钟楼，顶上站满了鸽子，那是公家养了做实验的，都是菜鸽子，定力差，飞出一里就迷失方向。大墙外面有个养鸽子的，看准了这一点，就训练了拐子来拐，拐子都背着鸽哨，在空中“呜呜”地响，菜鸽子好奇，跟着飞呀飞，就飞到汤锅里去了。

拐子中有一只麻点雄子，尤其厉害，每次都背个瓮坛鸽哨，“嗡嗡”作响，那拐子还毫不费力，照样穿云破雾，在天上撒筋斗，摊烧翅，披金大衣，十八般武艺看得人叹为观止。每次只要它一来，菜鸽子马上头脑发晕，起身相迎，糊里糊涂就随它而去。

孙老头恨死这只鸽子。

孙老头自有办法，他知道瘸子院长枪法了得，就撺掇瘸子院长来收拾它。

瘸子院长听说打鸽子，就技痒难耐，倒提了枪来到荷花池旁，抬头看那鸽群，孙老头在旁边指点，一会儿这只，一会儿那只，不得要领。你想那鸽子在天上不停地飞，只有拳头大小，还有菜鸽子混杂其间，哪能轻易辨得出？瘸子院长不胜其烦，推开孙老头，屏住气，自己亲自来看，四周鸦雀无声，只听见鸽哨在空中“呜呜”地响，这时就听“哗啦”一声，瘸子院长推弹上膛。孙老头还来不及看，“砰”的一声枪响了，声震九霄，脆如裂帛，孙老头定睛一看，竟然一箭双雕！一只拐子被打断了翅膀，打着旋往下落，那只麻点雄子在空中就被打得粉碎，尾羽上掉下个瓮坛鸽哨，足有乒乓大小。瘸子院长吹吹枪口青烟，问：“拐子何在？”孙老头目瞪口呆。

瘸子院长过去英雄，如今依旧了得，但今天不行了，也被扭在了批斗台上，双手反剪，弯腰曲背的生不如死。

批斗会开完后，瘸子院长被押进了牛棚，同将军关在一起。与将军一样，也一言不发，但他是刚烈之人，心中倒海翻江，怒气沿着经脉满腔游走，不得宣泄。这才是“龙卧浅滩遭虾戏，虎落平阳被犬欺”，瘸子院长趁人不备，从窗口一跃而下，英雄气短，触地身亡。

只可惜了那支卡宾枪，乱枪打死几个也好啊。

青蛙院长

青蛙院长是民间戏称，因为大家也不知道这院长姓甚名谁，只听说他在峨眉山发现了一种长胡子的青蛙，就称他是青蛙院长。

虽说是青蛙院长，他才是真正的院长，有大印为证。华西协和充公前，官方登记的名字是“私立华西协和大学”，充公后变成“华西大学”，是公立的。既然东家换了，就要重新任命院长，授予印信，以示权威。那时还沿用传统办法，发一颗四方大印给你，就算任命。以前官员走马上任，都带着这样的大印，又称关防，后来才改用红头文件，进步多了，也方便多了。

华西大学在非常隆重的场合中，以交付关防大印的方式任命院长，仅此一次，而这接印之人，就是青蛙院长。

青蛙院长长得高大儒雅，面上无须，只有副金边眼镜，大腹便便，里面装的都是学问。因为发现了“胡子蛙”，是个生物新种，青蛙院长便尽人皆知，声名鹊起。当年有不服气的，也到峨眉山去，希望能发现长胡子的青蛙，不幸没有成功。这人就糊涂，学问的事情，看起来是个小洞，却是个龙潭，里面水深千尺。就像现在淘古董，马未都随便捡一个，都是大漏，看似不费吹灰之力，你要去了，把市场的古玩都买下来，肩挑背扛地弄回家，却都是地道的垃圾。

宝不在地上，在心中。

一次河南来了个人，把个短尾猴骨架拿来，把尾骨打磨了，冒充猩猩，请青蛙院长鉴定。青蛙院长远远一看，心中早已有数。此人知道凡是猴子都有尾，而猩猩却没有，不过此人只知其一，不知其二，猴还有颊，猩猩却没有，两样都没有，才是猩猩，否则就是猴子。

青蛙院长也不说破，却给那人讲了个笑话。

一人家里穷，弄了些酒糟回来做饼充饥，早上吃了出去，碰到熟人，熟人见他有酒色，就问他："吃了早酒？"那人回答："是糟饼。"回来被老婆大骂，说："你就说是早酒要死？也好撑点面子。"

第二天如法又出去，熟人问："吃了早酒？"

"那是，吃了一点。"

熟人又问："不知老兄喜欢烫了吃，还是原味吃？"

那人答："炕了吃的。"

回家又被老婆骂，"随便冷吃热吃，哪会吃死了你！"

第三日又去碰见熟人，问："早酒吃过？"

"吃过了。"

"热吃还是冷吃？"

"这回是热吃的。"

"不知吃了多少？"

那人竖起两根手指："吃了两个。"还是糟饼！

青蛙院长讲完，笑眯眯地望着那人，"请问你这猩猩，是哪里来的呀？"那人不敢再答，悻悻然落荒而逃。

青蛙院长后来当了科协主席，不是靠胡子蛙，靠的是他的大肚皮，里面满是学问。

青蛙院长自然对青蛙特别有研究，那时"川医"有个地方叫"青蛙池"，就是青蛙院长弄的。里面高树浅池，养了花花绿绿的青蛙，来自世界各地，有红青蛙，黄青蛙，还有蓝青蛙，青蛙院长就蹲在池边研究青蛙。

青蛙院长学问好，脾气也好，也有些文人的幽默，他给三个子女分别起名叫一，二，三，通俗易懂。后来因为太过简单，容易让人感到自己学问不好，就改作一康，二康，三康，康乐健壮之意，这名字简单，有序，响亮，寓意也好，一时被传为美谈。民间有效仿的，取名叫一发，二发，三发，不是在数子弹，是取发财之意。

青蛙院长虽是一院之长，但也不是什么说了都算，天外还有天，每当有重大决定，青蛙院长就要听听天外之音，不敢擅自做主。比如那时“川医”在耳道手术上有一个成就很高的突破，医生们就邀他去看，有让他肯定一下的意思。他沉思良久，最后拉了书记一起去，明知书记看不懂，还是要拉了去，他是不愿担“白专”的嫌疑。

小心加小心，还是没有逃过今天的批斗会，青蛙院长被押在台上，苦不堪言，但心中更难堪。这帮红卫兵从前是他的学生，有的质地还不错，今天却要他交代，为何要发现胡子蛙，当时的政要都不留须，有的甚至根本无须，你弄个胡子蛙出来，是啥意思。

青蛙院长很为难，不知如何作答，这种问题有法问，却无法答。

青蛙院长被勒令挂上了黑牌，上书几个大字，“反动学术权威”。学术权威好理解，就是学术上说了算数的人，反动就不好理解了，至今都没有定论。不过当时民间的理解也很简单，凡被冠以“反动”，此人就是背时了，比如说，“领袖”是好的，冠以“反动”再看，那就该枪毙。

青蛙院长现在就是背时了，那背时的牌子还不能取下来，要天天自取其辱地挂上它去学习。

青蛙院长挂着牌子，郁郁独行，走在小路上，不知他在想什么。

“右派”老王

老王是福建人，当上“右派”时还不老，被人称作小王，当时是“川医”一名学生，在校学生会也兼了个干事。

那时当“右派”的人多，原因各种各样，但大多数都应该算是咎由自取，多少有些自身的不是。老王当“右派”却不同，自己没错，是别人连累了他。

那时全国最大的“右派”有三人，章伯钧、罗隆基和储安平，不仅当时，现在也没有摘帽，还是“右派”。就是这储安平连累了老王。

老王当时学习努力，成绩也不错，还是学生会干部，风头十足，就一样不好，不是党员也不是团员，有点民主人士的嫌疑。也不是不能入党，是他不想入，这不想入的原因也不深刻，他就是看不起班里的党支部书记，那是个女生，成绩倒不错，就是太丑，又矮，因人生厌，老王自命清高，不想与她为伍。

不久之后来了个号召，叫大家给共产党提意见，史称“大鸣大放”。共产党本是好意，听听民间疾苦，“有则改之，无则加勉”，方显出执政党的磊落。不料竟有那么多人跳出来，指手画脚，骂天骂地，还渐渐有了逼宫的味道，毛泽东指出“事情在发生变化”，已经有了警觉。

那储安平当时是《光明日报》的总编，却不识时务，就在这时发表了书面讲话，标题是《向毛主席和周总理提些意见》，就在这些意见里，他提出了著名的“党天下”的说法，轰动全国。汉朝是刘家天下，唐朝是李家天下，最近一代也被称作“蒋家王朝”，是蒋家天下，这都属于“家天下”的概念，本是封建余孽应该扫除的，储安平却说，现在各个路口都由共产党的大小头目把守，“事无巨细，都要看党员的颜色行事”，但是“很多党员的才能和他们所担任的职务很不相称，既没有做好工作，又不能使人心服”。储安平问：“党为什么要把不相称的党员安置在各种岗位上，党这样做是不是莫非王土那样的思想?”储先生这就放肆了。储安平接着自问自答说：“据我看来，关键在‘党天下’这个思想根源上，党领导国家并不等于这个国家即为党所有。”

乖乖隆咚锵，这话今天听起来都反动，竟要取消党的领导了。果然，上海不久就传出消息说，复旦大学已经取消了党委制。毛泽东已经冷眼看了许久，现在终于忍无可忍，厉声喝问：“这是为什么！”然后拍案而起，发动了反击，秋风扫落叶，民主人士哪是对手，一触即溃，纷纷落马变成了“右派”。

老王就在此刻被卷进了旋涡。

其实老王并没有发表什么不恰当的言论，储安平的“党天下”他也读过，只是觉得太深奥，自己凡人一个，似懂非懂。但此文语言有力，一针见血，老王读到妙处，击节赞叹是有过的，很不幸，老王的表现被那个丑女子看在了眼里，老王就这样成了“右派”。

老王度日如年地熬到了毕业，打算申请回福建老家，但学校考虑，校园里需要有一个活生生的“右派”，不然都走了，以后谁还记得这场风云之战？老王就被留了下来，发配到总务处，干些不要紧的杂活，饱尝人间冷暖。

一秋一夏，一冷一热，一晃到了“文革”时期，人人朝不保夕，对“右派”的管制自然松懈了，老王稍稍自由了一点，被分给泥工高大爷提调。老王见过高大爷，人不坏，只是嘴角有些歪，大概是因为脑中风。

老王揣着三分高兴去了，到那一看，三分变成了十分，那里竟还有两个老家伙，两个“历史反革命”，名号不同，身份却与自己不分上下。老王兴高采烈，竟有些感动，老家伙也高兴，大家握手寒暄，互致问候，显得很亲切，高大爷也受其感染，在一旁边笑边说：“这下找到组织了。”

这两人一个叫摩云金翅，另一个叫笑一笑，来头都不小，都是“华西协和”的毕业生，到美国深造后兴冲冲赶回来施展抱负的，不知咋回事，落地就成了“历史反革命”。

要说这“历史反革命”，的确费解，如果是曾经反共，那李宗仁应该是一号，还有沈醉，该算二号，但是都没有，那两人反倒高官厚禄的平安无事。摩云金翅和笑一笑都反过蒋倒是真的，那时上街游行反对内战，他们都参加过。不过要是这样，那将军院长也反过蒋，应该也脱不了干系。摩云金翅不得其解，天天白眼向青天，愤愤不平，笑一笑倒无所谓，他知道命中该有此劫，过了就好，无所谓。

现在三人惺惺相惜，聚拢一处听高大爷安排，高大爷其实已有安排了，带上这几位走出工棚，四人一组建造厕所去了。

开头几天，三个人都很卖力，摩云金翅已年过花甲，冬天里还光了膀子挑土抬石，弄得全身汗气腾腾。同伴们不敢吭气，高大爷动了怜悯，他叫来老王，说："何苦那么卖力，做不完的活路拿不完的钱，大家都慢点。"大家明白，就心照不宣地磨起了洋工，高大爷干脆不做，坐在旁边讲闲。

这几位都是饱学之士，又是"川医"反派名人，今天天赐其便，三山聚首，自然不甘寂寞，阿基米德说："给我一个支点，我将撬动整个地球。"老王他们不想去撬动地球，但有了这个机会，就想在厕所上弄点响动。

第二天笑一笑带了瓶老白干，要请高大爷喝酒，高大爷知道这几个都是狠角色，料到有事，心里贪着那瓶酒，也不点破，只说："菜都莫得，寡酒啊！"老王明白，赶紧向高大爷借了自行车，又向摩云金翅讨了钱，一溜烟到了"味之腴"，那里的油酥花生好。

酒过三巡，高大爷发话了："你几个今天给我摆的是鸿门宴，我晓得，说嘛，有啥名堂？"老王赶紧给他倒上酒，满脸堆笑地说："高大爷，不要多心，我们商量了，就是想把厕所弄得光鲜一点，还不是你的功劳。"高大爷说："说实话，你几个是死猪不怕开水烫，再死几回也无所谓，我是有家有室的，不要害我哟。"

摩云金翅递过一支烟，说："高大爷放心，我们都是被害之人，哪有害人之心，你放心把指挥权交给老王，有功劳算你的，有过错算'右派'的，咋样？"

高大爷打了个酒饱嗝，问："那我管啥喃？""管方向，当然是管方向。"三人异口同声。

老王让高大爷砌墙时往里收，一尺收一分，古时宫墙都是这样，看起来高大雄伟。摩云金翅则一丝不苟，把厕所里所有的拐角都弄成标准的90度，用来防蛆虫。

蛆虫的武艺高强，有路就有长尾蛆，不可阻挡，但倒挂金钩它们不会，一遇到倒挂之处就无可奈何，叮叮当当掉回粪坑，再进深渊。蛆爬不上来，厕所里清清爽爽。

笑一笑不会技术，但他外语了得，想把厕所标上“WC”，问老王，老王说：“这是方向，去问高大爷。”高大爷说：“谨防崇洋媚外，用中文。”笑一笑只好作罢。

高大爷虽说管方向，但也不甘示弱，施展出看家技艺，挑起了四道凌空飞檐，厕所展翅欲飞，一下变得又轻灵，又稳重。

完工后再看，那厕所灰瓦青砖，勾勒了白缝，加上飞檐衬托，果然古香古色不同凡响，立在一群华西古建筑当中，也不让人三分，不卑不亢的恰如其分。

厕所大受好评，高大爷得了一面锦旗，不敢说破是“右派”所为，只好满脸涎笑，忍受着恭维的煎熬，心中领教了这三人的厉害，下来就请大家喝酒，喜笑颜开，这回是真笑。

不出笑一笑所料，“川医”时代过去，“华西”重回江湖，几个人的命中之劫也宣告结束，从地下钻出来，各回各位，做起了正常人。

老王毕竟年轻，耽误了岁月，到底心有不甘，趁着东风要大干一场。他知道摩云金翅已经恢复了被查封的实验室，天天在里面神秘兮兮的，这老家伙看来野心不小。老王不敢怠慢，他正在实验一种新的试剂，只要弄出来了，就是国际领先。

不过这两天老王有些心神不定，实验中有个环节毒气很大，老王一般不让助手们参加，这是他的好心。但这几天有个女助手天天尾随老王，一刻也不放过，最毒的实验环节也要留下来，轰也轰不走，不仅如此，下班后还要到老王的单身宿舍，殷勤求学，东问西问。

老王自己尚未醒过窍来，一天在校园路上撞见了笑一笑，那老家伙正被一帮女生亦步亦趋地围追着，向他请教英语中核桃木应该怎样讲。笑一笑百忙之中看见了老王，撇开女生跑过来，一脸坏笑地问他：“老弟，好事来了？”老王木讷，不大明白，笑一笑指指老王身后的女助手：“这还不是好事？”一语点醒梦中人，老王恍然大悟，赶紧握住笑一笑的手，连声道谢，弄得笑一笑倒不大明白了。

老王高兴啊，自己幼年懵懂十年，以后为博功名，书卷为伴十年，再后来踏进地狱，艰难蹉跎，竟有二十年。人间百味都已尝遍，独缺了这一味，蓦然回首，爱情就在身边，隐约飘香，老王高兴啊。无情不是真丈夫，老王拨转马头，全力以赴，追那女助手去了。

哪还用追，老王刚一动身，女助手马上举起白旗，还埋怨老王不懂事，老王随她抱怨，心里高兴啊，打倒“四人帮”，真是大快人心事。

老王买了架自行车，驮着女助手，一路铃声潇洒而来，潇洒而去，人们一路看着，有高兴的，有心酸的，也有恨恨不已的。老王都视而不见，只看见天上的白云。

老王的实验大获成功，还得了金奖，摩云金翅和笑一笑设了宴席，要为老王庆贺一下。高大爷也在邀请之列，带了孙儿前来，兴冲冲地喝酒。席间，摩云金翅对老王说：“老弟现在金奖在手，美人在怀，人生得意须尽欢，赶紧结婚吧。”

老王不及作答，高大爷拦住了，带了孙儿起身离座，要拜老王为师，高大爷对孙儿说：“这位王老师，比爷爷还厉害。”老王哈哈大笑，对那小孩说：“我要不当那几年‘右派’，岂止比他厉害，那要厉害得多!”

后记 岁月流逝，文中人已作古，事也渐渐被人遗忘，只剩华西坝这块地还在，本文的目的，是想让人和事都留下一点痕迹，毕竟有些事不应该那么快就被遗忘的。

温莎城堡

20世纪80年代中期，中国的改革开放在历尽曲折之后，终成定局，“四化”是方略，“小康”是目标，大家不再左顾右盼，十亿大军终于缓缓启动，朝一个方向开进。当时的国家经委教育司出于对中国改革大业的长远考虑，决定引进外国的先进管理技术，为此在全国设立了八个管理培训中心，每个中心都固定与一个国家合作，以便更好地博取各家所长。如大连中心与美国合作，天津与日本合作，上海与德国合作，如此等等。西部重镇成都也有一个中心，称作成都中心，是与加拿大合作的。

引进管理技术主要是两条路，一是请外国和尚到中国来念经，各中心都专门修建了“外宾公寓”，供外国和尚安心居住，安心传经；二是自己派出和尚，到外国去取经。

两条路各有各的好处，成都中心选择了走出去，因此派出了大批和尚，东渡太平洋，以加拿大的温莎城为基地，四散到加拿大各地取经。

这温莎原是英国温莎大公在英国封地的名称，欧洲人移民北美之初，可能因为懒，照搬了很多原住地现成的地名，除了温莎，还有伦敦，滑铁卢，据说北方有个小镇，直接就叫中国。温莎是加拿大的汽车城，与美国的汽车城底特律一桥之隔，是典型的工业城市，灰蒙蒙的。

温莎大学里聚集了很多华人留学生，有公费的，也有私费的，来自世界各地。其中香港学生最多，台湾最少，大陆学生人数居中，不多不少，但都是公费。成都这帮取经的和尚，全部聚集在工商管理学院。

工商管理学院其貌不扬，四层棕色的楼房就是全部家当，有学生一千余人，若按中国的标准，就很小了。但这小小的商学院却藏龙卧虎，老师学生个个神通广大。

托尼的足球馆

托尼是商学院的教授，当年已是五十郎当岁了，是院里学位最多的教授，文科理科的都有。据托尼自己讲，年轻时不想上班，就攻读学位，顺带也拿着奖学金，吃喝不愁地做学问。这样一来二去不知不觉地，托尼弄了七八个学位，自己都觉得不好意思，就结了婚，到温莎大学商学院当起了教授，讲授经济学。

托尼天资极高，学术功底也深，各路经济学流派的来龙去脉、发展轨迹都一清二楚，讲起课来如数家珍，深入浅出，很受学生的爱戴。但美中不足的是托尼对社会主义缺乏了解，曾有成都去取经的和尚请教，问资本主义和社会主义的区别。托尼想想说，你们的道教儒教，有区别吗？肯定有，在哪里，那就说不清了。和尚们听得懵懵懂懂似乎不大明白。

托尼自己的看家本领是制度经济学，造诣很深，有一年还获得诺贝尔经济学奖的提名，后来不知什么原因，那年的这个奖项被美国的萨缪尔森拿去了。

拿去就拿去吧，那萨缪尔森是新经济学的领军人物，也不是等闲之辈，输给他也正常。托尼并不泄气，文的不行来武的，看着自己越来越肥的肚子，托尼决定去搞体育事业，如能以一己之力，搞得人人体魄健壮，也很有意义。

托尼自己来自英国，老婆原籍是德国，都对足球情有独钟，自然一下就想到了足球。足球在北美是荒原，不过托尼明白，其实加拿大喜欢足球的人有的是，但苦于没有地方操练，因为足球运动在北美不甚吃香，那边的首选是橄榄球、篮球和棒球。篮球架棒球场星罗棋布，到处都是，就是没有足球场，托尼认为这都是因为北美牛仔文化的毒害，橄榄球太暴力，哪像运动，就是群殴，但篮球过于精巧，棒球过于复杂。只有足球，美妙而绅士，勇猛而不失技巧，温莎太应该推广足球了。

他同老婆一商量，决定先建一个室内足球馆，免费向公众开放，让人们先把球踢起来。托尼知道，人们只要爱上这一口，领略了妙处，就不可收拾了，星星之火马上可成燎原之势。托尼立志做个点火人，像普罗米修斯那样。

主意已定，夫妻俩分头行动。一番讲解加上鼓动之后，托尼找到了十多个创始人，法国、英国、德国各色人等自不必说，托尼还把会计学教授蓝博拉下了水。蓝博是中国人，小个子细腿，对足球一窍不通，托尼打他的主意是因为要让蓝博搞财务。

锣齐鼓齐，托尼在克莱斯勒汽车厂附近寻了块地，决定在那里建设北美的足球基地。

托尼跑贷款，看图纸，搞宣传，托尼推掉了所有研究生的指导，一门心思建设他的足球馆，有点不务正业的样子。

托尼他们都是资深教授，又是当地名流，推动力很大，事情虽很琐碎，却如期进展得很顺利。

一阵忙碌下来，终于有一天，阳光灿烂彩旗飘飘，托尼的足球馆在五彩缤纷的秋天落成了。足球馆是充气式的，高大雄伟，银光闪闪，像个巨大的天文台，里面有大小不等五块足球场。

开幕式由托尼本人主持，来宾是当地各界人士，成都那些取经的和尚们也被邀请参加，兴致勃勃。虽没有锣鼓喧天，倒也热热闹闹，开幕式后，依照国际惯例，由托尼一伙进行了表演赛，一群教授腆着肚皮在场上溜达，完了两队握手互致敬意，都说，好球，好球。

托尼兴高采烈，带了一行人热热闹闹来到一家熟识的小酒馆，要自己庆祝一下。

小酒馆名叫“第五站”，小火车时代曾是个火车站，老板里克是个波兰人，瓦文萨的团结工会大闹波兰时，不堪其苦，就逃了出来，拖儿带女地浪迹天涯，最后落在了“第五站”。

里克拿手的是炸鸡翅，多汁，微甜，香气扑鼻。

托尼一行落座后，里克挤了过来。

里克是生意人，很关心足球馆怎样赚钱，趁着托尼高兴，他就来打听。托尼咔咔地嚼着根西芹，对里克说，公益的，不赚钱。里克不相信了，资本主义哪有不赚钱的，还是公益，莫非其中还另有玄机？里克有些警惕起来，托尼见状笑了，拍拍里克，让他放松坐下来，说："公共厕所，见过？"里克点头，托尼说："那就是公益，别人出钱你方便，不卖票不收钱，就为你好，明白？"里克明白了，有些感动，起身端来一大盘鸡翅，对托尼笑笑说："公益，这是公益的。"

偌大的安大略省样样发达，唯独足球馆只此一家，托尼的足球馆是完全免费的，只要愿意，就可以前来踢球，先来先踢，过时不候。足球馆很快声名远播，附近的人常来常往不用说，连多伦多的家伙们也驱车赶过来，组队，踢球，交朋友，然后到"第五站"，啤酒、鸡翅，乐不思归，把里克高兴坏了。

热闹归热闹，还是要说钱，足球馆一天到晚水电气的，哪样不说钱？还有银行的贷款，本金且不说，利息一定要付，这银行是托尼最痛恨的美国人开的"花旗"，牛眼向天唯利是图，一点都不好说话。

托尼把火点起来了，但还不能退步抽身。他把创始人都找来，请求大家都去打工，把工钱捐出来维持足球馆。

这下知道加拿大人的可爱了，这群教授二话不说，星期天都去打工，挣钱补贴球场费用。因为是零工，对工作还不能挑肥拣瘦，一时间温莎城里城外，各行各业，都能见到这群不务正业的教授。

教公共关系的博士福克斯到加油站打工，一头红发在寒风中猎猎飘动，煞是抢眼。托尼则强行要求里克雇了自己，在"第五站"当起了酒保，扎着围裙，腆着肚子满地乱跑。按他的资历，工钱还不低，里克趴在柜台上，一脸苦笑地看。

蓝博教授也被征用了。蓝博有一手绝活，会用汽车零件焊接出各种动物工艺品，栩栩如生，还带点中国人那种不屈不挠的劲头，很有市场，价格也很昂贵。

蓝博以前闲来无事，以业余爱好的态度，一年能搞出一两件，现在被托尼抓住，每月要交一件。蓝博无奈，每天下班就钻进车库里，弧光闪闪，一个教高级财务的教授摇身一变，成了蓬头垢面的电焊工。

这样人仰马翻地折腾了一阵，群策群力之下，足球馆的财政算是好了一点，但托尼觉得这种打法不能持久，自己当酒保毫无问题，总不能叫蓝博一辈子这样发展下去吧。

海上可以生明月，哪里可以生钱呢？托尼开始想办法。托尼的强项是制度经济学，知道制度的厉害，他就在制度上想办法。托尼何等聪明，办法果然有，制度果然能生钱。

这办法说来有点不可思议，托尼决定去开赌场！

加拿大的赌场是合法的，只是有个规定，赌场的收益要交出60%去做公益，有取恶钱做善事的意思。托尼以前很反对这种助恶又助善的做法，称之为鼠首两端，现在一看，这办法居然有它的道理，除恶难尽，善事无边，取恶钱而行善事，大有道理。

托尼到了市政府，亮出身份，讲清缘由，一番签字画押后拿到了经营赌场的特许证。

托尼辞掉了酒保的工作，让里克松了口气，回头一看，里克又倒抽了口气，这伙教授马不停蹄，南北转战，居然又开起了赌场！

这是个小赌场，主要赌客是底特律过来的美国工人，美国工人钱多，好赌，托尼很欣赏他们这种性格。

玩得最多的是一种叫“病狗”的游戏，小赌，简单，在北美很流行。赌客们按一定的程式在随机印出各种数字的票上打点，连线，只要出现了规定图形，就算赢了。图形很简单，三点一线，竖直，横直，对角直，连上就算赢，赌客会大叫一声“病狗”，这一局就告结束，赢家领钱，其他人振作精神迎接下一局，没有输家，只有赢家，每个人都欢天喜地。

“病狗”对庄家而言，主要靠卖票，每票五毛，有“票人”在场子里不停走动，引诱赌客买票，随叫随卖，多买不限，卖票所得就是庄家的收入。票房就是生命线，至关重要。

托尼安排福克斯主管卖票，福克斯的一头红发这时派上了用场，大放光彩。赌徒迷信，认为见红就是见喜。福克斯顶着红发满场游走，在赌徒看来就是一朵五彩祥云飘来飘去，有赌性大的，祥云一飘过来就按耐不住，会大把买票，面前“病狗”堆积如山都快照顾不过来了，还要买。托尼哪管那许多，催动福克斯不停地走，到处地飘，始终要让赌徒见到祥云，而且这可怜的祥云还必须均匀地飘动在赌场各地，一场下来，福克斯要溜达七八个小时，是全场最辛苦的人。

托尼自己也不轻松，他负责摇号，其流程和今天大行其道的体育彩票差不多。托尼拿起随机吹出的乒乓球，把数字对准摄像孔，满场的赌徒都可以通过闭路电视看清楚，然后托尼用冷漠的声音叫出那个号，一定要冷漠，不能让人感到有什么暗示，赌徒们紧盯着自己面前的“病狗”，找寻叫出的号。如果中了，就大声喊，“病狗！”托尼就用更冷漠的声音说，“恭喜病狗！”然后开始下一局。

也有耳聋的赌徒，就比较忙，先要紧盯着电视看，然后要紧盯着自己的“病狗”对号码，比其他赌徒多一道手续，发现自己中了，也比别人慢半拍。聋子声音无轻重，拼了命一声“病狗”，往往吓人一跳，这时托尼就随便喊一声，“恭喜病狗！”管他那么多，聋子听不见，朋友会告诉他。

就这样打打杀杀的，赌场通常要到深夜才能打烊，托尼一行疲惫不堪，尤其是福克斯，走起路来一拐一拐，几近残疾。教授们这时如释重负，自然而然就直奔“第五站”，只留下蓝博独自在那算账，按加拿大的法律，赌场打烊后四小时，就要把当天的报表送交到税务部门，所以蓝博不能走。

里克当然欢天喜地地迎接托尼一行，心里很感动。不过里克觉得这帮教授太过辛苦，都年过半百，须发齐胸了，深更半夜还在外面晃来晃去，太过辛苦。公益是好事，全民健身是好事，推广足球更是好事，但也不能把一群老命都拼进去嘛，里克从生意人的角度觉得托尼一伙是因小失大了。比如教授蓝博，他主编的《高级会计》是全国指定教材，不学这本书，研究生拿不到学位，会计师拿不到证书。蓝博现在却不务正业，在一个小小赌场里免费担当个记账的，里克认为大名鼎鼎的托尼是聪明一世糊涂一时了。

里克给托尼送上一杯啤酒，说："公益，这是公益的。"托尼道了谢，捧着肚子给里克让座。

里克说："辛苦辛苦。"托尼说："创业无坦途，自找自找。"

里克问："还能顶多久?"

托尼想想说："还有五年。"

里克大笑，指指一帮两鬓斑白的教授说："你欺负我波兰人不懂医学，都强弩之末了，再这样弄五年，这帮人还在?"

托尼一时语塞，竟然无言以对。

里克又说："我们波兰制度不同，遇到这种事，我们一要发动群众，二要依靠组织，你这样单枪匹马地弄，在波兰就叫个人英雄主义了，你搞制度经济学，这都不懂?"

托尼一拍大腿，对呀，话丑理端，有道理，制度决定一切嘛。他山之石可以攻玉，托尼茅塞顿开，他不管赌场了，摇身一变，西装革履变成了政客，在大大小小的市议员家里进进出出，滔滔不绝坚韧不拔地进行院外游说。

工作是琐碎的，但效果是显著的，到了年底，市政府通过了议案，由政府代为偿还足球馆的建设贷款，由托尼一伙自筹资金维持日常运营。这就小菜一碟了，托尼、蓝博、福克斯，都快活难耐。

托尼一行说说笑笑又来到"第五站"，里克虽说立了功，态度还是一如既往的谦卑，没有居功自傲的样子，托尼很满意。这时托尼看见成都那帮取经的和尚也挤在人群里前来祝贺，就腆了肚子挤过去，笑一笑说："资本主义和社会主义是两种不同的制度，但异曲同工，都可以搞成足球馆，明白?"

和尚们面面相觑，好像还是不明白。

雅各布的广告

就在托尼一帮人历尽艰辛地建设足球馆时，北美发生了一件大事，这是一场广告大战，由百事可乐挑起，对手是巨无霸可口可乐。对市场营销学而言，这场战争的重要程度是诺曼底之于二战，蒸汽机之于工业革命，今天搞市场营销的人，如果不知道这场战争的，一定是冒牌货。

策划这场战争的，就是温莎大学工商管理学院的青年教授雅各布。

雅各布祖上三代都是正宗的法国人，移民来到加拿大后，一直在那里生息繁衍，到雅各布父亲这一代，血统里混进了其他成分，雅各布的皮肤就带那么一点浅浅的咖啡色。

雅各布毕业于安大略的伦敦大学，后来到美国的哈佛，拿下了他的 MBA，再后来就转回安大略，在温莎工商管理学院当了教授，讲授市场营销。

雅各布时年三十出头，英气勃勃。他的学位是哈佛的，含金量很高，但学位本身只是个硕士，并不算得高，比起托尼这些七八个博士在手的老家伙来说，他的学位还真有点卑微。但雅各布毫不在意，他学富五车，广交天下英雄，理论实战都有一套，令托尼、蓝博、福克斯等，都不敢低看他一眼。

雅各布率先提出了“好酒也要会吆喝”的营销理论，颠覆了“好酒不怕巷子深”的传统观念。他的道理很简单，好酒再吆喝吆喝，可以卖得更好，何必要端起架子坐等上门。

这理论直白，深刻，易学，大得人心，成都那拨取经的和尚对此理解得尤其深刻，并且很快引进了中国。中国的好酒多，今天都在大声武气地吆喝，都是得雅各布的真传。

雅各布也到“第五站”去，啤酒，鸡翅，聊天，但他从不到托尼的圈子里去，彼此敬而远之。

一天雅各布在“第五站”碰到一个大学同学，叫亨利，相见甚欢互敬啤酒后才知道，亨利在百事公司市场部就职，还是个小头目。两人一个搞实战，一个搞理论，本不相干，但毕竟是同学，惺惺相惜，加上啤酒一催，话就多起来，百事对可口可乐的广告之战，居然就这样在“第五站”萌出了衅端。

雅各布第二天来到亨利的办公室，倾听百事可乐的苦恼。百事那时刚刚降临人间，立足未稳，却无可避免地要面对着巨人可口可乐。相比之下，可口可乐是大象，百事是跳蚤，可口可乐是昆仑，百事是车前草。可口可乐高高在上睥睨群雄，走一步地动山摇，百事哪是对手。但百事为了生存，必须要想法叫可口可乐让出三尺地盘来。

雅各布笑笑，接着听。

百事当时有两个关键命门被可口可乐捏住，有点动弹不得，这两样一个是出身，另一个就是那个世人皆知的可乐配方。可口可乐自己的出身堂堂正正，追根溯源，亲生父母都有名有姓，有案可查。百事在这个事情上，就有点气短。关于百事的出身，有几个版本，有叛变说，分裂说，甚至有盗窃说，不一而足，但都跟可口可乐有关系。给人的印象，就像百事在可口可乐处偷师学艺，自感翅膀硬了，就飞了出来，跟师傅分庭抗礼。不管是哪个版本，百事自己都作声不得，有点名不正言不顺的味道。

再说那个大名鼎鼎的可乐配方，江湖上广为流传的说法是，秘方存放在瑞士一家银行，保险箱有七把钥匙，由七位董事分别掌管，七人合力，才能开启密码，打开保险箱。

七位董事不可能集体叛变，那样将毫无意义，所以秘方不可能外泄。

故事的真假姑且不论，百事却因此一筹莫展。吆喝都找不着调子，它不能吆喝说是自创，因为道不出父母的姓名，也不能吆喝是学的，因为你拿不到秘方。

亨利望着雅各布，一脸无奈。

雅各布冷冷地对亨利说：“这种出身论，英国人喜欢，我们法兰西有个拿破仑，哪管你这么多。”

三天后雅各布发动了第一战役，代号“CP”，意为“百事的挑战”。百事向全世界挑战，“谁能辨得出！”雅各布这一招叫作以假乱真，他不跟你纠缠出身和历史，只要大家知道可口可乐之外还有个百事可乐，就可以了。

挑战的形式很简单，大街上扯出横幅，上书“百事的挑战”五个大字。地上摆两个瓶子，一模一样，一个装可口可乐，另一个装的是百事可乐，外面看不出来，只看见1号瓶和2号瓶。来了人，就请你喝，咕嘟咕嘟喝完了，拿出问卷，问你三个问题，第一个，喝的“百事还是可口可乐”，让你猜，猜了就打钩；第二个，“喜欢哪一个，1号还是2号”，又打钩；最后一个问题，“平常喝什么，百事还是可口可乐”，然后再打钩。

前来迎战的人成群结队，一是图新鲜，二来不要钱，大家欢天喜地，还有打赌的，一时间热闹非凡。

可口可乐冷眼旁观，不动声色地看着这场产品大比拼，毫不惧怕，秘方在瑞士银行，可口可乐稳坐钓鱼台。

哪知道雅各布这里面还藏了一招“暗度陈仓”，他真正要比的，不是那罐水，是吆喝声。他在问卷里不露形迹地问了你两次“百事还是可口可乐”你必须想想百事，再想想可口可乐。以前你要饮料，只需说“来听饮料”，服务生自然拿来可口可乐，现在服务生必须问清楚，“百事还是可口可乐?”你就必须想想百事，再想想可口可乐。百事如影随形，无声无息地随着可口可乐进入了千家万户，现在大家都知道，这虽是个双胞胎，却是两个人。

雅各布还有招，第二问，“喜欢哪一个”其实是个圈套，不管你选哪个，总有一半的人选到百事，二选一，半对半，概率使然。

还不止这些，阴谋最深的是第三问，如果你平常喝的是可口可乐，答题结果却是喜欢百事，这文章就变成“忠实的可口可乐饮者也喜欢百事”，而且不管你怎么选，总有一部分文章会变成这样。雅各布在这区区三个问题里布置了千军万马，任你精似鬼，也要喝洗脚水。

一个月后，“百事的挑战”落下帷幕，统计结果由一家中立的调查公司公布，显得客观、公正，但一定是意料之中。

调查结果显示，50%的被调查者喜欢百事，40%的可口可乐饮者选择了百事，果不其然。

亨利的销售量突飞猛进，亨利买了房，换了车，还换了个老婆，陪着他早出晚归。喝水不忘挖井人，亨利当然没有忘记雅各布，时不时地陪雅各布到“第五站”去，鸡翅，啤酒，聊天，亲密无间。

雅各布还是一如既往，备课，上课，改卷子，然后气定神闲地稳坐中军帐，他知道事情没完，还有飞来将。

果然，可口可乐反击了，广告铺天盖地而来。雅各布冷眼一看，觉得可口可乐似乎没有意识到问题的严重性，还在老调重弹，百年老号啊，独家秘方啊，七名董事管钥匙啊，雅各布觉得好笑。他打电话叫来亨利，特别吩咐不要带他那形影不离的老婆来，雅各布决定发起第二战役，此战代号“CN”，意思是“新一代的选择”。

“新一代的选择”针锋相对，有明确的主题，就是新一代，百事是新一代的产品，自然是新一代的选择，我不是百年老号，但我是新一代的选择，雅各布又巧妙地避开了出身的问题。

雅各布为第二战役准备了两组电视广告，各有机巧。

第一组广告里，一群年轻人刚搞完运动下来，汗津津精神焕发，兴冲冲阳光四射，“来听可乐”，广告里喊，老板搬出可口可乐，大家一起摇头，“不是这个，是那个，百事可乐！”老板恍然大悟，屁颠屁颠换出百事，然后是口号，男女青年高声呐喊“百事可乐，新一代的选择！”其中还夹带着童声，你看看，年轻人已经拒绝可口可乐了，百事可乐是新的时尚，可口可乐才是老人家的宝贝。“新一代的选择”造成一种可口可乐老态龙钟，正在消失的印象。

雅各布还不罢休，第二组广告更为露骨。雅各布安排了一个老教授带领一群娃娃到一座废墟去考古探幽，发现了一个可口可乐的易拉罐，娃娃们翻来覆去地看，却不认得，拿去问教授，这教授也翻来覆去地看，然后一脸迷茫地说，“这是何物，我也不认得。”广告里的教授表情夸张，广告外的雅各布手段更夸张，说的意思都一样，在不远的将来，可口可乐已是无人认得的陈古之物，静躺在废墟之中，代之而起的，就是那群娃娃人手一罐的百事可乐。

雅各布深知广告应有明确的针对性，这样看广告的人就会觉得“这是对我说”，有的广告对人人说，但人人都觉得“这是对他说”，事不关己，充耳不闻，这就是垃圾。所以雅各布的两组广告都在对年轻人说话，而且说得很清楚，老头们如果愿意听，当然也欢迎，但他不刻意说给老头们听。

多年后中国也有一次广告战，在雅各布的中国和美国弟子之间展开，产品是牙膏。美国弟子说自己的牙膏可以防蛀牙，而且目标是消灭蛀牙，为此还当众弄了实验，做了对比，一本正经，由不得你不信。牙病中你最怕哪种，当然是蛀牙，一听说美国牙膏可以防蛀牙，谁也不问真假，马上就买，反正每天要用。

中国弟子却嬉皮笑脸地说自己的牙膏百病可治，用了后身体健康，壮实如牛。这就扯远了，牙膏就是牙膏，刷牙用的，既不是大力丸，也不是百消丹。

结果百病可治败给了只防一病，雅各布的点评是，面面俱到，其实一无所有，要攻其一点，再及其余。

好汉全靠当年勇，雅各布当年两仗全胜，可口可乐再不是百年老号，而是个老态龙钟步履蹒跚的陈旧之物，只供喜欢怀旧的人把玩。

可口可乐慌了，以往面对百事这样的小东西，可口可乐是不屑一顾的，它觉得自己随时都可以掐死这只小跳蚤。谁承想两仗下来一看，鸟枪换炮，百事已经和自己平起平坐。可口可乐觉得自己轻敌了。

很多年后，有一家中国知名汽水也想打进美国，可口可乐知道后，吸取了当年雅各布之战的教训，严阵以待不敢大意，甚至准备了巨额资金，要将闯入的中国汽水全部加以收购，然后倒入太平洋，让美国市场永远见不到这个异想天开的小东西。遗憾的是，中国汽水当时不认识雅各布，因此在美国市场闯荡一阵后自动消失了，连名字都没有留下，可口可乐倒省了笔钱。

可口可乐现在要对付的是眼前这个精力充沛雄心勃勃的百事可乐。可口可乐万万没有想到，区区两个广告战就使百事站稳了脚跟，还顺便把自己搞得手忙脚乱，不知所措。一番深思熟虑之后，可口可乐决定从根本做起，改进自己的产品。百事有啥了不起，不过是稍微甜一点，迎合青少年，雕虫小技而已。可口可乐果断下令往自己的饮料里多加些糖，并在瓶上打了个“新”字，意思是新一代的新可口可乐。

可口可乐当时不知道，这一点点糖却差点真正毁掉了自己。

可口可乐加糖的消息被亨利探听到后又及时报告了雅各布。雅各布笑了。雅各布感到可口可乐已经完全乱了方寸，慌不择路，竟自己踏进了绝境。这一改好，百年老号啊，秘制配方啊，等等，以前所有的神话都不攻自破，成了废话。雅各布决定落井下石，再推可口可乐一把，他指示亨利发动了第三次战役，这次的代号是“CS”，意为“求变图存”，暗示可口可乐已经走投无路，到了求变以图生存的地步。

第三战役其实有点多余，雅各布的广告还没有制作完成，可口可乐周围已是骂声一片，口出恶言的居然全部是自己人，股东、顾客、经销商，无人不骂，骂可口可乐变节的，骂可口可乐 SB 的，还有直接骂它是狗日的。

第三战役的广告像一套教科书，列举了英国的宗教改革，日本的明治维新和中国正在进行的改革开放，历数了各国改革带来的好处，最后的结论是“不改革无以图生存”，还夸赞可口可乐识时务，是俊杰，把可口可乐说了个哑口无言。

面对自己人的一片骂声，可口可乐无可奈何，吃起了回头草，恢复了原来口味的可口可乐，命名为“经典可乐”。看着狼狈不堪的可口可乐，亨利风风火火地跑来报告雅各布，雅各布却打了个哈欠，已没了兴趣，他让亨利去找中国来的那拨取经的和尚，然后请和尚们上了电视，给可口可乐讲了个中国的古代寓言，叫作“邯郸学步”。

雅各布自己则找来大比例的地图，研究起了那个大洋对岸叫作中国的地方，几年以后，百事的蓝色海洋就淹没了那片古老的土地。

玫瑰玛丽的小日子

玫瑰玛丽本名就叫玫瑰玛丽，法国人，黑发碧眼，性格爽朗，因为抽烟的缘故，嗓音有点嘶哑。玫瑰玛丽是工商管理学院院长的秘书，院长叫汉斯，德国人。

玫瑰玛丽本来是公共秘书，就是大家的秘书。学院专门有个秘书室，里面坐了一大群秘书，为各科教授们打印文稿，学生的作业也可以叫她们打，不过要收费，五毛一页，算是秘书们的外快。那时个人电脑还不普及，秘书们用的都是打字机，噼里啪啦地打，走到头了，就“叮”地响一声，秘书们就扳一扳回车柄，“哗啦”一声回了车，再继续打。打字机的键盘按起来很费劲，手要悬在键盘上方，像弹钢琴一样，保持一定的手形，才能使手指有弹性，打起字来双手像兰花一般在键盘上跳动。不像现在的电脑，手趴在键盘上，懒洋洋的，毫无生气。

玫瑰玛丽是打字速度最快的，而且极少出错，因此被院长选中，当上了机要秘书。玫瑰玛丽本不想去当机要秘书的，坐在院长办公室里冷清清，孤零零的，哪有在大秘书室里自在。院长汉斯明白这一点，他开出两个条件，让玫瑰玛丽无法抗拒，一是给玫瑰玛丽配了一台电脑，归她一个人用；二是给她开了一份很高的工资，玫瑰玛丽投降了，举着白旗从大秘书室搬进了院长秘书室。

不出玫瑰玛丽所料，院长办公室因为高高在上，所以冷冷清清。但玫瑰玛丽是法国人，乐于助人热情如火，把个院长办公室搞得暖意融融，每个来办事的人，都被她呼为“亲亲”，心情一下就轻松下来，感到春天般的温暖。秘书杂事很多，都很忙碌，院长的秘书尤其忙碌，玫瑰玛丽像一只蝴蝶，急匆匆地飞进飞出，一刻也停不下来。但不管有多忙，她都不忘记那些等待办事的人，不断用语言安慰他们，“亲亲，再给我 5 秒钟”，“亲亲，再过 1 分钟我就是你的了”，等待的人总是充满希望，从不会感到寂寞。如果真有急事，玫瑰玛丽会操起桌上那部红色的电话，对院长说：“冯德里克先生，我认为你应该马上见见这个人，请马上给他两分钟。”玫瑰玛丽这时的语气是不容置疑的，倒像是院长的上级一样，十有八九，冯德里克先生会乖乖地听话，优先予以办理。办事的人对玫瑰玛丽说：“非常感谢。”玫瑰玛丽回答：“时刻准备着。”

尽管玫瑰玛丽把机要秘书当得有声有色，但她并不喜欢这个工作，她真正的爱好是收拾后院的小花园。又不知道是啥原因，玫瑰玛丽不喜欢当机要秘书，但一切都弄得井井有条，轻重缓急秩序分明，她喜欢的后花园却从来收拾不好，颠三倒四。不过玫瑰玛丽并不十分在意花园里长了些啥东西，她的乐趣就是在里面摆弄。

礼拜天一大早玫瑰玛丽就要起来，先穿上长筒水靴，围上胶皮围裙，套上袖套，然后戴上头巾，墨镜，容易晒到的地方还要涂上防晒油。全副武装后，最后钻进车库，搬出十八般兵器到后花园去，用她自己的话说，搞园艺去了。玫瑰玛丽的老公乐得清静，赖在床上放心地睡。

玫瑰玛丽的老公叫约翰，也是个德国人，与院长汉斯是老乡，在克莱斯勒公司当客户经理，管理安大略片区。平常的工作就是去轮流拜访客户，陪他们喝酒，聊天，当然也听听他们的建议或者抱怨。约翰和玫瑰玛丽一样，情商极高，同客户们相处甚欢，克莱斯勒公司起死回生之际，约翰凭着与客户非同一般的关系，是立有大功的。

等约翰睡到自然醒，到花园里一看，吃了一惊，花园倒变成了战场，锄头钉耙散落一地，玫瑰玛丽满身泥污。见约翰出来，玫瑰玛丽一脸涎笑地跑过来说：“我前两天种了些玉米，亲亲，你过来帮我看看，哪些是苗，那些是草？”

约翰以德国人惯有的严谨认真看了，对玫瑰玛丽说：“你隔一株拔掉一株，剩下的都是玉米。”

过了一个星期，玫瑰玛丽又叫约翰说：“约翰亲亲，你看看，剩下的有草也有苗。”

约翰说：“太好了，这回你把草拔掉，剩下的一定是玉米。”

约翰这是在敷衍她，约翰不喜欢玫瑰玛丽搞园艺，它衍生的东西太过繁多，接水管啊，找扳手啊，有时还要开车出去买农药，而且这些事玫瑰玛丽自己都不做，统统交给了约翰。约翰觉得园艺太啰唆，他更愿意带上玛丽，租条小船，去游霹雳角。

霹雳角在安大略湖的最南端，风光秀丽，千姿百态美不胜收，也是世界上为数不多的观鸟胜地。霹雳角还有个神奇的地方，本来从加拿大看，美国永远在南面，到了霹雳角一看，星条旗就到了北面，这让很多人百思不得其解。

第二天约翰就租了条船，在船上备了足够的啤酒，有法国的也有德国的，还叫里克送来一盒“第五站”的鸡翅，带上玛丽，离开后花园到霹雳角去了。

约翰慢慢把船开出港湾，关掉发动机，换上风帆，任小船在湖上静静地漂行。玫瑰玛丽戴着大墨镜，喝着啤酒，一头黑发在风中静静地飘，四下里静悄悄的，只有风动水动的声音，浅吟低唱，摇篮曲一样。约翰和玫瑰玛丽一头一尾地坐着，都不作声，不管德语还是法语，在这片宁静中都会粗俗不堪。

霹雳角一年四季都有各种各样的鸟，有路过的也有常住的，婉转歌喉，斑斓羽毛，都汇集在这里。霹雳角上众多的鸟儿中，名气最大的是加拿大斑头雁。这是一种候鸟，每年成千上万的定期到来，也吸引世界各地成千上万的人定期前来，在加拿大的霹雳角会合，人雁共舞，度过短短的几天。

玫瑰玛丽把自己安顿下来，静静地观望小鸟和大雁，心中充满温馨，感动，还有一丝敬畏。这些小小的精灵在天上飞，在霹雳角卿卿我我的谈情说爱，神而奇之，玫瑰玛丽立起手掌，在胸前上下左右地，虚画了个十字，求上帝保佑大家，也包括自己和约翰。

约翰似乎对鸟儿不感兴趣，此刻正在湖边钓鱼，湖里鱼很多，但真正美味的叫太阳鱼，约翰此刻正在钓太阳鱼。

太阳鱼个头不大，色彩斑斓，因为是野生的，性情凶猛，大嘴利齿，喜欢吃肉多的东西，约翰为了钓它，专门准备了大蚯蚓。

大蚯蚓在北美很普通，别的地方就少见，20 世纪 30 年代曾经在中国峨眉山发现过。有传教士拍了照片回来，有两条，犹如祖孙外出，一条小的指头粗细，拉直了有尺把长，大的那条就赫然了，竟有酒杯粗细，一米多长，令人不敢相信。后来实地进行了考察，那条小的孙子是真，大的那条爷爷，却是根高粱秆，一时传为笑谈。

大蚯蚓肉多，并且能在水下长久保持生命活力，很受钓鱼者的喜爱。大蚯蚓到了晚上就会溜出地面，乘乘凉，也看看人间景象，这当然不是明智之举，密匝匝的捕捉者乘机出动，捉拿大蚯蚓。晚上星星点点，到处矿灯闪烁，就是捉拿大蚯蚓的队伍，天亮拿到渔具店里一条一条数，能卖五毛一条，相当于一个秘书打一页文稿。店家再卖出来，变成一块钱一条，相当于秘书打两页文稿。贵是贵了点，但要钓太阳鱼，还非用此物不可。

约翰此刻正在寻找太阳鱼。太阳鱼都躲在岸边的石缝里，钓鱼的人要用大蚯蚓不断引诱它，钓钩不能沉底，要悬在水里，大蚯蚓一动一动，太阳鱼就扑出来，迅雷不及掩耳，一下就上了钩。

太阳鱼都是独居，钓上一条，周围就没有了。钓鱼的人要沿着湖边的岩石不断爬来爬去地找，太阳鱼容易上钩，但要找到一条还是不容易，很辛苦。

玫瑰玛丽看完鸟儿，在轻轻的小风中小小地睡了一会儿，仙女般醒来，往湖边一看，约翰站在水中，正在同一条太阳鱼拼命。那条太阳鱼咬钩的时候，约翰慢了半拍，结果太阳鱼把渔线拖进了石缝里，约翰脚下一滑，掉进了水里，约翰不肯罢休，正水花四溅地要把它拖出来。

玫瑰玛丽抬头看看天，太阳红红的，已经紧挨着湖边，就对约翰喊，叫他回来。约翰想想，剪断了渔线，咬牙切齿地从水里爬上了岸，开动小船，带着玫瑰玛丽回去了。

太阳鱼是难得的美味，玫瑰玛丽第二天就挨家挨户地把鱼给秘书小姐妹们送过去，有福同享嘛。最后还有一条鱼，玫瑰玛丽决定送给院长，汉斯·冯德里克。

中国同学会

温莎大学最热闹的季节是金秋九月开学的日子，这和中国的大学完全一样，但这热闹的内容不大一样。中国学校开学时，校园里熙熙攘攘的人分为三群，学生自己，接学生的老师和送学生的家长。学生自己那一群不热闹，倒有点呆头呆脑不知所措的样子，热闹的是另外两群，老师和家长，都在大呼小叫，叮嘱学生注意这里，注意那里，脸上油汪汪的满是汗水，学生随着他们的叮嘱东看西看，傻瓜一样。

温莎大学就不同，新生进校的时候，老师不用来，家长懒得来，满校园热热闹闹大呼小叫的，全是学生自己。有来找同学的，有志愿者帮新生带路的，其中最热闹的，是琳琅满目、各国各地的同学会，各自竖了旗帜在那里招兵买马。当然，也没有老师，都是学生自己。

校园同学会不止一个，有很多很多，像俱乐部一样。规模有大有小，小的只满足法定最低人数，三人就可以，多了不限。同学会门类繁多，政治，宗教，钓鱼打猎，应有尽有。

有个新生从渥太华赶过来念书，寂寞他乡，就把车里的音响搬将出来，就地打围，放出惊天动地的美妙音乐。不一会儿就引来一大群人，吃鸡翅，喝啤酒，围着那车扭啊扭，还真有志同道合的，第二天就成立了“爱沙尼亚车载音乐同学会”，据说会员还不少。

但是同学会分类最为基础的，还是它的国别，比如“柏林同学会”，“巴布亚新几内亚首都及近郊同学会”，等等。

成立同学会手续简便，学校有一个专管民间组织的机构，到那里登个记就可以。解散后同样是到那里打个招呼，进出自由。

每到开学，各样同学会就要拉开阵势，各自招兵买马，扩充力量。各同学会首领煞有介事的还要进行演讲，宣传自己的宗旨，讲说自己的好处，大家都很认真，把这看作以后竞选议员甚至总统的前期历练。

林林总总的同学会中，唯独没有中国同学会，有些奇怪。其实说怪也不怪，中国学生那时缺少民主意识，民主是什么，民主就是民做主，你是民，就做得主，中国学生哪有这个意识，一想到要自己做主，恐怕自己先要吓一跳。特别是“组织”一类的东西，那都是别人的事情，服从“组织”才是自己的事，所以从来没有人想到要去成立一个“组织”。其他同学会招兵买马的时候，中国学生都在期盼，盼着组织上哪天派一个同学会来，从来没有人想过自己动手，创办一个同学会。

每个人学业都忙是一回事，对事情的态度也是一回事。中国留学生人数不少，但散居各处，各自为政，平时并不来往，甚至有人学成回国了，在国内相遇，谈起往事，才知道当年住在隔壁的是老王。

最先醒悟过来的是迈克，迈克曾在美、加国境线上因误会遭遇一次挫折，之后迈克一直耿耿于怀。要是有自己的同学会，大使馆何至于把电话打到冯德里克那里，自己又何至于洋相出尽，中国乃泱泱大国，千年文明，连个同学会都没有，成何体统！

迈克决定自己成立一个同学会，划一个时代。

竖起招兵旗，自有吃粮人。但迈克万万没想到，这校园里藏龙卧虎，竟有这么多中国人，中国同学会一下子吸收了三十几名成员，成为最大的校园同学会。会员们自己也很吃惊，平常从没见过这么多中国人，相见后彼此打听来路，又打听去路，都很高兴，也很感谢迈克。

迈克操着大兵腔同大家打招呼，左一个“伙计”，右一个“伙计”的，大家都成了他的“伙计”。不过迈克最后推举了南京的王博士当了首领，说自己是闲散之人，不惯做官。

王博士提出同学会的宗旨，“帮助所有需要帮助的人”，听起来有点像基督教，不过大家都受了西方教化，没有在国内时那么挑剔，就这么定了。

无巧不成书，第二天就来了两个需要帮助的人。这是两个台湾小留学生，初来乍到，举目无亲，语言也不过关，想找个栖身之处，就找到了中国同学会，恰逢王博士在那里收拾会所。王博士在进门之处贴了副对联，上联是“四海之内皆兄弟”，下联是“五湖以外是亲人”，横批是“国人之家”，把两个小台湾感动得热泪盈眶。

王博士听完小台湾的来意，马上招来迈克，让他帮忙找房子，还特意吩咐“顺便找些家具”，小台湾听不明白，迈克说：“听老王的话，走遍天下都不怕，走吧走吧。”

原来租房分带家具和不带家具的，价格相去甚远，迈克带了小台湾去找不带家具的。能省就省一点，一个加币相当于三十个新台币，不可小觑。

至于家具，迈克自有办法。加拿大人流动性大，今天在这里上班，明天就可能到别处去谋生。人可以随便走，家具不能随身带，要么卖掉，要么扔掉。有信教的人，就把家具摆放在路边，贴一个大大的“捐”字，留给有需要的人用，分文不取。还有细心的，怕家具放在路边损坏了，就直接在门上写个“捐”字，用红笔把它圈上，有点像中国的“拆”字。需要的人直接进去随心所欲地挑，待挑剩下了，主人会通知教堂，把剩下的家具都拉到教堂去，积累了一定数量，教堂就拿出来义卖，变成钱，再去帮助需要帮助的人。

迈克此刻就开着车，带小台湾到处转，去找那大大的“捐”字，小台湾明白迈克的用意后，发自肺腑地笑了，说：“大哥，你真像雷锋。”迈克也笑笑说：“那当然，我在部队上，那是少校，两杠一星，少校，懂吗!”

少校归少校，雷锋归雷锋，王博士觉得同学会还应该搞点其他的，不然可能真要沦为教会了。王博士把商学院那群成都和尚找来商量，和尚们都知道里克给托尼支招的故事，此刻异口同声地说：“找组织啊。”王博士一听，豁然开朗，还真离不开组织。

王博士把成立同学会的事通报了中国驻加使馆，使馆得知温莎成立了同学会，还是民间的，认为这有利于开展工作，不但没有批评，还发来了贺电。不仅如此，使馆还登记了每个在温莎取经的男女和尚的地址，以后会定期寄来《人民日报》海外版，温莎学子为此很激动，竟有当场哭出声来的。说来也怪，在国内的时候都讨厌组织，出国了，自由了，没人管了，反而又很想念组织。

就像这方块字，天天所见，习以为常，不觉得有啥，甚至还觉得英文好看。等到出了国，满眼都是英文的时候，你又会朝思暮想那方块的汉字，惶惶然坐立不安。组织没寄来《人民日报》的日子里，温莎大学只有台湾的《中央日报》和满架子的《中共研究》，月刊，也是台湾出的。中国留学生一有空闲，就钻进图书馆，不是勤奋，是去看报，看《中央日报》，了解时政，再翻翻《中共研究》，了解历史。其实最主要的，是去见见方块字，解解思乡之情。人真是个又复杂又奇怪的东西。

任何组织，最大的问题都是经费的问题，同学会也一样。那时的留学生比起国内同胞，那是特别有钱，但同时也世所罕见的抠门，一年10元的会费，还有人要讨价还价，说是自己还有半年就要回国了，能不能只交5元，王博士为此气得差点动了杀人之心。

像托尼他们那样打工是不行的，一来没时间，二来没有执照，不能打工。王博士于是同使馆商量，弄些中国电影来放，想卖些门票，挣些钱。

校园里有个小型电影院，私人用，租金是50，如果团体用，是免费的。使馆发来的拷贝，也是免费的，一本万利啊，王博士心里很欣慰。

使馆发来的第一部影片是《少林寺》，拷贝随“灰狗”大巴运到位于城外的客运总站。王博士本想叫迈克去取，后来想想，还是自己驾车去了，他想起了迈克那车，是300元买的不知几手货，经不起长途颠簸。

片子取回来了，场地租好了，门票也卖出去了，一切顺利。观众都来自“唐人街”，清一色饭馆后厨的干活。

温莎市中国餐馆不少，后厨全是来自大陆的华人，其中不少是偷渡来的，不是要移民，是想打几年工，挣点钱就回去。这拨人就可怜了，文化没有，英语不会，护照是假的，因为是“黑人”，连门都不敢出，万不得已要出去，要先看看天，天还亮着，就要再等等，等到天黑了，才敢像耗子一样溜出去。有人来了好几年，东南西北都分不清。

现在这拨人一个一个溜了来，坐在那里乱聊，心情很轻松，这里是中国同学会，“国人之家”，谁敢动我！

王博士带了一拨人在那里拨弄那机器，心情一点不轻松。这同学会里精英如云，都是学富五车的国家栋梁，居然没有一个会放电影，王博士有些焦躁。

俗话说，朋友多了路好走，果不其然，那两个小台湾也来了，一见这情形，二话不说就前来帮忙。两人开机、装片、调焦距、试镜头，手脚麻利，倒像在自己家里摆弄影碟机，不到一分钟就一切就绪，可以开演了！

王博士和他的会员们有些不服，小台湾眯眼笑一笑，指指那机器，众人定睛一看，上面竟写着“台湾制造”。

电影效果非常好，不单单是好看，更是触动了大家的乡情，那帮厨房黑奴看完后拉着王博士，泣不成声，一口闽南话也变了调，夹了些普通话，不断地说，大概是“下次有好事一定要通知我们”的意思，王博士也不大听得懂，只管笑容可掬地点头，“一定，一定”。

经费问题解决了，同学会也风平浪静了好一阵，王博士组织了桥牌队，时不时在会所里打桥牌，悠然自得。

俗话说花无百日红，灵验得很，留学生又出事了，这回不是因为国境线，是奖学金。

奖学金的故事

奖学金对中国留学生是关乎生死的，那些自费的华裔留学生，不管家境如何，读书的经费是有保障的，中国留学生就不同，虽说是公费，但都有经费不足之虞。比如你读研，需要两年，但不知何故，公家给定的经费往往只够一年，后半程就靠自己想办法了。这办法也往往只有一个，就是争取奖学金，不然学位无望不说，生活都要成问题。所以在那个时段，中国的留学生绝大多数都是这种情况，担着公家的重任，拿着老外的奖学金，攻着自己的学位，其中最关键的因素，就是奖学金。

奖学金一般包含在研究经费里，只要弄出个课题，造出预算，争取到经费，奖学金就到手了。狠心一点的，会把奖学金那部分弄得富裕一点，这样除了交学费，还有剩余，可以维持生活，不然就还要争取一份助教的差事，人就很累。

这回偏偏就是奖学金出了差错，倒霉的家伙是大王。大王是陕西人，来自西安，学地理的，已经靠着奖学金一路攻下了硕士，现在又靠着奖学金正在攻读博士。还有一年就功德圆满，可以衣锦还乡，吃上羊肉泡馍了，大王心里很期盼。

大王有一个课题，叫作《论贝加尔湖与中国黄土高原的关系兼论中国黄土高原对太平洋的影响》。大王的导师认为这个课题有拿到大奖的可能，大王也具备完成课题的实力，所以几年来导师一直力挺大王，只是研究经费一直没有落实，大王和导师空有一腔理想，不得其志。

大王就只好兼起两份助教，维持局面，很辛苦。

助教的工作之一是批改作业，这不算什么，大王笔走龙蛇，三下五除二就可以搞定。自己是博士，对付那帮还在吭哧吭哧读研的家伙，就是小菜一碟，大王高兴起来，还要批些中文在上面，同样没人敢吭气。

麻烦的是答疑。按照要求，助教答疑的时间每周不得低于两个小时，答疑时间要公布在助教办公室门上，大王也必须守候在内，不得自由。以大王的学识，答疑不在话下，大王实在舍不得时间，他觉得被幼稚的问题纠缠起来，等于是被严刑拷打，痛苦不堪。大王就玩了个小聪明，他把答疑时间拆成四节，每节半个小时，再迟到早退地一弄，答疑时间变成了 20 分钟，鬼还来问你。办公室一下清静下来，大王可以一心一意地等那该死的奖学金了。

有志者事竟成，大王这天正在助教室百无聊赖地坐着，导师来电话告诉他，经费下来了，而且因为大王课题的重要性，预算一点没削减，如数照拨了下来。大王马上来了精神，很快制定出研究方案，第一步就是要到西安去，实地考察黄土高原。

大王西装革履，领带飘飘，归国华侨般回到了西安。因为经费充足，大王临行前把存款全数取出，回家都交给了老婆，让她放敞了挥霍。老婆很听话，电视冰箱缝纫机，买了个齐全，钱也花了个一干二净。

就在大王风风光光研究黄土高原的时候，史密斯博士找到了大王的导师。

这史密斯是研究超导材料的，也带了个中国学生。当时超导这一行处于世界领先地位的，数美国的芝加哥和加拿大的温莎，史密斯就是温莎的领军人物，牛气冲天。

但不知何故，史密斯的经费一直没有下来，让他有些气短。现在听说大王他们的经费下来了，他就跑了过来，跟大王的导师商量，要借些钱，期限一个学期，史密斯估计下个学期经费无论如何也下来了。

互借经费在教授之间很常见，何况来人是大名鼎鼎的史密斯，大王的导师二话不说，留出当年的用度后，就把经费借给了史密斯，连大王的奖学金也一并借了出去。倒不能怪导师狠心，导师万万没有想到大王会把钱全部带回了中国老家，不然以大王的资历，垫上几千万把块钱交学费，应该不在话下。这大王也虚荣了些，衣锦还乡一趟，竟把自己弄得身无分文。

两个月后大王回来了，带了满满 70 个箱子，装的都是黄土，够大王折腾两年的，口袋里却只剩 50 块钱，够他生活一个星期。

第二天大王知道了奖学金的变故，心中一惊，什么叫天有不测风云，这就是了。不过大王也算是有历练的人，心中吃惊，脸上却不带出来，若无其事地回了家。

回家后大王赶紧算账，一算之后，大王吹起了口哨，心里轻松下来。大王手里还有两份助教，除了交上当期学费，还有结余，手打紧点，没什么了不起。

俗话说，人算不如天算，就在大王算账的时候，系里的教授们也算了一笔账，认为大王他们的经费如数下来，应该是富人了，大王就不该再兼两个助教。大王的导师争也没用，助教被匀了一个给印度同学。平地起风波，大王这下进退两难了，一份助教支持学费当然没有问题，但吃喝就成了问题，还有房钱，麻烦大了。

照理大王应该开口向同学借钱的，借几百块钱对付一个学期，还不是轻而易举之事。但大王是那种典型的“死要面子活受罪”的人，当时回国的时候，满校园都知道，大王经费充足，百万富翁回乡去，何等风光！现在一回来就成了掉毛的凤凰，反倒不如了鸡，反差太大。大王面子下不来，这面子实在是个怪物，无影无形，又无处不在，中国人被他害得不浅，大王就是一例。

休学也是一招，可以不交学费，但一休学，那一份助教也要拱手让出，生活还是成问题。一文钱难倒了英雄汉，大王左思右想，不得要领。大王是陕西人，这时想起了秦叔宝，秦琼当年就卖了黄骠马，还有杨志，陕西人，也卖了祖传宝刀。自古英雄落难多，大王想想，搬进了教堂，那里有个难民救助站。

救助站是教会办的，吃喝免费，住也免费，到教父那里登个记，就可以领到一个铺位，一早一晚两顿饭菜，简单，少肉，但果腹足矣。救助站不是大家想象的那样可怜巴巴，那里面都是一时气短的落单英雄，一个个气宇轩昂地进进出出，理直气壮。大王混杂其间，毫无愧色，心情好时，也听听布道，领杯圣水喝喝。

这样波澜不惊地过了一阵，教父起了疑心。这大王举手投足之间，缺少了江湖味道，倒有些书卷气息，教父画过十字，求得上帝的宽恕后，悄悄翻看了大王的私人物件，查明大王是个中国留学生，就通知了王博士。王博士听后大吃一惊，手里的牌散落一地，赶紧到了教堂，找到大王。大王一脸愧色面对博士，唱道：“西凉川，四十单八站，咱大王一路行来，受尽了熬煎。”王博士哭笑不得，把大王带回了“国人之家”，让他一直住到史密斯还钱。

不知碰到了什么鬼，这“国人之家”今年成了“多事之家”，大王才消停下来，那边老范又有事了。

访问学者老范和他的伙伴们

老范是正宗北京人，在外经贸委工作，已经到了退休年龄，却还没出过国，组织上大概也考虑到这一点，就让老范当了回“访问学者”，了却他一分心愿。

这“访问学者”的身份是很古怪的，颇具时代特色，那时很多人都扛着这样的头衔在国外转悠。他们不必上课，也没有研究课题，所以既不是学生，也不是学者，但可以四下里访问，凡事，凡地，只要自己感兴趣，都可以访问。

老范就是这样一个“访问学者”，长得粗眉大眼，剃了个光头，只在脸上留一把大胡须。

老范的胡须很不平凡，浓密，连腮，且是黄色的，老范对此很骄傲，逢人就夸说：“自古黄须无弱汉，你自己看看。”这把黄须也的确给老范带过好运，那时调他去搞外贸，除了会些英语之外，主要是因为他的黄须，颇有洋人味道，大家认为便于国际交流，老范就去了外经贸委。外经贸委当时是炙手可热的好地方，没有点过人之处，哪就随便进得去，老范很感谢他的黄须，“黄须无弱汉”，果不其然。

老范从此留须不留发，头上毫发全无，只剩下那把黄须。

说起来做那“访问学者”也很辛苦，这拨人都年过半百了，在家里都是养尊处优，说一不二的人物，忽然到了外国，人地两生，词不达意，遇到老外，吭哧吭哧连比带画，一肚子学问也卖弄不出来，平白让人低看一眼。尤其为了省钱，一个个史无前例地节约，弄得自己一点尊严没有。比如老范，为了省房钱，正房不住，与江苏老徐合租了间地下室，阳光没有，空气稀薄，种上盆花草两天就死，只有一样好处，那就是便宜。

老范虽戴着“访问学者”的帽子，却是官员身份，经常被当地企业请了去，讲讲中国外贸的情势。讲完以后总有宴请，觥筹交错，情意融融，老范捋着那把黄须，指点江山，笑谈其间。完事后，主人都要开车送他回来，老范从不敢让人送到门口，车一到拐角，老范就让人家留步，又握手，又拥抱，还有中加友谊说个热闹，等人走了，老范哧溜一下钻进地下室，松口大气。

同住的老徐也一样。老徐是江苏一家医院的外科医生，在访问学者中是少有的勤奋之人。老徐四十来岁，作为外科医生，正值当年，不愿意蹉跎了岁月，每天起早贪黑，都要到温莎总医院去观摩。

老徐前一天就看好手术安排，选出自己感兴趣的，第二天就赶了去，站在一旁用心看，有时一站七八个小时，偷师学艺，很不容易。手术下来晚了，同行就要送他回来，老徐同样不敢让人发现地下室，也在拐角处让人留步，握手，拥抱，然后哧溜一下钻回家，老范就会冲着他笑，说：“彼此，彼此。”

不过“访问学者”的访问时间都比较短，生活上艰苦一点不算什么，撑一下也就过了，最让这帮大爷痛苦的，是时差。年纪大了，调节能力就差，老范到学成归国，时差到没有调过来，一直是黑白颠倒地过日子。白天永远睡眼惺忪，哈欠连天，一到了晚上，就来了精神，两眼放光，脚步轻盈，东翻西翻就是不睡。这也要怪老范他们的地下室，阳光稀少，无以辨黑白，开灯是白昼，关灯便是夜晚。老范困了，“啪”一关灯，安然睡去，这在当地却是白天，等睡到自然醒，钻出地下室，准备晨练，繁星点点，外面已是黑夜。老范调侃，说自己是鼹鼠，范大鼹鼠。所以老范不大愿意去听课，怕出洋相。

有一回老范见到雅各布在开讲座，正在点评中美牙膏大战，就挤了进去，不料过了5分钟，范老先生在演讲厅居然鼾声如雷，搅得四邻不安，最后被轰了出来。

老范闲来无事，会去看看玫瑰玛丽，那里轻松，也有咖啡，不会打瞌睡。最重要的，是玫瑰玛丽那里可以抽烟，老范云遮雾罩的，跟玫瑰玛丽神侃，加拿大，拿大家，大家拿，还有白求恩，玫瑰玛丽似懂非懂笑容可掬，哼哼哈哈地对付他。

烟瘾过足，咖啡喝饱，瞌睡也好了一点，老范就去了图书馆，想看看成都那帮攻学位的和尚都在念什么经。一看之下，嚯！老范感慨了，这帮西部和尚一人一个小房间，把自己关在里面，身边各种经书，堆积如山。和尚们正摇头晃脑，专心致志地在那里用功，一个个精神抖擞，毫无倦意，谁说取经难，玄奘在前面。老范见此情景，心潮翻滚感动不已，长江后浪推前浪，革命自有后来人啊。

第二天老范到"国人之家"找到王博士，同他商量要借用一下"国人之家"，他要请客，要请大家搞一回 BBQ，就是烧烤派对。"国人之家"有庭有院，正好搞烧烤。

王博士不明白，你无缘无故，这是为哪般？老范对他讲了在图书馆见到成都和尚的情形，心情依然很激动，说："都很争气，都不容易，我要代表首都犒劳犒劳大家。"

王博士一听，对老范说："你不是搞派对的料，你该请张扬来帮忙啊。"老范一抻黄须，"对呀。"

这张扬是校园里唯一的女性访问学者，搞地球物理的，重庆人，一点也不张扬，但是很倔。张扬的丈夫在"文革"期间被打死了，这事说来也很蹊跷。

张扬的丈夫叫马良，当时是重庆一家军工单位研究所的所长，肩上担着好几个军事研究课题，都是保密级别很高的东西。"文革"一发动，课题都停了，马良也靠边站着，百无聊赖。

后来各路造反人马不知为什么事争吵起来，谁也说不服谁，就打起来了，步枪机枪，坦克大炮都搬将出来，枪声炮声不绝于耳。马良从前的一个对头这时趁乱夺了大权，领导了研究所，然后开了会，做了决定，让马良交出了所有的机密材料。

马良郁郁不得其志，晚上就独自在小阁楼上摆弄矿石收音机，夜深人静的时候，天边一阵乱枪响起，这边马良应声倒地，死了。

马良因为身份不同，死后惊动了各方面人物，倒不是因为马良，是担心马良手上的机密。大家一起做了仔细勘查，最后认定马良系流弹所毙，与泄密无关。但研究所是何等地方，研究枪炮的，里面智慧充足，高手如云，都是火眼金睛。马良的朋友私下里告诉张扬，马良是被专业的K型军用狙击步枪击杀的，伤口摆在那里，一看便知，这里面定有文章。张扬当时是个“臭老九”，哪敢声张，只能拖儿带女，忍气吞声地活着。

熬到“文革”结束，打倒了“四人帮”，张扬出头想替丈夫申冤，不料却遇到了麻烦。马良一事太过复杂，太多隐情，容易拔了萝卜带出泥，领导有顾虑。张扬东奔西跑两三年，各方都支支吾吾，没有结果。张扬一怒之下，申请了个“自费访问学者”，扬帆远航，到了加拿大。

“访问学者”是自费的，这在全加拿大恐怕只此一例，张扬也不避忌，直言不讳就表明自己是不打算回去了，离开伤心地，自有大光明，张扬坚信不疑。

张扬靠着自己的才智和勤奋，拿到了奖学金，读过了硕士，正在攻博士。与众不同的是，因为她打定主意不回去，就没有省钱回国的意思，生活上不会扣扣克克地虐待自己，衣食住行，张扬都风光体面，带着巴山蜀水那种历尽沧桑的秀丽。

张扬从不去翻看《中央日报》，她看了那些独家言论就会反胃。闲来无事，她会摸到城里一家华文小书店，去租武侠小说看。武侠的世界直白，天真，虽然有时候不近情理，但爱憎分明，很容易理解。张扬最爱看古龙的小说，古龙喜欢用短句，通俗易懂，有点海明威的味道，他一句接一句地赶，赶得你一句接一句地看，欲罢不能。

张扬开始是白看，拿本书靠在角落里自由自在地翻，跟着古龙高山大川，小桥人家地云游四海，手里还拿着自带的咖啡，惊心动魄地游荡完了，张扬把书放回架上，长发飘飘，潇洒而去，让老板娘很是不满。

这老板娘是台湾人，弄了小孩到加拿大念书，大概是为以后移民做准备。按加拿大的法律，监护人是不能离开的，必须陪读，老板回台湾打工挣钱，老板娘就开了间书店，留下来陪小孩念书。大概缺少男人的滋润，又要承受小孩的缠磨，老板娘未老先衰，颜色全无，无端的醋意还大。见张扬光看不买，老大不高兴，就要她租，五毛一天。你想张扬山清水秀之人，哪会与这等黄袍怪纠缠，租就租嘛，张扬从此租书看。

张扬在家休息时，也有孤单寂寞的时候，这时她就弄火锅，一锅菜，一杯酒，一页书，一片自在。

火锅的香气飘啊飘，引来了隔壁的房客，张扬给他一瓢料，让他回去自己弄。老外哪会弄这个，回去把个火鸡腿囫囵放进去，张开大口一咬，马上跳起来，“啊呜啊呜”地叫，用手扇着嘴，不知是辣还是烫。

张扬翻过一页书，悄悄地笑。

老范这回来请张扬，就是请她给自己的烧烤席上弄一个火锅，锦上添花嘛。

老范心里那份感动还在激荡，这回下了血本，龙虾，小鸡翅，山珍海味，饮料啤酒，能有的都有了，还缺一样，那就是烟。

加拿大烟贵，按当时的汇率，合人民币 30 元一包，而按当时国内的工资水平，这样的烟一月只能买三四包。就算老范有一官半职，充其量也就买个五六包，抽烟在留学生中是一种奢侈。但老范这回不管了，为区区几盒烟弄个美中不足，好像不值得。他就同王博士商量，要到对面底特律去买烟。

底特律与温莎一河之隔，很近，开车打个来回只要半把小时，那边烟也便宜，这边三块七，那边一块五，还免税。不过那边是美国，是底特律，是美国治安最差的地方。王博士有些担心，劝他算了，说烟钱归我，我来付。老范是黄须，当然不听，“黄须无弱汉”，他坐上张扬的车去了。

不一会儿两人回来了，两手空空，老范一副惊魂未定的样子，张扬却笑成一团，老王急忙一问，才知道两人有了历险记。

过了河，老范径直去买烟，留下张扬在车里等。这时附近有几个黑人慢慢向老范靠了过去，一个个面无表情，手里拿了根球棒在地上顿，一声一声，不紧不慢的，不知道要干啥，但最可怕的就是不知道要干啥。张扬见状一惊，赶紧叫老范回来，这下坏了，张扬喊的是中国话，却让那几个黑人误认了他们是日本人，一下就扑向老范。

底特律是美国的汽车城，家家户户都靠着汽车厂吃饭，不料那几年号称“有路就有丰田车”的日本丰田，沿着各条路径蜂拥而来，开进了美国，搞得通用、福特还有克莱斯勒都无从招架，纷纷裁员。底特律怨声载道，那几个黑人大概就是被裁掉了的，正在那里伏击日寇。

伏击者开始还不确定老范的身份，手里的球棒节奏缓慢，像是在打探，后来听张扬一喊，认定了眼前人就是偷袭珍珠港的家伙，球棒顿击声立刻变成了战鼓声，黑人们扑向老范，嘴里咿里哇啦，大概是“打死狗日的日本人”的意思。

百口莫辩，老范也不顾黄须了，撒腿就跑，张扬开车迎上去，接了他一溜烟回到温莎。

王博士大笑，说：“黄须无弱汉，今天如何？”老范不服气：“有本事你去试试，那几个黑人，胡须是他妈通红的！”

莲花街649号

小元曾参加了赛琳娜对浅家本田的女权保卫战，而后心潮起伏，按捺不住，就给《多伦多星报》发了篇通讯，详细报道了此事。文中对两位长发飘飘的巾帼英雄大加赞赏，见报后张扬看了，想了想，把报纸剪了下来，给赛琳娜寄了去。

过了两天，赛琳娜来了电话，邀张扬去芝加哥喝酒，电话中赛琳娜说：“记着带上你的中国兄弟，那人不错。”张扬笑起来，答应了，这头电话放下去，那头电话拿起来，是小元。小元听说赛琳娜请喝酒，啥都不说，只问了一句：“好久走？”张扬回了两句：“明天，坐船。”

第二天一早，小元赶到码头，张扬早已到了，穿了件大花的连衣裙，戴了墨镜，在码头飘飘洒洒地等他。见到小元，张扬把车开上船，然后和小元一起，登上了顶层甲板。

船在密歇根湖上劈波斩浪轰隆隆地开，感觉却很慢，一起一伏，摇篮一般，令人昏昏欲睡，小元叫来两杯咖啡，和张扬一起慢慢地喝。

小元问张扬："你认得到路不?"

张扬说："咋认不到，我都去了两回了。"

张扬告诉小元，赛琳娜住的地方，是芝加哥最牛的地方，门牌号是"莲花街649"，小元一听来了精神，"莲花649"是北美最具传奇的彩票，无人不知。"莲花649"五天一开，每次大奖200万，如果没有幸运降临，奖金就倒进下一桶。有时很久没有幸运，奖金就不论桶了，那就是个金库，这时幸运就会悄悄地降临，把人间搅得悲喜交加。有次一对巴基斯坦夫妇中了一注，奖金高达一千三百万美元，那女的立刻就疯了，男的赶紧救她，不料从楼梯上滚下来，摔断了锁骨。

第二天记者来采访，问他有何感想。那男的指指墙上夫人的照片，眉目顾盼，风姿绰约，又指指墙边的铁笼，那女的关在里面，披头散发地咆哮如雷，男的说："我希望生活改变得不要太过剧烈。"

不过这"莲花649"却好像总是悲喜同行，让人无可奈何。还有更惨的，底特律有人也抓住了幸运，传闻已多，他心里有了准备，就独自到了酒吧，同朋友一道，东说南山西说海，分散一下注意力而已，绝对不提大奖之事。谁知酒过三巡，把持不住了，就站起身来要请所有人喝杯酒，幸福同享。他也是好意，不过心里激动，声音就大了些，惊动了墙角一群人，那群人正围在一起，好像在谋划什么大事。正说到关键时刻，这中奖的不知好歹，站起来一吼，酒吧里本来就吵，墙角这一群一时也没听清他吼些啥，但觉得他烦，打断了思路，一人拔出枪来，"砰"的一声把那中奖的打翻在地，这边若无其事，继续议事，那边却救人，报警，乱成了一团。

这种故事小元听得多了，不料赛琳娜的住处就是"莲花649"。

"我上次一见，就知道赛琳娜不同凡响。"小元对张扬说，张扬哈哈大笑："你不要乱想，那房子是赛琳娜租的，房东不是她。"见小元有些泄气，张扬赶紧说："那房东也不错，也有些故事的。"

房东叫彼得，全名叫伊万·彼得洛维奇，是苏联人。小时候经历了斯大林的大清洗运动，父母在那次运动中双双去世，彼得也受了惊吓，变得不能识数，数到三以上就要乱套，他就会说："很多。"如实在多，彼得就说："树那么多。"

彼得在苏联是个孤儿，在集体农庄里长大，除了不识数，倒也健健康康，与常人无异，长大后成家立业，生儿育女，日子虽是平常，倒也快乐。

后来波兰闹事了，苏联也渐渐乱哄哄的，彼得就犯了病，担惊受怕惶惶不可终日。他有个舅舅在美国，年事已高，正需要人照顾，看到苏联不是个事，就把彼得一家接了过来，彼此好有个照应。

彼得到了美国就买彩票，"莲花 649"，没啥其他原因，只因为"莲花 649"一份 2 元，多了彼得也数不过来。彼得一买一买又一买，有一回就中大奖了，一中中了 500 万。不过彼得不识数，只知道"比树还多"，所以彼得没有疯，也没有招来杀身之祸，倒是发现了这栋洋房，一看门牌号是 649，彼得就执意买下，算是留个纪念。

要说这"莲花 649"，真是个魔咒，彼得中了就中了，平安无事就是幸运，偏偏还要钻进 649，这下好，悲剧来了。老婆有了钱，就嫌弃他不识数了，带了儿女，当然也带了钱，跑了，嫁给了一个识数的人，留下彼得孤零零一人，守着偌大的洋房。

彼得觉得孤单，就养了条狗，雪橇犬，高大，温驯，善解人意，但他还是觉得孤单，就开始思念老婆，翻江倒海，不堪其苦。有一回听说那个识数的人死了，彼得高兴惨了，一连几天进进出出的，都哼着苏联的《马刀曲》，不料想老婆并没有回来，她找了另外一个识数的，又嫁了。

彼得死了心，在 649 里搞了个家庭酒吧，放出苏联军伍歌曲《告别红场》，自斟自饮，自得其乐。

赛琳娜就是这时租了彼得的房，一老一少，相处甚是融洽。

小元听到这里，有些着急，忙问："这孤男寡女住在一起，好不好哦？"张扬搡他一把，说："美国历史短，文化浅，哪有你那么多名堂。”

那船“呜呜”地鸣起了汽笛，靠了岸，张扬开出车，载上小元，直奔649号而去。

649号坐落在一座小山下，森林环绕，红花点缀，经彼得一番修整，带了些苏联味道，屋顶有个克里姆林宫似的尖顶，高耸入云，顶尖上是青铜做的门牌，“莲花649”。

张扬和小元沿着林间小道穿行而来时，赛琳娜正和彼得在园子里喝咖啡。彼得已奔花甲，穿了条双肩背带裤，上身扎了件雪白的衬衫，戴着老花镜，高鼻浓须，大概知道有客人要来，还特意打了个蝴蝶领结，鲜红似火，只是头发乱蓬蓬的，是爱因斯坦的发型。赛琳娜乖乖女一般，坐在一旁。赛琳娜今天穿了条白色休闲长裙，真丝的，飘飘欲仙。见到张扬和小元来了，赛琳娜打趣小元说：“嗨，这么远都跟来啦。”张扬一笑说：“人家是来看你的，要是看我，哪还用跋山涉水地跑到这里来，你不要不识好歹。”大家笑起来，互致问候，让座，上咖啡，赛琳娜在小元的杯子里悄悄滴了两滴辣椒油，心里偷偷地乐。

彼得等大家安顿下来，起身进屋去了，说是要给中国的同志们弄些好吃的。小元趁机问赛琳娜，这彼得是干啥的，看打头像个教授，赛琳娜望着张扬：“你没告诉他?”张扬说：“没来得及，船就靠了岸，我留点机会给你啊。”赛琳娜白了张扬一眼，俯过身来，对小元说：“他哪会当教授，是个清洁工。”小元大出意料：“哦?”

彼得从苏联过来后，就一直在福特公司当工人，开始是在流水线上当装配工。这流水线是现代管理的标志，充分体现了科学、效率的现代理念。

流水线样样都好，就是忽略了人，一上线就做一件事，不动脑筋，也不用动脑筋。工人的脑袋就像个箱子，上班一打卡，箱子就打开了，公司“呼”一声把脑花拎了出来，放在一边，反正你也用不着；下班时再打卡，箱子又打开了，脑花又被放回去，“啪”一声盖进脑袋。这时脑花就大有用处，你要用它认路回家，还要用它认识自家老婆。流水线上工作一天的人，下来后都直行直立，僵尸一样，那是因为脑花刚放回去，还没有适应。这说来残酷，可情况就是这么个情况，看过《摩登时代》的人都知道。

这事后来遭到了“全美汽车工会”的强烈抗议，管理学家及时提出了“工作丰富化”的理念，这本是好事，不料却把彼得害了。

原始的流水线是永不停歇的长流水，零件摆在传送带上，从面前一过，工人就弄它一下，简单之极。“丰富化”以后的流水线，七八个零件放在一起，让工人把它们组装起来。流水线十米一停，留出装配时间，这时工人就要走动，把零件找到，再拼装在一起，工作内容大大丰富起来，工人感到有极大的创造性，但彼得却吃不消了，他不识数！七八个零件对他而言就是“很多”，彼得经常装出些奇怪的东西给下道工序，那人再装出更奇怪的东西往下走，等到了总装线，早已面目全非，天晓得是个啥东西，反正不是汽车。

彼得被撤下流水线，到了保洁部，当起了清洁工。

小元为彼得感到惋惜，说：“这下亏吃大了，一天起码损失五十元。”赛琳娜说：“还不单单是钱，流水线的人都是蓝领，彼得倒好，成了花领。”

美国社会民主是民主，不过还是有社会等级，上级看不起下级。彼得这等级，恐怕是最低的了，谁都瞧他不起。彼得从此无语言，白眼常向流水线。赛琳娜告诉小元，只有她来了后，彼得才与人说话，才有了笑容。

张扬打趣说：“小元倒想搬过来陪彼得说话哦，只怕你不肯。”赛琳娜眯着眼看着张扬说：“这要看彼得的意思，我一个房客，有什么肯不肯的，对不对。”小元赶紧说：“我肯定跟彼得谈得来，谈联共党史，谈卫国战争，我都拿手得很，没得问题。”张扬笑起来，说：“那你赶紧转学过来嘛，就慌成这副样样儿。”

这时彼得出来了，拿了酸黄瓜，黑鱼子，一大盆俄罗斯浓汤，当然，还有伏特加。大家围拢来吃菜，喝酒，席间小元挑起了卫国战争的话题，不出所料，老彼得马上来了精神，滔滔不绝，神采飞扬，只是记不得年代，彼得都用“很多年前”来代替。

小元聊得口渴，喝了一口咖啡，皱紧了眉问赛琳娜：“哪里的咖啡哦?”赛琳娜一本正经：“正宗墨西哥的。”小元嘟囔道：“我说有点辣喃。”

张扬悄悄问赛琳娜：“你看小元会不会转学?”赛琳娜笑笑，不答，泯了一大口酒。

后记 本文的故事，都是笔者留学时的亲历亲闻，文中人与事不一定完全吻合，但都是真实的。这拨和尚后来都携带了各种经书回了祖国，同全国人民一起在改革大潮中翻腾，故事更为精彩。

陈晓元自话

1954 年生于北京。

因病提前退出职场，用了十年来练习发呆，终炼成散淡宅男。

发呆也是一种积极的状态——有了时间来回忆“从前”。从前，曾远赴云南，在建设兵团三师十一团当知青；后来，又当过工人、科员、大学期刊编辑；再后来，又做过电视台记者、导演……

“从前”的名堂不少，故事也多。

2006 年春，我追风赶浪地开了一个名为“老歌”的博客，便把“故事们”写了出来，放在博客里晾晒。既讲给自己听，也讲给别人听。

六位同庚老友，有男有女，又曾共赴滇边，品尝了相似的青涩与不堪，就有了共同话题。故事各自讲来，讲得多了，汇成一篓。有人提议，何不将这些故事结集成书，或可传之后世，藏之久远；或可让史家闻得群马杂沓的跫音，进而循线追索一代人的生存状态和一个时代的深层背景？

众皆欣然应允，于是，便有了今天的《马语》。

这些散淡的文字，无一不透着马年生人的执拗与实诚。于我而言，既是发呆之所得，也算得是耳顺之年送给自己的礼物而不论厚薄。

姐告雨季里的故事(一):枪口对准了边境天空

按编制，身处姐告的连队直属团部，为团直一连。平日里我们都称其为姐告连。

姐告连的人员构成是以成都知青为主，昆明、北京和上海知青只有几人，老工人也不算多。

连队有两位主要领导，一是老潘，一是从成都知青中提拔起来的干部李玉明。对于连队领导，知青们多死跟李玉明。倒不是老潘这人怎么样，而是李玉明其人在知青中历来威信颇高，大家都信服，平时也沿袭原来在学校时对他的称呼：李娃儿。但凡有什么事都只听他的。

70年代初（可能是1972或1973年吧）姐告出了一回大事。

那时，知青们来此屯垦戍边也没几天，却很快就踩熟了这块仅1.4平方公里的屁股大点儿的背靠瑞丽大江而三面与缅甸接壤的地界。团直一连是全武装连，而且又与当时边防部队同等配备，知青们个个儿玩着枪兴奋得不行。所以平日里训练什么的也都格外上心用劲，随时都巴不得有个什么事儿把枪拿出来使使。

机会来了。

那天接近中午时分，正在水田里劳作的人头顶突然响起了飞机的轰鸣声，于是一个个都惊得呆住。大家抬头一看，好家伙！一架大飞机和两架小飞机正轰鸣着呈品字形缓缓而来，而且飞行的高度很低。很显然，有些来头，一架大飞机旁飞着的是两架护航的战斗机。这还了得？要知道，是那年月啊！边境上空若出现飞机，只有两种可能，一是有了战事，一是借道飞行。但是不论哪种情况，都会事先接到通知，而这三架如此突兀的飞机却谁也没接到过任何通知。

那时当地的傣族景颇族人及原住边民，可以说谁也没见过飞机。

说呆住那也是片刻。

水田里，只听得李娃儿一声暴吼："警戒！快拿枪！"

这是一声在建设兵团少有的真正的命令，只有在突发事件时才会发出的战斗命令。

大家神情紧张而亢奋地赤着双脚狂奔回宿舍，一个个动作迅速准确地操起了各自架在床头的武器。

那时姐告一连的地势是出了宿舍的门就是一长排深深的战壕，战壕之外才是一片开阔的水稻田。水稻田的最前沿，则直接与缅甸木姐接壤，相互之间仅有一个田坎之隔。上了缅甸方的田坎，就是一条公路，正对着姐告水稻田有一棵长势茂盛的大青树。树下，则是缅甸政府军一个固定的持枪岗哨。

知青机枪手大牛第一个操起了轻机枪，刚冲出门就大叫："快来！哪个帮我架起机枪。"于是立即有人冲过去，一把握住轻机枪的支架扛上了肩。与此同时，众知青和老工人们也都做好了战斗准备，"哗啦哗啦"一阵响，子弹上了膛，并立即进入战壕用各种姿势在不同方位将手中的枪指向了空中。

在那一刻，百把支半自动步枪都指向了空中那三架算得上是低空飞行的飞机，其中有四挺轻机枪。

三架飞机正缓缓而来，轰鸣声也越来越大越来越近。

李娃儿和老潘提着手枪站在一起，神情凝重也紧张异常。

老潘大叫："没有命令不许开枪。"他的声音因了紧张而颤抖着。

"李娃儿打不打打不打？"有多人同时在战壕里大声吼叫。

见状李娃儿大声嘶吼："正在跟团部联系，没有命令哪个都不许开枪！"他的脸和老潘一样涨得通红，声音也紧张得直发抖。

说实话，这是相当严峻相当紧张的一刻。如果有谁沉不住气或因紧张而扣响了扳机，百把支枪就会立即响成一片。

转眼间，轰鸣声就在头顶了……

有人大叫："日你先人的再不打就飞出去啦!"飞出去是指飞出了国界。

"李娃儿打不打打不打?"的叫声四下里吼叫成一片。

千钧一发。其实不就是千钧一发吗？千钧一发的战机转瞬即逝，三架飞机很快便飞过姐告头顶，出了中国国界。

还趴在战壕里的众人皆沮丧，有人大叫："球哦！咋不打喃?"

这时才有人惊异地问："是咋回事咋回事哦？咋会有飞机?"

老潘大声命令："退出子弹，关保险，全连集合。"听到老潘的命令，少数老工人战士从战壕里爬了上来，而战壕里多数人都没动身子。

李娃儿铁青着脸，压低了声音吼："你们狗日的没听见吗？全部起来，集合!"

事后，接到团部电话紧急通知，准确地说是被"告之"，这才知道是布托总统从中国访问完毕回国，其飞行路线恰好途经滇缅边境德宏一带领空，也正恰好是从姐告的头顶飞出国界。

这事到此也就为止了。原本并没打算写这段往事，但又觉得写姐告不写写这事似乎怪可惜的。

后来我们得知，当姐告连的"战事"电话打到团部后，完全不知情的团部首长也懵了。因事关太过重大，团部立即紧急与隶属的三师师部、县边防驻军等有关方面取得了联系。最后被告之，建设兵团是被通知遗漏的单位。

为此事，云南建设兵团首长在接到此事报告后撕破了脸破口大骂有关方面。

据说，一直骂着告到了中央。当然，此是后话。

但有几点可以在若干年后思考：

1. 那时建设兵团的尴尬处境。

2. 若真的打了，那接下来会发生些什么?

3. 领导一群全副武装的兵团知青战士，至少在姐告连，在那个年代在那个特殊时刻，还非李娃儿此等知青莫属。

此事过后不久，姐告连的一众知青哥们儿来团部，在我那间破草房里聊大天说起此事，李娃儿感慨地说："真的哦！老子日他先人的有关方面，在边境上这种大事居然会通知遗漏？你想想，如果那时我下了命令开枪，那结果会咋样？"听他这么说大家就都笑。倒是姐告连的白狗儿和青娃子带着一脸的坏笑说："不知者莫得罪噻！球大爷喊有关方面没通知呀。你娃还是该大起胆子下命令，咋子嘛？打就打了，要遭我们全部陪到你一起遭。估计二天再也莫得这种机会了。"于是大家又骂有关方面，也遗憾万分没打成仗。

对兵团知青来说，若那回开了枪，就算是打了回仗了。打仗，一定很过瘾。

其实大家也都考虑过，若真是出了什么事却因了此而丧失了"战机"呢？岂不也是罪过？

那回姐告连其实也挨了狠批，为什么？也不因为什么，就是因为左右都不是。

也算是大事。

姐告雨季里的故事（二）：枪声在知青手中陡然响起

姐告连和姐告寨子互为邻里，关系自然密切。连队的老工人、知青时常会去寨子里走动，而寨子里的傣族老乡也时不时地来连队。但相较起来，还是连队的人去寨子时候多一些，尤其是男知青。

姐告寨子有个很有趣的现象，说来也怪了，寨子里的小扑哨（傣族未婚少女的统称）长得几乎都十分漂亮，而相较之下，小扑冒（傣族未婚小伙子的统称）们长得似乎就差得多。也不知是否真是姐告的水土只养姑娘？还有一个现象也很怪，与姐告寨子遥遥相对的江对面的傣族寨子却恰恰相反，寨子里的小扑哨普遍没有小扑冒们帅。于是就出现了这么一个现象：江对面的小扑冒们总爱专程渡江来姐告寨子“串”小扑哨（“串”，在傣语里意为“玩耍”之意，傣族小扑冒来串小扑哨就是来谈恋爱），久而久之，姐告寨子里的小扑冒们就不依了，只要江对面寨子里的小扑冒来姐告就立即怒目相向。这样自然就形成了两个寨子的矛盾，这也成了两个寨子不和谐不平衡的根源。

不知这样的情况存在了多久。当知青们浩浩荡荡地开进来之后，这种不和谐的状态就被打破了。知青来了不多久，无论是姐告寨子还是江对面寨子里的小扑冒们就发现，小扑哨们都喜欢和男知青来往。于是，两个寨子里的小扑冒们怨恨的目光转而投向了姐告连的男知青。

那时，我虽然在团部，可每年农忙时节都会被派到姐告连参加栽秧打谷子，一去就是一个月，直到农忙结束才能回团部，每年两次。对此安排，团部有个说法，叫作“体验生活”，故而对姐告连姐告寨子也十分熟悉。

记得姐告寨子有个叫小乖的小扑哨，是姐告寨子的头号美人。这是刚去姐告连就会被知青哥们儿神秘且隆重告之的。

小乖那时才 16 岁，长得的确是水灵灵的，若用曹雪芹先生描写林黛玉的种种形容来描写小乖，估计怎么也不过分，说不定还真有过之而无不及。至少，小乖不是病态而是健康态。

小乖身高估计在 1.65 米左右，苗条、饱满而健康。在她细腻的皮肤上，有被亚热带阳光悄悄抹上去的一层浅浅的轻柔的橄榄色；一张精巧圆润的鹅蛋脸上镶嵌着一双深凹的随时都会扑闪出快乐的黑黑的大眼睛；眉眼之间，小乖抛洒出只有傣族少女才有的那种与生俱来的温柔和略显羞涩的开朗。傣族女性光溜溜后梳的传统发型亮出光洁的前额则又使小乖显得更加妩媚，而傣族传统的紧身露脐短袖小上衣和紧裹着腰以下部位的筒裙使我们只觉得那不是穿上去的装束，而是原本就在她身上的，与她浑然一体。所谓天成，也不过如此。

在小乖身上，我们本就十分贫乏的语文词汇中第一次有了“婀娜多姿、袅袅娜娜”等真切而实在的对照。

无论是谁，只要见了小乖，哪怕是阴雨天，你都会觉得有阳光在天空中照耀。

小乖早就成了江两岸甚至国界另一方的名人，自然也是众男青年们的追逐对象。但不只是因了她的美，还因为云南省花灯团曾把小乖作为培养对象招了去。可去昆明没多久，小乖就回来了，回到生养她的姐告寨子。她离不开这方的土这方的水。

我等知青们那时也不过十八九岁，正是情窦初开之时。所以，男知青们时不时会串到寨子里，有事没事地上竹楼，而无论何时，只要你进了竹楼就是贵客。

那时我们就知道了什么叫“礼仪之邦”。在寻常的汉人家里，我们接触到的多是刻满了疑问及警惕等字样的目光，而在傣族的竹楼里，我们看到的只有一样：真诚和热情。

说实话，那时的我们，被一张知青的皮包裹着抛到离家千山万水的另一方，我们内心中又期待着什么？说回家却是无望，所以，我们期待的仅是一双真诚热情的眼睛。

而我们，在竹楼里找到了。

同时也必须承认，那时的我们，不仅在竹楼里得到了真诚和热情，也让随时都饥肠辘辘的我们得到了安慰。至少，我们随时都可以在竹楼里“蹭”到吃食。哪怕是一小片木瓜、一个小杧果、一片菠萝、一小杯茶水、一支可以随时裹着吸的茅烟。在傣族传统的傣历新年时节举行的泼水节期间，我们还能吃到香喷喷的泼水粑粑。

这一切，在我们心里都会觉得格外的香，格外的甜，也格外的亲切和温馨。

还得承认，那时我们常去串的竹楼里，一定还会有一位漂亮的小扑哨。

傣族姑娘喜欢汉人，尤其喜欢汉人中的知青，这我们都知道。若认真究其缘由，或许是与傣族传统的劳作习俗有关。在生产力比较低下的少数民族地区，傣族男人除了耕田之外所有农活都是不去做的。反之，除了耕田以外的所有农活及家务都由傣族女人完成。

据说，若是傣族女人去耕了田，那田就会长不出庄稼。两相比较之下，汉族男人自然是优秀勤劳得多啦！也许正是因此，傣族女人大多都会喜欢汉族男人。

这些情况一综合起来，直接就成为知青们串寨子串小扑哨的根据和理直气壮的理由。进了寨子上了竹楼，男知青们也是得意得不得了，能不引得寨子里那些小扑冒们的怨恨么？

怨恨归怨恨，可从来还没出现过什么可以直接放对的由头。

知青们也清楚，在边疆少数民族地区，有民族政策的保护和若干限定，谁也不会吃饱了撑的去寨子里与小扑冒们自讨没趣引发直接矛盾。

姐告连的男知青和寨子里的小扑冒就这么若即若离地共处一隅。

姐告连有位男知青，记得外号叫“舵爷”，真名叫什么？不知道。反正见面就直呼舵爷。

舵爷是个小个子的成都知青，黑黑瘦瘦的，个头顶多也不过1.6米，在连队属于那种特别老实的人，平时也不多言不多语，与谁都和睦相处。真想不出来怎么会得了如此霸道的一个外号。

雨季里的一天，担任猪倌一职的舵爷冒着雨出去赶猪回圈。或许是因了有雨，那些个猪儿们便不怎么听话，嗷嗷叫着还四下里乱窜，直搞得舵爷手忙脚乱。

回猪圈时必须路经姐告寨子。那天也巧了，舵爷路过寨子时正遇上一群小扑冒在修葺一座竹楼。竹楼外的小路上，码放着许多竹制材料和已经加工好了的大块的竹笆墙材。

姐告连的猪儿们在舵爷的驱赶下，嗷嗷叫着从小路上那些竹笆上胡乱踩踏而过。待舵爷要过去时，有一小扑冒挥舞着双手，黑着脸咿里哇啦地大声叫住了舵爷。

好半天，舵爷才弄清楚小扑哨的意思，是你的猪踩坏了竹笆必须赔偿。舵爷歉意地笑笑，学着傣族的腔调说：“不好意思喽小扑哨哦宰龙哦……晓不得喽是猪干的事情嘛……”

说话这当口，猪儿们已经乱窜着跑得远了。舵爷一时着急，话没说完拔腿就追。可没跑两步，舵爷的背就被一重物砸中，一个踉跄便栽倒在雨地里。舵爷翻身爬起来就骂：“坏高啦！（坏高是傣语，意为狗生殖器。是傣语中最为狠毒的骂语之一）搞哪样搞哪样咋个打人?”

“打你又有什么!”傣语在说“什么”的时候发出的音是“西么”。随着叫骂声，几个强壮的小扑冒冲上来一把就按翻了刚爬起身的舵爷，举起手里的砍刀，用刀背朝着趴在雨地上的舵爷“乒乒乓乓”就是一阵如剁肉般的乱砍猛剁。

这个过程有多长？舵爷不知道。也许仅仅数秒，但对于舵爷来说不啻是天大的耻辱。他竟然毫无反抗，而且是被打得趴倒在雨地里。

舵爷带着哭腔放声大骂，肩背遍布着火辣辣的灼热的疼痛使得他甚至在雨水中坐了半晌才反应过来。那几个小扑冒尖声怪笑蹦跳着离开，回到他们的竹笆子堆里，其他的小扑冒宰龙们也都“嗷嗷嗷”大笑怪叫不止。

舵爷连滚带爬地起身，狠狠地朝他们盯了一眼，一瘸一拐地逃去。

姐告连的几栋宿舍呈 U 形排列，正面对着国界对面的木姐。U 形中间是一小块方形开阔的坝子。坝子居中位置耸立着一根高约 30 米的旗杆，旗杆上有一面迎风猎猎的中华人民共和国国旗。

逃回连队的舵爷，站在 U 形坝子里大叫：“哪个在家，哪个在家哟……”

没人？接着叫喊。

叫了半天，才从某间房子里传来不耐烦地回应：“喊个球！老子在睡觉。”舵爷听出这是闵娃儿的声音。于是立即奔过去，一把推开门，叫：“闵娃儿，我遭他们打了，我遭他们打了。”

“啥子哦！哪个会打你？你以为你当真话是舵爷嗦？”闵娃儿躺在床上不耐烦地问。

舵爷猛然放声“呜呜呜”地大哭。

“哎哎哎，咋子咋子？哭啥子哭？”闵娃儿一把掀开被盖翻身坐起来。

舵爷仍大哭不止，直哭得浑身一抽一抽的。

隔壁几间房里也有人在叫：“是舵爷哇？咋子了嘛哭个球啊哭！”

舵爷闻言哭着大叫：“青娃子，老子挨他们打腾了。”

“耶？哪个那么歪？几副颜色赶紧过来。”闵娃儿隔着房间大叫。

片刻工夫，闵娃儿的房间里便赶来数人。

青娃子铁青着脸，问：“对了对了，先说了是哪个打的再哭。”

一身泥水的舵爷扑倒在闵娃儿床上，反手掀开湿漉漉的衣服，哭叫：“你们各人看嘛……”

闵娃儿和青娃子等人凑上前一看，顿时倒吸一口冷气，只见舵爷瘦弱的肩背上布满了横七竖八的密密麻麻的高高棱起的红色痕迹。

“嗡”的一下，在场数人的脑袋都涌上来一股血。

青娃子把舵爷扶起来坐好，点了支烟塞在他嘴上，然后问：

"是咋回事？哪个打的？咋这么黑喃？"

舵爷猛吸了几口烟，稍稍稳定了情绪，便抽泣着把刚才发生的事说了一遍。

"老子日他先人哦！居然敢这起子弄。"青娃子第一个骂出声来。

"马上给你娃打转来！走！"闵娃儿高叫一声，随即操起了放在床边的"扦担"（"扦担"是当地常见的生产工具，为胳膊粗细的竹筒，长约一米八至两米不等，两头皆被削成一个大斜状的尖头，十分尖利。"扦担"的用途是"担"，两头插进捆绑好的山茅草或谷草即担上肩）。

几人同时叫骂起来，也都纷纷操起了棍棒扦担。按语文书中说的，叫作群情激奋。

闵娃儿青娃子等人那天正好是请了霸王假，在家泡病号，数了数，不多不少一共8人。也怪了，我们发生的好些事都是一行8人。难道在冥冥之中有谁安排好了这8的数字？祸兮福兮？总之都是8人！

现在回想起来，那时在知青中时常发生的血淋淋的打架斗殴，其实也是因了会突然爆发的"群情激愤"。这种情绪，哪怕是在出现一件很小的事情时，由于"群情"，便立即会把那情绪放大无数倍而在一瞬间相互传染着感染着并且立即爆发。

但是，舵爷挨打并且被打得不轻，绝不是小事。长时间积压在心里的说不清道不明的一种被"敌视"的心理此时在舵爷红肿的背上开始爆发。

闵娃儿青娃子等8个男知青操起扦担棍棒如旋风般地冲出了门。没有谁会考虑此去是否打得赢对手，如此人多势众会有什么后果等诸如此类的弱智问题。关键的是：必须打回来。

这是一口气。

待8人都冲出了门，闵娃儿却突然折回头，冲进屋子从床上抽出和自己卧在一起的冲锋枪，接着顺手从枕头下抽出一个装满了子弹的弹夹，"咔嚓"一声插进枪身，枪口朝下斜挎在肩上，提着扦担又再冲了出去。

8人在雨中一溜小跑，边跑边商量着"战法"。"如果他们人多我们就背靠背围成圈黑打，打翻他们几个镇住了再说，千万不要哪个落了单那就要遭。”这是他们边跑边商定好的“战法”。

从姐告连到寨子不过几分钟的路程。

姐告寨子或傣族寨子都有个特点，在寨子的中央会空出一个稍微大些的平坝，每逢节日，寨子里的人就会聚集在此载歌载舞。用汉人的话说即小广场。

姐告寨子里的小广场并不广，就是一块在姐告算得上稍微大些的坝子。横竖长度约为 50 多米，有若干条小路从坝子周围伸向寨子各处。

当 8 人冲到这处坝子中间时，他们猛地都愣住了。掩隐在郁郁葱葱的竹林中的幢幢竹楼，此时竟是静悄悄的，没有一丝声响也没有一个活动着的人影。在他们一愣神的工夫，四周寂静得瘆人，只有心跳和淅淅沥沥的雨声。

或许只有短短的几秒钟，寨子里猛然爆发出一阵尖利的怪叫，紧接着，从寨子四处竹楼间突然冲出许多高举着棍棒的人。

来了！狗日的也会打我们的埋伏？

8 人立即围成一个圈，高高举起手中的扦担棍棒。

围上来的傣族男人们有近百人之众。

一场惨烈的犹如冷兵器时代的混战开始了。

那天的雨很大，雨在狂烈的风中不住地嘶吼。

那天的坝子却很青春，绿油油的青草地在雨水不停地冲洗中变得格外的苍翠欲滴。

雨不住地下，风不住地刮，撕打在一起的人不住地叫骂。沉重的呼吸混在下意识的叫骂声中早就变得声嘶力竭。

他们 8 人很快便支撑不住了，在打翻对方数人之后，他们也都受了伤。而他们心里都清楚了一个再惨烈不过的现实：我们将被统统打倒。

混战中，有人嘶叫：“赶快冲出去！”

可谁也冲不出去，对方的人太多了，他们能勉强维持住自己固守的圆圈就已经是奇迹了。

他们怎么也未想到会面临这样的惨烈现实：他们竟然是在和

整个寨子对抗啊！

而此时舵爷在哪里？他又在干什么？

舵爷在他们8人冲出门时，就立即跑到正在劳作的大田里叫人去了。连队的知青加起来也有近百人哪！

雨中的坝子和青青的草地上，早已经混合进了鲜红的血水。混浊的雨水中带着一股一股的血不知正悄悄流向何方。

混战中，闵娃儿手中的扦担被打飞了，他的头部和肩背也被击中了无数次。他不知道自己是否已经在流血，他只知道：老子必须坚持住。实际上谁都清楚，只要有一个人坚持不住了或被打倒在地，战斗就会立即结束。所谓“兵败如山倒”就是这个道理，而败了就意味着可能的死亡。

谁会甘心？你？还是他？

谁都不会甘心。

闵娃儿的左臂又被重重地打中，紧接着，因手中丧失了武器而失去了抵抗的右臂也被狠狠打中，闵娃儿下意识地感到了绝望。在那一刹那间，闵娃儿被打得垂下去的右手猛然触到了冷冰冰的枪管，他本能地抓住枪管，用很标准的持械动作往前一顺就将冲锋枪顺了起来，紧接着的动作是右手立即触摸到扳机。

冲锋枪的枪口在那一刹那间费力地仰起头，“哒哒哒”清脆的枪声在姐告的雨季里陡然响起——闵娃儿扣动了扳机。

闵娃儿清晰地看见那一梭子子弹在自己面前的草地上打出一个漂亮的扇面，每一个弹着点都在草地的雨水里绽放出一朵清亮的小小水花。

枪声骤然停止了。

在枪声骤停的那一刻，四下里突然又复归于寂静。

一瞬间，紧紧围着他们的人群在顷刻间消失得无影无踪。

勉强维持着的圆圈其实早已不成样，他们其实也早就在混战中溃不成军。8个人傻呆呆地强力支撑着自己不要倒下去，眼前的一切开始变得含混模糊。

远远的，传来一阵嘈杂的人声。

是连队的人到了。

这场血光飞舞的群殴就在枪声响起时陡然结束。没结束的，只有雨，以及雨中嘶鸣的风。

不远处掩隐着竹楼的凤尾竹一群一群低着头在风中摇曳，坝子里含混着血的雨水仍在悄悄流淌，对于姐告连来说，那是一个血色雨季。

结束了，我也不知我还该怎么写，怎么描述。后来，参与斗殴的知青都受到了处罚。闵娃儿在回到连队后被当场缴了械。此事也按程序逐级汇报到了一级一级的上级。

当天，被打伤的七八个傣族兄弟都被送过江抬到了团部卫生队，住院治疗了近半个月。

也是当天，姐告寨子里的男人们几乎都跑到国界那边躲了起来。半个月以后才陆续回到姐告寨子。

此事之后不久，在团部我那间破草房里，姐告连的几个哥们儿闷头坐着抽烟。闵娃儿平静地说："我早想好了，如果我的枪被缴了也不再发给我了，那就算了。但是如果要给我太大的处分那我不得干。有本事就把全连的枪都缴了，否则老子横了哪都可以抓把枪来，活不出来就死，死也要拉几个垫背！"

据说，县里怎么都不依，非要置几名尤其是开枪的知青于死地。还好，建设兵团是军人当政，而军人无一例外是要护自己的犊子的。

结束知青生活回城后，有一回我在大街上遇见了闵娃儿，我问起他的情况，闵娃儿很平静地说："我现在厂里上班，将就了。还活到在。"

青娃子来过我家，那时他在省运司当驾驶员。那天，有人大声敲着门，我赶紧过去开了门。青娃子举着一大块血淋淋的牛肉就冲了进来，说："老子刚从藏区回来，给你娃弄了块牦牛肉回来。烧了吃，巴适哦！"

那回都还有些谁，我忘记了，但我记得有闵娃儿和青娃子。

有一个事实是：在当年号称瑞丽珍宝岛的姐告的历史上，在非正常情况下响起枪声，那回是第一次，以后再也没有过。而那枪声，是响于知青手中的枪。那枪声，是闵娃儿放的。

姐告雨季里的故事(三):雨夜有人敲门

那天已经很晚，估计早过了夜里 12 点。我刚躺上床准备睡了，忽然听到破朽的窗户上有极其轻微的“嗒嗒”声，像是用手指轻轻在敲。我直着嗓子不耐烦地大声说：“哪个在装神弄鬼？老子要睡了还闹个球啊你们。有本事咋不去敲女生的窗子喃?”大卫走了以后我就独自住那间破屋子。知青兄弟们无聊了时不时会在半夜里装神弄鬼地闹着玩。这时，隔壁也传来闷声闷气的“嗤嗤”笑声，“哪个瓜娃子吃多了那么晚了还在闹。”是高老大在被窝里的声音。“睡你的觉，管他是哪个。”我笑骂着把话扔过墙。

“是我，快开门噻。”尽管是压着嗓音在说话而且让人感觉很急迫，那声音还是很熟悉，只是一时却听不出是谁。我只好起床走过去一脚踢开顶门的锄头，把门打开。

一个被军用雨衣裹得严严实实的人在我开门的同时裹挟着雨季夜里的冷风湿淋淋地一下就挤了进来，一进门就反身把门关上，喘着气压着声音说：“快！弄点水来喝，老子口渴慌了。”我很是诧异，偏着头去看他，问：“哪个哪个?”

“是我。”他扭过头。就着我那破草房里昏暗的灯光，我才看清是姐告连的白狗儿。

我伸手朝着白狗儿脑后拍了一巴掌，笑骂：“你虾子三更半夜的搞啥子鬼，才从姐告来哇?”

“小声点，快弄水来喝噻!”白狗儿瞪着眼一脸的严肃。

“白狗儿来了嗦？咋这么晚?”高老大在隔壁问。

“莫得事，要晚了跑来找地方睡瞌睡，懒得跟你打挤你那么肥。”白狗儿回着话并对我把手指竖在嘴边。

我一愣。这帮人不管什么时候来团部，只要是到我这里，哪次不是抬脚就把门给踹开的？只要进来了，看见吃的就吃看见烟就抽见水就喝，哪有今天这种文雅还透着神秘，莫非出了什么事？

这么想着，我赶紧找出个大杯子倒了满满一茶缸水递过去。白狗儿接过杯子立即咕咚咕咚地喝下去，然后一屁股就坐在地上，一伸手：“烟。”

在白狗儿坐下去的时候，我才发现他雨衣里还裹着支半自动步枪。

一定是出什么事了。我又赶紧找烟。

待白狗儿吸了几大口烟，长长地吁出口气后，才轻声说：“我歇一下马上就要走。”

看着白狗儿难得的一脸严肃，我不无诧异地问：“你到底咋子了？出了啥子事哇？”

白狗儿把脑袋靠过来，在我耳边悄声说：“老子过来送情报的。妈哟！在雨水地里潜伏了差不多48小时，把老子弄惨了也弄瓜了，好冷哟！只吃了两个干馒头，连酸菜都莫得。”

看他那样不是在开玩笑，而且神经兮兮神神秘秘的。于是我不无好奇地问：“到底怎么了？说噻！”

“哎！有莫得啥子吃的哦？”白狗儿问。

我反问：“吃的？你啥子时候看见我这还有吃的等到你来？”

“哦！”白狗儿的神情顿时沮丧。

见白狗儿如此难过的样子，我不难想象雨季趴在草丛泥水里一连48小时的惨景，但是话又说回来，领受如此的任务，算得上是重大的了。其实也光荣无比！

我说：“要不要我出去给你找点吃的？”

“还是算了。我再歇歇，累瓜了。我是一口气跑过来的。”

我接着问：“到底咋了？”

白狗儿四下里看看，悄声说：“昨天我接了个任务，在边界上埋伏起等到那边来的人送情报。我的任务是接到情报就立即送过来，还是送到县里。”他说着还瘪了一下嘴。

“是不是哦？咋还是送到县里？”我听白狗儿这么一说，更感到好奇。于是接着问：“什么情报？哪个送过来的？”

“狗日的那个情报员，刚才莫得好久才梭过来。跟我一样雨衣裹起还戴个巨大的口罩，啥子样子我看都看不清。”他这么一说，至少我知道他说的时间是四五十分钟之前的事，“我跟他对了暗号，他悄悄爬过来，给我了个小本本，然后车转身就不见了。你想嘛，那么晚了天又那么黑……”

“是啥子情报？”我打断了他的话。

“耶？你娃想咋子？是情报晓得不，情报！懂不起哇？咋会给你说喃？”白狗儿此时才稍稍恢复了些往日里的状态。这时候的神情里还透着得意。

“就你一个人？”我问。

“是嘛！还有哪个？送了情报我还要连夜赶回去。惨！”白狗儿说着一伸手，“算了懒得跟你说了，再抽杆烟就走。”

我的好奇心越来越大，一边拿烟一边说：“慌个球啊你！好事不在忙上。到底是啥子情报嘛？透露一点点噻。”

白狗儿装模作样地又四下里看看，然后从内衣里摸出一个巴掌大小的小册子，“我都还没看，我也不晓得是啥子东西。”他说着把手往回里一缩，“你娃千万不要跟哪个说哦。”我赶紧鸡啄米似的点头，也很严肃地说：“晓得晓得。”

我俩头挨头地凑在昏暗的灯光下，心“砰砰砰”直跳。白狗儿慢慢打开那小册子，只看见上面有“5.16”什么什么“声明”等字样。

我俩恍然，但马上又多少有些失望，原以为从境外来的情报是什么了不得的大事呢。

“5.16”是“文革”时期北京的一个造反派组织，“文革”期间有不少大动作，包括砸英代办什么的，“文革”中后期被定性为“反革命”组织。我在连队时，有个高 66 级的北京知青就曾是这个组织的。1971 年 7 月，我们到连队不久，林彪坠机温都尔汗，接下来就是整天的政治学习。但他却除外，不仅不准许参加政治学习，连里还专门派了武装战士看守，包括他出工。那时他的工作是看守连队的玉米地，那地和傣族的一块玉米地紧挨着。后来他就逃跑到国外去了，据说是通过看守玉米地的那个傣族乌龙（即老大爷）帮忙跑的。我至今还记得那哥们儿姓米，叫若梦。这姓米的北京知青也怪，在连队里对谁都不怎么爱搭理，但我们来了之后，尤其是我和几个同学领头在连里闹了几回事之后，他就每晚端着杯子来我宿舍里小坐，每回来的借口都是要点开水。据说他是从浙江兵团转过来的，还结过婚，但来云南兵团后又给离了，那前妻也还在另一个连队待着。米若梦逃跑出国后，有一回连长还假装无意间问起，说："听说米若梦和你关系不错呀，是不是?"我说："没什么关系。他老来我们宿舍倒开水。"

说到"5.16"，我们这帮小知青其实知道的还真不多。

白狗儿叹口气，收拾好那小册子，站起身说："也没啥子哦，最多在国外闹点球莫名堂的事，光打雷不下雨，又不是要打仗。"说完，他把枪重又裹进雨衣藏好，说："走了。改天再来耍。"

我打开门，迎着雨季里的寒风冷雨，目送白狗儿冲出门，直到消失在雨夜。

（白狗儿大名叫白新民，从云南回来后就只见过两三回面，估计这小子还记得那个雨夜。）

姐告雨季里的故事（四）：凌晨枪卡壳

20 世纪 70 年代初期，滇缅边境上有段时间很是紧张。风声多半是老蒋原李弥残部会怎样怎样地搞破坏，当然也包括破坏知识青年上山下乡运动等，所以叫“敌情”。

与内地不同，边境上只要一有敌情就异常紧张，这种紧张是内地人体会不到的。

雨季刚至，团参谋长就到姐告连蹲点坐镇去了。我们知道最近一定又有什么情况，自然，这情况是又有了新的“敌情”。

刘崽儿的故事是在参谋长去姐告连蹲点之后的一个夜里发生的。

姐告连不论白天还是夜晚都设有固定或不固定的全配置武装岗哨，按当时的条例规定，夜晚若有人在十公尺以外不能准确回答当晚“口令”而行为诡秘不作声者，可以立即开枪射击。这命令就是“格杀勿论！”

这天夜晚下半夜，轮到刘崽儿值哨。他的哨位是暗哨。

值夜班最难过的是凌晨时分，到那时候你想要睁大眼睛都不行。迷迷糊糊中，刘崽儿猛然觉得不远处的草丛中有什么在晃动，他立即警觉起来。黑暗中，刘崽儿努力睁大着双眼，可还是什么也看不清楚，但凭直觉，那一定是个人。背上突突冒出一片冷汗，刘崽儿顺过枪指向草丛，低喝一声：“口令！”只有微微的风吹在草丛里发出的“簌簌”声。

“是哪个？再不说话老子开枪了啊！”

还是无声无息。

“遇见鬼了！”刘崽儿故意把枪栓拉得稀里哗啦地响，然后“咔嚓”一声把子弹推上了膛，接着又一声暴吼：“口令！”

这时候，刘崽儿终于看清了，不远处的草丛里有个黑乎乎的人影正猫着腰伏着……准确地说深度近视眼的刘崽儿是感觉到的。这感觉绝对不会有错，他相信自己。刘崽儿汗毛倒竖，放低了身子举起枪感觉着瞄准。黑暗的草丛中，一个黑乎乎的身影猛然跃起，刺啦啦地朝着草丛深处射了出去。几乎在同一时刻，刘崽儿扣动了扳机——“啪啪”……暗夜里的寂静被清脆的枪声打破了。刘崽儿清晰地感觉到自己是打出了一个标准的点射。这也是平时训练时反复练习出来的：在规定时间内用三个点射打完十发子弹。

“站到！”刘崽儿暴吼着提着枪追了上去。

那黑色的身影跑得飞快。刘崽儿在跑动中又一次扣动了扳机，只听得“咔”的一声闷响，他知道狗日的枪卡壳了。

奔跑中，刘崽儿放声大叫：“有情况，有情况……”

远处有狗在狂吠。

隐隐感觉着，前面不远处飞奔的人影是朝着清水河的方向跑，只要过了浅浅的清水河就是国界的另一头：缅甸。

刘崽儿心里有个本能的意念：再咋个老子也不让你跑出国去！

离清水河越来越近，暗夜里的冷风呼啸着从耳边刮过。

情急之下，刘崽儿在奔跑中从腰间掏出了木柄手榴弹。

70 年代初期，建设兵团配备的武器多为中国造，刘崽儿掏出的木柄手榴弹也是。这种手榴弹的木柄底部有一个可以旋开的引弦盖，拧开引弦盖拉出引弦，将引弦末端的小铁环套在小手指上，然后投掷出去，投掷出去时的力度将拉响引爆弦。从拉开引弦到爆炸的时间是 7 秒，这是木柄手榴弹引爆的基本操作动作和原理。

在距离清水河不足 30 米的那一刻，奔跑中的刘崽儿“砰”的一下，猛然跌倒在地。这一跌把他的身躯直接平展展地给扔了出去，他的胸部、膝盖及面部在跌下去的那一刻发出一种被镇住般的疼痛，脑袋也同时发出“嗡”的一声响。那重重的一跌，似乎被猛然呛住了一口气。

迷迷糊糊中，前方暗夜里的人影飞快地跃过了清水河。刘崽儿在心里大叫一声：跑了！

背后有光亮在闪烁，同时响起一阵急促的奔跑声，刘崽儿知道是救兵来了。跌倒时被憋住的那口气猛然间如被扎破的气球般泄了。刘崽儿直直地趴倒在地上，一动不动。

黑暗中，有声音低声命令："注意警戒！隐蔽搜索！动作要快！"

有急促的脚步立即向四下里散开。

有一团昏黄的光照射到脸上。刘崽儿刚想挣扎着爬起身，只听耳边一声大喝："别动！"

随着喊声，刘崽儿的手臂被死死按住。

"电筒照过来。"又是那声音的命令。

几只电筒同时照射过来，顺着刘崽儿伸出去的手臂，大家清楚地看见：手榴弹引弦铁环处伸出去的那根引弦被拉绷得直直的。

有人蹲下，轻轻拿起手榴弹，又轻轻地从刘崽儿小手指上摘下引弦小铁环。

刘崽儿被几个人慢慢扶起仍坐在原地。那个声音说："好险！力道再大些手榴弹就引爆了。"周围的人都长出了一口气。

"是怎么回事？"那声音问。

刘崽儿想站起身，可两腿软软的怎么也站不起来。

"不急不急，先歇歇。"还是那声音。

此时刘崽儿才知道是参谋长亲自带领着连里众人赶来的。

有两个人把刘崽儿架起来，他勉强站稳，伸出手想说什么，嘴角却哆嗦着怎么也说不出话来。

有人点了支烟塞到刘崽儿嘴边，刘崽儿猛吸了几口，镇定镇定情绪，哆哆嗦嗦地问："老……老子的……眼……眼镜喃？"

立即有若干只手电筒的光四下黑暗里晃动。

"在这儿。"有人把眼镜给他戴好，刘崽儿这才长出了口气，也终于缓过了神。

参谋长问："刚才是怎么回事，你慢慢说。"

刘崽儿说："枪在关键时刻卡壳了，否则那狗日的跑不脱。"

参谋长扭头便走。黑暗中，甩过来那晚的最后一道命令：“全部回连队。”

写到这儿，我自己也在笑。等见着了刘崽儿非得问问他是否还记得那个夜晚？估计他不会忘记。若还记得就再接着问：“你娃当时咋个回答咋都是答非所问喃？”

不过，话说回来，对于刘崽儿来说，夜岗哨猛然间遇见这样的突发事，谁会冷静如常？

军人也不过如此吧。

但事后众知青兄弟们都庆幸：还好，摔得还不算太猛，若力道再大些，手榴弹一爆炸，刘崽儿就没了。

这是大实话。

第二天，众知青兄弟坐着聊天，说笑间有人问：“哎！刘崽儿，当时你遭吓欢了哇？”

刘崽儿豪爽地笑着回答：“老子怕个球！唉，我承认，是紧张得很。但是老子真的没怕。啥子嘛？一个对一个哪个怕哪个？要是老子眼睛看得清，那狗日的早就遭老子一枪给弄翻了。”

这也是大实话。

我信。

姐告雨季里的故事（五）：强行偷渡

姐告地处瑞丽江东南岸，背靠瑞丽江，三面与缅甸接壤，是边境上的一块飞地。去姐告的人若从县城出发，沿公路步行三公里，下公路便走上田间小道，待路过一座傣家寨子，再前行约一公里，就上到了瑞丽江堤坝。

江边堤坝上，自然生长着一排一排一蓬一蓬茂盛的凤尾竹。高大的凤尾竹直耸入云，再把茂密的枝叶从半空里弯下腰来，随着微微的江风摇曳，便发出一阵阵“哗啦哗啦”声。在堤坝铺满细沙的软软的小路上，时不时会冒出几树野酸果，暗紫色如指头大小的野酸果散落地点缀在枝上，任人采摘，入口酸涩回甜。

去姐告的人到了渡口，如果船还在江对岸，便站在渡口放开嗓子长长地“哦嗬”一声，然后坐在江边的草地上等待。若在雨季，江面水大，江面也会比旱季时宽出许多，从江面看过去，江对岸的人都显得极小。“哦嗬”声和着江水的“哗哗”声顺着江风悠悠地传过去，过不了一会儿，江那边就会传回来一声长长的“哦嗬”声。

只要不是赶街天，渡口就不繁忙。来来往往的多是姐告寨子里的傣族人和农场姐告连队的人，从姐告国界对面木姐来的缅甸边民也少，摆渡的傣族乌龙（即大爹）也就轻松了许多。往往来了需要过江的人，傣族乌龙并不着急，只坐在船头悠悠地裹着毛烟抽，待三三两两地再来些人，好歹把细长的小木船坐得满些，才拿起竹篙长长地吆喝一声，从从容容地把船撑出去。

常在渡口过往的人相互间大多有些熟悉，至少也是看着面熟。偶尔出现个面生的人，尤其是对要去姐告的，摆渡的傣族乌龙就会客客气气地询问：“你从哪点来，要克哪点?”傣族人在说汉语“去”时，发的音是“克”。“你克哪点”的语尾音声调向上扬去，那个“点”的音便渐弱渐远。无论男女，只要不是吵架，那口吻都是软软的，很是受听。被问及的人于是客客气气地回答：“我从农场来，克姐告找老潘。”这回答是能过关的。老潘是农场姐告连队的领导，江两岸都知道。如若被问及的人回答不出个来龙去脉，摆渡的乌龙就会收起客气，严肃地告知：“哦，你是哪个我晓不得喽，姐告你不得克不得克。”往往这时，傣族乌龙都会很认真，而同船的傣族人也会紧紧看住被询问的人。

毕竟是在边境，边境的人会生出本能的警惕。因为只要到了姐告，抬脚不过几百米就是缅甸边境重镇木姐。

这天午后，几位傣族比郎（即大嫂）挑着竹筐从田埂上了堤坝，一路说笑，时不时还会委委婉婉地唱几句傣歌。行进间，在离渡口不远处，她们猛然看见有几个陌生的汉族男女站在一大蓬凤尾竹阴影里，共有五人。看模样，是两位中年男女和两位老年男女，还有一个是年轻些的男子。领头的比郎于是一愣，上前一步正待发问，陌生人中的那位中年女士已经走过来，用普通话很礼貌地问：“老乡，请问这儿哪能过江?”被问到的傣族比郎仔细地打量了她一番，又扭头看了看她身后的那几个人，用生硬的汉语问：“你们从哪点来？要克哪点?”“哦，我们就想过江去……”“你们要过江搞哪样？你们格是农场的人?”此时，那位中年男士也走上前，有些急切地说：“我们……没什么，我们就是想过江。”几位傣族比郎警觉起来，几乎同时放下肩上挑着的竹筐。领头的比郎提高了声音，尖利地大声问：“过克就是外国，你们要搞西么(即什么)？我们从来没有见过你们，不得克不得克!”这态度很坚决。

中年女士也有些急了，也大声说：“我们真的没什么，就是想过江去。老乡能帮帮我们吗?”

那位比郎后退几步，猛然仰天发出一声悠长的啸叫，啸叫中混杂着汉人听不懂的傣语。这使得中年女士吃惊不小，但看这阵势就知道已经没有了退路。猛然间她红了双眼，似有泪要滴下。她摇着头颓然长叹一声，涨红着脸朝身边的中年男士大声说："没辙了，我只能渡江游过去!"

此时，远远地从掩映在凤尾竹林中的寨子里冲出来一些人，边跑边发出叫喊声。

几个比郎立时从竹筐上抽出竹挑子，横在手里围定了这行陌生人，同时尖声大叫着："不得克不得克!"

那位中年女士转身猛然跃下了堤坝朝江边冲去，几个比郎见状也尖叫着几乎同时冲下了堤坝。

下了堤坝就是沙滩，不过二三十米就是瑞丽江。那中年女士脚踩在软软的细沙上跌跌撞撞地朝江水扑去，几个穿着紧身筒裙的比郎也歪歪斜斜地在身后紧追不舍。

还站在堤坝上的数人此时都惊得呆呆的……

在一片尖利的叫声中，那中年女士已经飞身扑进了江水中。紧跟在她身后的数名比郎旋即也不顾一切地扑了进去。

从远处飞奔而来的傣族男女已经冲上了堤坝，有人还提着步枪。此时见江水中扑扑腾腾的好几个人都放声大叫。

江中，一个身影奋力游在前面，从姿势看得出她有着良好的游泳技能，但紧跟在她身后的数名傣族比郎显然也不是庸手，她们是临近寨子的傣族女民兵。

时值雨季之初，江水还不是很大，江中有些地方甚至可以站直脚跟。对于那位中年女士来说，显然这不是她所熟悉的环境。在离岸边不远处，她终于被数名紧追在身后的比郎扑住了。

站在堤坝上的一众傣族男女放声大叫着欢呼起来，那几位陌生人此时却紧张得直哆嗦，面色苍白欲哭无泪一脸的绝望。

很快，那位中年女士被数名比郎扭着上了江边的沙滩。

站在堤坝上的傣族人都欢呼着冲了下去，紧紧围定了浑身湿淋淋的这一众人。

与那位中年女士同行的另外几人，此时只默默地看着眼前这一切。突然间镇定了下来，但也掩饰不住脸上彻底的绝望。

谁也不知道的是，就在这时，江对岸木姐紧邻国界的公路上，早就悄悄停着一辆汽车。

这天下午，这一行陌生人就被扭送到了瑞丽县城有关部门。

据说，到了县里以后，那位中年女士只有一个要求：“叫你们县委书记来。”

或许是这口吻显得有“来头”，县委书记很快便赶到。在得知面前的人的确是县委书记后，那位中年女士只淡淡地说了一句话：“我是某某某的女儿。”这个某某某使得县委书记大吃一惊。

当天，瑞丽县委连夜将此行人送往了昆明，有数辆全副武装的车辆护送。据说，沿途党政军都接到了高级别的安保通知。

据说，这行人中那对中年男女是夫妇，那对老年男女是她的公婆。那位年轻些的男子身份不详。

此事后不久，不过几个月，在雨季后的一天，北京传来了彻底粉碎“四人帮”的消息。

后记 这故事“基本”是真实的。这么说，是因为这是当年事发后的口口相传，所以有若干“据说”，而也只能是据说。尤其是那辆停在国界那边显得有些神秘的汽车，据说是专门来接应的。还据说，若“四人帮”不被粉碎，那么，下一个受迫害的就是“她”和“她们”。“她”的父亲于1969年11月13日在河南极其屈辱地含冤离去，有良知的中国人都记着他。

后来，有关方面以此为题专门拍摄了一部纪录片，以表彰那几位傣族比郎女民兵。

初涉江湖凶险：那年我 17 岁（一）

1971 年 7 月 1 日，一夜之间我就突然改变了身份，成了肩负着屯垦戍边重任的支边知青，陡然间就光荣得不行。7 月 2 日，我登上知青专列，踏上了几十年以后被修饰概括为“光荣与梦想”的旅途。

初到云南生产建设兵团，7 月 9 日下到连队，10 月中旬便被调到团部。

到团部不久，我就接到了一项非本职工作的工作，那叫任务，而非仅仅工作的概念。

那天午饭后，我们一行十多个男知青从团部出发，徒步 40 多分钟后走到瑞丽江边，然后乘傣族老乡的渡船过了江。

我们到达的江边对岸就是姐告。姐告为地名，面积仅为 1.9 平方公里，背靠瑞丽江，三面皆为缅甸。那时的姐告，只有由一个傣族寨子（即生产队）和兵团组成的一个连队。这个连队直属团部，为全武装连。按当时建设兵团建制的配备，团属下各营连队皆配备一个武装排，连以上干部皆配备枪支。而唯独身处姐告的团直属一连是全配置，其武器配置与当地边防军同，由此可见其重要性。姐告对面是缅甸边境重镇木姐。

在团部出发前，我们被告知了任务的内容：以个体泅渡的方式将放置在江对岸的木头电线杆运送到江这面。“泅渡”，对我们这群十七八岁到二十来岁的人来说，是一个很好玩儿也很有趣的事。

团部警卫通讯排徐排长早就在姐告江边候着我们。见我们到了，双手叉着腰开始布置任务。

徐排长是个身材高大体格健壮的现役军人，云南籍，估计那时也就二十八九岁。他一脸的严肃，指着地上一大堆横七竖八的粗大的树干分派："看清楚了，这是下一步架设电话线的电线杆，每人都必须拖两根，拖到江对岸你们就不管了，等车来拉。还有，跟你们讲清楚，这些电线杆虽说是木头的，但是有的下到水里是要沉的，很重。所以，你们在下水前要搞清楚，先在江边试试，两根电杆为一组，一根是要沉的，一根是不会沉的，两根搭配好了再用铁丝捆绑扎实，否则都是要沉的你们就拖不过去。这些电线杆今天必须全部运送到江对岸，按团部的命令，马上就要开始架设电话线了。"

听徐排长这么一说，我们这才多少有了些任务艰巨的意识。但是，年轻，必定气盛；而气盛，则无所畏惧！

于是，我们嬉笑着跳进江边浅水处，把电线杆抬到水里，然后开始一根一根地做着沉浮试验。

那些粗大的木头电线杆都是从缅甸买来的（严格地讲，叫作非法走私），木质坚硬且根根笔直，每根的长度都在 10 米开外，直径均在 30 厘米左右，否则就做不成电线杆。

待试验好，徐排长帮着我们把两根一组的电线杆用粗铁丝捆绑好，然后一声令下："出发。"

我们分别在浅水处下了江，按照徐排长的交代，我们还必须把电线杆逆向拖到 50 米以上的"上游"，这样在泅渡过江时才可能相对准确地到达对岸渡船"码头"处。

待我们都下了江，逆向涉水了一段距离之后，徐排长才抱着一大堆我们脱下的衣裤上了返回的渡船。

渡船到江中心时，遥遥地，徐排长对我们大声喊："我先回团部了，你们的衣服就放在江边……给你们留了两壶米酒……你们自己回团部……"

徐排长的喊声在江风中被吹得很遥远，隐隐地传到在江水中和木头电线杆一起漂浮着的我们耳里。此时我们才明白，狗日的！

我们将独自在江里拼搏。在那一瞬间，我们的心里突然有种被抛弃的感觉。

回想起那次泅渡，我必须仔细回忆其实记不大清楚的如下一组资料：

年代：1971年11月底或12月初

时间：某一天下午约2:30—3:00之间

环境：作为毗邻缅甸呈不规则半圆形版图的姐告，背靠瑞丽江而三面与缅甸接壤，距缅甸仅一步之遥。在江中若不慎或因体力不支而被顺江冲下去的话，仅需二三十分钟就会被冲到缅甸，瑞丽江的下游，将在缅甸境内汇入伊洛瓦底江。

天气：从中午就开始下起淅淅沥沥的小雨。虽说是亚热带，但毕竟是在冬季。云南民间对天气历来有一种说法：下雨当过冬。

江面：就我们负重泅渡而言，江面宽度是必须提及的一个重要参数。那天江水特别大，而所谓码头渡江处这一段也是江面最宽的一段，加之江水的冲力，我们乘坐渡船单边渡江时间接近一个钟头。

在这组也许并不能称其为资料的资料的前提下，我们下了江。

那天很冷，天色也很暗，阴沉沉的。这样的天气里本就很冷，我们在江水里泡着更是感到异常的冷。

同行者中，最年长的是北京知青老高，他是北京十三中高68级的，也是我的班长，和我住一屋。老高在水中时不时地叫喊："哥们儿几个，千万别落下，实在不行了就把电线杆给他妈扔了，安全第一啊！"大家在江水中相互含混应答着，一边漂浮着也一边相互观察着。我们都明白，这是真正的要命的关键时刻，谁也不能落下。如果落下了，即便是不淹死也得被冻死，最关键的是不能被冲到缅甸去。

我们这群在如今城市里还被称之为孩子的年轻人，就这么泡在冰冷的江水里，死死地扒拉着沉浮不定的电线杆，尽可能地聚拢在一起，随波逐流。

江水中有人猛然喊："老子日你先人的徐排长！"

有人跟着叫骂："狗日的一贯梭边边。"

“梭边边”在四川方言里，是指“龟缩到一边躲着”的意思。在以后持续的“任务”中，我们都见识了这位身材高大体格健壮的现役军人徐排长“一贯梭边边”的做派。

“我操他妈的徐排长，就这么把我们给扔啦！啊？回去不骂这臭丫挺的我就不信了我。”这是大卫在开骂。

“都别他妈胡叫唤了，保存体力！”是老高的一声断喝。

老高提醒了大家，我们必须保存体力。一旦体力不济，后果将不堪设想。

从江边下水，离岸约有20来米距离的江水只齐腰深，但过了这段就深不可测。

我们无奈地漂浮着，紧紧扒拉着一沉一浮的木头，渐渐的，我们几乎也成了木头。此时，谁都不再说话，不是为了保存体力，而是谁也说不出话来。嘴唇哆嗦着，牙齿间也一直发出“嘚嘚嘚”的碰撞声。

我们都在心里默念：“坚持住坚持住……”

天色越来越暗，原本阴着的天开始变得异常昏暗阴沉，江面上有江风混合在江水哗啦啦的声响里阴惨惨呼叫着刮过，岸边的景物也逐渐模糊起来。

瑞丽江边顺着堤坝是一长排郁郁葱葱长势特别美丽的凤尾竹。往日里，无论是在清雅的玫瑰色晨曦中还是在浓郁的橘红色晚霞夕照时坐在江边静静地观看，凤尾竹在微微的江风中悠悠摇曳，那是一幅极其美好极其幽静的图画，你甚至想把自己也融进去的，而此时，江边的凤尾竹呈巨大的横切面块状黑压压地迎着我们压过来……

终于抵达了，我们疲惫不堪地将那些该死的木头连同自己如木头般的身子统统搬上了岸。然后，我们一个一个地倒在还残留着微微暖气儿的草地上，每个人的身边是和我们一起倒在地上的木头电线杆。

不知在地上躺了多久，也不知时间，总之天色已经完全黑了。

趴在地上时，我们看天色估计此刻的时间至少是晚上7:30。也就是说，我们即便是在下午3:00下水，到此刻上岸时，在冰冷刺骨的江水里也至少泡了四个半钟头。

1971 年底的那天，雨中的瑞丽江边上只有我们十多个人，每个人的身体都是青紫的，谁也说不出话来。陪伴我们的，除了寒冷、疲惫、无助、孤独以外，还有饥饿。

但是，没有死亡的恐惧!

初涉江湖凶险：那年我17岁（二）

当冰冷的身体用趴在地上的全接触方式吸尽了残留在地表上的最后一丝热量之后，我们就再也找不到任何可以让我们再温暖些的理由了。

江岸黑暗里的一隅，是一堆胡乱堆放在一起的衣裤，我们知道，现场也只有这一点物质是属于我们的。于是，我们相继爬起了身。

赵瘸子猛然大叫："我操！不是说还有酒吗？"他大叫着开始用眼睛搜寻。在那堆衣裤旁边，躺着两只很旧的军用水壶。像是被陡然间充了电，赵瘸子双眼立即闪出绿色的光，敏捷地将自己弹过去，略一哈腰一把就将水壶抄了起来，随即迅速拧开水壶盖往鼻子底下一晃，然后兴奋地对着大家叫："快来快来，喝酒喝酒，赶紧暖暖身子呀！"还赤裸着身体的众人赶紧跳着把嘴伸过去。

只有我在犹豫，我历来滴酒不沾，也不会喝酒，但刚到连队不久的一个夜晚，我曾大醉过一场，而且醉得异常厉害，这事第二天便传遍了全营。据连队同学说，那次我喝下的酒估计有半斤多，而且大醉后提了把匕首踉踉跄跄地就朝连队食堂冲去。一直紧跟在我身后的同学想拉又不敢，怕被我手里的匕首误伤，直到我跌倒在水沟里，同学们才围上来夺下匕首把醉成一摊烂泥的我架回宿舍。据说那天晚上我几乎呕吐到天亮。待第二天中午我清醒过来，有同学问："你醉得那么厉害，还提着刀往食堂跑干啥子？”我说我什么都记不得也不知道，倒是有人揭发似的提醒说：“晓得了，他吃晚饭的时候才和食堂那个龟儿子上海知青吵了架，好在没打起来。”于是众同学都点头，说就是就是，你娃是不是想去打架哦？

那天醉倒了8人，我是其中之一。这是我人生中的第一次醉酒，也醉得很意外，本来是去劝几个想家想到痛哭的同学别喝酒的。

这时，老高拿着水壶走过来对我说：“你还是喝两口吧，是米酒。好歹也暖暖身子。”于是我喝了两口。

燕生拿着水壶，刚喝了两口就被呛出了声，他颇为夸张地在原地蹦跶了几下，突然叫：“我他妈实在喝不进去了。得，咱用酒擦身子得了。”说着，举起水壶就往身上倒酒。在那一刻，燕生的举动不啻是一项重大发明。我们几个不会喝酒的人也学着燕生往身上倒酒，然后在冻得青紫的身上一阵胡乱地揉搓。

不一会儿，酒没了。我们也都浑身酒气冲天的基本披挂完毕，穿好了本来就很简单的衣裤。老高说：“走！回团部。”

黑暗中，不知是谁在说：“喂！哪个提这两个水壶哦？”

大卫站在我旁边，扭头就骂出了口：“我操他大爷的徐排长的水壶，给丫扔了！谁爱提谁提。”

有人立马就扔了出去。

远远的，江边的沙滩上，传来两声紧挨着的沉闷的响声，那是徐排长的水壶。如同扔了我们似的，我们也将那两只军用水壶给扔了。

攀上江边不算太高的堤坝，我们下意识地站住，回望泛着一片片起伏不定的光亮的江面，顺着江再往后看去，黑黝黝的山坡后显现出模模糊糊的橘红色的灯光，那里是缅甸边境重镇木姐。

“走吧！”老高在黑暗中沉声说。我们开始沿着堤坝向回程的路进发。此时的我们，刚恢复了些体力，但随之而来的是饥饿。

已经记不得中午吃过些什么了，顶了天去也是些米饭和略带些苦涩的青菜。那时，我们几乎都是以青菜度日。还好，有如今已经绝迹了的只有当地才产的傣族大白谷，亩产仅两三百斤，古时为贡米。空着口吃我们也可以吃出香喷喷的恶狼般的食欲来，但毕竟缺少了油荤。

当饥饿开始固执地在我们体内不断折腾时，我们都很绝望。离开了冰冷凶险的大江之后，饥饿就成了我们最大的问题。最关键的是，在江水里已经耗尽了体力的我们还能坚持多久？那已经不仅仅是行进的障碍而是严峻的挑战，挑战我们到团部的 40 多分钟的路程。

从姐告往回走，那路是大家都熟识的。我们不久就下了堤坝，沿着小路继续行进。

一路上没有谁再说话，只有暗夜里阴惨惨的风在撩拨着我们，也吹散了我们满身的酒气。我们彼此间几乎都能听见对方“咚咚咚”的心跳。

顺着依稀可见的发白的那条小路，我们的步履是急切的。急切是因为大家都知道，越是接近团部就越可以尽快解决饥饿，说到底，我们是奔着饭菜去的。

小路两旁黑沉沉的草丛始终伴随着我们，脚下不断在发出窸窸窣窣的声响。这声响在黑夜里似乎预示着某种危机。尽管我们人多，但大家心里多少都有些惴惴不安，毕竟是在边境。小路两侧的草丛灌木丛连贯着延伸出去，在黑暗中几乎望不到边，像是对我们这些不速之客的伏击。

我们接近了一座寨子。黑夜中，有人在问：“是这个寨子吗？怎么不像？”这话一出，大家就立即意识到走错路了，但估计大方向还不至于出现偏差。老高说：“甭管那么多了，先穿过去再说。”于是大家又开始行进。

边境夜晚的寨子，静得可怕，几乎没有什么光亮，东一栋西一栋的竹楼都黑幽幽地掩藏在浓密的凤尾竹林里。竹楼和竹林在面前就混合成一个巨大的黑色块状物，而似乎这巨大的黑色物体你若稍有不慎就会迎面压下来。

寨子深处突然响起了一声狗叫，紧接着若干条狗的叫声在寨子四处响起。我们不敢逗留，顺着黑色块状物的边缘赶紧离开了寨子。

暗夜中，我们又走上了小路。被狗叫声惊出了一身冷汗的我们，此时更冷了。

饥饿、寒冷和一直伴随着我们的孤独，还有比这更可怕的吗？

不知走了多久，我们又遇见一座寨子。我们知道一定走错了路，于是我们又站住，在黑夜里发傻。而此时，饥饿也乘虚而入阵阵袭来。

老高说："要不咱歇会儿吧。"

从团部到姐告或从姐告回团部，只需经过一个寨子，不多久就可以走到大路上去，可我们竟路过了两个寨子。尽管我们知道走错了路，可要命的是我们根本找不到正确的方向了。

站了一会儿，算是稍稍喘了口气，大家又开始行进。大家都知道我们必须尽快找到公路，找到公路才可能辨别出团部的方向。

上学时，时常会接触到一个形容黑夜的词，叫"伸手不见五指"，那时不怎么明白，但此时我们都知道什么叫"伸手不见五指"了。我们站在大路上，睁大双眼极力想辨别出方向，可我们什么也见不着，眼前，只有依稀可辨的散发着灰白色的大路。除此之外，就是黑乎乎的一片。

极远处的天边，有微弱的模模糊糊的光亮，这光亮更让我们面对着的黑暗显得阴森。但是，那微弱的光亮则不啻是我们内心中坚守着的唯一的也是微弱的希望。

我们用急匆匆的脚步来表达自己内心里的急切、惶惑与压抑。

终于，前面不远处出现了一道灰白色的线条。我们知道，那就是公路了。于是大家用尽最后那一丝力气，狂奔着冲上去，嘶声大叫："日你先人的公路终于找到你了哦！"

上了公路，依稀可见的两道灰白色从我们身体的两侧延伸出去。我们都瘫倒在了路上。身上腻腻的，随便在身上哪个部位轻轻一搓就是一条条汗渍的泥条，那是汗水混合着公路上的灰尘所致。

稍事歇息，我们又挣扎着爬起来，顺着公路行进。

刚走出去不多会儿，大卫突然大声叫："哎哟！这是他妈回县城的方向吗？"这叫声使得大家猛然惊醒过来，对呀！这是去县城去团部的方向吗？大家都愕然，没人知道。

沮丧、困顿、疲惫、失望、无助等一切已经到了崩溃边缘的情绪在此时，在最本能的饥饿的怂恿下突然如山崩地裂般涌上来。一直绷得紧紧的神经也在此时完全崩裂。

极度的疲惫和饥饿终于让大家重又瘫倒在公路上。

有人坐在地上，有人把自己的身体完完全全地放倒在了路上。

那时候，没有一丝声响。

什么叫“静”？也许很少有人能说得清楚。但我能说：所谓的“静”，就是当你身处的周围对你都不再有实际意义甚至连心跳都听不见了的时候，那就叫作“静”；当一个原本鲜活着的生命体征因几近绝望而行将消失的那一刻，就叫作“静”。

此时，周围的一切都在黑暗中狞笑着冷着眼窥探着我们，而我们此时也狞笑着冷着眼面对周围的一切。

又过了一会儿，老高沉吟着说：“没办法了，只能用最笨的办法，咱就挨着马路边摸，一公里就有一个里程碑，上面的数字是凹凸的。咱们摸吧，只要摸着一块，摸出是几公里处，那就接着摸下一个，就算是他妈两三公里，总会再摸着一块的。回团部的里程数应该是越近越小，这样我们就可以辨别出方向了。”这办法也的确是笨，但我们也没有其他更好的办法了。于是我们分开两路，顺着隐隐可见的灰白色的路面在马路的两侧同时开始“摸路”。

“摸路”，这是我们的发明。估计古今中外也算得上是前无古人，后无来者的发明了。

说“摸路”，还因为当时我们谁都没火没了照明。那时都还小，我们中大多也不怎么抽烟。烟火烟火，烟火不分家。可我们这群人中仅有的几根火柴早就在上堤坝休息时用光了，烟也早没了。

人的一生中会面临许多种选择，但对于我们这帮子人，你没有选择。正如在你知道你必须离开城市离开父母天远地远地去当知青的时候，你的选择等同于没有选择。此时，“摸路”就是横在我们面前的唯一的选择。

或许是老天也在为我们鸣不平而阴沉了脸？往日里的夜晚怎么

也不会如此黑暗。当然，或许老天也在与我们过不去。那年头不是有句话说了嘛，人要是倒了霉连喝口凉水都塞牙缝。先是如同孤舟般的在冰冷刺骨的江水里随波逐流毫无抵抗，好不容易上了岸，却又一头扎进了漫无边际的暗夜，没有方向也就没有了希望。

我们早已筋疲力尽并且情绪极其沮丧，就散在路旁或坐或蹲或躺，越来越强烈的阵阵寒意使得我们连杀人的心都有。那时候，我们几乎人人都随身携带着匕首。若这时有人招惹着我们了，那一定是白刀子进红刀子出而绝不计后果。

我们开始了摸路，用我们被江水泡得发白发皱的应该还算得上是稚嫩的双手，顺着粗糙坎坷也是肮脏的路面摸出去。

我们到底摸出去了多远，没人说得清楚。那时刻，谁也不知道时间，不知道我们从江里出来到现在究竟用了多长的时间。在摸路的那当口，也没有谁再说一句话。

靠摸路摸出里程数，至少也得在先摸到一块里程碑之后再顺着一公里去摸下一块。这个过程很遥远，因为我们清楚，若摸对了方向，则我们就算是“节省”了几公里路程，若是摸错了方向，那我们还得多走几公里的路程。但那是我们唯一的希望。

背后有什么在晃动，我们直立起来回过头，远远的突然有了晃动着的灯光，很远，似乎是从遥远的天边而来。像是看见了救星，我们猛然挺直早已软绵绵的完全没了力气的腰，不知是谁在黑暗中强撑着气力叫声：“劫车!”于是大家纷纷跳到马路中间，横着站成一排把路面挡住。我们知道，也许这是今夜里唯一的希望了。只要劫住车，甭管丫挺的是哪儿的车是什么人在开车，只要劫住，我们就可以回团部，因为我们已经没有体力了。

从来不善言辞头脑简单四肢发达的长贵带着哭腔冒了一句话：“妈哟！不管是哪个，他娃要是不把我们拉回团部去老子就捅了他!”

没谁接这话茬儿，但在黑暗中悄然响起了数声轻微的“啪嗒”声，那是解开匕首刀鞘纽扣时发出的声音。

那灯光在远处闪烁着，我们觉得奇怪，怎么是跳跃的而不是晃动的，而且时而清晰时而模糊？多少年之后，在我又想起那次景况时我才恍然，在那一刻，也许我们的神智已经有了精神恍惚的前兆，因了寒冷、饥饿、紧张、无助和极度的疲惫。

跳跃的灯光越来越近，也越来越模糊，我们也越来越紧张，若那车不愿帮助我们，我们又该怎样？当真拔刀相向么？

我们本能地伸出双臂对着灯光胡乱挥舞起来，也一同嘶叫着："停车停车……"

车灯带着它那远比阳光更加刺激的光亮刺疼了我们的双眼，在一阵尖锐的刹车声中，我们恍恍惚惚听见有人在兴奋地大喊："是他们是他们找到了找到了……"

是团部派出来寻找我们的车，党终于当了回救星！

我们吃力地攀爬上大卡车车厢，一上车就全部躺倒在了满是灰尘的车厢里。大卡车带着沉重的喘息声起步了，晃晃悠悠颠簸着前行。我们在那样的颠簸中昏昏睡去，躺在大卡车满是尘土的车厢板上，如同死了一般。

迷糊中，紧闭的双眼猛然感到了强光的刺激，有人在大叫："团长团长，找到了找到了，他们回来了回来了。"我们在车厢里挣扎着爬起身攀扶着车厢板站起来，我们看见团部门口一片灯光，有一大群人站在那里。

我们突然间来了精神也恢复了神智，一个个从车厢后跳下车，都铁青着脸，心里却有被玩弄了一把的感觉。

"快快快，都先去食堂吃饭，团里说了今天吃饭不要饭票。"这是团部机关管理员老管的声音。我们这时才知道是老管来接的我们。

披着件黄呢子军大衣的团长赶紧迎上来，笑着大声说："好好好！回来就好，真是急死我们啦！"团长姓樊，山东人，是个相貌威武的大高个儿，他是抗日时期的老革命，也是对知青最好的团级首长，平日也和我们关系很融洽。但我们谁也没搭理他，只顾往食堂奔去。

"妈拉个逼！"团长突然在我们身后大骂，我们又站住，不知团长在骂谁，手也本能地伸向腰间的匕首。回过头去，见团长正双手叉着腰，指着徐排长破口大骂："你他妈的，要是今天这几个知青出个意外老子立即把你给毙了，你个杂种！"徐排长耷拉着脑袋规规矩矩地站在团长面前，大气也不敢出。而樊团长的大骂也使得我们差点没流出眼泪来。

老管走上前，对我们说："走走走，管那个小狗日的干哪样？我们先去吃饭。食堂专门为你们准备了饭菜，还有热水。"闻言我们扭头又向食堂走去。

老管就一直陪着我们，也一直在骂徐排长算是为我们解气。团机关食堂司务长老郝也在一旁忙前忙后地"伺候"着。也许正是因了如此的"待遇"，我们心里都涌上一股浓浓的混合着说不清楚情绪的悲壮。

我们散乱地坐在食堂门口的空地上，都捧着大号的盆子似的碗，直接把脸深深地摁进去而不再抬头。

大口大口吃着饭，也不管是什么饭菜什么味道，我们只顾吃。耳边陡然间响起樊团长带着浓郁的山东腔的声音："别急别急，慢慢吃，管够。吃完饭再冲个热水澡，回去睡觉，明天你们全部休息。"

也不知都添了几回饭菜，待我们都吃完饭，才把脸从那盆子里抬起来。

这时我们发现，在我们四周始终围着一群人。有樊团长在，那些狗日的谁敢离开？

老高一把拽过老管，问："几点了？"

老管回答："找到你们的时候已经10点过了。"

于是有了这样一组小数据：

从下午算起，我们一行10来个人在下午2:30至3:00之间下到江里到7:30左右上岸，用时大概四个半钟头；而当我们从江边起程到回到团部，原本40多分钟的路程因了迷路我们大概用了至少两个半钟头。

我竭力在脑袋里搜寻对当年的回忆，那回都有谁？

1971年冬天，在瑞丽江负重泅渡的知青兄弟大概有：

北京知青老高、大卫、燕生、赵瘸子；上海知青汤圈儿；成都知青亚大、姚娃儿、钟老五、老夏、老柴、高老大、高老二兄弟俩、长贵、老四和我。

昆明知青杰是否参加我记不得了。

初涉江湖凶险：那年我 17 岁（三）

负重泅渡了一回，晚上回团部还迷了路，结果玩出了大半夜的花样，自己都觉得惊险得不行，也觉得万分委屈。其实也是我们笨，如果换种角度看的话。第二天，按樊团长的命令该着我们休息，于是大家伙睡得都如死狗般。

我们住的房子在团部中央的篮球场边，是一栋草片顶子的没有山墙的土坯房，共有五间，我们这帮被徐排长弄成傻 B 似的负重泅渡的十多人就都住在这草房子里。

说起我们住的那草房，对如今的年轻人和城里人来说，大多都不大明白什么叫“草片顶子”和“山墙”，所以我以为有必要稍加解释。

“草片顶子”：是当地傣族景颇族盖房子的一种传统方式，即以生长于当地满山遍野的一种野山茅草为材料，以竹条为筋，将晾晒干了的长约两米的野山茅草简单编织为一长块一长块规格相同的草片，在建造房屋时，将预先编织好的“草片子”如汉族建房盖瓦那样一层层铺设上屋顶。于是就有了“云南十八怪”中的一怪：晚上睡觉顶着星星盖。夜晚，在草片顶子房里睡觉，你可以透过稀疏的草片顶子看见夜空里的星星。草片顶子还有一“奇”，当下雨时，那原本稀疏的草片在雨水的作用下，很快就由蜷缩状变为平铺状，那雨水也就顺流直下。故从无漏雨之忧。

“山墙”：所谓山墙，是指房屋横切面那堵四方墙与屋顶之间呈三角形的空间。

我们的草片房没山墙，起风时那风一进来，便满屋子尘土。若风向不好，那雨水也会随着风扑进屋来。当然，没山墙的房子也有好处，隔着若干间就可以把话扔过去而毫不费劲。所以，我们住的房子里没有悄悄话。

“哥儿几个该起床啦!”一听那声音就知道是还躺在被窝里的老高。有人含混着应答。老高接着叫：“你们他妈昨晚不是说了今儿有行动嘛？咋还不起?”

昨晚临睡前，大家还隔着房间商量，今天是个小街子天（当地叫赶街。如内地的赶集、赶场一样。不同的是，当地的赶街天按传统为三天一小街，五天一大街。)，还不好好地赶赶？咋也不能枉费了在食堂偷回的花生油啊！于是，躺在床上的大家隔着屋子探讨怎么偷，偷什么？肉是第一需要，但若想成功那几乎是不可能的。说来想去，从技术的角度也从人性化的层面来看，最后一致认为，鸭蛋最好偷。关键是每个摊摊偷几个，那卖蛋的根本看不出来。

当地多野鸭蛋，是那种青皮的，个儿大据说营养也好过家鸭。

当地人赶街习惯在街子里将自己的物品全都堆放在面前的一块塑料布上。那时，傣族人和景颇族人还保持着很原生态的质朴，对人一般没有戒心。所以我们的小伎俩定会成功。

中午吃野鸭蛋!

上街了。

赶小街天的人不少，我们三三两两地在街子里晃悠。

我和大卫、狗熊是最后上街的。刚进了街子，就碰见老四背着个包迎面过来，脸上带着诡谲的笑，我们知道他得手了。紧跟着，长贵也过来，眨着眼悄声说：“我和老四先回去，把东西放了再来一趟。”

狗熊笑着说：“这动作还真他妈快呀!”

我和大卫嘿嘿直乐。

在一个野鸭蛋摊子前我们站住，大卫对着狗熊说：“哎……我说老狗熊就看你的啦!”

狗熊憨厚地笑笑，说：“那……咱也试试?”说着在那摊子前蹲下他那硕大的身子。我和大卫在一旁站着看，大卫对我挤了挤眼，悄声说："别看丫老狗熊平时人五人六的，也敢啊！"

老高边剥着花生边吃着从人群中过来，看见我们，就走过来，忍住笑，问："咋样啊？"

大卫赶紧挤眼示意，"你看老狗熊。"

在鸭蛋摊子前，老狗熊蹲着，在一大堆鸭蛋上铺展开他那张硕大的熊掌，鸭蛋摊子后面稳稳地坐着一位笑容可掬的傣族妇女。狗熊开始动作，只见他手一伸一胡噜就抓起两个鸭蛋，用蹩脚的傣族普通话问："比郎，这个鸭蛋咋个卖，拽哩杭？"

这又得做一说明。"比郎"是傣族对已婚妇女的统称，意为大嫂；"拽"是傣族的计量单位，一小"拽"为三斤。"拽"还分大拽和小拽，大拽为五斤，小拽为三斤。"拽哩杭"是问语，翻译为汉语则为"你这鸭蛋怎么卖？多少钱一斤？"

"宰龙哦，这个是野鸭蛋哦，好噻喽好噻。你要多少？"在傣语里，"宰龙"是对已婚男人的统称，意为"大哥"。狗熊那时自然是童男子，但块儿大长相也比我们老些，所以傣族人一般都称其为"宰龙"。比郎用傣家妇女特有的软软的腔调唱似的回答，把那声多少的"少"的音拖得长长的，很是受听。都形容说江南女人说起话来是吴侬软语，但若真要与傣族女人的口吻比较，说实话还是差了许多。

狗熊边和比郎说着话边站起身，一会儿又蹲下去，如此反复了好几次，似乎是因了体形原因。不一会儿，狗熊略带歉意地对那比郎说："贵喽贵。等一小下再来买哈。"说完，转身就走。我和大卫紧跟，大卫还问："哎，我说狗熊你怎么啦？你丫没买鸭蛋啊？"狗熊回过头冲着我俩直乐，这时我们才发现，狗熊的那张大脸通红。

说句大实话，那时的我们还真没有"偷"的概念，而对于"偷"那必定会是本能地不齿。但我们的确是偷了，那天我们这帮人真的偷回了很多野鸭蛋。对知青的"偷"，很多年以后，几乎所有的老知青对当年的"偷盗"行为都津津乐道，同时几乎所有的人也会听得津津有味。绝没有谁会从道德的范畴去看待或评价此事，哪怕是在过去了几十年之后。

坦率地讲，那时的偷盗的确是偷盗行为，但在我们心底，却不是偷盗而是恶作剧。至少，在我们实施偷的行为时，没谁会因了偷而感到紧张，这很奇怪。

恶作剧心理其实是一个非常复杂的心理状态，其中或许有不满、委屈、压抑、紧张、焦虑、无望、失落以及莫名的报复，等等。

谁也说不清。

我还记得，那天我特意穿了条灯笼裤，裤脚宽大而在脚脖子处有一道很紧的松紧带。我和大卫狗熊一起蹲到另一个鸭蛋摊子前，东拉西扯地和傣族比郎说着话以分散注意力，然后我悄悄地往宽大的灯笼裤脚里塞鸭蛋，不一会儿在两只裤脚里就分别塞进了若干只鸭蛋。

“不行了不行了。”我悄悄说着站起身。他俩也跟着站了起来。

野鸭蛋沉甸甸地坠着我的裤脚，我本能地僵直着双腿不怎么敢动弹。大卫和狗熊拼命忍住笑，用手轻轻推我，轻声叫：“你丫还不快走啊你!”于是，我僵直着双腿上下垂直地提着膝盖左右摇摆往前挪着步子，在赶街的人群里用很奇怪的姿势慢慢走出街子到团部后门。若我走得快些，估计那姿势就如同企鹅。

待终于走出街子，那仅仅几十公尺的距离，我竟然都走出了汗。

刚进团部后门，我就压低了嗓门对大卫吼：“我说你还不帮我拿几个出来呀？我他妈都没法儿走路啦!”大卫笑得弯了腰，蹲下身在我裤脚里掏。

回到破草房，我们坐下开始大笑，直笑得流出眼泪来。对于我们，这是有生以来第一次真正的关于实施偷盗的处女作。

临近中午，我们同住在草房里的人陆续回来了，于是聚在一起。

老四和长贵当为最野蛮偷盗。用狗熊的话说，这俩孙子也他妈绝了，一人在前头蹲着撅着屁股，一人在屁股后头张着桶包的口接，那老傣族也真厚道，愣是没发现。就他俩那明目张胆的架势？直接把东西往屁股后头刨，一刨就刨进了那桶包了，然后提了包就走，还他妈大摇大摆。

那天所有去的人皆各有斩获。倒是有人嘲笑高老二，说："你龟儿子的老在那蹲着也没见你弄到啥子了?"高老二涨红着稚嫩的脸，分辩说："不是得不是得，主要是那个小扑哨长得好乖哦！真的，长得好巴适哦!"听高老二如此说，有人立即笑骂："你娃娃只晓得自己瞧粉子咋不喊我们也来看喃?"于是大家就又笑成一团。

待说到狗熊，大卫用评书似的口吻指着笑骂："平时你丫老狗熊看着也人五人六的呀，你瞧瞧，那双熊掌往那堆鸭蛋上一胡噜就是仨，你瞧着是俩，可丫挺的手心儿里还攥着一个呐。丫把手里那俩鸭蛋放回去，手心儿里那个就放进裤兜了，哈哈哈……"

大家嘻嘻哈哈了好一阵，开始收拾鸭蛋。于是有人出去到团部食堂的柴火堆"拿"柴火，有人去机关干部家属家里借回来炒菜锅。就在草房墙角，搬几块土坯砖架个灶点燃了火。

我还记得有这样一个场景：那火在锅底下熊熊燃烧起来，烧得大家异常兴奋。我们往锅里倒上大半锅的花生油，待那油被烧得开始冒出青烟了，就该往里倒打好的鸭蛋了。墙角旁边围着一大群人，急切地看着亚大操作——那一脸盆的鸭蛋"哗"的一下全部倾倒进去，只听得"嗤……"的一声响，那油锅里的温度顿时就降了下来。于是我们就又恍然：蛋太多、太多了。

那鸭蛋是被油慢慢煮熟的。

饱了困，饿了呆。吃完了我们全都顺着草房一溜儿坐下，谁也没吱声。

狗熊最先打破了沉默，说："我操！这破事儿……"

老高也说话了："这以后……咱还是别招惹人家老傣族了。"

姚娃儿也说："就是就是，其实人家傣族多好的，嘿嘿……"

老四突然跳起来，抻着脖子叫："就是，以后要整就整机关那些狗日的干部家。"

（以后的"以后"，老四果然率先颇有创造地"整"了机关干部家。准确地说，是整了干部家的鸡。此是后话。）

这之后，不论是大街天还是小街天，我们照样蜂拥着赶街，照样在赶街的人群里晃，但再也没去对傣族或景颇族动邪念。

20 世纪 70 年代初期，当地少数民族民风异常淳朴真诚。若我们去串寨子，甭管那竹楼主人是否认识，只要你进去了，他或她就一定会热情接待，有什么就拿什么出来。那时，我们也没少“蹭吃蹭喝”，尤其是在过泼水节期间，我们甚至会不惜走几十分钟的路去寨子里蹭泼水糯米粑粑吃。

几十年之后的今天，当我们这帮当年的知青再度回忆起那些斑斑劣迹，我们都会从心底由衷地道声：对不起！

板儿爷：悬崖上的遗嘱

莫里山。

早听说山里有一挂瀑布，无名但颇为壮观。往日里常在大山里逛悠，不是干活就是赶路，从来没有过如今的旅游意识或概念。但有一回上山，我们一行哥儿几个就说反正要路过又还从没去过，虽然得绕一大段路，还是去看看玩玩吧。于是就去了。

同行的有北京知青百顺儿、华子，成都知青邹其嘉等，还有谁却想不起来了。但有板儿爷，若无板儿爷，也就没这故事了。

板儿爷姓张，北京知青，一年四季总穿一身北京知青标志性的蓝褂子，肩上挎一黄色帆布书包，脚下永远是一双北京布鞋。一张脸长长的，面皮黑黑的还总透着一层青色；一双眉毛呈倒八字趋势，而且似乎永远含着一丝酸酸的笑意，不管什么时候说话都慢条斯理。板儿爷是高个儿，身高约 1.8 米，极瘦，侧里一看就如同横着竖在你面前的一片木板，走起路来就像在飘，却并不显得轻盈。

在山里走路，只要不是赶路，悠悠地走就不累。我们几人在山间的小路上慢慢地晃，耳边时时有各种鸟儿的鸣叫，有微微的山风吹拂着，阳光透过茂密的树枝斑斑驳驳地照射着我们，于是我们开始胡说八道起来，话题多为对现状的不满和对回家的期盼。当然，最期待的自然是吃。

板儿爷飘在最后，飘着飘着突然大叫："老子要是回了家非得去海吃他妈一顿涮羊肉、烤鸭什么的。"听板儿爷这么一叫唤，华子就笑，边笑边用他那口极难得的圆润悦耳的美声骂："你丫板儿爷说什么不好？非得逗我们想他妈想不着的事儿呀你。让你丫吃一整烤鸭你能行吗你？你要能吃下去我出钱。”听华子这么一叫板，板儿爷猛地几步飘着蹿上来，对华子叫：“哎！你丫还别激我。那咱赌一把？你丫敢吗？我要一口气不能把整只烤鸭给吃下去，我他妈就是一怂人！”百顺儿立即开始跟着起哄，“我说板儿爷你丫要真是能一口气吃整只烤鸭外带五斤涮羊肉，我就服了你了。”板儿爷扭头冲着百顺儿轻轻一笑，不屑地说：“瞧你丫那点儿德行，就服？人家华子可说了是他请客，知道吗，人家说出钱。”华子仰天哈哈哈一阵大笑，然后说：“那就赌一把。回北京再说！”板儿爷顿时泄了气，“操你大爷！说了也白说，这不还得回北京嘛。”

就这么走一路说一路笑一路，渐渐地能听见瀑布发出的轰轰响声了。

远远的，透过树林，瀑布直直地飘挂在我们前面。

待走近看，这是一处横切面长长的悬崖，崖壁笔直，那水从悬崖顶上宣泄下来，就成了瀑布。

瀑布高约五十多米，倒不怎么宽，估计也有好几米吧。清冽的山泉水从悬崖上端不停跌落下来，水花四溅，形成了一大片蒙蒙的雾气，瀑布四周绿树葱葱，藤蔓枝条交相缠绕，再点缀些不知名的野花，耀眼的阳光从悬崖上方斜斜地投射下来，那飞溅的水花便成了瞬息万变晶莹剔透的不断跳跃的珠子，景象煞是漂亮。那时候我们都是土鳖，自然是没见过尼亚加拉也没见过黄果树瀑布，眼前这道瀑布已经算是壮观得不得了的了。

板儿爷慢条斯理地道了声：“谁说的‘大珠小珠落玉盘’？还真像那么回事。”

百顺儿接过话茬，酸不溜叽地说：“估计是团部瘸子说的吧？听说丫挺的有一回把自己日记本里写的诗给那些小四川女生看，其中有一首是‘床前明月光，疑是地上霜。举头望明月，低头思故乡’那些女生就问这是谁写的呀，还说写得好好呀。”百顺儿拿腔拿调地学着女生的“好好呀”然后自己先就笑起来。华子笑着问：“是嘛？我怎么没听说过？那瘸子怎么说的？”

百顺儿大笑着说："结果你猜丫挺的怎么说的？他说是他自己写的。"

板儿爷仍慢条斯理地笑骂一句："都是傻B。"大家一阵哄笑。

就这么说着笑话，我们在离瀑布稍远的地方寻了块干燥的地方坐下，裹着茅烟休息。安静了一会儿，也不知是怎么的，板儿爷突然说："这瀑布悬崖也不算太高呀？"华子说："得得得，你丫又想什么呐？"板儿爷慢条斯理地说："没什么。我就在想，能不能一口气爬上去？"百顺儿把话接过来，说："你丫是吃饱了烤鸭还是涮羊肉啊？没事爬什么悬崖呀？"华子站起来叫："我说你丫是怎么回事？今儿还真想没事找事儿不成？那你爬呀，让大家伙瞧瞧。"

板儿爷慢慢站起身，淡淡地说："爬就爬，别挤对我，这年头谁还怕了谁不成？要是我爬上去了，你们赌啥？"百顺儿跳起身，说："我说板儿爷，今儿我把话撂这儿了，你要爬上去，咱这就下山，也甭他妈什么涮羊肉烤鸭的了，去县城馆子，现成的，那卤猪蹄儿五毛钱一根儿我请了，随便你吃，能吃多少我就请多少。怎么样？"

板儿爷淡淡地笑笑，没再搭腔，慢慢走到悬崖边，紧了紧裤腰，然后十指交叉把双臂举起来上下左右地活动了一番，深吸一口气，开始攀爬。

这处悬崖很是陡峭，青灰色的岩石在潮湿的环境中渐渐变成了墨绿色，那绿是湿润的青苔。峭壁上的岩石或凸起或凹陷，但若是想攀爬估计都不怎么靠得住。倒是峭壁上密布的藤蔓帮了板儿爷，若没了这些藤蔓，板儿爷就少了攀爬的基本依靠。

看着板儿爷慢慢往上攀爬的身影，历来胆大妄为的百顺儿轻声说了句："以前怎么没看出来，板儿爷还有这么一手？"

华子接口道："不叫有这么一手，这叫纱窗擦屁股——露一手！"在大家伙的哄笑声中，板儿爷开始攀爬。

板儿爷也没爬多久，在下面的我们就已经看出来了，其实，爬这看着不高但忒费老劲的悬崖，随时都透着危险。玄！大家不由得都为板儿爷捏了把汗。

华子说："什么呀？丫这是来劲了。真不知丫怎么想的。干吗呀？跟谁拧着劲怎么的。万一出了事儿那怎么办？"

"得得得！还是赶紧让板儿爷下来吧！"百顺儿用商量的口吻说。大家也都附和着说，还是下来的好。

于是，华子冲着悬崖上面大声喊："哎，板儿爷，我说你还是下来吧。费那劲干吗呀？咱赶紧着回吧！"

"别介，上来了就没下去的。"板儿爷的声音从上往下传来，显得有些气喘。

"还是下来吧，板儿爷……"百顺儿开始着急。

"丫还真的来劲了，千万别出事啊！"华子也急了。

此时，板儿爷已经爬上去十多米了，再往上爬就更危险。

仰头看去，板儿爷双手紧紧抓着藤蔓，脚在悬崖壁上四处探寻着可以落脚的地方。说话间，板儿爷渐渐爬到离悬崖顶不到十米的距离了。这时候，大家都看出来了，板儿爷已经很难有落脚的地方了。

大家真的开始着急了，可又没办法帮忙。华子大叫："我说板儿爷，你别急，抓稳了先歇歇气儿，要是能下来还是慢慢爬下来。"百顺儿也叫："对，还是慢慢爬下来吧，我们在下面接着你。"

大家一直仰着脑袋关注着板儿爷，其实早就发现情形不大妙。那些黑乎乎的石头都很湿滑，不敢太使劲地蹬踏，而那些纵横交错的藤蔓也怕出什么意外，万一吃不住劲儿那可怎生是好？

"真是上山容易下山难啊！"板儿爷的声音又从上面传下来。

"没事，没事，板儿爷你先歇会儿，慢慢地下。"华子把口吻放得很缓和。然后压低了声音悄悄对我们说："这时候别拿话激他，不能急，急了准出事。"于是大家都噤了口。

耳边突然变得很静，瀑布的轰鸣、林中鸟儿的鸣叫突然都消失了，只听见自己怦怦怦的心跳。

"喂！哥儿几个，我他妈真的不行了。"头顶上方传来板儿爷仍旧是淡淡的声音。

听这话，大家心里猛地一紧。

华子仰着脑袋故作轻松地说："什么呀板儿爷，你是谁呀？是板儿爷呀！别着急，慢慢下来。没什么下不来的，啊！"

"估计不行了，我已经没劲了。"板儿爷的声音有些微微地发颤。

大家猛地全都傻了眼。

大家跟板儿爷的距离其实不过三四十米，但一个是在悬崖壁上，其余的却是在悬崖下，想帮也帮不上。大家都开始流汗。

百顺儿突然带着哭腔叫："板儿爷，你坚持住，我上来帮你！"

板儿爷闻言大叫："别别别，你上来也没用。"

此时安静得不得了，似乎连心跳也没有了。大家都清楚，如果板儿爷真的坚持不住，从这差不多有六七层楼高的悬崖上面摔下来，那八成他就没戏了。

悬崖下，是一堆凸起的犬牙交错般尖利的黑色乱石……

"得！我他妈认栽了。到云南就已经算是栽了，这辈子就栽这一回。"板儿爷的声音突然变得很平静。这种平静是一种无奈，而这种无奈却显得坚定。

悬崖壁上，板儿爷换过手，用左手死死抓住一条粗大结实的藤蔓，稳住身子，腾出右手，往上衣兜里掏着。

华子叫："你干吗呀板儿爷？还不快下来呀你！"

空中突然飘荡起几张灰黄色的小纸片，板儿爷的声音从悬崖壁上幽幽地传来："哥儿几个，我还剩下几张饭票，就留给你们了。"

听板儿爷这话，大家都傻了。

"还有，我兜里还有几块钱，就算是交团费了吧。"随着板儿爷的嘱咐，空中又飘洒下几张钞票，"华子百顺儿，等你们哥几个回北京的时候别忘了去我家看看，看看我妈，就说我在云南彻底扎根了。记着啊！没事常去看看……"

"我操你大爷板儿爷！你丫就是一怂人！我告诉你，没谁愿意去你家说你丫这点破事，你自己回家说去！啊！"百顺儿带着哭腔大声叫骂起来。

华子也颤着声骂："我说板儿爷你还算是个爷们儿吗？不就是

个破悬崖嘛？有什么呀？你下来，你下来呀板儿爷……咱还得一块儿回北京呐是不是，回了北京我不请你吃烤鸭涮羊肉我就是孙子听见了吗你。”

百顺儿也大叫：“下来呀你，咱这就去县城，去馆子吃卤猪蹄儿，咱比比看谁能一口气吃下十根儿好吗？下来呀你！”

“不行了哥儿几个，没法下来了，我是彻底没劲了。”板儿爷的声难得地发着战，“什么也别说了啊哥儿几个，都是好兄弟！到时候，我屋里的那点破东西你们就看着给处理了吧，最好是全都给烧了。”

我们拾起那几张湿漉漉的饭票、钞票，感觉这好似板儿爷在做最后的交代了！

静，或者静谧是什么？是寂静，是恐怖，是可怕，还是心死了之后的安静安宁？

陡然间，天空不再明亮，阳光不再灿烂，鸟儿不再鸣叫，瀑布不再轰鸣，水珠不再跳跃，山风也不再轻柔地吹拂，只有那横在面前直直耸立的悬崖，黑森森地显出可以吞噬一切的原本的狰狞。

华子急了，猛然仰天大吼：“咱拼了！板儿爷，咱拼了，凭什么不拼一把？咱还得回北京呢！”

百顺儿等也大声吼叫起来：“拼了！扎他妈什么根儿！板儿爷拼了！我们绕上悬崖去接你！”

静默了片刻之后，板儿爷突然大叫起来：“好！听大家伙的，我他妈就拼了！生死就这一回了。不就他妈十来米吗？要死咱也得死回北京去死回家去！”板儿爷一改往日的温吞水脾气，猛吸一口气，手脚并用……

我们从瀑布旁边绕上崖顶，一众兄弟终于在悬崖顶上汇聚，这时才感到了从未过的乏力，竟如虚脱了一般，都颓然倒下。

身下，依然是湿得发腻的青苔和野草；耳边，依然是瀑布跌落下去发出的轰鸣；头顶，依然是一缕一缕从参天大树缝隙间投射下来的耀眼的阳光。

我们都默不作声，尽管刚才瞬间突至的绝望已然消失，但后怕仍萦绕在心头。不知过了多久，大家才慢慢爬起身，却又相对无语，心里都明白，刚才板儿爷不啻经历了一回阴阳之变，差点叩开了阎王爷的大门。

“咱回吧，哥儿几个。”还是板儿爷打破了沉寂，大家这才慢慢爬起了身。

悬崖之上，板儿爷举头仰天，沉声道：“哥儿几个，咱都得记住喽，咱这小命儿，还得留着，好好留着！咱这小命儿不是这儿的，是北京的，是留给咱妈的。”

“这条小命是咱妈的！”这声音在那一刻猛然盖过了瀑布的轰鸣，轰轰隆隆地在心底里炸响。

也许，在那一刻，我们那一张张并不成熟的脸上都悄然淌着泪。

如今，那原本默默无名的瀑布，也有了自己正式的大号，就叫“莫里瀑布”，成为当地一景。

只是，如今的人，或许鲜有人知道曾在那里发生过的其实也许是微不足道的故事。

但这故事，一直就存放在我心底里。

我想，也会刻在板儿爷、华子、百顺儿等当年亲历的知青哥们儿心里。

魔鬼阿邓

阿邓是他的昵称，若我没记错的话，该叫邓小银。是否是这个“银”字我倒记不清了。

阿邓是昆明知青，那时他在五连我在一连，隔着好几公里的路。

初识阿邓，感觉他略显腼腆，总眯缝着一双小眼微微憨笑。阿邓的昆明腔特别浓，初到云南听着都觉得好玩。比如很简单的一句套话“有空来玩，好吗?”到了阿邓嘴里，就成了“不有得事情呢时候就来哇哇，格活?”昆明话在发“玩”的音时发出的是“哇”，“好吗”则改换了句式，叫“格活”。

阿邓是出了名的懒鬼，连行动也比常人迟缓，说话慢条斯理。用四川话讲，叫作“死皮”。

不过，就这么一懒鬼“死皮”，阿邓却突然间出了大名，而且被连队旁景颇族寨子里的景颇族人惊呼为“魔鬼”。于是，阿邓就多了外号：魔鬼阿邓。

说起“魔鬼阿邓”这外号的来历，那也是一件很意外的事件。那时，阿邓所在的连队被整体调到了莫里新建营。事件就发生在莫里大山上。

是哪年我忘记了，大概是1975年吧。那时我已调到了团部，在团政治处宣教科任宣传干事。

那天，我领了个任务到莫里公干，而我到了莫里照例是要去一连的，我与一连的人都特熟，阿邓也在一连。刚到一连，就看见连队的知青们一个个如同过年般的兴奋异常。简易的篮球场旁边，围着一大堆人。

石头一见我就跳过来大叫："陈干事，你娃来得是时候哦，脚板简直洗干净了。快快快，各人找双筷子赶紧……"我这才知道是全连吃蟒蛇。我立马来了精神，也不管谁是谁，根本顾不上跟谁打招呼，也不知是在哪抓了双筷子就径直挤进了人堆。

人堆当中置放着一口硕大的铁锅，正热气腾腾地咕噜咕噜冒着浓郁的香气，我看也没看清，举着筷子就往大锅伸去。人堆中有人含混着说："耶？你娃来了嗦？咋脚板洗得那么干净喃？"接着也有人叫："破天荒头回弄蟒蛇肉你娃就赶起来了……"我谁也没理会，在锅里搅和着捞出来一块，天啊！那肉怎么是黄色的？

说实话，大伙连那肉是什么滋味都没尝个明白，就完事了。很快，那锅就见了底，只剩下些白白的汤。

有人大叫："妈哟！是啥子味道喃？"

那是我第一次吃蟒蛇肉。

吃完了我才知道，这蟒蛇是阿邓在山里打的。回到连队后，石头还现脱了件府绸衬衣跑到景颇族寨子里换了只大白鹅，和蟒蛇一起煮。煮蛇必须在露天里煮，否则煮出来的肉会有毒。这是煮蛇的规矩，所以在连队球场上搭了食堂的大铁锅。

俗话说：饱了困，饿了呆。其实不是那么回事。吃完后，我和一连一众哥们儿席地而坐，裹着茅烟聊天，话题自然是阿邓打蟒蛇。

阿邓历来懒得连吃饭都是慢吞吞的，干活也更不像是那么回事，于是连里就安排阿邓去给连队放牛。放牛说来轻巧，但得费些脚力，还得耐得住寂寞。凡放牛者，都得一大清早就把牛赶上山，待天黑了，牛在山上也吃了一天的青草了再赶回连队。阿邓就成了连队的牛倌。

说来也怪，阿邓自打成了牛倌以后，似乎变得勤快了。每天傍晚赶着牛群从山上回来手里都不闲着，要么捧一把野山菌，要么带回一大串苞谷。在雨季，遇得巧了，阿邓没准儿还能带回一大堆鸡枞菌。每次只要带回了山珍，尤其是鸡枞菌，连里司务长就会专门烧一大锅汤，把那汤直烧得白白的，于是全连的男女老少就都边喝汤边对阿邓伸大拇指。每逢此时，阿邓照例是憨憨一笑，然后捧着自己的饭碗，蹲到一边，边吃边用浓重的昆明腔含含糊糊地说："有哪样有哪样嘛，整得着回来嘛就吃吃得了。"末了，还加一句，"发心得了，只要是我放牛就有得吃呢。"昆明话在说"放心"的时候，发出的音是"发心"。听阿邓如此"坦露心迹"，连长就笑骂："小狗日呢，阿邓，格是怕不要你放牛了？发心得了，只要你牛发得好，我们也有得吃呢，牛就给你发了。"于是蹲在地上吃饭的阿邓就把那双小眼眯缝成一条线，憨憨直笑。

那年月，连长的话不啻圣旨。于是阿邓把心放下，那牛儿也放得格外的用心，每每从山上回来，也尽可能不让自己手空着。阿邓私底下说了："在山上发牛，其实是最无聊的事情，牛吃自己的草有我哪样事情？莫得事情嘛就到处扯扯菌子也算是哇哇（玩玩）了。只要不喊我下大田不去砍荒，咋个都要得呢。"

自打开始放牛的工作，长期独自一人率领牛儿上山，本来话就不多的阿邓话更少了。

俗话说：咬人的狗不叫，老实人干大事。谁也没想到，这天阿邓竟然逮回条至少有七八十斤重的巨大的蟒蛇。

关于怎么遇上蟒蛇又是怎么逮的蟒蛇，阿邓是这样讲述的：

都说是老马识途，其实牛也是一样呢，也识得途。我每天一大早赶它们上山是走这条路，下午往回赶也走这条路。牛都认得路，我其实就是跟着走。天天都一样，每天下午就开始往回赶，走走停停再吃吃草，咋个都要走三几个钟头。今天就怪怪的了，本来牛回来走得好好的，咋个就都不走了，还到处乱跑，怕是受了哪样惊吓。我走在最后，一看觉得奇怪，就赶紧走到前面看，咦？咋个路中间有一大堆东西，花花绿绿的动也不动。我一边吆喝牛回来一边过去看，走得近了一看，阿莫莫！（"阿莫莫"是本地土语，感叹词。）结果是哪样你猜？是条蟒蛇啊！当时我的头发都立起了，吓着我了。山里蛇多嘛那是经常可以见着呢，但是蟒蛇我还是第一回见着。你说吓不吓人？但是不晓得它咋个动也不动，脑壳也不得见。我倒是觉得奇怪了，咋个回事？回头看看牛，都远远地躲着，看我。我认得（知道）牛儿是看我咋个整，咋个带它们回家。我本来想绕过去的，但想想还是想不过，难得遇见蟒蛇哦！还好，我们这些上山的人都带着砍刀，我就去砍了一个V形树枝，哎！砍V形树枝都晓得的吧？在山里头抓蛇都是先用V形树枝叉到蛇七寸叉住蛇头，再整格和？（“格和”为昆明话，此处意为“可知道”）我就用树枝枝翻那条蟒蛇，它盘着咋个都不动，又那么大一堆，重喽重！后来翻过来，蟒蛇的肚子那点怪，硬是拱起一大砣，不晓得格是吃了哪样东西。我又翻，又翻，嘿嘿……还是把蛇头翻出来了。怪了，真呢是怪怪呢！我把它脑壳翻出来了叉到，但它还是不咋个动。这下我就来精神了，你蟒蛇也不咋个嘛！老子今天不把你整回去就算不得条汉子！我把树杈一丢，死死抓着蟒蛇头，再把身子放在脖颈上绕着扛起来，然后一只手抓蛇头一只手抓着蛇身子，吆喝着牛儿就开始往回走。这下子，嘿嘿……往天是我跟着牛屁股走，今天是牛跟着我的屁股走。格认得？（意为“知道吗？”）牛还是懂得呢！晓得是牛主人把蟒蛇整着了，所以就一直跟着我屁股走回来。但是那狗日的蟒蛇毕竟是蟒蛇，一路上开始不断地用身子缠我，那力气大喽大，一直缠着我的腰，缠了两三转哦，缠得死死的，还好，没缠着我的脖子。我咋个使劲也脱不出来，手又脱不开。就这种，老子扛着蟒蛇走了可能有两个钟头，才回来的！

阿邓的讲述把大家伙听得目瞪口呆，往天不把阿邓看上眼的众人此时没谁敢不服，不服你也去抓条大蟒蛇回来呀！于是大家就都说阿邓闷胆大是条汉子。

阿邓一进连队，正值全连人收工回来，都在食堂前的空地上等着吃饭。一见阿邓竟然扛着条巨大的蟒蛇，都惊得呆住。过了半晌才反应过来，于是就七手八脚围上去帮着卸下还缠在阿邓腰间的蟒蛇，连长拿来锄头，一下一下砸在蟒蛇头上，直到砸死。紧接着，连长大吼一声：“剥蟒蛇皮，全连吃蟒蛇肉！阿邓立大功喽！”

直到这时，阿邓才懈下那口一直憋着的气，一屁股坐倒在地上，几近虚脱。

几个身强力壮的男知青找来大钉子，然后搭起人梯，攀上篮球板的上沿，钉好大钉子把蟒蛇头挂上去，好家伙！那蟒蛇从篮球板的上沿垂挂下来一直拖到地面还余个一米来长。有诗为证：蟒蛇啊！你真他妈的蟒啊！你真他妈的长啊！

在连里几位有经验的老工人的指点下，几个男知青仍搭着人梯作业，从蟒蛇的七寸下刀，横着切割开，再开始剥皮。可剥了老半天那皮却总也剥不下来，结果是两个男知青死死抓着蟒蛇的皮凌空吊住，然后使劲往下拽，才一点一点地剥下来……

整个作业过程，全连的人都围观着，连同闻讯赶来的景颇族寨子里的老乡也站在一旁，一边看一边惊叹，敢抓蟒蛇的人是魔鬼。

这之后，阿邓就多了个外号：魔鬼阿邓。

蟒蛇肉是吃完了，体力恢复过来了的阿邓突然间大叫："连长咋个我才吃着了两坨蟒蛇肉哦！"一众人等顿时大笑起来。阿邓其实一点也不魔鬼。

在莫里一连不长的历史中，这是难得的愉快的一天。

当天，连长指示：阿邓因抓蟒蛇有功，特奖励休息半日。闻言：阿邓直接躺在了地上。

王大楠自话

王大楠，男，1954年生，属马，奔波的命。从上小学一直到粉碎“四人帮”，学业时断时续，生活也不轻松。其间还去了云南，在建设兵团二师七团屯垦戍边。

后来对了，回城考上了大学。然后留校教书，然后去政府机关，然后被派往欧美学习、工作。因既不能呼朋引伴，也缺乏酒肉朋友，几年后辞职回了乡。又因年少支边，沾染一身草莽气，不堪按部就班，于是下海去上海找了份差事。数年后发现自己那行道越做越艰难，终于又逃回家乡。

回乡后基本上东一榔头西一棒子，没混出啥名堂。好在命运操在自己手里，不用看他人脸色；加上本人素无大志，做生意只求“收支相抵，略有节余”，这并不太难，故小日子还算自在，有思考的闲暇。更庆幸结识这帮爱好文学的朋友，持续的熏陶使我也拿起笔来，记下了这些文字。

远去的马帮

滇西地区，有世界著名的横断山脉，又被青藏高原冲下来的几条江河及其无数支流切割得支离破碎，形成了山高谷深的地貌。这里的景观举世罕见，有些山顶高得积雪，山下沟壑里却生长着亚热带植物，难怪说“一山有四季”。巨大的落差和丛林密布，江河阻隔，使交通成了大问题。直到20世纪70年代，滇西大部分山区都没有现代交通。封闭的地理环境，横行的野兽虫蛇和弥漫的瘴气，使之成为人类生存极为艰难的地区。但在这广袤的区域内，却自古以来都有人类活动，这里也是我国民族聚集最多的地区。人能在这里生存繁衍，很大程度上是得益于马帮。

马帮是当地特有的一种商队，由三类成员即赶马人、马和狗组成。其分工明确，马驮运货物，狗管治安，赶马人全面负责。马帮的规模大小不等，少则十几匹，多则几十甚至上百匹。千百年来，唯有马帮才能深一脚浅一脚地颠簸在滇西的崇山峻岭中，承担着物资交流的重任。

随着公路建设逐渐推进，运输日益现代化。马帮也在淡出历史，离我们远去。在此过程中，那些世世代代赶马的人们，为维护祖先传下来的生活方式，与命运进行过顽强抗争，我曾经在边远地区有幸见证了他们最后的奋斗。

我从小生活在城市，儿时通过电影《山间铃响马帮来》对马帮有了点肤浅印象，以为赶马人都是些游山玩水谈恋爱，生活惬意而浪漫的生意人。直到支边以后见识了马帮，才知道不是那么回事。

第一次见到马帮是到云南生产建设兵团后不久，那是一个星期天，我从营部返回连队，步行了六七里路，南定河已经在望，过河还有两里路就到家了，我心头一阵轻松。这时，突然听见渡口方向传来一片喧闹。

今天渡口格外热闹，人声马鸣犬吠都凑到了一块儿。当我从遮挡视线的几丛酸枣树后转出来时，眼前的景色豁然开朗。原来是几支马帮结伴而行，正在渡河。只见聚合的马匹上百，撒在绿草茵茵的河滩上，在空灵的山水间点缀了生机。清亮的河水舒缓地流淌，与岸上的喧闹形成对比。旷野上盛开几树火一样的木棉花，傲立在四下的绿色中，构成视觉焦点。午后的阳光刺眼地照着，激起阵阵水汽，使远山朦胧，也让附近村寨和竹林变得虚幻。这画面非常奇丽，既有山水画般的写意，也有西洋画的光彩。在这样的场景里邂逅马帮，倒是个良好的学习环境。

但细看那马帮，第一印象并不怎么样，一伙粗人，领着一拨土狗和一群个头低矮的马。这组合远不如边防军人骑高头大马牵德国狼犬威风。而且，赶马人对外人不怎么友善，爱理不理的。狗也是一副没教养的样子，除了主人外，对其他人都凶相毕露。马更是典型的叛逆者形象，即使主人命令，它们也敢公然违抗。马帮简直是一帮乌合之众，此情景颇让我失望，文学作品给我构造了那么完美的初始印象，却被现实无情颠覆。

马帮渡河很不容易。虽然眼下正是枯水季节，水不深，但南定河床全是流沙，马驮着货物下水，立刻会被陷住。只好卸下货物及马鞍，马才能涉水过去。货物用独木舟摆渡。过河之后，相反的工作又得全做一遍。最难的是，马显然不愿做人指派的事情，从卸鞍渡河到重新架鞍装货的所有环节，马都不会与人配合。首先，要让马蹲下来卸鞍就很不容易，不知是装糊涂还是真不懂，反正马理解不了这意思。任凭几个赶马汉子围住马使出浑身解数，它也不肯就范，颇有一股好汉风范。正僵持不下，却窜出几条狗来。

一般而言，狗和主人的外貌和气质或多或少有些吻合，例如壮汉常牵大狼狗；女士爱抱哈巴狗。马帮的狗也与赶马人相似，不修边幅，吃苦耐劳。在专家眼里，这是些土狗，没什么价值，不过千万不要以貌取狗，它们的本领可是身为宠物的同类没法比的。几只狗冲上去一吼，那马立刻就乖乖地蹲了下来。赶马人省去了与马的纠缠，卸起鞍来顺利多了，没多少时辰，光着身子的马已聚成了团，在河滩上自由放任地大吃起草来。

看得出来，狗也讨厌懒汉，只见它们自发地围上去，要撵马群过河。马对戏水显然毫无兴趣。无奈遇上这帮很有事业心的家伙，只好懒懒散散下水去了。大多数狗干事情，也仅仅点到为止。有只狗却有始有终，竟纵身跃入水里，督促马群向对岸游去。上岸后它又围着马群前后左右地狂叫，那架势好像是命令马群原地集合，表现出超群的组织能力。然后它才返身洄游，又去驱赶第二群马。我一度误解了它的动机，以为它如此卖力定有所图。谁知赶马人对它的表现视而不见，只顾专注地照管货物。原来组织马群过河本来就是狗的工作。狗好像也清楚自己该干什么，只见它们神情凝重，在南定河两岸来回奔波，尽职尽责。这人与动物的分工协作堪称默契，比我们连干活更有章法。过河后赶马人未曾休息，奖赏了狗，喂了马，再给马架上鞍子货物，就上路了。算算时间，过南定河整整耽搁了小半天。我意识到了马帮的艰辛，前边不知还有多少江河等着他们。

这些人都沉默寡言，干活也是如此。经过长期合作他们相互沟通已无须语言，一个动作，一个眼神，彼此就能理解，所以在渡河过程中没人说话。前边不远就是边界，他们还能往哪儿走呢？我好奇地询问，却无人搭理。难道他们要过边界？那边可是“金三角”啊！那里山高林密，河深水急，不通公路。缅甸境内的各路武装都在此安营扎寨，还居住着若干个互不信任的民族。政府也鞭长莫及，是全球著名无法无天的地方。金三角的战事连年不断。夜深人静时，常常听见边界那边传来阵阵枪炮声。

想不到他们真往边界去了！负重的马走不快，马帮行进得慢吞吞的，带着一串散碎的铃声，晃晃悠悠地朝着战区进发了！那休闲般的步履，却使人感觉坚定。漫不经心的背影，却表露着义无反顾的决心和勇气。惊讶之余，我醒悟到了自己刚才的冒失，马帮一路上跋山涉水，风餐露宿，日晒雨淋，满载货物在这么严酷的自然和人文环境中穿行。与人相比，自然界的困难又算得了什么？难怪他们不愿与陌生人打交道，更别说随便透露行程了。

世上竟有这样的群体，他们常年就在这种地方谋生。难道就为赚取点运费或地区差价吗？虽然越是在这样的地方，越有马帮的生存空间，也越能体现其存在价值，但他们毕竟是和平商队，只能徒手去面对常人难以想象的艰险。冒这么大风险值得吗？再说了，就靠贩运些远离时尚的日用百货，像是做得大的生意吗？

光线已经转暗，渡口回归冷清，几声乌鸦叫，其音凄厉。西去的马帮紧紧攥住了我的目光，太阳落在两山之间，金色余晖笼罩着马帮，似乎在保佑他们一路平安。阵阵马铃声传来，清晰而温馨。这声音让我想起从前走街串巷的小贩，他们曾带给我许多童年乐趣。我由此想到，深山里与世隔绝的部落民，还有生活在战区的老百姓，听到这铃声会是什么感受？是雪中送炭的侠客，还是传布和平福音的大使来了？千百年来，马帮一直是他们生活的依靠，假如没有马帮送来必需的生产生活资料，买走他们的产品，他们能在深山老林里幸存吗？马帮在他们心中的形象，一定不是寻常商贩。

终于，铃声也消失山中，听不见了。西天还有一抹红云，太阳还没彻底落下，月亮已从东边爬了上来，亮汪汪的。难道月亮急着想为马帮照明，或给他们送去一片祥光？

看着日月的不凡举止，我耳畔油然响起一首古老歌谣：

“月亮出来亮汪汪、亮汪汪，想起我的阿哥在深山。

哥像月亮天上走、天上走，山下小河淌水清悠悠……”

这广为传唱的歌就诞生在云南弥渡。那里以前曾是滇西最大的物资集散地。对了！“天上走”的阿哥一定也是赶马人。我以前一直当他是猎人。不对，肯定不对。只有赶马人才配在天上走，才配得上与日月齐晖，与江河呼应的殊荣。

多才多艺的陈参谋

据说是参照部队编制（我不太信），建设兵团在营级单位也设了参谋、干事等职务。谋到这些差事的多为政工干部，也有个别掌握生产技能，例如懂得热带作物种植的技术人员。

但我营有位姓陈的奇人，上述两类都不是他的强项，却也跻身参谋行列。别的参谋、干事日常工作应接不暇。他却不同，去了一年多也没见他有所作为。不知他是凭什么混上“参谋”的，难道他能带兵打仗？那时边界对面就是战场，经常炮声隆隆。为预防不测，我营建有两个武装连。不过话说回来，陈参谋会打仗的可能性几乎为零，他既不是现役军人，模样更不像军人。他以前患过小儿麻痹，落下了后遗症。人到中年身高仍不满一米六，还长得弓腰驼背的，腿脚也不大灵光。除此之外，他的面相也奇特，看上去头大身子小，额头和后脑勺都很饱满，可到了线条粗犷的鼻子下边却出人意料地收敛了，突出了一个尖削的下巴和一对龇出的门牙。虽然书上说这是聪明相，但怎么看他都不具备领导气质。

因为喜好战争小说和影片，军队的参谋早已在我心中确立了具体形象，都是潇洒英俊机智威严，还有良好的教育背景，所以第一次看见他我困惑极了，这位参谋怎么连路都走不稳呢？

问过班里一位先来兵团的上海知青，他很不屑地说：“你说的是老陈吗？他就是个农民。”话音刚落，他又觉得不妥，大概担心阶级立场出现纰漏，连忙又补充一句：“我不是说农民有什么不好，可他真是个农民啊。”这么说陈参谋的出身资历业绩都很平庸。到底是兵团提干草率呢？还是想为普通人的将来留下点想头？

陈参谋的“奇”，不仅如此，他走起路来也个性十足，脚步一瘸一拐的，单臂甩动保持平衡，满头乱发随风飘逸。而且表情深刻，目光专注，既不左顾右盼，也不回眸远眺，更不会抬头观赏空悠悠的白云，眼里充满探索精神，扫视地面，随时随地都在寻觅。每次见他总有收获，一截草绳，一个空瓶，或一根柴火，手里永远不空，任何东西对他似乎都有用处。知青笑他见了风都要抓一把。笑过之后，我却有个疑问，这么有心计的人恐怕不至于长期沉沦吧？果然，见识了他的才艺后，我由衷地信服了，他当参谋全凭的真本事。

分场的首要任务是开荒种橡胶，第二年才在胶苗间隔种上了苞谷。陈参谋崭露头角是在收获苞谷以后，他蛰伏已久，终于等来露脸机会，显得格外精神，连吼带跳地领着几个小青年就忙碌开来。倒腾一番后，居然用苞谷酿出了酒。喜讯传来，知青阅历少，对这一成就的重大意义缺乏认识，有些不以为然。老职工却奔走相告，视其为了不起的科技进步。那天我碰巧在场，只见人们围住烧锅，看管子里滴答出酒来。空气中弥漫着酒香，使人难以保持客观的鉴赏态度。观众表情复杂，兴奋中带着庄严和惶恐，就像在目睹神仙下凡。陈参谋打着赤脚，神定气闲地蹲在角落里吧嗒草烟，摆了一个相当经典的沉思造型。看不出自豪，也说不上深奥，脸色甚至还略显郁闷，完全不像造就神话的大师。莫非他的乐趣本来就在过程中？或者在盘算如何再创辉煌？不过说句实话，那酒真还不错，尤其喝过刚蒸馏出来冒着热气的苞谷酒，人会变得豪爽大度，而且不上头。

酿酒成功绝对是件大事，喝了自力更生酿出来的苞谷酒，更有助于激发雄心壮志。所以营部后来每逢誓师会、总结会、表彰会和动员会等（批判会除外，可能怕喊错口号），陈参谋的酒都要扮演重要角色，经常灌得会餐者踌躇满志或者豪情满怀。估计我营随后组建的养猪场，也是领导酒后的决定。

按照最初设想，养猪场肩负两大使命：一是酿酒；二是用酒糟喂猪。酒肉不分家，出发点非常鼓舞人心，可惜实施结果并不如愿。第一项任务完成得还算马虎；第二项却差强人意。其原因固然是设施简陋，酒糟产量低，猪饲料不足，但这官方理由其实并不成立，此类问题在任何可行性研究中都能轻易发现，营领导不会预见不到。我猜设立这单位本来就是为了酒，命名为养猪场是掩人耳目。之所以不敢旗帜鲜明地叫酒厂，恐怕是因为数千年来一直对酒存在争议。酒虽然好处多多，但也会使人变得行为乖张，忘乎所以。记得我们连第一次分发陈参谋的作品供大家品尝之后，就有许多人举止反常，也造成了我生平第一次醉酒。那晚直到深夜，还有人高声喧哗，毫无顾忌地在张扬个人隐私。

如果对他的酿酒才能是毁誉参半的话，他的另一个绝活就没有争议了。后来我们还在山坡上种了黄豆，秋收后的一天，食堂里破天荒地吃上了豆腐，原来又是陈参谋的杰作。他会点豆腐，还很拿手，做的豆腐不仅不老，下锅还不散。从此以后，我营各单位每天轮流去养猪场领豆腐（他一个人就给新单位提供了两项主营业务），一周下来正好每家一次。那个年代，吃豆腐给人带来的喜悦仅次于肉。由于食堂没油没作料，在知青的强烈要求下，连队干脆将豆腐分给个人，使得烹豆腐的手艺在我连迅速普及，女生还试制成功了豆腐乳。于是每周一次的分豆腐，就与星期天并列，成了大伙儿一周时间里翘首盼望的喜庆日子。

一般而言，领导的差事要么搞革命，要么抓生产，像陈参谋这样专攻吃喝的十分稀少。区别还不仅于此。比如，领导常有的进取心和强人性格，在他身上都见不到。严肃的政治问题和变幻莫测的理论问题也激不起他的兴趣，他更不会去编织蓝图或者构思远景。在陈参谋心中，世界显然是简单的，理论是灰色的，吃喝才是人生真谛。于是他便身体力行。

由于两大作品分别从物质和“精神”两个层面使我们的生活有所改观，陈参谋受到了普遍尊敬。人们甚至进一步期待，要是再提拔六位像他那样且各具特色的参谋，那么一周下来，不是每天的伙食都可以花样翻新吗？当然了，在那个“政治挂帅”然后才是“先生产后生活”的时代，这不现实。所以越发显出陈参谋的宝贵。不过显然大家对他的豆腐兴趣更浓，要不怎么背地里叫他“陈豆腐”呢？

看热闹

旁边连队有两个“不共戴天”的婆娘。黑脸的是李嫂子，更黑的叫赵婆娘。尽管这称呼人们喊得挺随意，她俩答应得也蛮爽快，但上述俩姓氏本属她们老公。不是她俩缺乏自我意识，而是周围人群对其娘家姓氏不感兴趣，偶尔听说，也懒得花工夫记住。久而久之，就形成了“妻随夫姓”的现状。

二人都勤快且手巧，还都养了一堆孩子，李嫂子善腌盐菜，赵婆娘会做豆豉。李嫂子为人豁达，没菜时常有知青去她家讨盐菜，一般说来，大家面子上都不会太难看。赵婆娘顾家，不曾有外人品尝她的手艺。所以知青对她们的成果鉴定是：李嫂子的盐菜清香扑鼻、咸淡适中；赵婆娘的豆豉气味像脚臭。

由于对知青态度不同，知青的评价截然相反，随着时间推移，二人渐渐有了隔阂。一日晚饭过后，不知何故她俩就吵了起来。两家人对面而居，间距约三十公尺，中间隔了个小山洼。两人就站在自家门前，叉着腰，跺着脚，并不时跃起做飞扑状，隔山叫起板来。从 7 点不到开始，一直骂到太阳落山，飞鸟投林，明月高挂。她俩不仅没显露丝毫疲态，反而在围观人群一阵阵发自内心的赞叹声中，愈发地精神抖擞，才思敏捷，妙语连珠。从两人那威严而自信的神态来看，显然双方都掌握着真理，而且都有极强的责任心和使命感，绝不向谬误做任何妥协。所以从理论上讲，这是一场“持久战”。熄灯哨响过之后，两个婆娘仍然在鏖战，完全沉浸在“与人奋斗，其乐无穷”的状态中，精神层面好像也因此升华，不再理睬世俗的规章制度。连长只得出来调停，连劝带骂带命令带安抚地斡旋了好一阵，双方才怒气未消地收了兵。

知青看傻眼了，以前很少见过如此势均力敌的悍妇斗嘴，震惊之余，又欲罢不能。从此以后，只要晚上没有义务劳动和政治学习，大家就盼望两人重燃战火。她俩经常也不孚众望，张口就来。于是知青纷纷叼着香烟，端着茶杯，穿着休闲服，拎着小板凳，很享受地围着小山洼观战。骂到精彩处，众人齐声喝彩；音量减弱了，观众赶紧呐喊助威；骂声稍微停顿，立即有人煽风点火；战事重启后，大伙儿马上又火上加油。总之，不折腾到熄灯哨响决不罢休。

一段时间过后，两个婆娘的怒火渐渐平息，挂免战牌的日子越来越多。这下知青难受了。那时候的娱乐方式寥寥无几，坝坝电影不仅影片老掉牙，平均每月还摊不上一次，电视更加遥不可及，靠得住的只有收音机，也以唱了多年的样板戏为主打，缺少新鲜节目。如果她俩再不吵架，这日子简直没法过了。

一天晚饭过后，人们如同往日一样拎着小板凳在左等右盼，快8点了仍不见她俩出来，不禁失望地开始散去。就在此时，只见一个心有不甘的小伙子径直走进李嫂子家里，片刻之后，李嫂子突然从屋内窜出，怒发冲冠地朝着山洼对面就是一阵咆哮，那边赵婆娘也披头散发地冲出屋来仓促应战，观众的愿望终于得以实现。事后小伙子坚决不透露他究竟向李嫂子反映了什么，但从此以后，知青掌握了发动战争的主动权。

由于很少发生激动人心的事情，所以该连晚上有戏的消息，随着知青的文化交流活动很快就传布开来。附近知青闲来无事也纷纷赶来看热闹，一时盛况空前。我从小喜欢起哄，盼星星盼月亮好不容易出事了，当然不会错过机会。得知消息的当晚就专程前往，有幸领略了她俩的风采。

那天晚饭过后她俩就准时出战，当日的主题是相互揭发偷盗行径。只听两人你一言我一语，争相将对方的盗窃事实公之于众。她们着眼大局，小处入手，从偷菜、偷油、一直列举到偷鸡、偷牛！历数对方斑斑劣迹。让不知底细的人听得目瞪口呆，误以为是在旁听惯偷与老贼的对话。

挑剔点说，她俩的选题不尽合理。炒作这个题材固然能诋毁对方声誉，却击不中要害，对方组织得起反扑。而且每次交锋，双方都势必会对“被盗物品”的价值和体量进行攀比，自然而然提高了下一回合的起点，把鼓励灵感和创新的论战变成了无聊的技术活，越来越穷于应付。果然，开战还不足一小时，两人的路子已越走越窄，可偷之物所剩不多，双方都不时在焦虑，下一次“该偷何物”？此时的进程已毫无流畅可言了。由于底蕴越来越差，揭露的逻辑层次章法等已不再讲究，措辞也渐趋粗糙，所罗列的某些“赃物”已断然不可能成为盗窃标的了（譬如男人）。

随着战况深入，二人业务越发生疏，叫骂也一声不如一声。眼看今天又要提前收场，刚才还兴趣盎然的观众开始变得忧心忡忡。正在这关头，斜刺里闪出个精瘦知青，对李嫂子耳语一番飘然离去。李嫂子突然像服了兴奋剂一样精神勃发，随即底气十足、音高八度地发出一声惊世骇俗的暴吼：“你们婆是日本人!”其声威绝不输于当阳桥头的张飞，那强悍的气概和新颖的台词引来一片掌声和尖叫。

平心而论，李嫂子的表述主要意思虽然有了，作为攻击武器则过于含蓄，内涵外延都需要补充必要说明。比如为什么是日本人？日本人又怎么啦？好在观众看的是热闹，只要气势足，临场状态好，谁在乎你说什么呢。

赵婆娘却被打蒙了，肯定她做梦也没想过对方的问题，更来不及对其细致评估。这挑战太棘手了，连否认都感觉别扭。最好的应对当然是以牙还牙，可赵婆娘的地理知识又拿不出手（她应该听说过美国苏联，却不敢随便安置李嫂子的婆婆，大概是怕弄得不好反倒抬举了对方）。不过她很快就明白过来，这么有深度的创意绝对不是李嫂子的水平，必定有知青教唆。眼看争论焦点转移到了陌生范畴，继续下去赵婆娘担心自己崩溃，于是竟自认倒霉，甘拜下风，满脸羞愧地躲进屋去，任凭李嫂子千般挑衅万般辱骂，再也不露面了。

李嫂子继续挖地三尺顺藤摸瓜，一鼓作气把赵婆娘前辈中叫得出来的统统打发去了那个东瀛岛国，才渐渐感觉孤掌难鸣。然后才偃旗息鼓，表情陶醉，念念有词，左脚打右脚地回家去了。那身段与她平时走路完全两样，估计是即兴设计的凯旋步。

观众对虎头蛇尾的结局很不满意，骂骂咧咧地纷纷散场，只留下一地烟头。却有数人不走，怒冲冲地瞪着那个搅局者，吓得他一个劲儿地直解释，自己是一片好心……

两首歌

那是个星期天，规定的出工时间刚过，我就再也睡不着了。说起来气人，每天上工都是挣扎着起床，巴不得能睡上一整天。真到了可以随便睡的时候，自己却不争气。

连里静悄悄的，出门的人早走了，不想出门的还没起床。新的一天开始了，却没给人新的期待。晒坝上只有几只鸡和一群嘴筒子尖尖的“火箭猪”在游荡。也许感受到了环境的安宁，一头猪公然爬到另一头猪的背上去了，然后像推着独轮车一样愉快地在坝子里转圈。此举并没有像往日那样招来一阵起哄和飞石。食堂关门了，我也不想刚起床就很没面子地四处找吃，早饭不吃也罢了。

农场的天地并不广阔，生活也像冻结了似的，昨天今天明天都没啥差别。在连队里过星期天，最吸引人的就是不必为懒觉睡过头感到内疚。除此之外，就想不到使人兴奋的事情了。但总得找点事情消磨时间，我决定去分场部碰碰运气，看家里有没有寄来包裹信件。没有也不要紧，我可以去机务班拜访老杨老吕。他俩专职划船，目前正值旱季，渡口刚搭了便桥，两人处于待岗期间，不愁没人陪我混。

来到分场部却很不凑巧，老杨可能怀有同样想法，一早就去总场了。老吕耐得住寂寞一人在家，见我来做伴，当然乐意。那天世上并没发生值得一提的事，我们就碌碌无为地混了一整天。晚饭过后，失望之余，正打算返回连队，老杨回来了。

老杨是个大汉，红脸膛，络腮胡子，像关公。但今天却有点不对劲，那双丹凤眼笑得就像弯弯的月亮，与络腮胡子形成巨大反差。他神秘地用双手捧着军用挎包，不知里边藏着什么家传珍宝？待他卖够了关子，也差点把我们的好奇心吊向反面，才掏出宝物，却是一张黑胶木老唱片。他来回八十多里竟是为了音乐？这种高尚娱乐和我们日常的生活状态看起来很不协调。

唱片上有两首老歌，《草原晨曲》和歌剧《红珊瑚》选曲《红灯颂》。怎么听呢？大家想到了分场广播站。时逢播音员正在探亲，接替她工作的是卫生员立宪。立宪在我们五分场可是个人物，他除了医术在“赤脚医生”里冒尖之外，还从小就是无线电爱好者。尽管独占两个领域的权威地位已经很不一般了，但真正使他名声大振的还不是这些小事。1971 年 3 月 10 日，成都知青支边时我们学校是首批出发，两百多名还没长大成人的青少年背着行李，列队从磨子桥出发，一直走到火车北站，沿途受到市民夹道相送。队伍里有位小同学格外醒目，去广阔天地炼红心的他居然背了一把小提琴。这种不合时宜的举动，在当时造成的轰动效应绝不亚于今天的裸奔，所以立宪就成了我们分场的名人。

对小提琴的回忆把我们怂恿到了广播站。听见敲门声，立宪开了门，脸上没什么表情。我们说明来意并出示了唱片，他眼睛里亮了一下，随即又很快熄灭了。他沉吟了一阵，咬咬牙，让我们进了屋，但仍然不肯耗费过多的表情。只见他那小小个子灵活地在一团乱麻似的电线中穿梭，把该关的电闸关上，同时也把门窗紧闭了。他的谨慎绝对必要，除了样板戏和少数几首有关部门指定歌曲外，那时候其他音乐都在禁止之列。由于不享有自主欣赏音乐的权利，违禁偷听会给我们带来无法承受的后果。做完准备工作后，立宪开启了电源，唱片转动起来。只听得激昂的管弦乐前奏过后，喇叭里突然喷发出激动人心的合唱：

我们像双翼的神马，
飞驰在草原上啊哈喝咿，
草原万里滚绿浪，
水肥牛羊壮……

哎呀！“文革”已快十年了，这歌声仿佛属于另一个时代，几乎早已消失在遥远的记忆中。现在突然又迸了出来，感觉我们的心灵一下就被紧紧拽住，随着歌声漫游到了我们各自向往的地方。所有人都呆立发愣，大气都不敢出，似乎害怕呼吸扰乱了意境，以至于不小心又被赶回现实。直到第二段歌声响起，大家才缓过劲来，开始难以自持地随着歌声手舞足蹈起来。

第二首《红灯颂》，一个深情的女声把我们引入了期盼中：

一盏红灯照碧海
一团火焰出水来
红灯高照云天外
风里浪里把路开……

听完两首歌，大家还沉浸在难言的心境中，一时无语。过了一会儿，立宪才站起身来，好！再放一次。大家竟鼓起掌来。前奏再次响起，我注意到他仍站着，怎么还牙关紧咬，一脸严肃？出人意料！他抬起胳膊，瘦瘦的脸庞因咬牙而扭曲，猛地把电闸推了上去。

歌声顿时穿越封闭的小屋，轰然传遍五分场的每个角落。我们被这突发事件惊呆了，于是紧张地倾听外面的反应。可是除了广播里的歌声之外，只听见外面一片寂静，静得人心里发毛。大家就像等待宣判的囚犯，只盼望好歹来点回应。终于，分场旁边的五连传来一股嘈杂声。很快地，这声音由远而近，逐渐清晰，天啦！是歌声，是跟随着广播在狂吼，在咆哮的歌声！从机务班、卫生所到整个分场部，全都被卷入到这决堤洪流般的歌声里。虽然从专业角度听，这歌声也许太凌乱，高低不一，甚至还有些集体跑调，但我们却认为这是世上最美妙的歌声。

直到有人前来敲门，我们才赶紧散伙，跳窗户逃之夭夭。

我一路经过四连，一连，养猪场，直到逃回三连，到处都还能听到歌声和笑声，体会到一种久违的欢乐气氛。那晚的情景和难忘的歌声使我心灵大受震撼，从来没有想到一点自由的音乐能赋予人们如此强大的活力。

这事后来闹得很大，立宪遭受了严格审查。所幸搞审查的几个人水平不高，挑不出这两首歌曲的“反动”和“黄色”之处。最后只得将此事交由分场见多识广的刘干事处置。刘干事读过些书，也有些知识分子情结。他以工作时间干私活为由，勒令立宪写份工作检查，手法利落地结了案。

此事虽然几乎断送了立宪的前程，却并没有改变他日常生活的面部表情，即便刚写完“工作检查”，立宪的脸也和给我们开门的时候一模一样。

归侨知青

连里有五个女知青居然是归国华侨。

原先我以为讲普通话的都是上海知青，后来发觉不对，有几位女的发音不带上海腔，却是瓮声瓮气的，有广东味。一打听才知道她们是缅甸归侨。我大为诧异！我们虽然走远了点，毕竟在国内还有父母家人，可以定期探亲，不定期地收到油爆爆的包裹。她们可是一无所有啊！自己已感觉命运不济，但我仍不免想问："这地方也是你们能来的吗？"更想不到的是，她们竟然是自己要求来的！

原来，新中国成立后，许多华侨将子女送回国内学习，于是昆明设立了一所华侨补习学校，她们就是该校学生。"文化大革命"爆发后，侨生们也满腔热忱地投身其中，据她们说，表现得比一般人还要激进。所以才有后来的主动要求上山下乡。即使她们不主动要求，恐怕也得走这条路，那是一个不讲特殊化的年代。仅有的照顾是，侨生们只到国有农场，不插队落户。

归侨知青不仅我们连有，全团各营都有分布，但绝大多数都是女生，男生只见过一位，听说还有一两个。看来华侨更倾向送女孩回国念书，以便将来相夫教子。我不禁想到，传承中华文化的重担，莫非主要靠女性在担当么？

我们去时，昆明知青和侨生已经锻炼了两个年头，农场也改成了建设兵团，上年还去了一批上海知青。也许看见后来者源源不断地加入，使"建设边疆，保卫边疆"的理想越来越像彩虹那么绚烂，激发了她们的建设热情，于是和大家打成一片，一起投入到战天斗地中。她们因为先行一步，论资排辈都担任了基层领导。

五位归侨中，最有成就的那位姓黄。她普通话讲得最好，言行稳重，体格强健，有劳动本钱，平易近人而且爱笑，所以当了副排长。可能过多的亲和力使她掩盖了个性，虽然五位归侨中她的职务最高，却没给我留下更深的印象。

家境最富有的那位姓潘，据说其父是仰光有名的华侨富商。她浑身上下无不显露财富效应。相貌端庄，气质优雅，个头高挑，营养充足，发育良好，一看就是个大家闺秀。因为回国最晚，中文最差，她平时沉默寡言，偶尔讲上两句，也以病句居多，夹杂在南洋版的普通话里，越说越糊涂。与她沟通不太容易，对双方智慧都是场考验。她在种菜班当班长，每天跟着充当“技术顾问”的老农挖土除草，挑粪施肥，倒也省去了她难以胜任的发号施令。

最有才的姓董，性格也最开朗活泼。她肤色较黑，两只大眼睛忽闪忽闪的，一副聪明相，眼睫毛特长，像马来人。此人天赋极高，写文章援笔立成，一会儿工夫就能交出若干篇批判稿。歌唱能力更加出众，什么曲子听上几遍都能唱，就连拐弯抹角的现代戏她也翻唱得有滋有味。山上劳动时，她经常临风高歌，听了使人干活不累。她在一个女生班当班长，休息时她们班最吵。

最能吃苦的姓陈。她的穿戴与归国华侨毫无关联，倒像一个精干泼辣的山妇，连星期天都这样着装。据说她家是在缅甸一个小地方卖豆腐，当年回国坐不起飞机，是父亲开着农用车送她到边界，然后自己蹚水过来的。她负责喂猪，成天把猪使唤来使唤去的，声音极具穿透力。她的标志形象是喂食，先做几个深呼吸，再把双手卷成话筒围在嘴上，仰天一阵呼号：“咿……呀呀呀……”声音随风飞扬，满山回荡。仿佛山野都为之骚动，奇形怪状的猪全都奔她而去。此后，旋涡中的她脸上洋溢着喜悦，像在举办大型聚会。

最后一位也姓黄，在种菜班当副班长。她各个方面都与黄排长近似，只是全面缩小了一号，更精致一些。或许级别较低，日常表情可以随便点，所以她比黄排长更加爱笑，不过笑得不如黄排长亲和。有次看见我穿新衣服，她就幸灾乐祸地笑了！那时候穿新衣服的机会不多，每次穿上都会自乱方寸，要左手左脚好几天才能找回自我。在此期间渴望理解。

因为从小生长在南洋，归侨们对大热天气较为适应，加之喜爱运动，体力劳动对她们不难。又因她们年龄较大，见识多，在知青中有号召力，不论在工作和生活中，她们都是最活跃的一个群体。生产中她们身先士卒挥汗如雨。休息时带领女生唱歌。鼓动大家以英雄主义和乐观主义来面对垦荒生活。在操着不同方言的女生中间，营造出一种大家庭般的氛围。

谁知半年后出了“九一三”事件。“敬爱的林副主席”居然摔死在了蒙古大漠。冷战时代这事件更属于高度机密，传达文件也规格极高，是一位现役军人副团长亲自来我们连宣读的。

就在全连集中听文件的时候，突然看见那五位归侨衣着整洁，当着全连的面，自由自在出游去了！我悄悄问班长：“她们怎么可以不听报告？”

“机密文件内外有别。”

原来，文件规定的传达范围明确排除了归国华侨。这事对我震动很大，在一口锅里打饭吃的竟然不全是“自己人”？

打那起，她们情绪明显低落，劳动有了疲态，眉宇难得舒展，更没了真正开心的笑容。彩虹一样的理想也像彩虹一样消逝了。五人的小圈子也越裹越紧，与其他知青的交往大大减少。

听说云南生产建设兵团的设立，与林彪“大力发展橡胶”的题字有关。没过多久，建设兵团又改回了农场，成了一个不能自给自足的生产经营单位。“建设边疆，保卫边疆”的宏图大业没人再提，也不再招兵买马了。

此时的知青已经人心涣散，许多人都在打回家的主意，远离家人又不被自己人所认同的归侨，回家的心情肯定更迫切。

一天下班后，忽然看见归侨们簇拥在一起，中间有位陌生女子肩披黑纱，一袭黑衣，亭亭玉立，仪态高雅，引得男知青纷纷打探。听排长说，那是潘班长的姐姐，从昆明专程来接她去瑞丽会亲。

归侨们在国内无亲可探，国家不开放的时候也出不了国。从人道主义考虑，中缅政府于20世纪70年代初协商议定，分居两国的亲人可在指定口岸会面。潘家姐姐在昆明工作，消息灵通，她俩也许是第一批提出会亲申请的归侨。

两天后，潘班长拿到通行证和姐姐走了，从此再没回来。后来听说她俩利用会亲机会闯关成功，回缅甸了。又听说回去定居必须要有缅甸政府颁发的居住证，他家为此花了大价钱。还听说回仰光后没几个月，潘班长就出落得比她姐姐还漂亮了！

此路一开，其余归侨争相效法，数月之后，黄排长和黄班长像两只黄鹤乘风西去。又过了些日子，连最能吃苦的“咿呀呀”也西辞不归了，可见心灵上的苦更难忍受。

她们60年代初期回国，没过几天太平日子就赶上了不堪回首的那段岁月，等不到拨乱反正又匆匆离去。

连里的归侨仅剩下了董班长，据说她在海外已无亲人，父母家人当年都一同归国参加社会主义建设。她的家人既然在国内，那就可以享受探亲假，可不知为什么她却从未探过亲？“文革”期间，归侨都受到了冲击，而他们面对有罪推定，又不可能举证把自己的历史洗刷清白，难免受迫害。想必董班长有难言之隐。

别的归侨出走以后，再也听不到董班长的歌声笑声，她们班也安静下来。董班长终日沉默无语，甚至没有了起码的人际交往。领导发现苗头不对，赶紧调她到总场直属连队当了文书。我曾在总场部看见过她，她正在办公室整理文案，看我一眼又埋下了头，大眼睛里已没了往日的神采。人有些发胖，头发剪短了，乱糟糟的。

终于到了1975年，小平同志第一次复出，社会生活开始部分恢复正常。此时，云南“省革委”做出一个重要决定，将所有归侨知青调往昆明的国营大厂。此时，距她们下放已经六年，而我们连早已全都是“自己人”了。

袁妹子

一排长姓袁，是湖南来的老职工。农场地处边疆，又沾了少数民族的光，不怎么讲计划生育。农场老职工中，因为教养成本低，曾经普遍流行大量生孩子。老袁虽是干部也脱不了俗，也被熏陶得养了一堆孩子。

知青下放时，他的孩子都小，最大的也不过刚到上学年龄。我们分场是新建的，类似老袁的情形很多，因此知青去了以后，分场把组建学校作为首要任务。在建校过程中，分场领导固执地坚持“龙生龙凤生凤”的遗传学原则，挑选出来当老师的知青，大都是教师的后代。这种举动，在知识分子是“臭老九”，社会时兴“读书无用”的时代，是别具一格的，也背离了他们选拔干部的标准。这表明领导们心头嘹亮，教书育人事关自己子女的素质和前途，不可以像其他工作那样，由着性子来。

学校建成后，老职工的子女能够就近入学了。老袁的长女也背上书包，蹦蹦跳跳地进了学校。学校在三连旁边，仅是几间茅草房。开学那天，我看见孩子们欢畅地拥进学校，不由得回想起自己的小学时光：穿着白衬衫，系着红领巾，滚着铁环去学校，得过奖状，当过小队长，从来没有补考过，要是不分男女界限……不敢再想了！继续怀旧，眼前的日子就更不好打发了。

老袁的长女在我心中曾有过学名，不过早已忘却，记得住的只有小名“袁妹子”（湖南农村里喜欢这么称呼女孩）。我一直以为袁妹子长得一般，直到见她背上书包，才意识到了她的漂亮。书包居然可以给人增添光彩！我也背过七八年书包，而且放下还没多少日子，怎么以前就没这般体会呢？我认真端详了袁妹子的面孔，才发现她本来就长得端正，瓜子脸上配着南国姑娘特有的大眼睛、双眼皮，若不是皮肤黑了点，衣服破旧些，这女孩早就引人注意了。

刚建校时，袁妹子是我们连唯一的学生。她每天放学后就在家门口小板凳上做作业，一点不在乎周围的喧嚣，那全神贯注的神态非常可爱。记得有一次她父母为日常琐事与别人吵架，几乎动起手来，全连都被惊动了，袁妹子却埋头做她的作业，像吃草的小羊，漠视周围的一切。看得我惊讶，小小年纪就有这般定力。真可惜她生在这个时代，这样的地方。要是在城市，有较好的学习条件，又赶上社会尊重知识，她将来说不定能成大器。

后来学校搬迁了新址，盖了瓦房，成了我们分场最先住进瓦房的单位。不过因为条件限制，瓦房是老师享受的特殊照顾，教室仍然是茅屋。尽管如此，刚搬家那些天，家长们在学校周围转来转去，乐得像孩子。而孩子们在新房进进出出，神态又像大人。距离远了，袁妹子上学没以前方便了，但她并不介意，每天独自迎朝阳顶烈日风里来雨里去。我几次路上遇见她，她都埋着头，专心沉思，还不时抬头望望天空，目光迷离，头脑显然还云游在书山学海。能把她调教成这副模样，我真佩服她的老师。

几年过去，连里上学的孩子逐渐多了。袁妹子已升入初中，依然保持着勤奋好学的作风。时常听见老职工议论，袁妹子长得乖，有福气，学习用功，又遇上了好老师。前几个说法我并不惊讶，但对于“遇上了好老师”一说，我却毫无思想准备。学校老师都是如我一般的知青，就算多看两本书，顶多也就半罐水而已。怎么称得上“满腹文章、诲人不倦”的好老师呢？

一天夜里，电闪雷鸣，风雨交加，我和好友老李顶着风雨摸黑从分场部赶回连队。快到三连时，只见对面走来一人，打着手电，穿着雨衣。近前看，原来是学校的邓老师。老李与邓老师同为成都一所大学的教师子弟，从小一起长大，亲密无间。彼此通报了来由，才知他是晚自习后送学生回家。我感到奇怪，现在读书有什么用？竟然还这么认真。邓老师只顾埋头介绍：学校要求学生回家后认真完成作业和温习功课。后来发现孩子们在家里，学习时间和质量都难保证，于是就将高年级同学集中到学校来自习。为了让家长放心，他和另一个男教师就每晚分头送孩子回家。听了他的介绍，我想袁妹子可能真的遇上了好老师。无论如何，每天风雨无阻走七八里夜路，而且还是自找苦吃的人，毕竟不多。

到了1977年上半年，社会上已有恢复高考的传言了。我急忙自学起数理化来，上手后才知道自己的基础实在太差。农场早已习惯由他们决定谁该上大学，对自由报考还不适应，更谈不上为有志青年举办高考培训了。我学习遇到困难却求师无门，于是想到了学校的两位老师。登门求教果然受益匪浅，求学过程中我才知道，他俩早已自修完了高中课程。欣喜之余，我确信袁妹子真的遇上了好老师。

当年底，不出预料，果然迎来了中断十余年后的首次高考。也不出预料，学校的两位老师也分别考上了他们父母任教的学校。不过在农场，为他俩感到由衷高兴的人不会太多，据我所知，分场领导就并不快乐。此外，袁妹子她们快要初中毕业了，两位老师的离开也一定会让她和同学们伤心不已。

我和老李的命运却没那么顺利。总之，考分应该足够，但就是没被录取，不知招惹谁了。世事真是难以预料。两位老师走后，分场经过选拔，让我和老李去顶替他们留下的空缺。我俩怀着对前任的敬佩踏进了学校。

第一天上课，我走进教室，只见全体孩子端端正正地坐着，眼里满是尊敬。我觉得非常欣慰，教这么可爱的孩子，相信师生都比较容易有出息。老李教袁妹子班的数学和物理，听他说袁妹子既聪明又勤奋，还没有聪明孩子常有的粗心大意。而且她每门功课都优异，不是那种片面发展的古怪偏才。

实话实说，因为干体力劳动有些力不从心，就像小酒量不得不对付大应酬一样，只得作弊，手段又不高明，致使我在连队的形象一直不怎么正面。所以当了老师以后，并不指望回去会受到老职工们的热烈欢迎。事实却出乎预料，每次回连队拜访朋友，先前素不往来的老职工都争相邀请我到家里吃饭，尤其袁妹子的父母最为热情。仿佛我的觉悟水平突然有了质的飞跃。原来老师在老职工心目中有着特殊地位。这些老职工大多来自湖南农村，是最传统的中国农民。他们心中固守“三纲五常”的古训，给予老师充分的尊重和信赖。这数千年形成的观念，绝非什么人的几句挑拨就能改变。袁妹子有这样的父母才是她的真正福气。

高考恢复后，各地很快意识到办好教育的重要性，于是各级师范学校开始遍地开花。我们所在的临沧地区，也从落选考生中招收成绩优秀者，组建了一所“师专”。我和老李先后收到了录取通知。孩子们尤其袁妹子她们班正是较劲的时候，经过小学五年初中三年，一晃八年过去，眼看就要毕业，老师们却先后离去。可我们不得不考虑自己的前途，高考落选沉重地打击了我俩，使我们认识到考试以外的许多因素由不得自己。现在好不容易有了逃离农场的深造机会，况且书中还有那么多诱人的东西，我们当然不能放过。

学习紧张得很，一晃几个月过去，其间时常有 1978 年高考的信息传来，心里很不是滋味。一方面这次是真正开放的招生（与 1977 年不同，这次是自由报名，政审公开），自己参加不成有些后悔；另外也听说袁妹子她们打算报考中专，不禁又担心她们能否如愿。1978 年高考毕竟是彻底拨乱反正后的首次高考，人才积压了十一年，考生的年龄跨度更长达十几年，就凭她们那点知青教出来的底子，参加这种考试总感觉夸张。如果我们还在农场，能在这个时候帮她们一下，即使没考上也算尽力了。不能亲手扶助自己的学生走上考场，就像辛辛苦苦耕耘过后，收获季节却被晾在旁边一样失落。

高考结束，录取开始。每天都有农场的知青经临沧前往内地去大学、中专报到，我们也经常去车站迎来送往。一天，有两个女孩带着行李来学校找我们，居然是袁妹子和我们的另一位学生。原来她俩考上了中专，被录取到了临沧师范学校。

我们的学生，能够在空前激烈的竞争中胜出，简直是个奇迹！当然，也有力地证明了她们老师的个人能力和潜在价值。于是我和老李就乐呵呵地领着她俩四处走动，尽可能多的遇上熟人，顺便介绍一下她俩及其成就。

不久知青就开始大返城了，我班绝大多数知青学生都理想服从现实，选择了退学。我们当然不会错过这难得的回城机会。我和老李离校前找到了袁妹子她们，千叮咛，万嘱咐，鼓励她俩认真学习，将来的理想前途全在此一举，等等。为了激起两个孩子的充分重视，我们甚至不顾一贯珍视的良好学风，说了一些口无遮拦的话。袁妹子天真地忽闪着大眼睛连连点头，肯定她以为老师说的都对。

返城以后，我一直挂念袁妹子她们，每当听说有人回去，或者农场有人过来，我都要打听她们的消息。后来了解到，两人中只有袁妹子坚持读完了中专。学习成绩不用说，肯定全优。她最终成了孟定农场所有小学校中第一位正规教师。

为了让自己子女享受高水平的教育，总场领导把袁妹子调到了总场学校，并把她全家也随同调去了直属单位。事实证明，听老师的话果然没错。后来，袁妹子的父母把满腔感激都倾注到我身上，每当有人回去，总要细细打听我的近况，事业如何？发财没有……都很现实而且紧迫。然而事实有些误会，我并没教过袁妹子，只与她家原属同一连队而已。几年前回了趟农场，不知她家已调到总场，没见到面。很想看看袁妹子在讲台上的风采，结果更没机会了，因为她已因照顾夫妻关系去了昆明。

老友小马

结识小马四十年了，历经寒暑，混到今天，算是老朋友。然而聚会时间却不多，尤其在饮食方面。我想原因，可能是我饭量大，他酒量大，每次平伙打下来，双方都认为自己亏。

我俩虽是同学，却不同班，在校期间并不认识。第一次照面是刚到云南，我因病请假，与另外两个病号一道，推迟一月出发，他们先期抵达了。经过火车汽车拖拉机和手扶拖拉机等每况愈下的交通工具一周的颠簸，终于来到云南生产建设兵团二师七团五营营部。刚下手扶拖拉机，就围过来一群人，像看稀罕的原住民。细看原来竟是同学，只是黑了，瘦了，头发长了，衣衫凌乱了。他们都是营部新设的"木工班"成员，其中就有小马。印象深，那是因为他长相机灵，肤色细腻，流光溢彩。而且问题也特别犀利："我们信都写回去了，你们怎么还要来呢?"像是责怪我们不听劝。因为想不出像样的答案，我答不上来，傻乎乎地愣在那里，像做了错事。

小马给我的初始印象是一个多才多艺的跨界达人，后来交往多了，了解逐渐深入。那时我有空就爱去营部，取家信，收包裹，逛小卖部，常在"木工班"歇脚。既是本校同学，又因他们好客。有天我惊奇地看到，小马正与一位上海知青在闲聊，讲的竟是上海话！一帮四川知青待在旁边，大眼瞪小眼，只有观望的份。两人的会话进程十分流畅，显然不是语言培训。上海话难，听懂约莫得花上半年，更别说讲了。"小马的妈妈是上海人"，旁人看我迷茫，主动介绍。但这么说掩盖不了他的语言天赋，我父亲也是外省人，比起上海话，老家的方言要好懂得多，可我就是不会讲。

边疆八年，坎坷人生。后来“木工班”解散，小马回了四连，我从三连被打发去了新组建的一连，从来没有同过事。要说沾点边，是在分场篮球队，我是队员，他是裁判，约束我等的赛场行为。相处了一阵，我惊讶地发现小马几乎不懂篮球规则。上场执法，靠自身的价值取向和是非标准（当然，一脸规范表情不可或缺），得到认可，全凭公正，像江湖上摆平纠纷一样。如此约束，不免吹掉一些好球，所以我一直以为，分场篮球队的水平上不去，他是有干系的。

将他算为球队成员有些勉强，在宣传队，他担当的却是正儿八经的二胡演奏。说起拉二胡，小马好像是偶然，有次探亲归来，他拎了一把二胡，琴盒琴身品相都不一般。晚饭过后残阳西斜，凉风习习，小马常常手把二胡，在暮色中思考人生，心生惆怅，便信手拉扯。想不到出手就是乐音，音准节拍都有板有眼，听者无须忍受数年噪音，气煞连里几把“老二胡”。莫非他是天生的音乐人？小马的解释或许有些道理，主要是二胡品质好，声音美。

篮球和二胡，还只是玩，算不上正事，小马真正喜好和认真的是看书。他涉猎广泛，政治、经济、历史、考古、散文、诗歌，天上人间逮什么看什么，凡文字通吃。有段时间，他枕头边摆着一本范文澜先生的《中国通史》，非常厚重，我以为他睡眠不好。随手一翻，吓了一跳，差不多每页都有眉批，字迹工整。质疑和见解，随处可见。

书读多了，下笔有神。1991 年知青出书，小马当年的日记美得像散文，被热心人抄去投稿。编者不信，非检视原件不可。于是《日记八则》才被收入《青春无悔》。选登的日记中，我最爱读《雨季的早晨》：

> 四周都是浓浓的雾气。天空灰蒙蒙，显得很低矮。站在这神仙肚脐眼似的地方向东方眺望，被山峰环抱的坝子云遮雾障。一股股雾气像纱带般在坝子上空袅袅旋绕。东方的太阳在厚厚的云层后面放出光来。地平线的尽头罩在一团柔和

明亮的光圈里，和近处的黑沉昏蒙形成鲜明对比。我们在山顶上劳动，四面的人声像裹在雾里一样，时不时闷闷地传来锄头的撞击声。云就在我身旁飘忽，真想抓一块下来垫坐。它简直和棉花一样。一群傣族女孩儿穿破这云雾的幕帘，来到这静静的山上……

不仅文采飞扬，小马还掌握诸多生活技巧，比如打个家具，剃个脑袋，他都是手到擒来，无师自通。又如驯狗，看他把讨人嫌的丑八怪调教成人情练达的小乖乖，已不止一次了。不过我最敬佩的还是他炒菜，他不循规蹈矩，却不乏创意，能根据既有条件和不同材质，调出微妙口感。因为父亲是广东人，家学渊源，小马煲汤熬粥也颇有广东特色。他曾吹嘘自己煮的稀饭“有点吓人”。可我最难忘的是煮快鸡。把鸡开膛破肚打理干净放入沸水，即开始读秒，干柴烈火 8 分钟，少一分嫌生，多一分嫌老。蘸上辣椒和盐，有白斩鸡的风味。更关键是，这道菜适合“速战速决”的流行偏好，减少外部干扰。

我与小马越混越熟，除了仰慕他的才艺，共同点是都不热爱本职工作，也不愿待在那个地方，态度决绝。按我们对世界的理解，眼下的生活是暂时的，像演出间隙小丑登场，仅为奉献幽默的过渡，与剧情无关。于是就抱着“搞笑”的心态，以混为宗旨，整天满脑子花的麻的，远在天边。小马常说：“多读书，等待时机，以求一逞！”于是我们就像唯心主义者一样，自我设计了一个返城的愿景，然后就消极等待。八年后赶上世事变迁，终于让我们混出来了。

后来上学，他在云南，我在四川；他学经济，我学金融。然后教学，都在财经院校。再后来出国，他去北美，我去欧洲；他留学，我工作。回来又出省，他在山东，我在上海。内容虽有差异，走的却是同一路径。

扯远了，还是回到 20 世纪 80 年代。小马学成回来，文凭是 MBA（工商管理学硕士）。是我国首批获此学位者。那时的国内对这学位还不甚了解，更不清楚这是职业经理人的必备要件。小马并不打算做职业经理人，故不会去做教育工作。他学这行纯属好奇，因为他发现“国内的教育是把精灵人教傻，而那边则是把傻瓜教成精灵人”。大概工商管理学在这方面做得尤为出色。

既然社会不了解，学校就不愿开这门课，小马无所事事，只得在老外讲课时去客串口语翻译。这一翻翻出了名堂，他比专业翻译还受欢迎，因为懂得经济学术语。可对这工作小马并无兴趣。他历来做事随性，只想发展个人爱好，不甘受约束。于是就下了海，去给乡镇企业搞谋划。不料企业只想挣快钱，就像这钱今天不挣，明天就没机会了似的。而小马受的训练，是“直到永远”。这就叫“道不同，不相与谋”，所以小马又辞了职。

看来打工不对路，小马决定当老板，就和朋友一道开餐厅。朋友管厨房，他负责管理。开张时我去捧场，尝了菜，感受了服务，心中不免忧虑，担心关门的日子不太遥远。

后来再去，每次都有惊喜，都能看到进步。菜品日渐丰富，味道日益提升，服务日渐规范。做到这样肯定不容易，听说为陪客人喝公关酒，小马就两次被送入医院急救。可见他使出了浑身解数，也不愧是工商管理硕士。

菜品改善了，服务上路了，回头客蜂拥而至，小马清闲下来，于是回归自我，每天端着酒杯，搞起了写作。那段时间他写出了《兽医的狗》和《麻将》，在朋友圈内轰动一时。然他仍不过瘾，又撰文讴歌酒文化，高度评价杜康造酒的划时代意义，“绝不输于仓颉造字”。有次为推出自产腊肉，小马特地写了篇“赋”，抄在几扇屏风上，隆重地置于大堂中央，深情颂扬自家腊肉强筋健体滋阴补阳老少皆宜。还启发读者想象他的腊肉源远流长，根据“确凿的”记载，起码可以上溯到“三国”时代。大概是借鉴了奢侈品的营销套路，先炫耀历史传奇和文化内涵，再趁着人们震撼或者眩晕，卖个好价钱。

“事事顺心”不是人生常态，小马虽然事业上随心所欲，掌控生活却有失水准。比如婚姻就不顺，历经结婚，离婚，再结婚。过程跌宕起伏，错综复杂，情感纠结。风波平息后，前妻追寻他留学归来的朝向，反道而行，独自去了美国。有朋友将此归因于小马的原因，小马辩称自己当年是在加拿大，前妻显然“跑偏了”。玩笑过后，小马却潇洒不起来，只得带着儿子四处游走，既当爹，又当妈。

前妻在美国历经漂泊，终于稳定下来，然后念子心切，想接孩子过去。这下小马为难了，多少个冬去春来，他一手把儿子拉扯大，父子情深。眼看儿子上了高中，品学兼优，实在舍不得。可是小马又了解那边，知道这事符合“人往高处走”的发展方向，而且也是儿子的意愿，又怎么阻拦得？

祸不单行，餐厅生意越发红火，染红了相关人士的眼睛，于是怂恿有权有势的业主，罔顾约定，强行收回了物业。你告吧，一听这业主威名，法院哪敢受理。万般无奈，小马只得借酒浇愁。

小马好酒，是天性，酒杯端起就放不下，但酒德尚可。他从不劝酒，生怕自己不够喝；也不喜欢干杯，想慢慢品尝，滋味绵长；酒至醺醺，绝不寻衅滋事，而是满脸窃笑，酒汪汪的眼睛熠熠生辉，人面桃花；言语仍然理性，不时还冒出佳句，口吐莲花，只是说了话不算而已。自从儿子移民，小马习性随之大变，酒至醺醺，脸上真情流露，桃花变成了梨花，还带雨点儿。说起儿子，话音哽咽，一肚子苦水，却语焉不详。害得一帮老酒友也天昏地暗，涕泗横流，一片唏嘘。我没喝酒，却也跟着黯然神伤，谁还没有点心酸事呢？

“移民”终于成功，儿子远渡重洋，小马牵肠挂肚，成天就盼着电话来。儿子生来聪明伶俐，美国同学又热情似火，很快就融入了新环境。小马的眉头逐渐舒展，脸色也随着电话里不断传来的好消息逐渐开朗。得知儿子有了女朋友那天，小马又畅快地端起了酒杯，比儿子还高兴！酒至微醺，脸上又绽放出久违的笑。

历经变故时，小马曾六神无主，喝酒掉眼泪，吃嘛嘛不香，像刚退下来的国家干部，文学创作也中断了。摆脱忧伤后，小马再次回归自我，一篇篇美文似雪花飘飘，目不暇接。

我刚读了他的新作《玫瑰玛丽的小日子》，爱不释手：不出玫瑰玛丽所料，院长办公室因为高高在上，所以冷冷清清。但玫瑰玛丽是法国人，乐于助人热情如火，把个院长办公室搞得暖意融融，每个来办事的人，都被她呼为“亲亲”，心情一下就轻松下来，感到春天般的温暖。秘书杂事很多，都很忙碌，院长的秘书尤其忙碌，玫瑰玛丽像一只蝴蝶，急匆匆地飞进飞出，一刻也停不下来，但不管有多忙，她都不忘记那些等待办事的人，不断用语言安慰他们，“亲亲，再给我 5 秒钟。”“亲亲，再过一分钟我就是你的了。”等待的人总是充满希望，从不会感到寂寞……

看这些轻灵精妙的文字，又想起小马端着酒杯偷着乐的模样，今后又有好文章看了！与小马交往，最自豪是他引我为同道。有次饭局上，他把我介绍给社科院的一位学者：“这是我的笔友。”说得我挺难堪的，担心别人不以为然：就这么个死吃憨胀的家伙？怎么会有品位呢？虽然如此，心里那个感动啊！结果那天我喝多了，人很飘。

我素来交友不慎，交上小马这朋友，算我命好。他的性情讨人喜爱，聪明灵动，笑口常开，还很有修养。这么多年，不记得他跟谁红过脸，也很少议论旁人，更少谈政事。先贤有教诲：“不在其位，不谋其政”嘛。但也不尽然，前两年美国的“金融危机”爆发后，看到强力推出“四万亿投资”的救市举措，小马情不自禁地连连摇头，神色悲悯，毕竟学养到了。

华贵走好

华贵姓霍，霍华贵。与NBA的“魔兽”霍华德只差一字。块头可差远了，仅1.6米。华贵虽然矮小，却很干练，走路干活手脚翻得极快，麻利得很，属于川人所说“经得踩”的那一类。

不仅个头小，华贵也无显赫的身份，自小到老，从未担任过一官半职，支边归来更是如此，一直在自食其力。套用流行话语，他是个彻彻底底的nobody。翻成中文，那叫啥都不是。但老同学们显然不这么认为，前些年一次聚会，华贵迟到了，待遇是全体起立加满堂掌声。华贵兴奋得挥着手入场，像检阅部队一样。

其实甭管世人眼色，华贵都能泰然处之，待人接物，他永远一团和气，不卑不亢。记得支边岁月里，华贵手脚勤快，精力过人，每逢周日常去孟定，四十里来回不在话下。且能驮能背，拎些馒头，捎把韭菜，取封家书，带个包裹，无论男女亲疏，谁的忙都肯帮，被民间奉为“劳模”，人缘极好。有一件事可资证明，华贵有个侄女，顶多小他一岁，也支边来了，下放在一分场，不时来探望叔叔。华贵因为特征突出——长了个大大的前额，于是得了个“老凸”的绰号，平日大伙儿都这么叫。但只要侄女来了，全连人士就会自发改口，尊称他的大名。当然，侄女走后一切又复归原样。通常侄女还没走远，又听得“老凸”、“老凸”的叫喊声了！

华贵长我一岁，高我一届，支边前素不相识，知道他是因为偶然事件。“一辈子做好事”伟人都觉得不容易，凡人就更别提了，所以华贵也干过鸡鸣狗盗的勾当。譬如翻山越岭来偷我连的菜，那天他背着麻袋，被抓了现行。听说华贵偷菜淡定而专注，不是那种偷偷摸摸的反面形象。枪口抵到后背时，华贵仍在摘豇豆。被抓后他沉默不语神态坦然，像看热闹的路人一样。理论上讲，偷我连的菜也对我构成了侵权。可我不这么看，菜地的所有权实际上跟我没什么关系，因此对华贵的所为我并不反感。说实话，只要捞到机会，我也会下手。诗曰“各人吃了各人好”嘛。

返城以后，知青们散布在各个角落，彼此少了联系。有一天我上街买橱柜，叫辆三轮车拉回家，不期遇上了华贵，原来他在三轮车公司干活。那天他将橱柜绑在车上，帮我拉回家，再抬上七楼，一分钱不要，还说“正该帮忙”。

打那我才知道，华贵回来的日子并不好过，照样在烈日下暴晒风雨里奔波，拉一天活，挣一天薪。华贵却一如既往乐观开朗，摆市井龙门阵，笑死个人。例如某农民进城卖了肥猪，独自逛电影院，被一个女子勾搭一番，事后发现，内裤里的钱，都被解了！

毕竟三十岁的人了，玩笑之余，眼里时有愁云。彷徨多年，终于听说华贵成了家，老婆是个“农转非”，靠打缝纫机为生。

后来我长期在外，与同学很少接触，再次见到华贵，已经是十多年后，都是“知天命”的老家伙了。

问他在哪里发财？他说在给一家房地产公司做饭，夫妻二人要管一百多号人吃喝，其间辛苦，可想而知。好在还算走运，一家人都在挣钱，没有失业。对褒扬和羡慕，华贵毫不领情，嘴非常硬：“开什么玩笑！做点家常菜，上哪儿找我们这种开过餐厅的人去。”一副大材小用的委屈相。大话迟早要被揭穿，华贵后来承认，他开过的是路边小店，在城乡接合部，卖大碗面。可见运作食堂，他的专业还算不上十分对口。

华贵自小生长在贫民区，街坊四邻，五马六道。世态炎凉，童年便知。而华贵天性向善，五花八门，尽拣好的学，故为人坦诚，讲仁义，好帮忙。生活的艰辛，反倒锤炼出他的豁达。奉献和索取，他都平静面对，不是特别在意。不过总体说来，他的账是摆不平的。此番突发心脏疾患，匆匆离去，养老金才领了两月，余下的大头，都留给了社会。

华贵的家人以前我没见过，听他说起，全无好词。几年前向他要手机号，他说没有，但他那“狗婆娘”已玩过两个手机了。两个月前同学聚会，提到儿女婚事，一干人等大都不顺，似乎家家都有本难念的经，华贵的“苦恼”与众不同：自家小女也“嫁不脱”，还“找个人回来”。家人由三口增为四口，明年要变五口了。言谈间，得意之情溢于言表。

这次祭灵堂，才见到“狗婆娘”、“嫁不脱的小女子”和上门女婿，竟是善良和睦的一家子！面相气质到举止，个个都端端正正，透着股秀气。见此情形，更使人平添悲意！

当年支边，我们学校是全市尖兵，打的是头阵。两百多少男少女被分在两个紧挨的连队，常来常往，相互照应。八年后回家，遍体鳞伤，却一个不少，算是惨胜。三十四年间，先后离去约二十位了。现华贵兄去世，呜呼！今后集合，又少了一个！

芭芭拉女士

在德国办公司，必须聘请一位注册会计师，收费不菲。但这钱省不下来，是法定条件。

有人介绍了芭芭拉女士，说她专做小企业的账，已经与多家中资公司签了合同。本来嘛，注册会计师资格是统一颁发的，收费标准也是统一的，请谁不请谁，看来没什么差别。但转念一想，她有与华人打交道的经验，而中西方的差别，大得就像分属不同的星球，如能进行良好的沟通，凑巧了，双方都能省下一笔“学费”。总而言之，芭芭拉的经验值钱。于是决定和她签约。

第一次见面，恰逢一个大晴天，天公作美，看见谁都会留下好印象。汉堡的天气复杂多变，五黄六月飞雪，十冬腊月打雷，都不算怪。老天爷有事没事就弄出点状况，总想当主角。它成功了，人们见面寒暄，天气成了重要话题。我也学会了，难得遇上阳光开朗，少不了要赞美几句，想不到与芭芭拉却说不到一块儿。她认为上班遇到大晴天“太正常了”，反正周末下雨是“铁定的”(can be sure)。说明她更看重事物本质，对未来也不抱幻想。

芭芭拉和我同岁，身高超过了一米七五，略低于我，体积却抵我两个。汉堡靠近丹麦，她长得也像北欧人，金头发蓝眼睛，长胳膊长腿的。着装虽然简朴，却体现职业特征，什么时候看她，衣着都规矩得体，是知识女性。

汉堡这座城市很国际化，外国人多，讲什么语言的都有。市民不甘冷落，一般都能讲多种语言，芭芭拉也是。据她自己说，她的法语比较好，英语没有自信，意大利语更一窍不通，虽然她喜欢意大利歌剧。这我就不明白了，中国人很少会法语的，她为什么有那么多中国客户？她说是喜欢与中国人讲英语，没有难解的俚语，而且，比如与我交谈吧，就“意识不到自己词汇的贫乏”。

后来有机会测试，芭芭拉的法语果然好。那是我收到一封法国来信，还是发自巴黎这个“浪漫之都”，神秘的来历，难以揣摩的内容，酒红色的邮票，都撩起我无尽的遐思，只可惜看不懂，赶紧请教芭芭拉。她瞟了一眼，说是超速罚单。

芭芭拉在汉堡工作，却不住在汉堡，家离城市百里开外，因为她喜爱乡村的宁静。我去过她家，独立的小房子，四周水草肥美，森林茂密，林中有超市。她家庭院里，不时有刺猬溜达，野兔约会，好鸟欢歌，都不怎么怕人。

每当有事，她才来汉堡，来往耗时不多，全靠高速公路，且没有速度限制。我坐过她的车，是辆小“雷诺”，开得风风火火，活像一个年轻气盛的“暴走族”。

但是有事的时候不多，她每周只来一次，定在星期四，这是与同行聚会的日子。聚会是官方牵头，大伙儿上午凑在一起，学习讨论最新会计指南和准则。此讨论意义重大，有价值的见解反馈上去，往往能促成准则的修订和完善。下午她才挨家挨户走访客户，提取一周的财务凭证，回家做账。遇上分身乏术，她只好劳驾母亲，老太太于是就步履蹒跚地四处奔波，笑盈盈的。

芭芭拉一共做了二十多家小企业，每周的奔波量很大。我曾经问过，为什么不做大客户？她说那样固然轻松，却做不了两家，万一对方解约，自己就失业了。做小客户虽然辛苦点，即使倒闭几家，对自己也影响不大。她可不想放弃把握命运的主动权。既然如此，那不是“多多益善”吗？干吗不做他一百家？那也有问题，按照法律，雇员如果达到五人，就要组织工会了。芭芭拉不愿意自己的团队像政党一样，所以她永远只雇四人。

经过二十多年辛勤工作，芭芭拉攒钱造了一栋小别墅，权作办公室用，等到退休了，才是自己的家。新址开张时，她请了全体中国客户来品茶喝咖啡。谈话中有位仁兄趁此机会，接连请教了芭芭拉几个财务问题，混淆了工作和娱乐的深刻区别。第二天他收到了咨询费发票，芭芭拉给他计了半小时。

由于她严肃的工作和生活态度，客户们对芭芭拉素来是“敬而远之”。普遍认可她的工作，没事不敢与她闲聊，怕“中圈套”。

有段时间，她每次前来，都提着一口奇形怪状的皮箱。我好奇得很，又不方便问。她觉察到了，不时窃笑，但就是不说破，像钓鱼一样。某天她终于发了慈悲，告诉我那是长号。原来她是某乐队的成员，不久有演出。乐队是业余的，平日里各就各位，演出前临时拼凑，排练时间正巧是星期四晚上。这下我更好奇了，想看她们演出。她答应得非常爽快，像是害怕没有听众。

演出是在一个教堂里。我提前到了，芭芭拉已和一个美妇人等在门口了，是她妹妹。两人一般高，妹妹却身材奇好，像模特儿。芭芭拉没有子女，以前听她说过，好在妹妹生了五个子女，“替”她完成了养育后代的工作。现在见到姐妹俩，怀疑以前是否听错了？两人的角色调换过来好像才合适。

观众们陆续到来，姐妹俩热情地打着招呼，似乎与每个人都相识，原来都属同一教区的信众。墙上展示着老照片，原来这演出活动也已持续几十年了。随意浏览中，我突然认出了老照片上的芭芭拉，70 年代的她，形体时尚、气质文静、T 恤衫、牛仔裤、“披头士”金发，好一个窈窕淑女！

演出场面庄重而热烈，有独唱、领唱、重唱、大合唱，声部齐全。因为没人“冒尖”，听起来很和谐。乐队也相称，铜管乐由芭芭拉姐妹包办，妹妹吹的是圆号。高潮时分，姐妹俩双管齐鸣，听了让人坐不住，像冲锋号。

节目都是宗教音乐，以唱功见长，像亨德尔的《弥撒亚》。教堂的音场极佳，歌声时而高亢，直达苍穹；时而低沉，大地震荡。观众沉浸在音乐的神圣洗礼中，六根顿时清静，意念因此高洁。陶醉于此情此景，我深感惊奇，想不到一个教区竟然汇集了那么多音乐家！

当了一回听众，芭芭拉开始对我另眼相看。我们的话题不再限于乏味的账目，频繁涉及“上层建筑”。我们谈日本的经济奇迹，谈马丁·路德的宗教改革，谈世上形态各异的酒文化……当然，谈得最多的还是音乐。说实话，音乐只是能触动我的情感而已，我的理论和实践知识，都无法与她真正对话。

器乐中除了长号，据她母亲说，芭芭拉钢琴也弹得很好。不过芭芭拉从不说自己。她家确有一台钢琴，“都是丈夫在弹”。丈夫是国企主管，在铁路局工作，也长了个大块头，最喜欢看小人书，一讲英语就要脸红。然而在我看来，他的英语其实不差。芭芭拉只有一次提起过钢琴，说是某个星期天，她丈夫反常地起了个大早，然后就相当刚烈地弹起了肖邦的《革命》，显然是梦见了什么。或许情感过于炽热，影响了芭芭拉休息，气得芭芭拉再也睡不着，于是跳了起来，斥责他简直是在“乱弹琴”!

与丈夫一样，芭芭拉也酷爱足球，因为爱得深，而且取胜“极为重要”，自己的队输了球，难免感情用事。有次世界杯，意大利淘汰了德国。意大利赢得并不光彩，赛前他们搞了些小动作，致使德国队主力停赛。意大利人也为胜利付出了代价，比如芭芭拉夫妇，从此“再也不进意大利餐馆了”。

不过她倒是喜欢进中餐馆，尤其喜欢吃烤鸭。我请过她，她抓过菜单，点菜点酒，非常有主见。吃起来讲究程序，香喷喷的，并且放量。使人感受到生活的美好，更让主人欣慰和自豪。

有一阵特别背，公司生意不好，还招来了客户索赔官司，我的情绪较为低落。与芭芭拉讨论财务问题，聊起了此事，随口抱怨了几句。芭芭拉一句话就解了我的心结，“这算什么难？真正的困难，我想我们都曾经亲历过。”有道理，想想当知青尝过的酸甜苦辣，这的确算不上难。可她又经历过什么磨难呢?

某个冬天，和一帮同乡去了一处滑雪胜地，是个小镇，风光旖旎，群山环绕，白雪皑皑。这是我首次滑雪经历，兴奋之余，讲给了芭芭拉听，我知道她喜欢滑雪。说起那地方，芭芭拉熟悉得很，她父亲就住在那里，已经几十年了。原来她从小就生活在单亲家庭!

三年后我的任期届满，到了说再见的时候，“我们已经是好朋友了”。相互送了礼物，都是小玩意儿。她送了我一个空酒瓶，内装一只老式的三桅帆船。我知道这礼物的寓意，在“大航海时代”(即哥伦布和麦哲伦的时代)，这是通信用具。水手将纸条塞进瓶内，投入水中，漂在海上，随波逐流，期待有人捡到。

回来以后，在上海干了几年，其间芭芭拉与母亲来旅游，我带着她们逛外滩、游周庄、登东方明珠塔、吃红烧牛肉面……两人玩得挺开心。称赞这是“深度游”。想到老人家含辛茹苦，将姐妹俩拉扯成人，不由得肃然起敬，陪同得格外尽心。

2001年我辞了职，闲来无事，想去德国访友，芭芭拉向德国政府出具了经济担保，担保书中承诺，如果我们一家人在德国遭遇到经济困难，她将承担我们一切费用。

所以签证很快就下来了，又来到汉堡，住在同乡家。芭芭拉开着小“奔驰”来了，说这一带她非常熟悉，小时候就住在这里。听朋友讲，这片公寓都是经济适用房，原是德国政府给穷人造的。

芭芭拉带着我们一家在汉堡周边四处游玩，整整两天。适逢盛夏八月，燥热难当，平日也难得走这么多路，尽管兴致高，仍然感觉疲惫。芭芭拉就在路边买来一公升冰啤酒，一口灌下，面不改色，更别指望看“人仰马翻”了。豪饮之后，酒杯一放，砰然有声，然后继续上路，有一股草莽气。

次日漫步海边，中午时分，芭芭拉引我们来到渔家餐馆，请吃烤鱼。入座后，我女儿打开随身拿着的矿泉水瓶，立刻遭到了芭芭拉阿姨制止。阿姨严肃地对女儿说：“我们既然坐在这里，就不该吃自己带的东西。如果口渴，请点饮料。这是对店家的尊重！”女儿连连点头，深感受益。我也同样，还多了几分惭愧。

见证了芭芭拉如此奉献，同乡认为这事稀罕，到处宣讲。惹得芭芭拉的客户们一片惊呼，连问问题都要收咨询费的人，怎么也做得出这等慷慨之举!?

回来以后，快十年了，我与芭芭拉没有再见面。联系也不多，圣诞节前互致问候而已。期间也有变化，那就是芭芭拉的母亲去世了，意想不到的是称呼，她写的是 My Stepmother。这位与姐妹俩相依为命数十年的慈祥女性，原来是她们的继母！

“5·12”大地震后，接到的第一封电子邮件，是芭芭拉发来的。这一段使我印象深刻："当人们发现脚下的土地靠不住，那种恐慌真难以想象!"结尾那句话我更忘不了："此时此刻，我们能为你和你的家庭做点什么吗?"

迪克霍夫先生

迪克霍夫先生中等个子，身体强壮，肌肉发达而且有弹性，大约六十多岁，是我在汉堡居住时的邻居。

刚到汉堡工作时，我曾为寻找合适的住处操劳过一阵。找个住处可不是件容易的事，需要从环境、交通、邻居、价格、面积、设施到房屋朝向等诸多方面综合考察。我经过反复比较，最终才在该市一个名叫门兹贝克的地方选定了一间小公寓。

搬家那天，在新居门口遇到了一个极为简短的欢迎仪式，其实也就是有个老头冲我笑笑。我心想这很正常，就凭我俩在挑选住宅方面有共同的理想和追求，彼此之间也值得互相尊重。他微笑着用英语问道："中国人吗?""是的，请问你怎么知道?"的确慧眼独具，这里的亚洲人多的是，他何来此辨别力？他指着我的门牌笑了，眼镜后面闪烁出智慧的光芒。原来，与我国谜码似的数字标志不同，德国是用姓氏标门牌，只见我的门牌上写着"wang"。我得承认，"王"姓好像实为中国独有。正在佩服他的聪明，他又让我惊喜了一下，原来这金属门牌是他受房东委托，亲手制作的。刚搬来就遇上这么有本事的邻居，我庆幸自己的抉择英明。在他自我介绍"迪克霍夫先生"之后，我立即与他约定今后要互相关照，共渡难关。

一段时间后，我才知道迪克霍夫先生确非寻常人，他是本地一个世界知名企业的技师。我们住的单元仅四层楼，两个地下车库，其中一个属于他。他并没有车，那车库其实是他的"车间"。里面各种工具齐全，甚至还有小型机床。成天他都在里边忙碌，经常见他出来时都嘴角上翘，如果只看那眼神，你甚至会疑惑他究竟是老人还是小孩？我感觉那里是他的天堂。他的产品包括金属工艺品，小型机械装置，电动玩意儿，木器，发电机和军火……对我的想象力而言，似乎任何东西迪克霍夫先生都能制造。德国实行军火管制，拥有枪支要经过审查。例如，申请持有枪支必须理由充足。此外，申请人还得精神正常，操行良好，会正确使用枪支等。最难的是，酒后的行为也要经得起推敲，既不会持枪伤害他人，也不允许打自己的脚。迪克霍夫先生居然能在如此严格的限制条件下，获准自制猎枪和子弹，充分说明了他的素质。

有一天下班回家，我见邮箱里有封德文信，看不懂。请教迪克霍夫先生，原来是通知我，工人明天要来给我换窗户，请我别锁门，干完活后，工人会把钥匙放在我的邮箱里。

第二天早上 7 点钟就有人按门铃，工人已经来了。早听说德国人勤奋，可那时正是冬天，北方的冬夜相当漫长，直到上午 9 点以后，天才会逐渐亮开。我们公司的上班时间是 9 点，这 7 点钟也未免太早了，没想到迪克霍夫先生也和工人一道来了，原来他知道我不懂德语，又担心工人不会英语，所以主动上门来帮助沟通。工人摆开架势，三下两下地就把我房间的木制旧窗户拆了，室内温度顿时从二十多度下降到了零下十几度。几个工人抬着旧窗户出去之后，迪克霍夫先生向我解释，工人要下星期才会来了。老天爷！往后几天我岂不等于露宿街头吗？我一下从沙发上弹了起来射出门去，只见那几个工人已抬着新窗户回来了。回头寻找我的翻译，已经不见了。从不开玩笑的人偶尔幽默一回，能把人吓个半死。不过这新窗户倒是比迪克霍夫先生更招人喜爱，塑钢框架，双层玻璃，中间还抽了真空，就像一个温水瓶胆，既隔音，又保暖。这种窗户是德国政府出于节约能源的考虑，在全国强制推广的。

迪克霍夫先生不仅手艺精湛，助人为乐，还是一个自力更生的典型人物。他家庭用电靠自己发，供电局赚不了他的钱，相反，他还想把多余的电卖给供电局。也许供电局不敢贸然拒绝一位天才的正当要求吧，还专门派人来他家搞过测试，最后以电压不稳为由，谢绝了迪克霍夫先生的推销，还附上了一份详尽的检测报告。此后几天，迪克霍夫先生脸色很难看，生动地演示了什么叫“吹胡子瞪眼”，也很少下他的“车间”。我远远见他都尽量绕开去。

好容易才等到迪克霍夫先生脸上愁云消散，重现彩霞，又终日在他的“车间”里埋头工作，为世界新技术、新发明增光添彩，我却碰上倒霉事了。一天下班回家，在家门口一摸钥匙，坏了！钥匙不知放哪里了。好在我住一楼，爬上窗台，透过窗户玻璃，看见钥匙就在桌上，原来是我出门时忘记带了，心里才有些安定。不过，这门又该如何进呢？总不能破坏这新装的窗户吧。正在不知所措时，迪克霍夫先生从“车间”上来了。万幸，他嘴里吹的是节奏跳跃的德国民歌《马车走在山路上》！这下根本不用我求助了。果然，他问清情况后，回到“车间”，很快就用钢丝制作了一个条形工具，从邮件投递缝里伸进门去，只听见“咔嗒”一声，我脸上的愁云也随之消散了。当晚我们一块儿喝了啤酒。

德国人给我的总体印象是勤于思考，不拘小节。而且成天想的似乎都是精确、完美和效率之类的事情，尤其重实效。对着装、礼仪等方面则不如英、法那样注重。作为共事伙伴相当理想，但作为朋友就少了些人情味，性格也不够开朗。可要是喝了酒，情况就发生了根本变化，不仅保持了讲真话的传统优点，全方位的心得体会，也随瓶中酒源源不断地流淌出来。迪克霍夫先生那晚就给我做了一次生动的示范。相比较而言，我更喜欢喝了酒的德国人。借助酒，我还了解到他这般技师在当地既非另类，也不稀缺，德国的工厂里有着庞大的迪克霍夫群体。

德国工业名列世界前列，出口更是数一数二。其工业支柱并非前沿科学，而是传统的制造业。能把传统工业做得风生水起，靠的就是千千万万个迪克霍夫先生。

爱车的民族

“骑士时代”结束以后，正面展现男人气质就不那么方便了。经过多方探索，英国人选择了骑马，法国人比拼胃口，意大利人深情高歌，西班牙人表演斗牛，德国人决定驾车。

这绝非戏言。发明汽车，就是德国人的贡献。虽然在1770年，一位法国人将蒸汽机安装在马车上，造出了世界上第一辆以机器为动力的车，但试想一下，一个司机管驾驶，加个司炉掌火候，乘客只得蹲在煤堆上了，所以那不算汽车。1885年，德国工程师卡尔·本茨做了一辆装汽油机的三轮车。他的同胞戈特利布·戴姆勒也造了一辆配汽油发动机的四轮车。两人的发明难分先后，以今天的眼光看，戴姆勒先生的更像汽车，但是本茨先生更精明，他申请了专利。所以从法律上讲，他才是汽车的发明者。好在结局是大团圆，1926年，两位巨匠的继承人走到一起，共同组建了本茨·戴姆勒公司，联手造出了鼎鼎大名的“奔驰”车。

到今天，汽车已经成为德国的名片，享誉世界。奔驰、宝马、奥迪、大众、欧宝、保时捷……声名显赫。根据中国警察网的数据，在这个人口8200万的国家，轿车拥有量达到了4100万辆，平均两人就拥有一辆座驾。考虑到不能驾车的老人、小孩和残疾人，成年人差不多就人手一辆车了。这拥有率高居世界第一。

为了给好车搭建一个舞台，德国人还首创了高速公路。早在1932年，德国就建造了从科隆到波恩双向4车道全立体交叉的汽车专用公路，这是史上第一条高速公路。迄今为止，德国高速公路总长度仅次于美国和中国，居世界第三。其高速公路品质极好，被誉为“人类最先进的工程系统之一”，路面钢筋混凝土平均厚达70厘米，堪比机场跑道。据说波音747在此起落，路面形变也超不过1厘米。考虑到车手“炫技”的要求，坡度也打造得特别平缓，无论逢山开路，遇水搭桥，最大坡度也不超过4%。撇开枯燥的工程数据，德国的高速公路最负盛名的是没有速度限制（个别路段除外）！这在世界上更是绝无仅有。

这就构成一幅恐怖画面，如此多的车，又是开车最快的民族，还不使人感到危机四伏？但事实上，这却是世间最安全的公路，其单位长度的事故率和死亡率甚至全都低于限速的美国。根据德国联邦统计局公布的数据：2008年，全德共有4477人死于交通事故。而同期的邻邦法国，尽管公路限速，车辆和人口也较少，死于交通事故的却是12300人。美国的情况更有助于加深理解，虽然有较高的事故率和死亡率，但美国人仍然认为汽车是安全的，摩托车才真叫危险。然而梁朝晖先生在《摩托日记》中指出：2008年，美国因摩托车事故死亡了3237人，而被驴踢死的竟也超过了2000人！因此他并不认为摩托车特别危险。这些事例更佐证了在德国开车的安全性，难怪各国的“飙车族”，都向往在德国的高速路上自由奔放地跑一趟。

近些年，考虑到节能和安全，德国有了限速呼声。不过主流人群却嗤之以鼻：“限速？德国车的优良性能怎么展示？”其实他们更想借助速度来展示个人的长期历练。阻挠和限制展示，只会招来反感和厌恶。面对众多阴沉的脸色，限速派怎么辩解都无济于事。更重要的是，与任何国家比交通现状，都只能证明德国人的超群技艺，从而更激发他们的自豪感，难怪限速的主张得不到尊重。限速派只得徒呼奈何：“无论如何也难以理解，一年死四千多人，会被看作一项成就！”尽管如此，要德国人限速，恐怕比要美国人禁枪还难。

好车配好路，皆为文明史上的伟大贡献，但两者的组合无论多完美，也只是工匠的活，就像骑士时代的铸剑师，纵有盖世神功，也担当不了主角。前总理施罗德曾经宣称：“德国是一个司机之国。”此话千真万确，鼓捣汽车是国民的日常事务，驾车、维修车、改装车和造汽车都可得到普遍嘉许。尤其开车有建树，还当得上民族英雄。譬如德国的体育界，可谓人才辈出，群星璀璨，但在老百姓心中的天平上，比起“车王”舒马赫，别的大牌都不够分量。看过一篇报道，说舒马赫有次边开车边调收音机，不慎追了尾。受害者一看居然是“车王”肇事，乐坏了！签个名就行，赔偿就不必了。至于受损部位，重要意义不言而喻，修复是否明智？相信他不会草率。

德国人爱车，也名声在外。听外国人惊叹：“德国人对车辆的品牌或车辆本身有很高的忠实度，不会轻易更换。”有位中餐馆老板对此却有另一种解释：“在这里很难推新菜。德国顾客第一次来吃了什么菜，以后再来，永远只点那道菜，连座位都不肯变！”看来德国人对商品的忠实度不仅限于车。

这种忠实度还造成一个结果，人们以车的品牌，划分成了一个个圈子。以高档车为例，开“奔驰”的，一般是稳重的董事会成员、会计师、医师和大律师。严谨的技术人员、工程师和高级白领，通常青睐“奥迪”。娱乐和体坛明星等高调人群，以及文化素养不高、性格也不够含蓄的有钱人，更喜欢“宝马”的轰鸣声和拉风感。人们以车分类，很少跨界。会计师芭芭拉女士，某天就高兴地告诉我，她刚把开了多年的“雷诺”换成了“奔驰”。“为什么不换‘宝马’呢?”她承认更喜爱“宝马”，无奈那车与她的“身份不符”。还听过一位开出租车的老头愤愤抱怨：那辆“奔驰”让他感觉“老了十岁”。可见德国人心中，车是有气质的，且与车主的个人气质大致是吻合的。

初次拜访德国客户，对方常常送我们出门，还不顾劝阻，坚持要送上车。这并非西方常规礼仪，所以我们深感荣幸，以为受到了高规格的礼遇。后来才知道此为德国特色，他们是想看你的车，以便对你做出基本判断。很遗憾，初来不懂民俗，我们买的是“宝马”，更不着调的，还是一辆七系的大“宝马”！

总而言之，德国人对车的感情是独特的。在这个国家，要想被社会接受，会开车是必须的。不会开车的德国人，好比是不懂足球的巴西人，负面影响相当大。而且在德国人眼里，凡是关系到车的问题都是严肃的，像政治家看外交一样。前不久，默克尔总理坦言：当年在东德考驾照，曾给考官行过贿，送了一瓶红酒；还有，她买车的时候钱不够，于是便放弃了心仪的“迷你”，买了“高尔夫”。有英国记者调侃：不知德国男人听了此言会做何感想？的确是个问题！假如上述言论发生在竞选前，连结局都将成为未知。无论如何，在男选民的观念里，这两个想法都非常错误！

家乡菜

遇到过一件尴尬事，要我做一桌菜！还必须是川菜!!

这事发生在20世纪90年代初，居住在汉堡的一帮老乡，有留学的、做生意的，全都是单身，每到周末就爱聚在一起，自己动手做家乡菜。然后边吃边谈感悟，评头论足，谈天说地，乐在其中。为了公平起见，还规定轮流做东。

我这人口味不挑，川菜粤菜中餐西餐南粥北面来者不拒，而且充满好奇，还善于发现长处，难怪那么多人请我。掌灶却不行，厨艺有高下之分，哪里是随便一个人都上得了台面？像我这样，从幼儿园开始一路吃着食堂走来的，就更不在行了。实际上，从买菜到洗碗差不多每个环节，我都因为缺乏想象力没少挨批评。

好在都是久居他乡的人，在饮食上凝聚了太多的家乡情节，吃家乡菜已不再挑剔技术功底，主要是满足精神需求。因此，对烹饪技术态度包容。还有，他们发的议论虽然高调，使用术语也十分专业，在内行听来其实都不靠谱，不会往心里去。

宽松的氛围给了我信心，于是就操刀上阵了。除此之外，我还有两样“独门暗器”壮胆——从家乡带来的郫县豆瓣和花椒。以我的见解，只要放上这两味，那就毫无疑问是川菜了。

当年下乡，也曾做过菜，不好意思说，因为当年对象不一样。八年时间里，主打茄子南瓜卷心菜，每样一吃就是几个月，天天不变，年年重复，而且没肉少油，吃法单调。那时的人，只要遇到活物，几乎见啥吃啥，人人皆神农转世，个个都胆大包天，恨不得生吞活剥。有朋友来访，办个招待，做菜是不讲章法的。

与之相反，眼下这帮人要年轻得多，没有实质性地挨过饿，肚子里油水是过剩的。进起食来也不赶，有品味道的闲暇和严谨的学术态度。这样的食客，岂可以随便打发？

所以安排菜单颇费思量。想以我拿手的，蒸鸡蛋炒鸡蛋煎鸡蛋卤鸡蛋，最后上个鸡蛋汤。对了！那个越南人开的杂货店，说不定还买得到高邮咸鸭蛋。名字都想好了，拼凑一桌“混蛋席”。但是的确不敢，怕被人当作自暴自弃，破罐子破摔。

稳妥起见，还是做复杂的吧。最起码主菜得有点样子。

掂量再三，买来鸡胸脯和蘑菇。油煎豆瓣，再爆炒鸡肉，然后加上酱油花椒焖烧，最后放入蘑菇煨一会儿，一道“蘑菇烧鸡”就做出来了。搞定主菜，配菜就好办多了，清炒西葫芦，加豆瓣；蒜茸炒西芹，加香醋；鸡蛋还是要蒸几个，很抱歉；再拌一根糖醋黄瓜；外加一道得意之作——四川泡菜。

在德国做泡菜是我的发明，萌发这念头，是思念家乡菜。要说四川家常菜，泡菜最具代表，小时候每家每户都要做泡菜。那时候子女多，往往还几世同堂，比比皆是大家庭。一户人家通常有若干个泡菜坛，长期短期，分门别类。吃泡菜很经济，蔬菜的下脚料，菜帮菜秆萝卜皮，洗净晾干，泡入坛中，物尽其用。多吃泡菜，可节省开支办大事，故有“泡菜坛里捞手表”之说。虽然夸张，却记录了一个事实，泡菜曾经是家庭里的经济支柱，顶了半边天。

那个时代已经过去了，泡菜也渐渐淡出了餐桌。但我老为泡菜鸣不平，世事变迁，泡菜也遭遇到了不公正对待。敬佩韩国人，将泡菜提升到了那么高的文化层面，甚感慨也！

于是想做泡菜。但泡菜并不好做，以我仅有的见闻，就知存有如下难点：首先，容器就很有讲究，坛口得有檐，以盛放坛涎水，保湿隔热加密封，一专多能；其次，起水更考技艺，据说以山中雪水为最佳，还得加进许多香料，像秘方一样；还有，泡菜极体现个性，微妙差异，尽在舌头上。胖大嫂小媳妇，不同的手出不同的活，每家风味各有千秋。天晓得经我的手之后，出来的是不是那东西？

有天在超市，看见有大瓶装的腌黄瓜，瓶底堆积厚厚一层，全是香料。我常买腌黄瓜，以前都买小瓶的。何不买一大瓶，吃完黄瓜就着这水泡泡菜？那玻璃瓶足够大，富含香料的水也可以改良。腌黄瓜的香料可能产自南亚，是欧洲的传统香料，我看不懂。但做泡菜究竟该放什么香料？我也同样不懂，不妨试试看吧。于是我就在腌黄瓜的水中，加些盐、生姜、花椒、辣椒，没有醪糟浮子，倒点白葡萄酒代用，泡了些萝卜。三日后试吃，居然有点意思！听人说过，玻璃瓶只能泡“洗澡泡菜”，要领是“勤捞勤泡”，水就会越养越鲜。我照此办理，终于取得了成功！因为香料的路子野，专家品尝，肯定感受得到一股“异域风情”。

这么一桌菜操持出来，自己认为质量还行，客人的反应也符合预期，尤其那泡菜最出彩。出于对我的肤浅了解，对这顿饭他们事先都没抱希望，更想不到能学知识。从此以后，本人的泡菜就在当地四川人中普及开来，掀起了一阵“泡菜热”。结果不出所料，迫使我一再告诫自己要正确对待，学生超越老师，是历史的必然。

深层思考，泡菜受欢迎原因有二：一是现代食物中的高蛋白和高脂肪需要调和；二是泡菜能唤起怀旧情感，使人浮想联翩。

难能可贵的是，轰动过后，我仍然保持一分清醒，入口之物博采众长，坚持“五湖四海”，并不盲目抬举家乡菜，不讲原则。

认识一位阿拉，老家宁波，酷爱家乡美食“沥汪”（音）。此乃浮游生物，薄薄一片，半透明，滑溜溜的，退潮后附在礁石上。采集下来，趁着新鲜蘸酱油生吃，唇齿留鲜。关键词是“新鲜”，时间稍长，蛋白质就迅速分解，像死虾一样。此时吃它，味道打折，还拉肚子。“沥汪”运到上海难以保鲜，可他坚决要吃。吃完必拉，拉完再吃，百折不挠！我并不感动，这叫“为嘴伤身”。

常听人吹，家乡菜如何了得，有意无意贬低了他乡菜。家乡菜谁都爱吃，但不可狭隘。须知，你津津乐道的，别人未必当回事。见过一位印度客商，被请吃川菜大宴，神态拘谨。主人讲解每道菜的独特内涵，博得满堂喝彩，唯独他心不在焉。菜肴中蕴含的文史信息、经典元素、人文情怀等，他全然不感兴趣，吃起来更是面相痛苦，难以下咽。在他看来，只要没放咖喱，就算不得菜。

还结识过一位日本人，同吃了一餐料理，感觉味道清淡，没吃出个所以然。他却激动万分，饱餐之后，遥望星空，目光虚无，发出了一声感叹：“做一个日本人真幸福啊!”犯不着与之争辩，其实只要有吃的，每个民族都很幸福。

“厨师”莫卡

莫卡不是真厨师，爱好做菜而已，所以加了引号。他是德国人，六十多岁，一米九的个子，蓄一头长发。但不是艺术家的款式，而是扎成马尾巴，走路要飘逸，迎风会招展，看上去很是潇洒。莫卡讲究细节还不止于此，他手臂有文身，直到肩头，图案丰富，色彩跳跃，红的绿的，鲜艳夺目。天气稍有些热，立即换上无袖短衫，使其得以充分展示。因此，特别在热天，看莫卡简直赏心悦目。

不仅外观不凡，莫卡还有传奇人生。他曾干过警察，得过奖章，也挨过黑打，有伤在身，按规定可以提前退休。因为长期处在冷酷的环境，退休后莫卡迁往温暖地带，居住在澳大利亚的昆士兰。

有一手好厨艺，莫卡也不容易，欧洲与我国一样，饮食文化的中心在南方，法兰西、意大利、西班牙傲视群雄，而德国人素以啤酒香肠土豆著称，走的是简餐路线。不难设想，在边沿地带学艺，没有人能够随随便便成功。

不过我这不会做菜的四川人也不多见，都是稀罕物，算是扯平吧。我俩在一起的自然分工是他管做，我管吃。然而这都是自愿的，事情是这样，莫卡妻子芳芳是中国人，曾是我夫人嘉蓉的同事，也是好友，近年回国一般住在我家。她过意不去，多次邀请我们去玩，为了平衡人家的心态，还非去不可了，这才有了上述格局。

需要说明的是，这么分工莫卡是乐意的，他喜欢看别人喜欢吃他喜欢做的菜。听芳芳说，他的高超厨艺还造成过戏剧性的结果。莫卡有位很要好的德国同事差不多每年要来，第一次前来时，按德国人的习惯，做了个雄心勃勃的行程，想把澳洲玩个遍。第一站就是她家，受到盛情款待。接下来他每天都与莫卡泡在一起吃吃喝喝，直到返程，才惊觉哪儿都没去！他懊恼不已，又来过几次试图弥补，每一次都依然失败，依然待在她家，依然哪儿都没去。可他没死心，肯定还要来。不过结局多半注定，除了昆士兰，澳洲别处今生已与他无缘了。芳芳描述那人的吃相很有趣，每吃一口都要摆脑袋，表情复杂。似乎很困惑，又带几分痛苦。其实他是在感慨："难以置信，世间竟有这等美食！"可能表达不确切，容易让人误解。但莫卡爱看这表情，感觉很温暖，于是每天变着花样让他更加陶醉，害得人家哪儿都走不了。

莫卡的厨艺，虽然芳芳早有过介绍，但我想他做的毕竟是西餐，尝鲜还行，作为家常饮食不一定对路。故做好了吃不惯的思想准备，好在随着大批移民的拥入，澳洲的餐饮业已非常国际化了，南粥北面麻辣鲜香，想吃火锅都不愁找不到。

到达的当晚已经夜深，飞机上六小时两餐吃得很饱，赶紧休息，消夜就免了。第二天一大早窗外就有情况，七嘴八舌地高声喧哗，像是聚集了一伙老光棍。起床后芳芳说那是澳洲特有的一种鸟，长相粗陋嗓音浑浊，爱早晨聚集。我想大概鸟类寿命短，挺过一晚上不容易，说不定在点名。生活在澳洲也算它们的福分，没有天敌。芳芳却不乐观，这鸟体形较大，肉头较厚，抵得上一只仔鸡，适合各种吃法，而且头脑简单，竟不怕人，即便走进抚摩，只要动作轻微，它也不大会逃。所以捕猎无须拿武器，脱下外套一罩，基本十拿九稳。随着移民的增加，这鸟的数量已经有所下降。二者是否存在联系，以我们对同胞的了解，这事还真不好说。

早餐面包牛奶，是西餐"规定动作"，不在话下。等莫卡打理完花园（也是规定动作），冲了凉，换上无袖短衫，然后一道出门去采购。

南半球的三月正值金秋，气温宜人，阳光通透。花草、树木、房屋、远景，所有色彩都得以强化。相应的，莫卡的文身也更有光彩。高天上几丝马尾，云卷云舒，与莫卡的马尾相映成趣。此时北半球刚脱下棉袄，忽然穿越到秋高气爽的澳洲，一路秋风拂面，时而沐浴几滴从太平洋不期而至的秋雨，感觉别样舒畅。更难得的是，远离了熙熙攘攘，兴致勃勃之余，还享有内心的宁静，这趟旅行值。

购物很便捷，肉类水果蔬菜奶酪，分别走了几个点，每处都不逗留。莫卡做事很有计划性，直来直去买了就走，把车厢装得满满的，节奏是典型的男人购物。

回家后，更显出莫卡做事的有条不紊，该腌的腌，该冷藏的冷藏，准备工作一会儿结束，然后上楼看电视剧去了。澳洲的蔬菜水果皆不用洗，生吃都行，故烹饪较为便利。芳芳切个西瓜，配上火腿面包，就是午餐了。莫卡不吃午饭，并且也不吃早饭。他的生活相当规律，每天清晨只喝咖啡，喝够了打理花园。两年前一位记者偶然路过，被他的花园吸引进来，拍了许多照片，结果莫卡的作品被评为全市的“最美花园”。受此激励，莫卡摆弄花花草草更来劲了。他的观赏植物甚至种进了邻居的空地，以降低视觉反差，实现平稳过渡。反正是美化环境，邻居也只好道谢。后来莫卡带领我们参观州植物园，根据他的激情解说，澳洲有观赏价值的植物，他家好像都有。回去仔细赏析，才发现莫卡的花园果然了不得。虽然不大，却独具匠心。花园是立体的，各种植物高矮俱全，错落有致，还考虑到了花期搭配。此外，灌溉、排水和喷泉三网合一，都是自动控制，循环用水，全是自己设计安装的。莫卡的花园不仅技术密集，也是资金密集，还是劳动密集。可见，“最美花园”的领先地位是难以动摇的。

处在澳洲的英语氛围，莫卡仍怀念德语，故要在网上看德国电视剧，内容不挑，讲德语就行，所以他每天有得看。下午两点，电视剧看完，是喝啤酒的时间，这也是他每天的“规定动作”。通常喝一到两罐，独坐在花园里慢喝细咽，同时还遥望远方，目光深邃。眼睛是心灵的窗户，从那里可以窥视到他自由的灵魂。莫卡喜欢有人陪他喝，捎带说说话，那样他就可以多喝些啤酒。可惜我不会喝酒，平日话也不多（当然，宣传自己除外），所以莫卡仍维持日常的量。

5点，做饭时间到了，厨房里开始飘出一股股浓香，莫卡在炸鸡。他用黄油，腌制加了红酒，所用香料也没见过，只觉得异香扑鼻。下一步是煎蘑菇，用牛油，煎上一阵，再倒入一些奶油，待汁液收干，将蘑菇与鸡肉混合，再加上奶酪和几味香料，随后放入烤箱。烘烤大约10分钟就成了。这道菜很让我着迷，可惜学不了。各样奶制品就没法弄，更别说那些不知名的香料了。莫卡展示过橱柜，各种香料排列整齐，差不多有50小瓶，每瓶都贴着标签，全是拉丁文，看不懂。此外，花园一角也被辟为香料区，种了十余个品种，认识的有姜、葱、薄荷、柠檬等。莫卡口味很重，各种香料都是他的最爱，尤其喜爱四川花椒，闲暇时他甚至可以嚼上几粒！芳芳开玩笑，说他前世可能是四川人。嘉蓉深表赞同：估计是汉源的。

随后的日子，莫卡每天换着花样，炸牛排、烤羊腿、煎香肠、咖喱牛肉，还烤过袋鼠肉……尤其煎香肠值得一提，我曾在德国待过三年，知道那里香肠繁多，长的短的粗的细的红的白的洋洋大观，却从没吃过那么香的。莫卡说那是最好的德国香肠，是定居澳洲的一位德国老头做的。此地德国人多，大都是喜爱温暖气候的退休人士。为方便联谊，组织了会所，每周四聚会。那老头的香肠产量不高，只在会所里卖。最近这次聚会老头迟到了，为让我们一饱口福，莫卡等了他两小时。

由于来澳洲的初衷相同，会所的主题自然成了“如何玩转澳洲”。莫卡有个愿望，想邀约几位同道，去澳洲内陆自驾游一趟，专走蛮荒之地。十多年前他曾经在非洲这么游过，难以忘怀。这太容易了，他大旗一招，很快集结起五个老头，准备去成就一番事业。“工欲善其事，必先利其器”，丰富的阅历足以使他们抓住关键，那就是后勤保障。房车是最佳选择，工作休息两不误。每辆房车可睡四人，但考虑到储物空间，他们决定每人开一辆。否则到了后期，水酒饮料会发生短缺，毕竟要度过两个多月的探险旅程。

本来他们一行早就要上路，听说我们要来，莫卡特地推迟了行期，以便陪我们半月。临行前最后一周，莫卡陷入了购物狂潮，每天不定什么时候就出门采购去了，因为想法多。这也难怪，他们去的地方无旅馆和餐饮服务，全靠野炊，房车里有冰箱有炉具，完全可以一展身手。从清单来看，莫卡肯定把两个多月的一日三餐都过了一遍。车里装满了，酒最占地方，啤酒红酒还有澳洲著名的朗姆酒，用甘蔗制作，口味像XO。但莫卡的装备只能说尽可能周全，也有忍痛割爱的。譬如芳芳提醒他别忘了“黄老五”，那是我们专为他带来的，麻辣味，就被莫卡拒绝了，说是“怕他们要吃”。

澳大利亚领土面积相当于我国的八成，人口却仅有2100万，不足我国的20%，广阔的内陆人迹罕至。如今五位装备精良的探险家协同作战，应该会有重大发现。

临走之前，莫卡给了我们一个莫大的惊喜，做了一道世界名菜“古拉什”。不会做菜并不等于不了解，我早就知道“古拉什”了，是匈牙利名菜，俗称“土豆烧牛肉”。当年赫鲁晓夫讲共产主义，指的就是这道菜。不过莫卡认为，匈牙利人做得太油腻，自己做的更符合现代潮流。

十五天的光阴，吃出了感情，莫卡和我们依依惜别，难舍难分。芳芳说他是真心喜欢我们，原因我清楚，说到表现我也不差，每吃一口都要叹气，并强压住说脏话的冲动。对美好人生的由衷赞叹，骂出来才带劲。这一切莫卡都看在眼里，以前也接待过中国客人，都不如我们“善解人意”。所以，他视我们为知音，我们越爱吃，他就越爱做，形成了良性互动。

莫卡走后三天，我们也踏上归途，此时才忽然醒悟，怎么也全程待在昆士兰，哪儿都没去。我们却非常满意，有机会来还望这么过！要说有遗憾，是因为莫卡。大约两周后，芳芳微信告知莫卡提前回家了。澳洲内陆今年怪异，苍蝇成灾，遮天蔽日。五位探险家连续几天，都不敢开车门！踌躇满志的伟大旅程只好作罢。

陈蔺自话

陈蔺，1954 年生于成都。

17 岁支边到云南生产建设兵团二师七团。喂过猪，种过地，开山伐木栽橡胶，当过农场分场宣传干事，又调云南省农垦总局做理论教员。回城后，在四川省物资系统干过行政、人事、计划等工作。所学专业中文师范，经人指点，经济市场，会计行当进退自如，于是全心投入其中。以后在省属国有大型金融企业任部门主管，高级会计师。

1991 年追忆逝水年华，参与发起、组织“纪念成都知青支边二十周年纪念活动”。根据此活动出版的图书《青春无悔》获当年国家金钥匙图书奖，举办同名大型图片实物展览，在全国引发“知青文化”讨论，经久不息。

有文章收入云南支边生活纪实《青春无悔》、云南知青纪实录《八年》，编写有《八十回眸》《我这一辈子》纪实作品。

二舅星棋

读龙应台的《大江大海一九四九》，书中所叙，搞得我唏嘘不止、眼泪满面……这种悲伤，从心底生出，想到很多，其中有我二舅。

1

二舅跟我妈一样，出生在川南边隅小邑，古蔺县城。按新中国成立后政府的提法属“偏、山、老、少、穷”（偏远、山区、革命老区、少数民族杂居、穷困）地区。

中国那个时候穷呵，医疗条件极差，古蔺县城至1949年解放，从未有过西医医院，什么阿司匹林、盘尼西林（青霉素），绝大多数人都是一概不知的。

我妈有兄弟姐妹六个，三儿三女。妈有一个哥，两个弟，二弟叫星棋，我二舅。

我外公在世时，家境不错。外公聪明勤劳，家里以卖盐、卖棉纱为生。盐是家家户户缺不得的东西，棉纱也是，那时的平常人家，家家户户都买棉纱自家纺线织布，缝制衣衫。古蔺当时尚未通汽车，盐和棉纱得雇专门的背夫，从叙永县城出发，扛两天，才能到古蔺。翻山越岭，140多里山路，途中必经两座大山，灯盏坪、箭筑坪，陡峭难行。我妈说，那山路真的是陡陡地上，又陡陡地下，相当崎岖。

我家在古蔺街上有自家的铺子、房子，还有田和地。我外公在叙永县城也购有房屋，专供转运盐和棉纱之用。外公让妈和几个兄弟姐妹都上学受教育。

国民政府时期，古蔺的国立学校是蔺小、蔺中，师资水平高。蔺中是古蔺当时的最高学府，好些教师来自北大、川大等知名院校。他们有的是响应国民政府号召从大城市来到古蔺从事乡村基层教育，有的是抗战期间从日本占领区辗转而来，也有的是本县大户人家的子弟送出去读书，又回乡从事教育的。

我妈和二舅都毕业于蔺中，他们时常会说起蔺中一位叫潘从理的先生。潘先生是古蔺人，毕业于北京大学哲学系。潘从理学识渊博，思想开明，得到他的老师、著名学者梁漱溟先生的赏识。他曾追随梁先生南下，先后在广东、山东、重庆办学，以后他独自回到古蔺老家从教，成为梁漱溟先生所领导的“乡村建设理论”的骨干，教育救国，蜚声教育界。潘家堂屋挂有他毕业于北大、蔡元培先生亲笔签署的毕业证，让我妈、我舅等后辈无比敬佩羡慕。

我妈和舅永远都记得蔺中校歌，由古蔺人、老资格中共党员、著名的文化人邓均吾先生所作：

济济多士，蔺中之英；
探求科学真理，秉承先哲遗训；
恢宏我青年志气，发扬我民族精神；
养成既仁且勇之德性，抱定救世济人之决心；
促进三民主义之文化，完成世界大同之使命。

2

古蔺虽是偏远，却有着川南出川的唯一古道，是往来于黔滇的必由之路。路经此处的先辈志士、文人墨客留下许多诗词歌赋。著名的有太平天国翼王石达开的“大盗也有道，诗书永不俗”；有明代状元杨升庵屡经此处，写下的“雪山关，雪风起，十二月，断行旅”的诗作；有蔡锷将军 1915 年寒冬腊月率军北上讨伐袁世凯，翻越雪山关时，挥笔留下的：

是南来第一雄关，只有天在上头，许壮士生还，将军夜渡。

作西蜀千年屏障，会当秋登绝顶，看滇池月小，黔岭云低。

妈妈从蔺中毕业，考上了她梦寐以求的泸州川南师范学堂。该校建于1901年，原来叫川南经纬书院，是全川把书院改为学堂的第一所学校。首任监督（校长）赵熙，四川南充人，前清翰林学士、翰林院编修。赵熙参加过同盟会，是志向远大的才俊，还是享有盛名的书法家。成都少城公园“辛亥秋保路死事纪念碑”的碑名由当时四川四位著名书法家同文异书于碑的四面，赵熙的书写于碑的西侧。

妈妈在川南师范读书时，参加了中共地下党，新中国成立后自然是国家建设的骨干力量。妈妈说，50年代初的新中国，如旭日东升，欣欣向荣，路不拾遗，夜不闭户。妈妈在川南行署工作，她说自己是国家干部，共产党员，既责任重大也无上光荣。那个时候的她，除了拼命工作、拼命学习，就是尽力地照顾兄弟姐妹。供给制时，我妈每月发七块五，她自己仅留二块五零花，拿出五块钱给兄弟姐妹。改成薪金制后，当时干部的最低工资是32万①，妈妈的工资42万。每个月，她拿出35万照顾家人。1952年川南、川东、川北、川康行署合省，省会定在成都，妈妈随工作单位到了成都。

二舅星棋1949年秋在蔺中毕业，12月，我妈带着他离开了古蔺，到泸州参军。那时妈在泸州工作，他报名参军那天，在长江边上的泸州人民公园门口的广场，妈我自始至终陪着他。

星棋参军后，部队招骑兵，他欢天喜地坚决要求到骑兵团。因为是初中毕业生，有文化，很受部队领导看重，送他到沈阳解放军医科大学学医。二舅一心报国，哪儿需要就去哪儿，他说自己的工作在骑兵团，于是干脆利落地选择了学兽医。

① 当时的1万相当于币制改革后的1元。

大学里，他年纪最小学习最好。大学毕业，他成为新中国自己培养的第一批大学生。毕业之时，他又面临选择，是留在城市搞兽医研究或者行政，还是去一线与牲畜打交道？他选择了艰苦和艰难，他要为国效力，去国家最需要的地方。他兴高采烈地又一次告别家乡、告别亲人，到了西北高原青海骑兵部队，做了一名“光荣的部队兽医”（二舅语）。

3

所有的人生故事都像是发生在一个码头，上了船，就是一生。

假设，我在假设，如果二舅当初选择学人医，而不是兽医。或者他在毕业的时候选择留在大城市，而不是去青海部队……或者共和国在前几十年的发展过程中，多一些理性，多一些文化，而不是那么多的政治运动，他的命运就会被改写……

我印象中的二舅，穿着军装，高大英俊。虽是长期生活在遥远的青海高原，风霜雪雨，沧海桑田，仍掩不住他川南人的细腻白净，他的眼珠是褐黄色的，头发也是那色，皮肤那种白呀，不像黄种人。史载“自汉唐以来，生齿颇繁，烟火相望……丁口稀若晨星”（《四川通志》），于是有了众所周知的“湖广填四川”。我曾经问过我妈，外公外婆的原籍在哪方。妈说，古蔺人有个习俗，“江西二十三，湖广二十四”，意思是腊月祭祖时，二十三祭祖的是江西人，二十四祭祖是湖广人。妈说，我家里从来是腊月二十三祭祖，因此我家原籍应该在江西。那江西之前又在哪里呢……

我喜欢二舅，喜欢他总是把我高高举过他的头顶，不停地夸奖我是“天底下最俊的小姑娘”；喜欢他有无数的故事讲给我们听；和大院的小朋友吵嘴时，我会很夸张很自豪地说，我二舅是解放军有枪，我喊我二舅来；喜欢他带着我们在院子里东躲西藏地疯耍，藏猫儿。有一次藏猫儿，说好不离开我家那几间屋，屋子里简单明净，就是找不着他，终于想到最后一着，我掀开窗帘，果然他就在窗外，用手抠着窗台外檐，好危险嘛，我家可是住楼上……

尽管爸妈谈好些事情都要回避我们几个小孩子，但我清楚我爸妈常常为星棋操心，为他的“右派”问题、为他在“文革”中的所谓“反革命”问题、为他的婚事，之后又为他的家庭和睦、子女抚养……

我妈常说，她这一辈子最庆幸的有两件事：一是走对了路，跟着共产党，亲身经历了在党的领导下，建立新中国，改革开放，国家一步步地走向繁荣富强的艰难而辉煌的历程。二是找到了一个好伴侣，与我爸相守终生。我妈和我爸一样，都是忠诚的、视党为灯塔为靠山的普通的共产党员。他们常说国家积贫积弱百多年，如今走上了富强之路，得来不易！必须珍惜！

但我妈每每说起二舅，会很悲伤：可惜了，这么聪明的一个人……

那个时候，二舅年轻，好与人开玩笑，仗着有文化，懂些道理，不知深浅，说话随便。1957 年，单位要凑齐“右派”指标，算来算去，就数他想法多话多，说法随便，有“右倾”言论。领导批评他，说他有的说法有问题，让他写个检讨，否则就要定他的“右派”。他坚决不写，还说“我不反党反社会主义，凭什么写检讨”“毛主席说过百花齐放，百家争鸣”“左右不过是政治上意见不同而已，有啥子大不了的？不写！”就是不写，就这样，稀里糊涂地当了个内控“右派”，下放到青海最偏远的农场当兽医。

“文革”期间批判刘少奇，星棋说，我不参加，刘少奇是国家主席，受宪法保护，随便批斗批判是违法的……

此话一出，他立即成了“现行反革命”，开除公职遣送回古蔺老家。

他自然失去了生活来源，原本一家人靠他的收入为生，如今咋个过。好不容易在老家找的那个老婆，天天吵闹，鸡犬不宁。当然，周围的人普遍同情星棋维护星棋，都说他老婆的不是。但我妈我爸历来认为，作为一个“右派”和所谓“现行反革命”的家属，那些年的日子，苦不堪言，说不清楚……

我听二舅妈说过，一家人咋个过，两个娃娃都小，生病拿药的钱，一块钱，几角钱都拿不出来啊……

记得最后一次见到二舅，是1975年，我从云南兵团探亲回蓉，可怜巴巴的他，早无过去丝毫风采，从老家古蔺来，明明白白地来求助。记得他和我妈在隔壁的屋子里关着门说事，大哭，他俩都在哭，我妈边哭边在说着什么。听得到我二舅，一个“文革”中被打得遍体鳞伤、不成人样的男人的悲惨号啕声……父母自然得出力。我也肯定要出力，我给了二舅几十斤粮票，50元钱，这是我当时最大的力量……

可怜的星棋二舅！没有挺过来。就在那年，改革开放的春风即将吹来的那年，中国人民解放军总政治部即将为他“右派”问题和他所谓的“现行反革命”问题下达一纸平反书之前，他撇下妻儿老小、撇下所有爱他的亲人，在过去曾经是自家的林地里悲惨离世……

永远的姚妈

我家在成都湖广馆街 16 号院住了 30 年。

这是个很精致的小院，两栋小洋房，坐北朝南，两层楼高，红木地板，环绕楼房和院墙的冬青树四季常绿，端午时女贞子树花开飘香四溢。还有，小院左侧，那种川西坝子特有的青灰色砖块砌成的院墙下，一溜整整齐齐的小厨房，每天的锅盆交响，炊烟袅袅……小院见证了我从童年到成年的人生经历，如今，小院早已拆除，片瓦不留。

特别是与我家房门紧挨，厨房两隔壁的姚妈，我常感叹与她幸为睦邻、受惠终生。

1

姚妈娘家姓陈，原籍福建，家里几代人都在武昌做茶叶生意，是富庶人家。她是这家的大小姐，下有兄弟四个。她父母相当开通，虽是女子，也让她上私塾，知书识礼。让她缠过脚，她不乐意，又放了。姚妈跟我说，好在生在民国的 1914 年，那个时候主张“天足”，主张妇女不缠脚已大成气候，否则这脚是放不成的。可放开的脚，脚掌脚趾骨头已断，缩做一坨定局难改，于是姚妈成了当时典型的解放脚。当时像姚妈这种解放脚的女人随处可见，扭扭歪歪，一辈子拐着脚走路。

姚妈这对拐着走路的解放脚，丝毫没有影响她一生的操劳奔波。未出嫁前，她已是掌管娘家全部家务，带大了她两个弟弟的大小姐。出嫁后，从抗战开始，她跟随丈夫，颠沛流离，在重庆迎来解放，最后落脚在成都。她的丈夫姚伯伯，长期下放在偏远地区的泸定小县城工作，她则在家照顾儿女，围着锅台转了一辈子。姚妈这一生养育了她的两个小弟弟、13 个儿孙，共计带大 15 个娃娃。

我常常看着姚妈楼上楼下屋里屋外地忙活，拐着脚；看着她早晨收拾停当，头发梳得纹丝不乱，衣服穿戴清清爽爽，拎个菜篮子上街去买菜，拐着脚；看着她得闲时，和院里的陈妈手牵着手地去华兴街锦江剧场听川剧，也是拐着脚。我们那个院“出身不好”的大有人在，所谓的“不好”，也就是国民政府时期在政府做过事的人，这些人家多是读书人。陈妈家也是典型，陈妈出生宁波，大家闺秀，先生曾经是国民政府上海海关的关长。1949 年随着政府稀里糊涂地一迁再迁，到了重庆，1952 年合省，又从重庆到了成都，分在省财政改造，之后一直在偏远的甘孜州一小县做基层的财政工作。陈妈与姚妈惺惺相惜，情同姐妹。

姚妈这个武汉人，喜欢川剧，说起戏中的人生起落、悲欢离合，说起川剧的名角，陈书舫、周企何、竞环、竞华，小舫和小艇……津津乐道，如数家珍。姚妈喜欢《红楼梦》，喜欢林黛玉，喜欢小说上说的，戏剧里演的，包括她家墙头上一直挂着的那张《黛玉抚琴》，姚妈说：“几清秀！几可怜呵……”她时常用武汉话夸赞美人儿林黛玉。

姚妈的大儿子，我喊大姚哥，生于 1934 年。也就是说，大姚哥从三四岁起，就跟着父母躲避战火，背井离乡，提起往事，大姚哥泪流满面：“我们这个家真的全靠我妈妈！”

2

姚妈跟我讲，她当姑娘时，没有多的想法，就是出嫁得坐八抬大轿，就是过去中国人在结婚迎娶新娘时，八个人抬的那种娶亲大花轿。这是中国人旧时结婚讲究明媒正娶，隆重迎娶的重要仪式。我问她，你坐成了吗，八抬大轿？她说，当然啦！他姚家不是八抬大轿，我不会嫁给你姚伯伯。那个时候可是讲究门当户对呵！姚妈说这话的时候，满脸都是幸福。

姚妈八抬大轿嫁给了姚伯伯，姚吟皋。姚伯伯祖上在东北辽宁，他生在武昌，中南大学学经济的高才生。之后，他经他大伯介绍到一家德国银行工作。他大伯早年从德国留学归来，学炮兵的，当时在蒋介石侍从室工作。姚妈就是在这个时候嫁入他家的。

1937年，日本人入侵，姚伯伯参了军，在部队从事军需工作，跟随部队随时迁移。当时家在武汉，身为长女的姚妈带着自己的父母、四个弟弟，还有自己一双幼小的儿女，开始逃难。她说一家人老老小小，多艰辛呵，好不容易走到了湖南，日本人打来了，只好返身折回武汉。路上兵荒马乱，大弟弟生病没钱买药，她脱下自己身上仅有的一件保暖毛衣，卖了给弟弟治病。家里唯一的一块金表，支持姚伯伯，捐了，买飞机打日本侵略者。

姚伯伯调国民政府财政部工作后，随政府机构到了重庆。抗战八年，姚妈跟着姚伯伯拖家带口在重庆住了八年。他们一家子住在三江汇合口的一个山坡上，当时的公务员都是自己租房子，政府财政部在城里的李子坝，就是现在重庆火车站附近，姚伯伯天天上班往返很是辛苦。那阵子日本人的飞机经常来轰炸。

有一天，家住二楼的姚妈，听到一楼一对年轻夫妇正吵架激烈，冤冤不解。警报“呜呜呜”地叫了起来，日本人的飞机要来了。姚妈扯着几个娃娃，喊着那个吵架的小媳妇名字“快跑了，还吵嘴，挨刀的日本鬼子要来了……”那年轻媳妇脾气犟，不理姚妈的茬，赌气，死活不动。姚妈无法，拖着娃娃刚进防空洞，一个个炸弹就下来了，“轰轰轰”，漫天的尘土碎片往防空洞里钻，姚妈估计那两口子没了。

当姚妈扯着几个娃娃回家时，首先去看那一楼的小两口，见那两口子还紧紧地抱做一团。他们说，运气好！有个炸弹正正地落在他家窗边……炸弹没有响，咕咕咕地滚进了嘉陵江，好险！

大姚哥说，他在重庆上小学五年级时，有天放学回家，见桌子上待客的茶杯里还有点茶水，口渴难忍，端起就喝。没想到晚上开始发高烧，40度。在解放碑有个名中医，叫张俭栽（音），此人抽鸦片，听说他是仅有的、得到蒋介石的特许可抽鸦片的。这医生每天要抽足鸦片才看病。姚妈那天半夜三更抱着儿子去求医，张医生揉着惺忪的睡眼，边披衣边说，救人要紧，丝毫不能耽误。大姚哥得的是伤寒，姚妈恍然大悟，下午来的那个姚伯伯的同事得的就是伤寒，刚愈不久，是他传染无疑……张医生说，此病饿不死的，开一剂药方，让大姚哥天天喝烧煳的锅巴水，每天喝，粒米不进。此后三四个月，姚妈严格遵照医嘱，硬是让大姚哥天天喝那烧煳的锅巴水，果然好了起来，还没有花什么钱。

抗战结束，姚伯伯受命参加东北接收，他先行来到上海，让一家人等他的消息，合适的时候接全家前往。没隔多久，东北就打起来了，国共两军鏖战激烈，姚伯伯奉命返回南京财政部，派往镇江税务局报到。姚妈拖家带口跟随，以为会在镇江多住几年，不料半年不到，姚伯伯又被召回南京。于是全家人在南京住下，几个娃娃上学才几个月，淮海战役就打响了，解放军轰轰烈烈地南下而来，南京政府财政部紧急撤到福州，姚妈全家跟随姚伯伯到了福州。福州尚未安顿，又奉命迁往广州。大姚哥说，在广州，他印象深得很，住一个大学的教室，通铺，大人孩子女人男人一家人紧挨一家人住地铺。很快，姚伯伯面临抉择，一是到台湾，一是到重庆。到台湾，他的级别不能带家属，只能独身前往。另一条路就是回到重庆，国军很快会打回来……姚伯伯再三寻思，决意留下，他一人走了，丢下这一大家子咋办。于是，这家人和大批人员拖家带口地又飞回了重庆，这个时候是1949年11月，北京天安门的五星红旗已经升起，新中国宣布成立，11月重庆解放……最终他们落脚成都。姚伯伯划入四川财政工作，成为四川省财政一个典型的“老人员”，他被长期安排在泸定县财政局。姚妈风雨跟随，无怨无悔，照顾家庭，带着娃娃。等着姚伯伯每月工资寄回养家糊口，等着姚伯伯半年一载回来探亲，住上几天。

3

抗美援朝，财政厅分配各家为志愿军赶制毛衣，说什么时候交就什么时候交，姚妈三天一件地赶，她说：“那么大冷的天，不能让我们的部队没衣服穿。”姚妈灯下织衣天天到深夜两三点钟，熬更守夜地搞了一两个月。大姚哥说：“每天我半夜醒来，妈妈都还在灯下织毛衣呵……妈妈这一辈子呀！”

姚妈的四弟、五弟都由她一手带大。五弟与她的大儿子大姚哥同龄，很长一段时间还同学、同桌。她的四弟之后考上成都的飞机学校，成了空军的机械师，1949年去了台湾。20世纪80年代后，这个弟弟终于回到大陆，看望养育自己的老姐姐。有一年，这个七十多岁的弟弟回来，一定要搀扶着八十多岁的老姐姐一道回武汉，重归故里，一定要搀扶着老姐姐去实现少时的梦想，一起登临武当山……

我家的厨房在大院那一溜厨房的头上，第二间，姚妈家在第三间，我们是两隔壁。我父母总是出差在外，放学回来，我们姊妹仨要下碗面，“糟了！搞忘买葱……姚妈！要根葱……”“拿就是。”姚妈在用报纸糊着的隔壁厨房里回应，没有回音，我们也会径直走到她家厨房外吊着的菜篮里，摸根葱出来。“姚妈我屋头酱油又搞忘打了。”“来倒就是。”

1969年“文革”期间，我爸我妈下放到米易湾丘“五七”干校，丢下我们姊妹三个在家，我和妹妹十多岁，弟弟才十岁。干校之地虽在四川火车路程却要一天一夜。听我妈说，当时我爸心如刀绞，万般无奈。我妈一边镇定地收拾他们的行李，一边将考虑成熟的方案抛了出来，就是将我们又托付给了姚妈。为了照顾我们，姚妈搬到我家门口的一张床上住，一住就是两三年，直到我爸我妈从干校回来。其间有天，我爸突然回家，家里的猪油菜油滴点未有，下个月的号票要待第二天才能启用，妹妹赶紧在姚妈那里借了半斤油票，打回菜油为我爸做饭烧菜。姚妈家娃娃多，仅靠姚伯伯的工资收入，经济拮据，但她永远保证柴米油盐，永远有条不紊，永远都留有余地。

4

“文革”期间学校停课，我爸我妈不准我们几姊妹上街游逛造反学坏，只准在家读书写字学做家务。家里在这时买了缝纫机，让我如获至宝，我从小喜欢女红，喜欢缝纫机……都与姚妈影响有关。

常听姚妈在耳边念：看这家人晾出来的衣服，看这家男人身上的穿戴是否干净整洁，就晓得这家的女人能干不能干，贤惠不贤惠。她从来主张女人就得干家务，天经地义，让男人天天围到锅台转，莫出息！

大院有家人，夫妇双双大学生，那时的大学生少得金贵，但据大家评价，这家女人书是读得多，但料理家务实在差，教育子女也不得法，最明显的是，她家女儿也随了她。同样用肥皂、皂角、洗衣粉，手搓、加刷子刷和搓衣板搓，她家女儿的东西从来就洗不出颜色，照姚妈的说法是“乌糟糟的”。经常听到姚妈喊：“五妹儿，你这裤子这个样子就敢晾出来啦！要重新洗啊！”“五妹儿过来，你这被子晾成这个样子，就要得啦，歪歪扭扭的，过来把它拉伸展嘛……”小院的住户时有流动，搬去它处，这家人搬出我们院好久后，还常回来坐坐，说是留念我们院，感念姚妈。

“文革”初期的1966年，红卫兵大串联，学校停课，我跟着大院的姚妈等婆婆大娘为红卫兵赶制棉被。我的工序是行（háng）棉被，以免铺盖里的棉花缩作一团，要求行距齐整，针眼细小。大院里参战的各家女人，拎来自家的凉席，往院子中坝的地上铺开就开干。质检首先过姚妈这一关，然后再经街道上验收，否则返工。行一床棉被几分钱，我做了十多二十床，第一次挣到了钱。

到云南支边，我带去了自己心爱的裁剪书和专业裁剪刀。一个排的几十个女生，第一次领到28.5元的工资，翻山越岭到崩龙寨小卖部买回粘胶布，铁灰色的那种，大家把布整整齐齐地排在我的床头，由我挨着给她们剪成劳动穿的工装裤……

我做母亲后，我女儿一年四季的衣物，很多都由我自己一针一线手工缝制，包括冬天的棉衣棉裤。姚妈那里有的是纸样，放大点或者缩小点就是，一点难不住我。女儿的姑姑生儿子米嘉，居然什么都不会，难怪她婆家说她胆子大，什么都不会，就敢生娃娃。米嘉过百天后就是大夏天，我精心挑选几个色的富春纺布料，缝制了几套奶娃娃穿的小裤褂子送去。

这些都得归功于姚妈，我是姚妈言传身教出来的弟子。

5

也是“文革”中，院子里一个与我同岁的男娃娃参加武斗，在炮火激战的成都十中，被一颗子弹打穿大腿，子弹从大腿根穿过，险些丧命。他妈妈在自来水龙头前抹着眼泪清洗血裤子，一盆又一盆地用水。大院里有些人开始发意见：“这水费是大家摊……”姚妈一改平常的温和，劈头盖脸地就说那人：“人家屋头人都差点死了，还嚼这些舌头，这几盆水花得了几个钱?”

姚妈对我特别偏袒，有目共睹。院邻一个男孩子谈恋爱，第一次领着女友进我们大院，和大院所有带来的人一样，必经我们头上几家人的厨房门口。姚妈站在自家厨房门口仔细看过后，明确告诉其他邻居：“那个女娃，还是没有我们蔺娜好看，眼皮是个内双，还是外双的好看……”

在中学时，就是我爸我妈在“五七”干校那阵，有同学常来我家，也有男生，不是送书就是问事，不是送蛇汤就是来给我弟妹讲故事，讲当时的手抄本《一双绣花鞋》，讲福尔摩斯侦探案……姚妈看在眼里，反复叮嘱，放学千万按时回家！若干年后，我结了婚，又是姚妈一再告诫，在我的耳边念，做女人一点不能懒，早上起早些，做好早饭，让男人一定吃了去上班，不吃早饭对身体不好，会生病，生了病，还是你当女人的事……

6

20 世纪 80 年代中期，城市扩张改造，我们那个精致的小院被拆迁打散，院里邻居各住一方，姚妈的家搬到另外的小区。每年我们都去看望她，或者请她来家做客，我爸妈说永远都记姚妈的情，记她对我们家的帮助。爸妈年岁愈高，身体不好，就安排我们常去看望。

姚妈 88 岁的那年春节，我和女儿开车，挨着去给姚妈和其他几家老辈子拜年。

那天姚妈穿戴得整整齐齐，舒舒气气地早就在她家门口接我们，她从来就是这样。她面色红润，头脑清醒，精神蛮好。她拉着我的手，第一句话就是“我老了吧?”我和女儿刚刚落座，我们齐声说“不老！不老！好年轻呵!”姚妈像小娃娃一样，高兴得咧着嘴就笑。她老了！这是肯定的。她这背怎么一下子就驼成弯弓样，人缩得更矮小。她儿媳妇说，管闲事嘛，前段时间这楼下夫妻俩打架，她自己都站不稳还去劝架，那个当丈夫的混乱之中一巴掌误打在姚妈的背上，姚妈被这一拳扇得坐在地上起来不了，从此这背再也直不起来了。“咋不管！有么子了不得的事，还打架……”姚妈知道她儿子媳妇在埋怨她管闲事，操着她的武汉腔义愤填膺地说。

从姚妈家出来，女儿说对姚妈家印象最好：“姚婆婆家好温馨！儿孙满堂，幸福美满。”

2006年姚妈高寿92，中秋节我们去看她，知道她已失忆，情况很严重。见着她缓慢地从沙发上站起来，满脸笑盈盈地：“你来啦!”哈哈，姚妈认得我！看来她并未完全失忆。她只能站起来走上几步，一个比她年轻一些的老太婆陪伴身旁。姚妈仍然气色红润，干干净净的。她儿媳妇问她：“认得不?”她盯着我笑，摇摇头。“是蔺娜！你最喜欢的蔺娜!”她儿媳妇说。“呵！蔺娜，我们好得很!”之后她媳妇问她所有问题，她一概茫然地笑嘻嘻地摇头……她没有记忆了，她已经认不出我们了，她的世界已经不再和我们在一起……

姚妈在94岁高龄上辞世，我家姊妹兄弟都去为她老人家守灵，送她最后一程。我为她敬献挽联：

安于贤淑相夫教子善良勤劳集一身
幸为睦邻受惠数载慈爱美德润后人

姚妈是位很传统的中国女性，很普通，但她身上却有着太多的美德：善良贤淑、勤劳俭朴、洁身识礼、坚韧奉献、明大义……特别是，无论何时何地何种境遇，对人对世界都报以善意……在我心目中，她就是真善美的化身！我崇敬她，怀念她，永远！

李嬢嬢

李嬢嬢是我妈生下我弟不久后来的我家。

直到现在，老院子的邻居聚会，知道她的，都会一致称赞：麻利、能干、爱干净、会做菜、话多，该说不该说的都要说。

我们院是苏联人设计的。两栋尖顶的两层楼小洋房，院子里三个小坝子：前坝、中坝、后坝。进大门是前坝，一条通道经过中坝，通向后坝。左边是一排小厨房，从院子头贯到尾，整整齐齐，同样大小的厨房，同样的小木格窗的隔断，如果不用报纸糊上，可以从第一间直望到最后一间。进门的所有人都得从这条通道过，如遇吃饭，家家户户的各色小桌摆在厨房门口的通道上，哪家的情况都摆那儿，一览无余。总之在这样的院子里，哪家有个什么情况，都逃不脱众人的眼睛。

自从李嬢嬢来了后，院子中坝原本就聚集摆龙门阵的妇人中，又多了一个嚼舌女人。她来不久，她的根根底底全院知晓。

李嬢嬢是成都附近新繁人，她娘家在乡下，19 岁那年嫁到新繁镇。婆家在新繁街上摆摊子，摊摊虽小，卖瓜子、香烟、糖果、日用品，日子还过得去。没有想到的是，她过门的第二年，日本人的“6·11”成都大轰炸，将她男人炸没了。1939 年，日本人的飞机不是炸重庆就是炸成都。鬼子的飞机从武汉飞过来，经常炸重庆，隔三岔五炸成都。李嬢嬢说，警报长鸣，就是日本人的飞机来了。她太害怕听到警报响，“呜——”的一叫，心就紧，咚咚地乱跳，几十年后都如此。她说：“这个背时挨刀鬼!”她骂她男人。她常常站在院子中坝和朱奶奶、王婆婆、钟妈妈这些她的忠实听众，反复地摆这件事。“好生在屋头踮倒（四川土话：待着）不行？非要那天去进货，去成都进货。”“不准他去，兵荒马乱地进啥子货嘛，要命还是要挣钱。”“他跟我犟，说的是，成都人跑警报，好多人都跑到我们新繁来了，人多生意好，就是要去!”“牛黄丸”李嬢嬢说起她男人的事，一直都骂他是个“牛黄丸”、“四季豆——不进油盐”。“你们说他怪不怪？进了货你就赶紧回来嘛。他又旋到盐市口去剪脑壳（四川土话：理发）……”“炸弹就落到他坐的剪头发的那个椅子边，好大的一个坑呵……人都不晓得炸到哪儿去了……”“这个背时的挨刀鬼呵!”她说，最后只找到她给他做的一个荷包，贴身装钱用的，挂在树枝上……

她得到自己男人的噩耗时，已有身孕。周围人都跟她说，日子会很艰难。她说：“我就不信，我一个人盘不大这个娃娃。”“为了这娃娃，我天大的苦都吃得下。”“哪会想到嘛！娃娃生下来了，好端端地，突然高烧，天花，还没有满一岁……”“要了娃娃的命。”她说，“哭呵！哭得眼泪水都哭干了。娃娃硬是在我怀里头断的气呵！可怜啊！可怜！可惜呵！可惜！是个儿娃子……”

随后她到了成都，经人介绍，去了一个老板家做工。老板是个大老板，每天家里就有十多个人吃饭。她先是给厨师打下手，拣菜洗菜切菜加汤递碗，后来升级，给掌灶的打下手，一做就是十多年。那个时候，成都总府街东是全市最为热闹最为繁华的地方，一些私人老板集资建了个“群仙茶园”，茶园生意兴隆，每天人头攒动，后来开演川戏，以后又演电影，叫“智育电影院”。抗战时，好多有名的剧团都在这家电影院演出，譬如，上海影人剧团就在这个地方演过话剧《日出》《雷雨》……白杨、谢添、赵慧琛都来这地方精彩登场。这家老板越做越大，以后又有了华瀛、春熙、蓉光电影院、锦屏大戏院。新中国成立后，电影院等自然全部交给了国家，李嬢嬢也被他家劝说离开另寻出路。李嬢嬢说，在这一片住习惯了，你们湖广馆街 16 号就在总府街旁边，这个院坝住的人家看着也不错，就来了。她常常领着我去东风菜市场买菜，总要指着旁边后来建成的红旗剧场对我说，这儿就是原来的智育电影院。

有一天，家里来了个人，提了一篮菜，一看就知道是从乡下来的，菜新鲜得还挂着露珠珠。我看着这人笑盈盈地进门，满脸不高兴地出了门。之后，听到李孃孃跟院子里头的王婆婆在自来水龙头那边嘀嘀咕咕，她们边洗菜边咬耳朵，“娘家的，亲戚……提亲。”“好女不嫁二男。”“任谁哪个来说，不理……”“人家也是关心你……”王婆婆在劝她。“要嫁早嫁了，我如果想嫁噻，80岁都可以嫁两盘……不嫁!”看到我在旁边用心偷听，“小娃娃不懂这些，走那边去！走远些……”说着两个人更小声了，还哈哈地笑，李孃孃用沾满水的手，推了一把王婆婆：“说这些，笑死人了……”

我妈常夸李孃孃会做菜，说她帮过大户人家的就是不同。我小，没有太多的印象，只记得，困难年每人定量吃饭，她根据我们每人的定量，用大小不等的罐头筒筒蒸饭。她蒸出来的米饭，每人的那筒都是满满的冒尖尖的一罐。她炒的牛肉大头菜丝特别可口好吃，特别地下饭。她带我去买菜，两角钱的牛肉三两五，她非说卖肉的人秤花净往里头偏……牛肉和着五分钱的大头菜，切成丝丝炒下来，肉和菜一大碗。

李孃孃喜好抽水烟，我喜欢看。做完活路，她靠在我家那个高靠背的竹椅子上，端着那个据说是智育电影院老板送的水烟筒。她左手握着水烟筒，右手大拇指和食指从水烟筒的下方，有盖子的一个小盒子里，抠出一点烟丝，在两个指头间这么一搓捏，烟丝变成了豌豆大小的小圆坨。小圆坨被按在烟筒前方长嘴上的那个烟斗上，之后她将飘着一缕青烟的草纸捻子凑到嘟起的嘴唇前，对着纸捻，快速地有节奏地“呼腾儿、呼腾儿”地吹。最多两下，那草纸捻子燃起了明火，于是，她将纸捻往按在烟嘴里的烟丝上这么轻轻一点，烟就点燃了，她用嘴含住烟嘴，深深地吸，惬意地吸，水烟筒里发出“咕噜咕噜”的响声，好玩得很。她反复地说这水烟筒是“老板送的”，“你看看这货色和做工”，然后又总是说：“算了，你这小女娃子，说了，你也懂不起……”

李孃孃说我们这个院子这一片，过去是成都市最大的副食品市场，沿街摆起，方便。之所以同意上我们家来就是在这一片住习惯了。我们院子里的十多二十户人家都是一个单位的，李嬢嬢话多，喜欢议论人家。我爸我妈反复打过招呼，不要乱说话影响团结，她总是记不到。

有一天，她和院子里中坝的小脚王奶奶，后坝胖乎乎的宋婆婆，大声武气地说："广播上说人家资本家都是坏人，完全是乱说！"据说当时两个老太太听得心惊肉跳，出身不好的在我们院大有人在，哪个都怕惹火烧身。

"人家智育电影院那个老板人最好，人家那么有钱，从来对我们这些下人客客气气，在他屋头做了那么多年，人家硬是一次重话没有过。""遇上生日节气还多给银圆多给钱……"

还有一次，国家困难年，有个单位庆国庆，食堂敞开喝稀饭。有个工人喝了一盆又一盆，最后倒在稀饭盆边，送到医院一命呜呼，听说那个人的胃已经涨得跟纸一样薄。李嬢嬢又在院里说："哪里是涨死的嘛，明明是饿死的。还说这好那好？好个球！"她急的时候除了硬着脖子，满脖子的青筋暴绽，还要骂怪话，骂很难听的怪话。

这些话自然传到了我妈的耳朵里，我爸我妈慎重商量后，由我妈出面，很严肃地找她谈话。

我妈跟她说了很多关于"提高警惕，防止阶级敌人利用你""阶级、斗争""国民党反攻大陆，提高警惕""千万人头落地"这类很严肃的话，最后李嬢嬢说："晓得了，黄同志。"她喊我妈是黄同志，喊我爸是陈同志，"你们是公家的人，帮公家说话，我二天不说就是了噻！"

我妈说："看来你的思想问题没有从根本上解决，李嬢嬢你不要以为自己出身好，就可以随便说哟，乱说是要当'反革命'哦。"我看到李嬢嬢又硬着脖子说："啥子就是'反革命'啰！我怕啥？"

"你不怕，你走了，你幺儿咋办？"李嬢嬢真还一下子愣住了。幺儿是指我弟。

是啊，幺儿咋个办？我弟离不了她，真是这样。到了天黑傍晚时分，我弟就只要李嬢嬢，李嬢嬢更是离不了我弟。我弟是她的宝贝，天天都幺儿长幺儿短、心肝宝贝地喊。也是国家困难那些年，她有个亲戚在北门上住，有天说是让她去取蛋，农村里头亲戚送来的，五个鸡蛋。五个鸭蛋，李孃孃捧在怀里头抱回来的，她说怕打烂，然后小心翼翼地将鲜蛋一个个仔仔细细地摆在米桶里，自己一个舍不得吃，隔一天煮一个给我弟，每天吃一半，我弟弟整整吃了二十天。

弟弟出水痘，她搂着弟弟眼泪巴巴地在床上坐了几天几夜，整夜整夜地不睡觉。我妈说，这是出水痘，没有关系的！不是天花，天花早没了！种了痘，就是预防天花的，和你儿子当年那个病不一样……李孃孃你把他搁在床上，你睡你的。李孃孃坚决不干，她说，“发烧，发烧咋个办?”“如果他抠了咋个办?”“我怕我幺儿抠，抠破了就是个麻子疤疤。二天长大了好难看！接不到媳妇儿咋个办……”

我妈至今常常念叨这些事，李孃孃这个人呵……那个时候的人，跟现在这些人真的不一样！哪里像现在这些人呵，只晓得讲钱，只认钱……

那些年牛奶只供应婴幼儿，定量供应，满五岁那天就取消。

我们院后坝住的马家小妹比我家弟弟大一个半月，我家弟弟接到停奶通知了，却不见停马家妹妹的。李孃孃大怒，站在院子的中坝开骂，直骂到后坝，大骂马家仗着新中国成立前是当官的，国民党的局长，欺负穷人老百姓，等等。同时把街道办事处的主任也捎带一起，啥子话都骂……我爸亲自做她的思想工作：人家过去当局长和这件事情有啥子关系？我们是共产党，要讲实事求是，街道上可能是搞错了，你也不能用这种方法解决问题。后来街道主任为此事专门登门道歉，又给我弟弟补供了两个月牛奶才算了结。

李孃孃明显地重男轻女，她喜欢男孩，不喜欢女孩。她喜欢我弟就不说了，关键她还说些很封建的话：“女儿是赔钱货”，“嫁出去，就是泼出去的水”……总之，李孃孃背着我爸我妈要我和妹妹给她捶过背，10 分钟给一颗耀华食品厂的牛轧糖。

我们几姊妹长大了，上学了。她决定留在我们家，我们家就是她的家，弟弟就是她的儿，弟弟结了婚，她就跟他过，弟弟为她养老送终。但是事情后来发生了变化，她突然执意要去东马棚那边一个街道工厂做工。我妈一直埋怨是她北门上那个亲戚出的馊主意，怎样劝都不行。她说以后等我弟结了婚，成了家，她再回来。她固执，任何人的话听不进去。我们家的人只好妥协，让她暂时去了那家工厂。那是个街道上的小厂，修架架车（过去人力拉货用的木制长板车）、三轮车，她的工作就是每天给大家煮饭。每逢过年过节，我们接她回家。那一年，弟弟工作了，用领到的第一份薪水给她买了一双新布鞋，是她喜欢的全棉布底的那种鞋，还买了一斤她最喜欢吃的耀华食品厂的牛轧糖。弟弟专门骑着自行车接她回家吃饭，我妈说："李孃孃，快穿上试试，你儿给你买的鞋子。"那次我不在场，在云南支边。听妈说，话音未落，她捧着鞋子和那一斤糖，手不停地抖，眼泪一个劲儿地往下流，她呜呜地说："我儿呵！我儿，乖……"

又是一次要过年了，我弟骑着自行车去接她，厂里一个负责人面色紧张地对我弟说："哎！到处找你们……都晓得李孃孃有你们这家人，找不到你们住哪儿呵，李孃孃她……"

李孃孃她离世了，情况无比突然。前几天一个晚上，小贼来偷钱。厂里那个负责人一再给我弟解释："要过年了，她主动要求，真的是她主动要求住在办公室守钱，哪想到会出这种事嘛。她发现了，喊，小贼慌乱之中用一块毛巾塞住她的嘴，这么大冷的天！第二天我们才发现，老人家已经断了气。我们知道有你们一家人，可是不知道你们住在哪儿，小贼偷走了一摞钱，49元……"

那年，我家注定没法过好那个年……

月光下

小英和平妹儿是街坊，一起长大，亲如姐妹，从成都支边到云南兵团，她们分在一个队，那个时候的队统统叫连队。她们的连队是个老连队，建于1957年，是云南勐定农场最早一批种植橡胶的单位。

连队在公路边绿树掩映的一堆白墙灰瓦的房子里，房子后面胶林片片。连队的山背后不远，是个崩龙寨。山寨不大，住着几十户崩龙族老乡。山前山后，虽不是一个单位，但山水相连，必有往来，不是你从我路边过，就是我从你寨中穿，时间一长看着也就面熟了。

小英是个胶工，人长得白净清秀，心灵手巧，是个割胶能手。她负责一百多棵胶树的收割和管理。胶工在云南农垦是最好的工种之一：工时短，不晒太阳，早晨四五点钟去割胶时，太阳还没有出来，中午收胶时十一二点，骄阳当空，但她们是在胶树林里穿。这是所有女知青最向往的工种。几年下来，去新建连队的同学，开荒的、种胶的、栽秧子收谷子的个个晒得头发枯黄，皮肤粗糙，小英们却依然秀发飘飘，肤白细嫩。小英喜欢穿一身托上海知青从上海带回来的方格子的确良衬衣，出点汗就沾在身上，窈窕少女的体形展露无遗，惹人羡慕。她每天挑着两个一号大胶桶上山收胶，满满两桶时，也足足有百来斤重，肯定辛苦。沉重的胶桶压在小英娇秀的肩上，自然有人心疼。

不知从好久开始，小英发现一个背着弯刀的崩龙族小伙子时常在她的林区里转。后来他主动搭腔，帮着小英割胶、收胶、挑胶水。再后来，小英知道他叫果敢，是连队旁边那个崩龙山寨的。

小伙子长得精神，中等个头，敦敦实实，皮肤黑里透红。爱干净，头上缠着头巾，永远洗得雪白，脚上穿着的草鞋永远簇新。小英知道小伙子的象角鼓敲得好，是这一带著名的“打歌”能手。还知道果敢虽是山寨人，照样水性好，在南定河里随便扑腾。去年南定河发大水，场部的一条大木船脱缆顺水漂去，正好遇上他路过，他毫不犹豫地跳入汹涌的河水中，将船牵了回来……

小英当然乐得有人帮忙。当地少数民族小伙子喜欢与女知青套近乎，村村寨寨的小女孩喜欢跟男知青搭腔开玩笑，这些太正常不过。但这个崩龙小伙子出奇的少言寡语，从不曾多说什么，只是日复一日地帮着小英。白天，小伙子在胶林小路上为小英挑着胶桶，快步如飞，小英跟在他后面一溜小跑。他会时不时地停下脚步，看着她等着她。晚上，小伙子美妙的葫芦丝和“文子铃”乐声会久久地在连队的胶林里飘荡。

有天，小英休病假，一个上海女生代她割胶收胶，那个崩龙族后生轻轻地走到她身边，“哇”的一声，想来个玩笑，发现抬起头的不是小英，他转身就走。气得那个上海女生冲着他背影直嚷嚷：“果敢，侬这个小赤佬，还认令（人）呵。”小英听到暗自好笑。

当然，事情仍然不会有进一步结果。因为小英有了称心的男友，才不久的事。

1978年张小英考上学校，就要离开农场回城了。思忖之后，觉得肯定应当去给果敢说一声，道声别。

小英约一女友，自然是平妹儿，一同前往崩龙山寨与那个崩龙小帅哥果敢道别。

那天是个月夜，一轮皎洁的明月高高地挂在空中。

小英和平妹儿将果敢从竹楼上喊了下来，告诉他她就要离开的消息。

月光中，他嗫嚅着，说是“早就知道了……”他知道知青都在陆续回家，知道她考上了成都的一所学校，就要回城去念书，再也不会回农场，再也不会回这个地方。

小英顿觉心酸：这个傻小子呵……

月光如水，清清楚楚地看到他一脸哀伤，小英和平妹儿安慰他："到了成都，我们给你写信，你一定要回信哟！以后你要好好念书，也考学校，考到成都来……"

小伙子不言语，一直低着头，任她们说这说那。她们说"我们走了"，他执拗地坚持要送她们回连队。

"不用了，你回吧！"到了山口，月光下，山峦叠翠。山下，一边是小英和平妹儿的连队，灯光一片笑语声声；另一边是小伙子的家，崩龙山寨一如既往的寂静。她们再三地说："你回吧！""你回吧！"他仍然不动，弄得小英、平妹儿也迈不动步。

果敢在她们的注视下，终于迟疑地转过身去，准备返回山寨。突然，他返身回来，冲到小英面前，不由分说地捧着她的头，在她的脸颊上匆匆地、轻轻地吻了一下，然后迅速地转过身向着山下的崩龙山寨跑了去……他的身影在如水的月光中一点一点地消失，沉浸进去。

小英知道他会难过，但对他的这一举动却始料未及，在他惊慌和笨拙的亲吻中，他甩头转身的一刹那，她分明看到他双眼里满是晶莹的泪花。

小英说，这幅画面永远镌刻在了她的心中。

几十年后，我们一帮知青回云南，想看看自己的青春全部交付的这个地方，想看看当初的那些人他们可好。小英说，她和平妹儿约好，一定去看看当年那个崩龙山寨，看看那个崩龙小伙子——果敢。她们担心几十年不见，给他写过信却一直没有音信，他还认得我们么。

在回程的车上，听小英讲，她们去过了，山寨已经不复存在。据说那年山上冲下来巨大的泥石流，寨子在瞬间被埋没，活下来的人不多，早已迁往他处，不知现在何方。

边参谋和他的维克多

连队老职工陆师傅家的鸡被盗，一窝鸡大大小小二十来只，一个晚上不知去向。陆师傅老婆曾阿姨大为震怒，不依不饶，从连队领导那里直闹到场部。她虽无任何证据，但矛头直指连队几个男知青。“哪家政策准许可以偷我家的鸡？我辛辛苦苦喂几只鸡，容易吗?”“这么多年，砍资本主义尾巴，不准我们喂鸡、喂猪、种自留地，队上又拿不出东西给我们卡（湖南话：吃）。”曾阿姨、陆师傅都是60年代湖南移民而来的农民，满口乡音不改，“这才终于有点开禁，政策有松动，我的一窝鸡呵……”曾阿姨一激动，说话就是呼天抢地的，“你们袒护知青。不分是非，必须抓住这些偷鸡贼，绝不放过!”

是，这种事情多，不知道是破案的人不给力，睁只眼闭只眼，还是其他原因，这类案子往往成悬案。

万万没想到，此案居然没几天就告破。不出曾阿姨所料，是连队几个男知青干的。最后，以领头的王兴川，外号黑娃儿几个男生被抓到场部关了起来结案。据说问题的严重在于，他们烧鸡选择在严禁烟火的胶林旁边。

破案之神速，据称是有目睹之人参加了指认。指认人将时间、地点、当时情形，说得明明白白。此人是谁？黑娃儿他们自始至终认定是边参谋，非他莫属。黑娃儿他们被关，受了皮肉苦，挨了处分。这就不多说了，总之黑娃儿等说了：这梁子结深了。

1. 边参谋

边参谋叫边根发。是分场部橡胶技术员，浙江南面一个农村的人。边参谋自小一个心眼要走出老家农村，到外面来工作。他报考大学时，志愿是北航空气动力学系，没有想到以一两分之差败北。但他在志愿表上填的“服从分配”，让他来到了华南热带作物学院的橡胶专业。鬼使神差，他居然学什么爱什么。到毕业的时候，他已经是全系乃至全学校的知名人物，不仅学业优秀，而且以参与了两项国家级的科研成果毕业。其中一项就是参与了论证“云南植胶区的种植胶区域，可以往北缘北移 6 度至 10 度”，简单地说，就是将种植橡胶的纬度往北升高。从而让一些外国专家曾经断言“不可能产胶”的中国云南比世界传统植胶区海拔又提高了 200 米至 700 米。这项成果是他的老师多年研究，长期实验的结果，但老师认定边根发为这项理论的最终成功做出了贡献。这项成果自然是他决心到云南农垦的主要原因，他想亲身实践这一理论，为国家的橡胶事业做出贡献。还有一个原因，就是云南农垦同意将他的老婆从浙江农村调来农场，由农村人口变成农垦职工，成为全民所有制拿工资的国家职工。当然不是马上就调，而是要他在农场干一阵，至少干两年以上。边参谋清楚这些人的意思，无非担心自己是“飞鸽牌”，事情帮他办了，他又闹着离开农场。边根发说，他只好同意这“完全不平等的条约……”因为此处条件已经是最优惠的了。他老婆是小时候定的娃娃亲，大学一毕业，他们就在父母的操持下结了婚。

当然谁都没有想到刚刚分到农场没有几年就遇上了“文革”。“文革”打破了所有的秩序，让所有问题非正常化，国家主席、元帅将军，各级领导，个个挨斗被打，折磨致死甚多，何况一个小小的边参谋的老婆的农转非问题，自然被长期搁置了下来。所以边参谋分到云南农场工作已经好些年了，随着农场改制为兵团，他也被大家由边技术员改称为边参谋了。但他夫妻两地分居的问题，始终得不到解决，他老婆至今仍在浙江农村，带着一儿一女过。

这个人身上有股轴劲，这是照农场这些北方来的转业军人的说法。谈到他的时候有人说他工作认真负责，工作能力强，就是太书生气；有的人说他心态有问题，待人刻薄，得理不让人，招人怨恨……

加敏第一次见识边根发边参谋，是他带着他的爱犬维克多，在连队新挖穴的带上巡视。他眼睛上戴着墨镜，头顶草帽，手握一根一米长的细竹竿，正检查加敏他们连队清理出来的胶林防火带。

他怒发冲冠、双手叉腰地站大家已经清理过的防火带上："过来过来！都过来！日脓，日脓包！挖茅草有这样挖的吗？只刨上面？下面的根就不管了？典型的马屎皮面光。必须连着根统统地拉出来！哪个负责的这一段？"

只见胡蓉蓉满脸的尴尬相，就知道是她"杰作"。

"这茅草根要连根铲！没人教你们？要把它铲干净！"

"铲不干净！"胡蓉蓉喃喃地说。

"怎么会铲不干净？哪个说的铲不干净？你们班长教你们的？"边参谋边说边透过墨镜看着胡蓉蓉满脸涨红的娇柔样，语气稍微有所缓和。

班长扛着锄头一声不吭地走上前来，高高举起锄头，一用劲，锄头深深扎进地皮，她就着锄头一拗，往地上那么一翻，连根带土一大兜茅草根被挖了出来。随即，她用锄头将这一大块带着茅草根的土块完全敲碎，然后提起一大兜茅草根往防火带要烧的那边拖去。

"这才差不多。"边参谋语气更加平缓了。

"你们看到了！就是这样挖，照着你们班长的样挖，根不就挖出来了。谁说挖不出来！世上无难事，只怕有心人……要不几天它就疯长，蹿出老高老高来。烧坝的时候不烧到胶林去那才怪！

胶林是绝对不能被烧的！知道了吧！”

大家看着边参谋走了后，胡蓉蓉很不高兴地冲着他的背影啐了一口。班长说：“胡蓉蓉，是你不对！老是挨（云南话，意为给）你们说不听，非要挨骂才长记性。”“挨你们讲，这茅草根是最顽固的。不挖深点，过不了两天它又长得高呢。大火烧起来它不就成了连接带了。还能防火？有的树根太大的，确实挖不动砍不动的，我们叫石工班的用炸药炸。”

加敏知道不少人都会被这个边参谋挑到毛病和漏眼。前几天，有个队开岱挖穴，有几个知青在刚刚挖出来的穴里烧红薯，被他发现，他破口大骂，带着他的维克多跟着那几个知青追，任随那几个知青求爹爹告奶奶地认错，他绝不原谅，绝不手软。他坚持要对这几个人通报批评，扣发全月工资，反复写检讨，对态度恶劣的坚持要批斗，否则绝不罢休。他的道理是：胶林里头严禁烟火，这是铁的纪律铁的法规，任何人犯不得！橡胶是易燃物，橡胶是好多人的血汗浇出来的宝贝，马虎不得，出事不得！

2. 维克多

边参谋说，除了橡胶还有一样东西足可以让自己百依百顺，那就是他的维克多。

据边参谋自称，他的维克多是只纯种黑贝，公狗。

从小就喜欢摆弄狗的肖五子经过考证，认为边参谋这只黑贝应当是名副其实的纯种德牧，不知道边参谋是从哪里搞来的。这种纯种名犬来路正的都有血统证，血统证上不仅注明了犬的名字和父母及前 3 代以上的家谱，而且还有许多关于此犬的重要信息。比如说转让此犬拥有权时的双方签字，时间，地点，等等。

肖五子又考证出，维克多是没有耳号的，耳号是第二个证明牧羊犬身份的标志，均在右耳内，为绿色，在出生几周后由专门的医生印上的。这个号码必须与血统证首页的号码一致。

这么爱显摆的边参谋对于此类情况从未提及。只是听说，边参谋将它抱回时，它还是只幼崽，边参谋每天到附近村寨找老乡买牛奶给维克多喝。维克多稍微大点后，边参谋常常在边防部队讨教训练黑贝的方法。边防哨所换了无数拨人，边参谋熟悉哨所的每一拨人，哨所的每一个战士也都熟悉边参谋，喜爱他的维克多。边参谋有时候喊“维克”好像显得更亲热。维克是只优秀的狗，它不仅形象出奇地俊美、壮实，而且反应敏捷、坚定忠实。好些年了，它和边参谋相依为命。说起他的“维克”，边参谋总是眉开眼笑，爱从心来。

维克多对边参谋有救命之恩。一次，边参谋领着维克，肩挎老场长送他的那支三八式步枪在森林里转悠，想找点野味。忽遇一只黑熊突然袭击，边参谋被黑熊一巴掌摁在地上，倒地昏迷。维克多只身与黑熊搏斗，之后拖着自己遍体鳞伤的身体往边防哨所奔。黑熊围着倒地人转了两圈，一摆一摆地走了。不一会儿，维克多拖着哨所班长的衣服赶到了出事地点。战士们说很简单，维克伤痕累累、焦急如焚，一定是边参谋出事了。维克在边参谋被抬上了担架后，它才一趔趄倒在了地上，昏了过去。参加救护的医生和护士说，维克多的伤势比边参谋的重得多，它的身上多处重伤，颈部被黑熊掴得无一处完整，血流遍体。他们都说维克多太了不起，居然能忍受这么严重的伤痛救出了边参谋……说起维克多，边参谋总是说：“维克，这狗呀，太有灵性！它比现在的人懂得感情。”

边参谋与维克的故事，加敏他们一来农场就耳熟能详。

边参谋有个习惯，每天清晨，他总会牵着他的维克上山溜达。他说只要有维克多能跟着他在胶林里转悠，只要能看着胶工割出来的胶水一滴滴地滴入印有无论是云南农垦还是云南生产建设兵团字样的胶碗时，他就有成就感，就会感到满足和幸福。

那天一早，他带着维克多上山巡视胶林。路过一片胶林，见胶林边的树丛中有烟火烧过的痕迹。是维克多最先发现，它往这曾经有过燃烧的树丛中冲去。边参谋嘴巴都气歪了！他最痛恨的就是任何人做任何有危胶林的事。他见到那堆鸡骨头和还没有喝完的鸡汤，他用手中的竹竿使劲地抽打那些人没有收拾干净的残灰……从这堆鸡骨头的堆头看，没有十来只鸡才怪；从杂草倒伏的程度看，没有六七个人参加才怪。

他的维克多带着他一路小跑，寻到这个队，一直追至黑娃儿他们寝室的竹笆子房门口。有几个人住这间房子里，他不完全说得出名字，但那几个人的身影他相当熟悉，八九不离十！他给营长、还给气得脸都歪了的连长说时，声嘶力竭、怒不可遏。边参谋心痛的不是陆师傅的一窝鸡，而是那里成片的胶林，一旦他们这帮兔崽子烧鸡的余火复燃，必定殃及胶林，这还了得！

3. 边参谋在女人面前没栽过

边参谋有一个致命的问题，好色喜欢女人，他在女人面前始终保持常胜纪录，没有栽过跟头。“文革”中他还将一个领导干部的老婆搞上了床。有人说他乘人之危，他嗤之以鼻，说那是心甘情愿，投怀送抱。当然，之后无论何时何地，那个女人从未承认跟他有过瓜葛。

云南“文革”期间，“画线站队”，真就是牵一条绳子，扯一条线，线这边是革命派，线那边的是“反革命”派。很多地方，很多人都站错了队，成了被打倒的对象。两派斗争之惨烈、手段之恶劣，打死逼死人无数。以致“文革”后很多年，虽然清理了“三种人”，清算了“文革”中的罪孽，但很多人并未就此了结仇恨，大家继续仇视，绝不原谅绝不往来。云南农垦相对地方好些，但也不可能全面避免斗争的影响。边参谋当时到农场时间不长，相对而言介入派系斗争少些，但究竟站在绳子的这边还是那边，他还是颇费了些心思，两边都说拥护毛主席革命路线，但天晓得哪边才是真正的革命派。听说他当时想试试看，在心头抓了下阄，管他的，随便挑一边站站，试试看。谁知道他真站对了，对手那派，全体队员遭遇厄运，革职、被斗、抄家、挨打，弄得死的死残的残。因为他是知识分子大学生，出生红五类，写点“四海翻腾云水怒，五洲震荡风雷激”之类的东西又快又顺溜……就被一些人推举当了个小头目。边参谋当时竟忘记天高地厚，他说那个领导的女人从来对他眉来眼去，“文革”中她家男人被关起来后，边参谋临时当了领导，尽管时间非常短暂，因为不久他老兄也被批走“白专道路”，也就成了专政对象。没有人能记得住那个短得不能再短的他当领导的具体时间。就在那个短暂的时间里，有一天他组织场部机关全体人员到河那边割茅草，回来的时候，那个女人说她脚被茅草根划破受伤，他当然自告奋勇背她。据说刚刚背过河，他们就在芦苇地里搞了起来。之后继续来往，一直到她家男人解放出来。边参谋说，他最感痛快的是报复了她男人，她男人掌权时，一手遮天，处处克扣他。

她男人出来后，没露什么声色，也没有拿太多的小鞋给他穿，只是发配他到深山老岭研究猪的喂养。他哪里是学养猪的？这明明是在拿他开涮。明明知道他喜欢橡胶，知道他离不开橡胶，就是不让他搞橡胶。旁人还说没有拿小鞋给他穿，这就是够意思的小鞋啰！就在那段时间，他在深山老岭中又发了一次疟疾。这个有着疟疾史，本该具有免疫力的人，完全免疫失败。也是他的维克多下山来通风报信，随后一个女人的身影到了他的屋子里，再然后，场部医务室去了个担架，否则那次就要了他的命。但他病愈之后，并没有调他回来，继续要他研究养猪问题。直至最近现役军人来了，那个女人的男人调去了其他岗位，他才得以全面解放。他不敢当面说什么，喝多了酒的时候，他会说自己这是继“文革”后的第二次解放，又可以与自己心爱的橡胶为伍了。

4. 老魏头的女人

边参谋有许多不端品行，照样挡不住女人喜欢他。

加敏到营部参加橡胶种植技术培训班学习已经好几天了，今天下午会议安排参观高产胶林。

边参谋戴个眼镜，他不是近视眼，戴眼镜是为了挡风，是为了在森林、茅草地穿行时，眼睛多个保护屏。他一口地道的江浙口音，一边带领大家看胶树，一边介绍情况："我在前几堂课已经给大家都讲过，橡胶原产于亚马孙河流域，是典型的热带乔木树种……一般来说，在我们这个地区，原生皮可割10年左右。我们农场，现在说法应当是我们营、我们团，我老是改不了这个口。我们团地处位置还要靠北，纬度还要高些。所以种植橡胶时，首先是选好宜林地，做好林段规划。这是十分重要的。"边参谋从背在身后的军用水壶中，将水倒了些在自己的嘴巴里，继续说："我们这次培训主要解决的是新建连队，新开林地，即将进行的胶苗定植的准备工作。关于割胶的事情那都是六七年以后的事了。但今天既然走到了这片林地来，我也顺便说说割胶的事。大家看这批树，看它的割面。割得多漂亮……"加敏知道这是全团割胶能手，老魏头的女人割的。

"不是说不漂亮的人就割不出这种割面，而是说我们每个人要做好一件事，都要下工夫……"边参谋说起橡胶津津乐道。

加敏一边走一边看，一边在手里的笔记本上不停地将重点记下来。不管别人咋看边参谋，加敏很敬重他，因为他在专业上的确是把好手。

每年一度的大会战在牛肚子山拉开了序幕。满山红旗飘飘，喇叭声阵阵，牛肚子山上架着的高音喇叭一刻不停地播送着各种鼓舞士气的内容。有表扬某某单位提前完成定额任务的简报，有某某小组的决心书，有革命歌曲的亢奋和悠扬，也有几个样板戏拖声带腔的段子……整个牛肚子山的坡地上沸沸扬扬，笑声、歌声和锄头碰击山地的铿锵声不绝于耳……

加敏她们住临时工棚，工棚搭建在一个队的晒场边。有五六个老职工的婆娘，正和边参谋嘻哈打闹，排着队等着边参谋给她们掂体重。边参谋轮着将她们抱起来，在怀里抖一下，说出她们的体重，她们称他总是一说一个准，八九不离十。"这老婆娘好沉！你男人压着你……哈哈哈哈……”“这个老婆娘轻飘飘……”被边参谋喊作老婆娘的这些女人也就四十左右。

这边肖五子、袁和平他们几个男生看着，在这边“啊啊啊啰”地一阵乱叫。

袁和平说：“加敏，你不是对边参谋的印象不错嘛？总是说他这好那好的！这就是他的好！完全是个流氓。”加敏抿了下嘴说：“我说的是他的业务能力……”

正在这会儿，这个队老魏头的女人挑着一对大胶桶往晒场这边来，她分明远远就看见了边参谋在这里嬉闹，却目不斜视地挑着胶桶穿过，往井台边去。

边参谋见状收住了自己的行为，将地上衣服捡起来就走。

这是个老连队。连队上割胶工不少，但割胶有名的要数这个老魏头的女人。这女人三十出头，是50年代末从昆明来的垦荒队员。在昆明读完高小，遇云南农垦动员支援边疆建设，就来了。这女人书读得不多，可天生聪慧、绝顶俊俏。她的头发又软又细，还是栗色的，鼻子挺拔而秀气，白生生的细米牙在两片红唇中闪闪发亮。喜欢穿着一身自己用手工缝制的黑色绵绸衣裤，领口开得比一般人低些，袖口做得长做得大，像个灯笼。她说天气热，这样穿舒坦。飘飘荡荡，脖子上的细嫩肌肤时隐时现，胸口前头的双乳扑扑腾腾。鬼才知道，边疆从早到晚的强光烈照，居然没让她的皮肤晒黑。可能是割胶工的缘故，早晨四五点起床，太阳还没有出来，中午收胶时，也在胶树林里穿，几乎晒不着太阳。最妙的是她屁股长得圆滚滚的，腰却柔软纤细，典型的蜂腰肥臀。这女人走路像是风中荷叶，一步一摇摆，特别是她挑着胶桶从山坡上下来那个劲，有风情。

那些老职工，当然是男人，说起这女人来，唾沫星飞溅：这老婆娘晒不黑！她身上那皮子白……

加敏他们虽和老魏头不是一个队的，可一到兵团，对这女人的风流和“作风问题”就有耳闻。人说“红颜女子多薄命”，在其他人身上灵不灵不知道，反正放在她身上是千真万确的。说这个女人到边疆时，也不过十六七岁，人还没有到，总场搞人事工作的干部就将她做了分配，到了以后给她做工作，很快就嫁给了老魏头。老魏头是个好人，也是个退伍军人，在连队还当过支部书记，爱这个女人，拿她当宝贝。这女人嫁给老魏头时，没有现在这样好看，人干瘪瘪的。结婚不久就生了第一个娃，她现在已经是两个娃的妈了。生了娃的她，越长越好看，私下里，人家说她有的是男人的滋润。她家娃不像她家男人老魏头，众所周知。引以为证的是老魏头在她嫁过来不久，一次上山砍竹子从山上摔了下来，好不容易救活了一条命，从此断了一条腿，再也没有直立的两腿。最重要的是，那一摔，听说老魏头命根的功能全部报废。这之后关于她与某某，又和某某的不正当关系，不断有传闻。

近年她与边参谋热络，据说，边参谋每晚必来。边参谋那只形影不离的黑贝维克多，必然蹲在老魏头家门口就是最好的证明。

5. 拯　救

晚上，月亮静悄悄地挂在夜空中。肖五子一把将爬在一排土墙房子上的黑娃儿和袁和平揪了下来。他们这两天老是喜欢爬这排房子这间房子的墙头，这是一排老职工的砖瓦房。云南农垦的砖瓦房基本是统一样式：土坯墙、木梁、瓦顶，墙体近一尺厚，窗户开得小，屋里光线极暗。这既不同于当地少数民族竹笆子结构的建筑，也不同于云南当地农村汉族传统的以木结构为主的建筑，应当是远在中南地区的湖南农村房屋的特色，那自然是从湖南来的老职工从家乡带来的。云南农垦有上万从湖南迁来种橡胶的农民。

这一伙人往里瞅的这位置是老魏头家。老魏头长期不在家，去了山上苗圃地。

黑娃儿用一只眼睛从窗户边的一个缝往里瞅，肖五子将黑娃儿拉开后，自己凑了上去。

看到边参谋这会儿刚刚进门，老魏头那女人半推半就，两人终于搂在一起，一撩门帘地进了另一间屋子。几个人立即跟着他们移向另一间屋子的墙根，糟糕，这间屋子窗户遮得清丝严缝，任何角度都看不见里面的事情。只听到里面一阵阵忙乱的声音。

正在这时，黑娃儿首先发现不远处一对亮晶晶的杏仁形眼珠死死地注视着他们，他们知道，这就是边参谋的黑贝维克多站在离他们不远处。它头颈昂起，耳朵直立，将他们一伙人盯着。黑娃儿还没有来得及说什么，维克多已经冲了上来，死死地拽着爬得最高的肖五子的袖子就往下拖，将肖五子愣生生地从墙头扯了下来。维克多用嘴死死拽着肖五子的袖子，它没有声响，却异常坚定，意思很明显，对于肖五子他们的行为极为不满，接着又去拉黑娃儿和袁和平。

袁和平说："他妈的，老子说是哪个，这样拉这样拽的。下来了下来了！老子们下来了！乖！别拽我！"维克多将他拽到地上，还是不甘心，又拖着他往远离房子的那个方向拉。维克多异常警惕沉着，但又特别把握分寸，一点没有让他们感到疼痛。

"这就得乖乖！这就是黑贝了！"肖五子嘟嘟囔囔，没有丁点儿对维克的埋怨责备，反倒赞扬维克多。

"行行！我们走了不就行了嘛！"肖五子从小喜欢摆弄狗，对边参谋这只纯种德国牧羊犬维克多是倍加喜爱。很明显维克多认识他们，没有将他们当敌人，否则不可能这样客气。

这还没有怎么的，就被维克多拦住了。大家围坐在操场上，甚为不平地又开始了讨论，老魏头这一年被派到山里头新建的胶树苗圃守护小树去了，听说是他自己要求去的，这女人咋都不跟着去。人家是胶工，割胶能手，不应该放弃自己热爱的工作和事业去夹皮沟守胶苗。老魏头着实也拿这个女人无法，总是任她去，他太迁就这个女人。敢向毛主席保证老魏头真正是冤枉，全体人民都知道了，就他还蒙在鼓里。老魏头真是可怜，我们哪能见死不救。主要是边参谋讨厌，他才是阶级斗争的新动向。大家坚决要为老魏头打抱不平，还说要去解放世界上三分之二的劳苦人民，首先应当解放老魏头这个老兄。大家越说越是群情激奋。

一会儿工夫，一个关于帮助老魏头，拯救他的风流老婆，打击边参谋的计划已经初步成形。大家推举袁和平担任这次行动的全面指挥，他们四五个人，开始着手实施的准备。

6. 捉　奸

最大的障碍是边参谋的维克多，必须引开边参谋的维克多，否则一切无从下手。

关于引开维克多的重大任务落在肖五子身上，五子这家伙自小就喜欢动物，特别喜欢狗，对狗的习性了如指掌，“狗最忠实，特别是黑贝这类高智商的纯种德国牧羊犬……”

有人说“狗的弱点是贪食，给他丢几根骨，它不会不啃”，“骨头放在锄头上，锄头通电……”他们常常用此办法，将锄头上通电后再放点食物，狗常常上当，这是他们一解自己嘴馋的最佳办法。出主意的谢老三话一出口，立即遭到肖五子的强烈反对：“不行！维克多是只好狗，不能伤它！绝对不能！”语气斩钉截铁。“假如有任何伤到维克多的事情，我退出！”袁和平也很肯定地说，“不行！”

“去偷医务室的麻药……”

“不行！绝对不行！”肖五子坚定不移地反对。

袁和平想了想说，五子，你对狗的习性了解，你拿个主意出来，既不伤维克多，也可以把它引开。

“我们目的是搞边参谋，绝对不能伤着维克多！”五子仍然义愤填膺，不语。

“用骨头，或者母狗……”旁边有人出主意。

袁和平说：“对。母狗！总之引开维克的任务全交给你肖五子了，其他人各自准备……”

第二天晚上，几个人拿了鸡骨之类的东西，想引维克多上当，维克多哪理他们这鬼把戏，继续忠于职守，决不离开老魏头门口半步，哪里都不去。这天的行动告失败。

计划继续执行。第三天，这天仍然是开岱挖穴，边参谋从山上跳到山下，指挥大家按要求完成任务，免不掉对黑娃儿等人偷工减料的行为大声斥责。

“你挖的是种橡胶的穴？是挖鸡窝吧。返工!”黑娃儿态度还好，连声说道：“改正改正。”

“你的就这么大？是麻雀窝！哈哈！简直是个软蛋麻雀窝!”边参谋张开大嘴，得意扬扬地大笑起来!

张老三张有民在心头狠狠地骂：“你妈妈的！老子……”

大家要求五子努力，想尽办法，无论如何，只许成功，不许失败，将维克多引开。五子最终拿出绝招，准备今晚将指导员家年轻漂亮的小母狗借出来。指导员那只漂亮的小母狗就是他为了讨好领导远涉上百里，从缅甸一家狗贩子那里用一个知青水瓶换来的。当地老乡包括缅甸老乡一律喜欢知青的东西，蚊帐、被子、水瓶、水壶，包括军帽，凡是知青的东西他们都喜欢，这些东西哪个小卖部里都有卖，但他们就是喜欢这些知青用过的东西。知青乐得高兴，将用过一阵的东西换水果、换鸡蛋、换现金，换自己需要的所有东西。肖五子居然还换到一只名犬，这让五子大喜过望，换来的这只拉布拉多犬叫来福多，长得油光水滑，极为听话。维克多这段时间正值发情期，勾引它应当没有问题。

一切准备妥当，他们牵着来福多，谨慎地往南定河边那间土坯房走去。正在他们集中精力观察前方的时候，路边草丛里有动静，几个人吓了一跳，停住脚步仔细听，是男女嬉笑之声。袁和平故意大叫：“是谁？干什么的?”只见一个少数民族小伙子提着裤子，窸窸窣窣地从草丛中站起来，夜间看不清他的穿戴，只见月光下他头上顶着一根飞蛾草，他坦然地用生硬的不利落的汉语说：“我们是少数民族，你们管不着。”说完又从容地趴下身去……

“管不着管不着啰！你慢慢地！”袁和平说。

说完，这几个人全都怪笑起来：“李向阳还在李庄李庄李庄，嗦啦嗦咪唻咪唻咪唻，……”这是电影《地道战》的一个插曲，大家用做开玩笑时的进行曲。

肖五子今天果然成功了，维克多迟疑片刻，还是跟着来福多跑去。这样看来，今天计划已经成功一大半。

“嘿！来了。”终于边参谋出现了，进去了。五子欲往里头冲，袁和平抓住他，指着自己腕上的手表，说了声：“等会儿。”等了一会儿，袁和平又看了一下表，说了声：“冲！”几个知青和他们通知来的民兵，端着枪冲了进去。

肖五子等见到边参谋无比狼狈。“他妈的！”一见这么多的人冲进来，边参谋忙不迭地起身，找东西遮身体，他还从来没有在这件事情上这样丢分儿。但等他回过神来后，他痛骂那几个端着枪的民兵：“球！关球你屁事！老子……损着你哪样了？”

领头的那个民兵甚为尴尬，他是前天刚从八分场调来当民兵队长的，他没有想到在老魏头女人家的是边参谋。这几个知青也的确没有跟他说清楚，如果知道是边参谋，他打死也不会来的。他哥他弟都跟着边参谋学习过割胶，没有边参谋的周旋，他家两个大男人不可能都当得上胶工的。他知道自己被这帮知青耍了。

而那女人，老魏头那女人，用被子裹着自己的身子坐在床角最里面，一声不吭，既没有闹也不哭，只是木讷地看着满脸怪笑的几个知青和端着绝对没有子弹的步枪的民兵……

最让人想不到的是那个老魏头，知道此事后，居然从苗圃地赶回来，站在这个连队食堂的操场旁边破口大骂：“关你娘的屁事！……你以为老子晓不得！老子晓得就是你狗日的在使坏！你有屁眼儿的站出来……你挑动知青搞我屋头的人！不得好死……”

后来才知道，老魏头做队长时，由于严格认真得罪人，加上“文革”中两派斗争冤冤不解。事后肖五子他们分析，是有人在中间挑唆，挑唆那个人就是谁谁。他有利用知青坏老魏头，坏老魏头女人之嫌，以报私仇。挑唆者是哪个呢？袁和平最清楚。上当了？是上当了！袁和平后来总结的时候说。后来还听说老魏头家风流女人并不是传说的那样坏……

捉奸事件后，边参谋的神气下去了一些。但对边参谋的打击不大，听说搞人事的郝干事找过他谈话，让他写个检讨，他说不可能！扭头便走，他照样当他的橡胶参谋。老魏头仍然跟原来一样疼他的女人，含在嘴里怕化了，顶在头上怕飞了，对那个女人百依百顺。那个女人仍然当她的割胶能手，当先进。

边参谋每天仍然带着他的维克多到处转悠。看知青的穴挖得标准不，看种苗圃的胶树嫁接成活了没有，不准任何人在胶林周围抽烟，任何可能造成火灾的因素必须杜绝在苗头之初。不过，他再也不敢随意讥讽知青，特别是黑娃儿一伙。据亲近边参谋的人说，边参谋说自己是有文化的知识分子，用不着跟这帮小狗日的知青娃娃较劲！没文化，读过几天书？都是小流氓，不能理他们，让他们折腾去。世上一物降一物，我不相信没有人制不住他们！喝了酒后还会大骂："这伙土匪、法西斯强盗、流氓，没有受过教育的家伙，不得好死！"

7. 胜利者

袁和平说过，"维克多"是俄语胜利者的意思。大家都晓得袁和平父亲是大学教授，关于这方面的发言绝对权威。

那天晚饭，边参谋跟平常一样，将在酒厂打回来的一大壶苞谷酒往自己的大搪瓷缸里倒，狠狠地倒，就着自己炒的一盘花生米喝酒。平常这个时候他大可以去找老魏头那婆娘。那婆娘来劲，人漂亮，能干，年年都是割胶标兵。她割出来的胶路那个漂亮哟！嘿，做一手菜也好吃，天天顿顿的卷心白菜在她手头也可以翻出好多种花样来。这婆娘床上也是花样多……什么都行。人呀，聪明的就是聪明，人和人就是不一样！这婆娘让人心疼，命不好，年纪轻轻，男人就废了。好端端的这么个女人，咋过？要离吧，老魏头死活不干。这女人心气高呵！不是个人的她还看不上眼，非要嫁给他，那不成。他是有老婆有娃娃的人，开不得玩笑！糟糠之妻不可弃呵！遵古训，遵古训。古训不可违，这是千古之经验教训，否则你试试，绝无好下场。世上先例多的是啰！和她在一起那是男欢女爱，两情相悦，玩玩可以，做夫妻不行。

大学毕业想为边疆建设好好地种橡胶，想把老婆娃娃从浙江农村接过来。想到云南边疆的农场来，就是考虑农村户口可以转过来，当然还有他自己热爱的橡胶。没有想到，"文革"没完没了地斗，没完没了地批，这"文革"是毛主席他老人家发动的，当初还不都是响应他的号召。这翻云覆雨的世道，谁能看得清爽……现在又和这帮知青搅上了劲。这帮龟孙子，什么事都干得出来。

当然，这大部分娃娃还是单纯，小，不懂事。但有些人是品质问题，品质恶劣……真是折腾呀！这是谁搞的……搞不清楚……

边参谋想自己在处理上简单了些，为了工作为了橡胶，以后在工作方法上要注意！为这些事情，营长、教导员都说过他，老场长、政委也说过。他们还是关心他的，传闻现役军人可能全线撤退。这地方干部又上来，不会又是"文革"中派系那一套吧？又搞那些，他还活得出来吗？

……

维克多呢？只顾自己一个人喝闷酒的边参谋这个时候才发现自己的维克多怎么不在。跟往常一样，它一定跑出去遛遛，方便一下。但也早就该回来了呀！好一阵子不见了。

他叫："维克！"没有任何响动。"维克多！"仍然没有任何响动。嘿！这狗日的！边参谋骂骂咧咧地站了起来。一个踉跄，他差点摔个跟头。他妈的还没有喝啥子，就要醉了。他自言自语地睁大眼睛，摇了摇头，往屋子外面走去。维克！怪了！这小子！

从来没有这种情况。去了哪里？他大声地喊："维克你给老子回来！就知道穷玩！不知道天黑了，早点回家！"周围屋子的邻居都熟悉了边参谋这样呼唤维克多，像是在喊他的儿子。

边参谋感觉尿急，他掏出自己的玩意儿对着南定河撒尿，"老子们就是不一样，尿都要比别人来得远些……"

一阵凉风吹来，他打了一个冷战，突然一种不祥之感袭上心头。他往远处继续喊："维克！"维克不会有什么意外吧！他的心莫名地颤抖起来。

远处传来一个女人急促的声音，跌跌撞撞地奔过来的是老魏头那婆娘。这婆娘这个时候还来找，真他妈的不是时候。边参谋在心里头骂道。

没有想到，她惊慌失色地一把抓住边参谋："老边啊！快救你的维克多去！"她转身指着南定河对岸。

"堰塘西往木马河去的那棵老拐子大青树底下……"

边参谋此时已经完全清醒，他一个箭步冲了出去，朝着河对面奔去。

"不要走桥了，绕路。下面就有一条竹筏子。"

"老子还要啥子竹筏子。老子们游过去！老子们拼了！维克啊！维克！"边参谋一路凄惨地呼唤着。此时边参谋已经知道，他的维克多凶多吉少了。

他唯一的希望是"维克"没有什么问题，它好好地待着。它看着自己来了后，扑腾过来，在他的身上摩擦。他另外买条狗给他们……让他们把他的"维克"还给他。

结果当然非常惨！"维克"被倒吊在那棵老拐子大青树上，它的皮已经被活生生地刮到了脖子处。它已经闭了气，它的眼睛圆鼓鼓地大睁着，死不瞑目。在牛肚子山参加五月大战的一些知青都闻讯赶了过来。胡蓉蓉赶来时，说着说着就失声悲号起来："哪个干的？凭啥子这个样子！太没有人性了！维克多好的一条狗呀！""哪个干的，真他妈不是人！"她疯狂地叫喊着。她说："维克太了不起了。你们看呵！它一滴眼泪都没有掉。"胡蓉蓉抚摩着维克的头、眼睛和鼻孔，用一块干净的手绢轻轻地擦拭它的脸颊……

我们挨这么近住着，没听到它叫一声呵。“维克呵！你怎么不求救呢?”“我们听到，我们会来救你的呀!”

胡蓉蓉将自己的脸贴在维克的头颅上。

黑娃儿满面惊恐地对抓着他衣领、满脸是泪的肖五子说：“不是我！绝对不是！相信我五子，不晓得是哪个丧尽天良的家伙……”

站一旁的袁和平，用手掌抹眼睛，走过去和加敏他们一起将维克多从树上放下来。咋办呵！边参谋看到这一幕会是什么样，他受得了吗?

一身透湿，从南定河游泳过来的边参谋拨开人群，看到“维克”那张被鲜血染红的黑色的皮毛挂在那棵老青树上，只见他一个趔趄，仰天长啸：“天啦！我的维克、维克多啊……”他在原地几乎转了一圈，然后倒了下去。他倒下去的那个动作有点像电影特技的慢动作，慢慢地控制着地倒了下去……

“维克多，胜利者……”袁和平在一旁喃喃自语，全是悲怆。

边参谋被人抬到了场部卫生所，又转到场部医院，他大病一场。

保卫部门不可能为一条狗立案。事后听说，维克死得很有尊严，它哼都没有哼一声。

是谁的主意，谁干的，一直是个密。这些人为什么要置维克多于死地，维克多它肯定不知道。但它肯定以为这些人不是敌人，否则凭借它的体力和实力，它绝对不会被倒挂在树上时，居然一动不动，哼都没有哼一声!

还听说，那个杀维克多的，主要是想报复边参谋……据说参与讨论此事的人，并未全票通过，但不同意者，或者透露消息者都肯定只可能白刀子进红刀子出……

显然，尽管反对派虽不赞同此举，杀害维克后，也并未去告密。这件事情成了永远的秘密。之后，有人说情，不就是一条狗，用得着大动干戈。但一个叫癞头的知青，在之后不久一个黑漆漆的晚上，不晓得被哪些人冲进他的寝室将他打得半死，说是与维克多之死有关。

再之后又有人说，在一个月夜，不知道是谁将一只刚刚出生的小狗狗，放在了边参谋的门口。有人见到是个女人将狗狗抱了进去，但第二天又由那个女人将狗狗送给了其他人家。据说边参谋说了，他再也不会养狗了！

边参谋自从维克多事件后，大病一场，差点没有去马克思那里报到。病好之后性格彻底改变，不言不语。每天仍然上山检查开岱挖穴、检查胶树的种植和嫁接、割胶、收胶和制胶……但像是换了个人。

尾　声

知青大返城后，过了好些年，边参谋托关系回到了浙江老家，喂过猪、开过工厂，啥事都干过，最后落脚在种菜上，准确地说是协助他儿子种菜。他家的菜早已卖到了香港地区及新加坡、菲律宾，现在去到了更远的地方，他家已大发，是他家乡一带数得着的富人。这些年，菜价更看涨，他家一吨菜可以换回一吨多的石油来……

程裕华自话

程裕华，1954年生于成都，属马。1971年“初中毕业”去云南支边，落脚二师八团三营新一连。1979年返城。返城后先后当过炊事员，厂工会干事，车间主任……

后工厂破产，靠打工谋生。

因为怕故事会随着时间褪色，于是用文字记录下来，记录下自己认为最珍贵的片段。回头再看，有的平静而温暖，有的却刻骨铭心。

知青的故事一直被反复述说，对于亲历者更是不可缺席的话题。只可惜今天的文字已无法复制当年的盲目，还好，这些故事也可算是“知青生活”最真实的参考文本。

这些经历，原本无心记录，我知道，从那时走过来的人谁不是一言难尽。可母亲说：“你应该把它都记下来。”

与我们丰富厚重的生活相比，文字显得太苍白太肤浅。

“107”号胶林

阳春三月，歇了一冬的橡胶树还没有彻底苏醒，暖暖的旱风刮过，扫落一树老叶，满山胶林只留下密密匝匝的灰色枝条，远远望去，胶林就像罩在群山上的雾霭，叫人心头闷得慌。好在春天的脚步很快，这样的景致也就很短。来到三月中，随着青茸茸的小草冒出头，橡胶树就彻底苏醒了，仿佛就在一夜间，孕在枝头上的芽苞全绽开了，一时间，漫山的胶林新得就像刚用水洗过，嫩绿嫩绿的，一派生机。

就在这时节，新一年的割季也就开始了，看着嫩绿的胶林，真还有点舍不得下刀。

刚到云南生产建设兵团时，我被分在三营新一连，新一连种花生、玉米，知青们都觉得在这里支边很有些冤，花生、玉米哪里不能种，非得来这里种？不是说好了来“发展祖国的橡胶事业”吗？不是说去种“争气胶”的吗？可怎么过了一年又一年，自己连胶刀都没有摸过。看着老连队成片成片的橡胶林，看着同是知青的胶工在胶林里忙碌，看着一挑挑白花花的胶乳，心也在痒，手也在痒，总想上去摸一摸。

那个时代的年轻人都满怀激情。因为没能割上胶都很不甘心，总盼望着能干上点大事情。思来想去，挑选了当下最好的柑橘品种，一气播下两千亩，想在三五年后也有个收获的喜悦，有资格拿出来炫一炫。谁知不种还好，种了更叫人泄气，那两千亩柑橘直到我们离开都没有挂果。知青们这才明白，这就叫“不容易”。

1974 年年底，我随“工作队”来到了分场三队。三队是个老连队，有近千亩橡胶，为了不枉支边一趟，我当即参加了胶工培训。

三队是全分场海拔最高的橡胶连队，在它前山上有一片胶林很特别，别的胶林树干是灰色的，而它却是白色的；坡下的橡胶树发出绿色的嫩芽，而它的新芽却是紫红色。每到春天，紫红色的新芽，整齐的白树干，远远望去，就像给大山带了一顶小花帽。老队长告诉我，那是全世界海拔最高的橡胶林，已经种植十三年了。

后来我知道，低海拔区种植的橡胶品种是“600”号和“86”号，生长快，产量高，但不耐寒；而山顶上的那一片是耐寒品种“107”，全分场万余亩胶林，只有山顶这一片是“107”，所以大家都管叫它“107”号胶林。

“107”号胶林准确的海拔高度是 1186 米，这个海拔在你眼里肯定算不得什么，可是你要知道，海拔 800 米就是国际公认的种胶禁区。海拔 1186 米，那可是名副其实的世界之最，同时也是我国橡胶“高海拔种植”的标志性林地。

橡胶树对环境的要求很苛刻，据资料记载，很多南方省份都种过橡胶（比如四川的西昌、攀枝花），但大都不行。冬天，冷空气一来，胶树的表皮就冻裂了，裂开的树干会得上“溃疡病”，如果到第二年春天胶树不发芽，就再也不会发芽了。勐撒农场虽然位于北回归线边沿，但气温偏低，在海拔 600 米上下种植橡胶生长都非常缓慢。要想在海拔千米以上种橡胶，能不能成活都是个问题。

20 世纪 60 年代初，勐撒农场承担了我国橡胶“北移栽培”“高海拔种植”的试种任务。在毫无经验的情况下，老职工们艰难地从头摸索，经过认真的比对，高海拔种胶的地点选择了南定河支流平寨河谷的向阳高地，也就是当时的勐撒农场平寨作业区。

1962 年，农场的老职工在红土地上播下了胶种；1964 年，实生苗定植到了海拔 1186 米的平寨作业区。此时，人们并不知道，浸透了辛劳汗水的播种竟然是一项世界纪录。

1968 年，华南热作学院的罗技术员和欧技术员毕业分配到勐撒农场，近乎“发配”的分配，缘于两人的家庭出身。但是那一辈大学生对自己的选择有一种朴素的执着，此时也正赶上橡胶“北移栽培”“抗寒高产”攻关的关键时刻。于是两人毫不犹豫地接过了科研的接力棒，毅然承担起了“抗寒高产”的科研课题。

那年，抗寒的橡胶“PR107号”新品种刚刚问世，他们当即决定引种，并于当年进行了大田芽接。试想，要砍掉手臂粗的实生树，重新芽接上指甲盖大小的小芽片，且生死难料，这需要何等勇气？对此，人们更多的是不理解，甚至还有嘲笑和反对。可两个脚踏实地的年轻人一边默默地工作，一边承受着嘲讽和不理解。

橡胶栽培容不得半点急功近利。育苗、芽接、定植、大田管理……每一项都不敢大意。为了“107”，两人搬到了条件很差的三队与它做伴。高海拔区的胶苗最怕过冬，为保证“107”胶苗能够顺利越冬，他们把夏季沤青肥改在秋季，保证冬季有足够的地温。冬季来临，临沧大雪山的冷空气时有侵袭，有的年份甚至还出现过霜冻。每逢寒流袭来，他们都守在“107”胶林旁，升火为胶林驱寒。他们先在胶林的上风方向点起大大的火堆，再往火堆上盖上厚厚的草，熊熊大火沤成了的滚滚浓烟，笼罩在林地上空，就像给胶林盖上了一床棉被。

那时，每人每月只有23斤口粮，每隔半月才休息一天，这对每天从事体力劳动的年轻人来说可想而知。虽然已是极端困难，但农场还号召每人每月捐献2斤口粮。欧技术员对我说过，每当饿急了，只有用芭蕉根之类的“代食品”充饥。

在他们的精心呵护下，“107”缓慢而顽强地生长着。慢慢地，淳朴的老职工接受了这两个年轻人，让他们加入到培育“107”的行列里。于是，两个人的坚持，变成了大家的坚持；两个人的守望，变成了农场职工的守望，就这样，三年、五年……

1972年，大家得知了这片胶林是世界之最。面对人们的惊喜，两个技术员却是出奇的平静。他们明白，这不值得炫耀，这并不意味着成功，失败的风险随时都需要自己承担。

橡胶林每年都要进行普查。测量胶树在离地1.3米处的胸径，当胸径达到50厘米，并且这么粗的胶树占到整片胶林的50%，胶林就可以开割了。在勐撒农场，一般的胶林七八年可以割胶，而"107"号胶林生长缓慢，种植十三年了，却一直未能开割。所有为"107"付出过的人们都为迟迟得不到回报而焦急。

有些看似平常的瞬间，对亲历者来说，却是难以泯灭的记忆和情感。1977年，也就是在"107"种下的第十五个年头，胶林开割了，我和另一个成都知青代建国担负起了"107"的割胶任务，成了这片胶林的首任割胶工。

我至今还清楚地记得在"107"割胶的手感与其他胶林的不同，其他胶树的树皮很娇嫩，软而薄，一点也架不住刀，而"107"皮质紧实，下刀还有点抵手，并且能够听到胶刀与树皮摩擦发出的"沙沙"声。"107"出胶很慢，当你匀着脚步，绕着树割下来，收住刀，胶乳才从沙粒状厚厚的树皮中慢慢地渗出来，接着乳滴一滴一滴地聚拢，缓缓地汇成涓流，顺着割线汩汩地流下来，显得那样的沉稳、从容。我们割胶也格外小心，因为在这样的海拔和气温下，割伤了树就等于要它的命。

开割当年，我陆续收到罗技术员交来的各种统计表格，从气象资料到割胶刀数、单株胶乳产量、干胶含量……都要求一一填写，汇总上报农垦总局。这看似简单的工作其实非常繁杂，需要格外认真仔细。"107"号胶林海拔比连队高出近两百米，离连队有近20分钟的路程，要想取得第一手资料都得一手一脚，深入实地收集，来不得半点虚假。那几年，为收集数据，我起早贪黑，奔波往返，经常为整理资料忙到深夜。当年底，我意外地收到了云南农垦总局的感谢信。他们怎么也没有想到，在边远的山区连队会提供如此完整、详细的资料信息。

其他的数据已经忘记，但我一直清楚地记得，"107"号胶林开割当年，单株产干胶1.7公斤。虽然这只是勐撒农场平均单产的60%，与其他地区的高产胶林相比肯定就更低，但是，两个技术员还是激动不已，因为那是十五年艰辛的回报。

历史为平凡做证。就是这样一种平凡，可以让人肃然起敬。

1978年，当科学的春风吹到边疆，三队的知青成立了科研小组，基地就在“107”号胶林。实验项目都非常简单，只是减刀、浅割、电石催胶增产等，但是大家都积极地参与，做得也极其认真。因为，此时的“107”号胶林已不再属于哪一个人，那是两代农场人科学奋斗的结晶。

1979年，随着知青的返城大潮我也离开了农场，“107”号胶林的数据收集统计工作交给了老职工子弟继续进行，在此后的很多年里，我还时常写信问起那片胶林。

三十多年过去，过往的很多经历都已从记忆里抹去，但是无论时间怎样流逝，始终不能从我心中抹去那片胶林。它是否还在那个山顶上顽强地生长？它是否还保持着高海拔的世界纪录？所有这些都让我牵挂。

意想不到的是，2006年，在电视纪录片《胶魂》中，我惊喜地又看到了“107”号胶林，更令我惊喜的是，它至今仍是全世界海拔最高的橡胶林，而且还在产胶！

白瞎子

白先生快60岁了，但人们称呼他不会带一个“老”字，都叫他“瞎子”。其实他并不瞎，只是深度近视。

白先生家住洪碾子。

洪碾子是个小场镇，场上人家推开后院柴门便见沃野田畴，人们大都靠种地为生。但也有不种地的，那就是手艺人和生意人，白先生不种地，可他该算哪种“人”呢？我说不清。

白先生在洪碾子场口屋檐下支一张油漆斑驳的小桌，桌上放着一叠粗劣的信纸，一扎牛皮纸信封；笔、墨、砚台、镇纸；桌前立一块“代笔书信”的小牌。桌后那位胡须花白，颧骨高耸，面目和善的先生就是“瞎子”，他靠代笔书信度日。

“瞎子”终年四季都是同样打扮，一顶圆帽，一领布衫，夏单冬棉（但都是同一种蓝色），鼻梁上架一副眼镜，镜片光圈重叠，看上去如同一对十环圆靶。因为深度近视，畏光。所以，在他帽檐下总是塞着一张遮光的硬纸片，那张纸片还附带计时。每天，当那张纸片从他额头左边阴悄悄地移到右边，“瞎子”也就收摊了。

白先生名昌美，表字千寿。据说，这个“表字”还有些来历。

在碾子上，乡邻间的称呼很是随意，但对手艺人和生意人却另有尊重，往往是将姓氏与行当拴在一起。如：陈木匠、姚中医、杨皮匠（修鞋）、林待诏（剃头）、袁锅盔。这样的称呼，乡邻间大都乐于接受，有的甚至以此作为店招招揽生意。碾子上的烧酒作坊“洪烧锅”就是如此。众口一词，诙谐热辣却不伤人。但不论是店招也好，字号也好，落到个人头上也算是有名有姓。整个洪碾子只有两人例外，有名无姓。一个是冬季给“烘笼儿”添加炭火的黝黑女人，得名“桴渣儿”，再就是白先生，人称“瞎子”。

“瞎子”在碾子上算是个人物。每到年底农户杀猪座席，主人总是“这厢有礼”，恭请上座。但说到“瞎子”这称呼，白先生却感觉很是失礼，十分抵触。其实白先生心里清楚，这称呼绝无恶意，不过带有几分戏谑玩笑而已。但这样不分场合，不分老少一通乱叫，又的确有失尊卑。

白先生非常后悔，后悔自己早年怎么就没有留得雅号，取一个“字”呢？若是有“字”，便可相敬而呼。并且，白先生早年也确有此愿，只因为时代在变，取“字”略显招摇，又还有些不合时宜。

面对眼前的尴尬，“瞎子”旧愿重启，为自己起“字”。

“瞎子”对诸多备选都不太满意。这天，“瞎子”在场口遇见一位测字先生，先生立于“千字牌”前，“瞎子”上前求字，先生请他“指字”。指字的随机性很强，突如其来，考人急智，若遇刁钻古怪，谁也不敢保证能自圆其说。很巧，“瞎子”随手指出个“美”字，先生说，“美”拆开来是大、王、八。王八即龟，龟，主寿，所以，得字“千寿”。

“瞎子”对这个“字”很满意。从此，白昌美，字，千寿。

可是在碾子上，再好的“字”也无济于事。人们根本不管什么“千寿”“万寿”，你还是你，仍然叫他“瞎子”。可白先生觉得，“千寿”上合天意，下符己愿，岂能不用。所以，对往日谬称一概置之不理。这天，他买了一束青菜，踱步回家。突听背后有人轻声问道：“谁的菜掉了？”“瞎子”赶忙回头去看。那人突然大笑：“哈！哈！你不是‘瞎子’嗦……”白先生气急败坏：“刁顽！刁顽！不可教！”但毕竟叫起来顺口，且人多势众，“不可教”有增无减，白先生败下阵来，任凭碾子上老老少少直呼其“瞎子”。

在乡村场镇，“读书人”可做的事情不多，家书代笔还算是看得见，摸得着。此行开业成本不高，设一小案，毛笔，砚台（这些都是读书人现成的），若用钢笔，则取一粒药片似的墨水精，烫水化开，纱布滤过；再有信纸一叠，信封三五；“代笔书信”小牌就是“营业执照”，这就可以等着来生意了。投入少，见效快。

但是，在过去的“读书人”眼中，书信代笔实属贱业，塾师不屑，君子不齿。所以，这一行多是些未仕的仕子，落魄又怀才不遇，或者是穷老书生，迫于贫寒才会街头提笔。

读过书的白先生虽未能跻身缙绅，但他以为，自己绝非引车卖浆者流。眼下自己的日子虽然过得不怎么样，可心头却装着七律五绝，文酒雅集。白先生有言：“人生苦短。因其‘短’，故不可不风雅……”闻此言，谁相信白先生会操此贱业，虚掷光阴呢？

只可惜“瞎子”一天也没有风雅过。风雅似乎离他很远，而生计却靠得很近。并且，生计这东西很怪，如同大病，当它触碰到你时，往往已经晚了。当“瞎子”父母双亡，他背后没有了温暖结实的家庭，“瞎子”这才明白，烟火还在人间。可这时的他既无力扛起艰难的生活，也无法跟上变化的时代，只留下生不逢时的哀叹。

早些年，出门是件很令人牵挂的事。常言道：行船走马三分险。依常理，出门十五里就要写家书。别的不说，每到一地总得报报平安，让家里人放心吧。若是走得更远一点，更久一点，身边再带着两三个月的用度，那就更叫人惦记了。但是，一路匆匆行人并非人人能读能写，所以，水陆码头，大小场口都有代笔人，就像每个场镇都有肉架子，酱园铺，这是“标配”。

洪碾子也是一样，但洪碾子场口屋檐下并未虚席以待。此刻场口屋檐下坐着另一位“读书人”——下河场的老柳。洪碾子二、五、八逢场，从下河场到碾子上五里路，老柳二、五、八必到。老柳每场来做两件事。先写信，忙完了，绕到“洪烧锅”打一罐酒。老柳有一只黑釉双耳罐，很能装，老柳打了酒，斜着肩自己提回去。肯如此狼狈走五里，就因为“洪烧锅”的酒要酽些。

话说到这里往往接下来就该是“且说老柳”，可老柳没什么值得多说的，因为碾子上的人不喜欢老柳。他们不喜欢的不是老柳这个人，而是不喜欢老柳手中的那支毛笔，那支九紫一羊①。

老柳在下河场写信用钢笔，在碾子上却用毛笔。用毛笔，看起来是写得有起有收，可毛笔字大，一封信两页打不住，一般都是三页。并且，老柳在下河场代笔润资论封，而在洪碾子却是论页，所以，细算下来，在这里每封信老柳就要多收两分钱，这叫乡邻们很不高兴，当着面叫他“柳三爷（页）”。

“柳三爷”提回去的酒自己并没有喝，而是偷偷往酒里掺了水，再偷偷地卖到幺店子。但真酒假酒，搭口便知。这天，“柳三爷”正往酒里掺水，突然几条壮汉破门而入，疾如迅雷，拿了现行。假酒没收，宣布罪名，罪名爽快直白，叫作掺杂使假，投机倒把。从此画地为牢，“投机倒把分子”不准再去洪碾子。

人犟不过天，捫在茶铺里的“瞎子”被请到了场口屋檐下。于是，浓墨砚开，一笔工整的蝇头小楷换得糊口的银两来。

“瞎子”接待的第一位“客人”是陈木匠。

陈木匠遇到件难事。陈木匠有一做小生意的亲戚，年前向他借了一笔钱，说好两月就还。可眼下快三个月了，那人居然来了个“老王不照面”。上月陈木匠往他家里一连去了三封信，均未闻回音。无奈，陈木匠今天再请“瞎子”写信，催促还钱。

“瞎子”听完，沉吟片刻，提笔写道：“明山兄台惠鉴：冬至过后，叠寄三函，未蒙一复。虽邮传或有差失，未必尽皆浮沉。昨晤启森兄，方知兄近来癖爱方城，夜以继日。纵能获胜，究非正务也。而况新政禁令尤严，倘或不慎，致伤体面是小，恐牵连我等筹借赌资是大。前所借乃备料急款，至关重要，非别项所比，恳望掷下。若再迟延，弟必前往，弟兄彼此难为情不说，恐牵连兄台赴任教职……此布并候。顺请财安。”

三天后，钱回来了。陈木匠觉得很奇怪，先前一连三封信都不见回音，这次咋就……

这就是“瞎子”的本事了。你别看“瞎子”整日捫在茶铺，

① 九紫一羊是紫羊毫笔的一种。用十分之九的紫毫（即兔毫）为心，十分之一的羊毫为被，相配制成。

可街谈巷议，交头接耳，他都牢记在心。就说这个“明山兄”，早年曾是塾师，开春入职村小，他正翘首以盼。此人癖爱方城，通宵达旦。“瞎子”清楚，这样的人一好面子，二怕失手丢了饭碗。于是，先劝其戒赌，再说还钱，而“入职”一事更是“直见性命”，仅提一提就足令其畏怯，还钱便顺理成章了。你看，欠债还钱，说起来天经地义，可做起来却不易，像“瞎子”这样能不能说是“成如容易却艰辛”呢。

写信说起来简单，识字就行，但绝非识字就干得好，特别是这样的专业代笔人，一手好字自不消说，还得晓家道明事理，因为家书不比文章，得道出生活的本真。家书也不全是温情蜜意，还得推己及人，设身处地，别人都急得火烧房子了，你还在那里“久违雅教，辄深景仰”当然不行。所以，这看似小菜一碟的家书，“瞎子”拿捏斟酌，用字苟细，往往一字十巧，四两千斤。

比如，某老病重，写信求医，述说“已吃了‘姚中医’六张单子”。“瞎子”还会点明“每单三服”。（因为“姚中医”也是二、五、八前来坐诊，间隔三日。）加上“每单三服”这四字，也就说明乡间医生已难起此沉疴。

有妇道人家给远在外地的丈夫写信，“瞎子”写道“高堂父母，妻自奉之，弱女幼儿，妻自抚之，家中纷务，妻自理之……”还会写上：“盼夫早归，不尽欲言”，落款是“盼你的×××”。虽然闹得那女人脸红红的，但感激出于肺腑。这既表示妻有倚门之望，也表明她在家里是规矩的。而随信寄去十斤粮票，瞎子绝不会说是“粮票十斤”，他会写明是“全国粮票十斤”，表明这是“硬通货”，来之不易。你看，仅仅就多了两个字，可带给丈夫的哪才是两个字的惊喜。

托人带送的藕粉，他会写明是当年新出塘的“九孔田藕”制成。要知道，田藕一般不用来制藕粉，因为出粉率太低，但这种藕粉冲出来带一点桂花香，塘藕就没有。并且，这种藕粉不卖，只用作孝敬。

场上的人带给乡下亲戚“几件破衣服”。说者无心，听者有意，“瞎子”会立刻停下笔，建议是否把这个“破”字改成“旧”

字，即“托××带来几件旧衣”。一字之易，足显精细。

这精细不仅是“瞎子”用心，还得益于他与乡邻们熟到骨子里的关系，你家里的那点事全在他的心里。碾子上谁家与谁家要攀亲；哪家已经“背看”（一种相亲见面方式）；谁家的儿子在省城读书；某家的男人刚寄回钱；哪两个泼妇昨天吵了架……

但凡“客人”有求，只是看人，他立马就能掂出分量，这信该怎样写，是应酬还是急事。若是应酬，他用词雅致雍容，语态敬谦；遇到急事，全信没有敷衍应酬，虚词诳语，要钱就是要钱，求医就是求医，言简意赅。

当然，也有“瞎子”不肯写的。碾子上有两位悍妇，一个豪放彪悍，一个泼辣伶俐，平日里两人可谓针尖对麦芒。“豪放”的丈夫远在外地，她吵架落了下风，总以为身背后缺个叉腰镇场子的，一旦落败更是又气又急，老想写信把丈夫招回来“扎起”。来到“瞎子”案前开口就嚷：“你（指他丈夫）这个砍脑壳哩，短阳寿哩，你在外头好清闲啊！把老娘丢在屋头受那×婆娘的气……”你说，这样的信能写吗？

遇到这事，“瞎子”总是说：“等一等，我把手头忙完……”把她晾一晾，消消气，自己就悄悄走了。

“瞎子”用心，带来笔业兴旺。每逢二、五、八，洪碾子场口屋檐下“客人”络绎，主客双方坦诚对座，相顾平和。你一字一板，他一笔一画；你一声一句，他一行一段。二人口出心随，口带笔走，笔随心游。乡音俗语，在“瞎子”笔下转换成亲人间的对白，见字如面的亲情。此时的“瞎子”更是功力见长，“客人”只需述说一遍，每当客人停口，“瞎子”也恰好收住笔，且全信字迹不乱，顺顺当当，清清楚楚。

书毕，当面受授。“两过”，“过信”，“过皮”。

把写好的信当面复诵，这叫“过信”。“瞎子”过信轻快，每每来到关键处，他两眼盯着你，一字一顿，一句一停，等着你查缺补漏，改错添新，直到你满意。所谓“过皮”就是核对地址。用对方的旧信封（又叫信皮，所以叫“过皮”）认真核对，不能把崇庆搞成重庆，马家场闹成马家寺，若仅是枉费八分邮资还好。

万一是这家高堂就吊着那一口气，等着要见长子交代身后之事，谁耽搁得起？

家书代笔虽是两相情愿，但客人言者无戒，当然希望闻者坦诚，这就要求代笔人要讲信用，讲品行，保守客人的家庭隐私，遵循“害人之心不可有”的伦理道德和传统教化。这些，瞎子似乎都不缺，更何况瞎子还有一副好脾气。他原本是个急性子，可眼疾怕心火，急不得。所以随着那双眼一天天地瞎，性子也就跟着一天天地磨，现在已经是从从容容，平平和和，逢水不起澜，遇火不生烟。更叫人放心的是，瞎子孑立一人，枕边少一只耳，也就少了一张李家长，张家短的嘴。让人省去一颗“防人之心”。碾子上的人应该庆幸，庆幸有“这样”一个“瞎子”。

“瞎子”的名声渐渐传了出去，就是在“寒天”（不逢场的日子）他的门口也时常停着高靠背鸡公车（当时的交通工具）。

“瞎子”一路顺风顺水，心中不免有几分得意。但是，人久历世故，必带有几分势利，“瞎子”也未能免俗。这竟然让他栽了个跟斗，一个大大的跟斗。

这天中午，“瞎子”正在收摊，“桴渣儿”抹着泪赶来，急着要写信报丧。此刻“桴渣儿”正悲伤不能自解，所以无论是谁都该送上几句安慰，或是陪着掉几滴眼泪。可在“瞎子”眼里，“桴渣儿”肮脏破烂，不堪入目，不仅没陪着掉泪，还双眉紧锁，语气生硬，甚至连信文都涂改了好几处。见此情景“桴渣儿”顿时火了，一抬手，掀了“瞎子”的摊子。

这事在碾子上顿时家喻户晓，引起轰动。摊子居然被“桴渣儿”掀了，“瞎子”觉得颜面尽失，于是，家门紧闭，足不出户。这天，天擦黑，“瞎子”正吟唱“一轮明月照窗下，陈宫心中乱如麻”，忽听有人敲门，开门一看，门口居然斜着一乘滑竿，说是洪大爷有请。“瞎子”顾盼左右，用竹扇掩住脸上了滑竿。

洪大爷是过去的碾房主，早年间是碾子上“吃讲茶”的人，眼下社会变了，洪大爷不论名声日子都不堪闻问，但那架子还在。

那乘滑竿将“瞎子”一直抬到洪家堂屋前，刚落座，茶就上来了。洪大爷说：“他们说用鸡公车去推你，我说，简直不懂规矩，你是先生，抬滑竿去请!”

久违“先生”二字，白昌美心中顿时五味杂陈。

洪大爷礼数周全，可事情不大，就是来说摊子被掀一事：“……这方圆数十里的读书人，若论才华意气，先生足以振采鸡群。家书代笔能行其道，全因乡邻们不识字。代笔虽是一张素笺，几行淡墨，可骨子里却是替人排忧解难，行善积德。行善积德当然就无论贵贱，你是明白人……”不愧是“吃讲茶”的人，寥寥数语让“瞎子”顿生悔悟，明白自己在衣食劳碌之中，还应留存一分真诚。

时代在变，但旧的生存方式仍在以惯性延续，随着识字的人渐渐多了，代笔业短暂兴盛过去，开始慢慢萧条。“瞎子”的业务也从过去单一的家书代笔扩展为代写契约、字据、状书、题红白喜事对联……此外，“瞎子”还有改革。在他案下偷藏着一个布包，内装粉红，浅蓝暗花高级信笺，溢着兰花香。这是专门用来替一帮“青勾子”写“情书”的，收费颇高，但肯定是改了笔体。说起来“瞎子”自己都是光棍一条，他能写出什么，无非是打油诗、藏头诗，对联等旧体字句，年轻人虽是半懂不懂，但也如获珍宝，用来博取恋人芳心。但无论“瞎子”怎么改，仅那一分工整押韵，藏头逗趣，一看就知道是他的手笔。

时间来到火红年代，全国上下鼓足干劲，旗鼓狂飙，各地捷报频传，亩产万斤，十万斤。“袁锅盔”有位表亲在省府做事，觉得这事太蹊跷，怎么会亩产万斤呢？于是去信给“袁锅盔”，询问亩产，以便一管窥豹。“袁锅盔”当然找到“瞎子”。说起来，这些年民众在运动中获得的直观教育可谓深刻，但那些大都是在城里，乡下人还不知道“怕”。“瞎子”也就实话实说：“承垂询敝乡秋收情况，今予奉报。今年秋收，亩产760斤，足称丰获，较之去年可多三成，良因四月之后，风调雨顺，故得此佳境……亩产万斤，非‘神仙数字’，集数十亩熟稻于一田，可成……当此秋高气爽之时，盼兄一过茅舍，瓮中尚有佳酿，尽可一醉……”

那人一看，“万斤稻”竟是如此得来，哪里还敢“一醉”。赶忙将情况上报，谁知这一报竟惹下大祸，上面按图索骥，擒获始作俑者，于是“袁锅盔”和“瞎子”被“请”到镇政府“反省”。

“瞎子”以为秉道直行何惧之有，但“袁锅盔”一听“反省”二字，先就怕了，对“瞎子”说：“这‘反省’比啥都厉害，这与我打锅盔是一个道理……”“瞎子”不明就里：“说来听听?”“袁锅盔”说：“打锅盔要‘省面’，‘反省’和‘省面’两个‘省’是一回事，面‘省’透了，也就软和了，随你揉捏；人也是一个道理，这你都不懂?”好一个“袁锅盔”，竟如此明白。可“瞎子”心中还在暗问，难道一封家书也得俯仰由人？但回头一想，“袁锅盔”一番话确有道理，于是怕了，口中念念有词：“苟且，我是草民。我可以苟且，一生都苟且着，无妨再苟且一次。”

两人顿时被“省”软了。

天府之西，青城之下，小镇优雅如许。但镇口檐下的那位“瞎子”却不再面目和善，而是表情漠然。

接下来“瞎子”的日子一天苦似一天，他已经不再是二、五、八出摊，而是日复一日，端坐于屋檐下。

行当兴衰都随着年成走的，此时走下坡路的岂止是他，“姚中医”也是一样，早已是只挣药钱，脉礼全免。屋檐下的“瞎子”虽还是坐着，但他的背脊已经饿得撑不直了，听着乡邻们唱到“亩产万斤，饿得头晕”，“端起碗，照相馆，尿一泡，肚子扁”，眼泪从他厚厚的镜片后流下来。

萧瑟秋风，寒气逼人，屋檐下的“瞎子”虽然还是头戴圆帽，身着蓝袄，可他已身躯佝偻，步履蹒跚，在这萧条异代中匆匆走向衰老，没能挨过这一年的寒冬……

后来，碾子上识字的人多了，能写信了，但写出的信老人们都看不上，常常念叨：“‘瞎子’写的那才叫信。”孩子们都不明白，不就是信吗？总想找一封来看看。但是，那样的人不在了，那样的信还会有吗?

向　往

小刘在公司里打工 11 年了。

他是 31 岁来的。

开年他走了。

春节刚过，公司合同锐减，人们的脸上顿时涂上了一层暗色。经验告诉我，这属于正常合同周期，担忧大可不必。但老板却坚称公司隐忧浮现，必须立即调整。我以为调整也无非是产品结构，销售布局。可没想到的是，这次调整却是裁员，且下手之狠，出人意料，一时间哀鸿遍野。更令我万万没有想到的是，小刘也在此列！消息一出，我立马急了，绷着一张老脸找到老板“恳谈”，希望能留下小刘，谁知刚一开口便落败于执行者的决绝。

这是一家高科技公司，公司不大，就百十来人，但这百十来人的反差却很大。公司技术部的“小间”里坐着博士和海归；本科生只能坐“大堂”。生产线上则全是残疾人，什么独臂、耳聋、瘸腿。那些坐“大堂”的来到“小间”里说话，个个都嗫着嗓子，而残疾人在“小间”里说话却是大声武气。上班大家都穿一样的白大褂，如果你只听对话，真不知道是谁在指挥谁。

小刘是生产线上的装配工，技术熟练的他号称公司的“头一把改刀”，生产线上的关键工序都离不了他这把“改刀”。因为在生产线上历经十年，资格最老，所以，大伙儿都叫他“刘老老”。

“刘老老”不仅是公司一“老”，还是一“宝”，公司每次组队开发新产品，总工连技术员大学生都瞧不上，第一个就点他。点他，不仅是因为他经验老到，还因为他的一些“小”建议，连总工都感到吃惊。只可惜，小刘右腿高位截肢，属重度残疾，这着实令总工惋惜。

“刘老老”很乐意在这里打工，因为这恰好与他的长处相投。小刘虽然少条腿，一双手却很灵巧。搞装配，活路全出在手上，用手，他绝不会输给谁。在科技公司打工还能满足小刘那点小虚荣，每次回老家有人问起：“何处高就?”小刘总会高声答道：“高科技公司!”小刘觉得“高科技”与“高就”，两个“高”很相配。日子久了他干脆省去了“公司”二字，问：“何处高就?”答：“高科技!”

“刘老老”虽然在高科技公司“高就”，挣得却很少，每月1300元。现如今，还有谁在一个公司一待十年?还有谁在公司待了十年每月才1300元?估计你听了也会说：“这工资也太说不过去了吧?”

听这话就知道你不是老板，要知道，在老板眼里，残疾人就值这个钱。说白了，就连饭碗都是赏给你的。难怪这些年公司先后来过几十个残疾人，大都像走马灯似的，转一圈就走了。小刘能待上十年，并不是觉得“饭碗”里盛得有多满，而是清楚自己和别人不一样。他掂量过自己的斤两——重度残疾、外地人、在城里无傍无靠。且不说工资多少，没叫我“别处发财”就千恩万谢了。

为能端稳这个“饭碗”，小刘在公司事事小心谨慎，处处矮檐低头。就说每天上下班打卡，他总是早到晚归，两头加起来要冒出小半个钟头，全公司只有他在“这样”打卡。你看，就他这样，说是惶惶度日，可能有点过了，但怎么看都不像是“高就”。

其实，小刘过去并不是残疾，也不需要去哪里“高就”，凭自己的本事他就能活得风风光光。早年小刘在老家开了一间淀粉作坊，远远近近十来家作坊，就数他生意好。淀粉雪白细滑，生意红红火火，听他讲来，那就是一段“数钱”的日子。据说，小刘还准备添设备，扩厂房，把生意做大，钞票也继续数下去。

命途多舛，小刘的“老板梦”被一堆石头终结。

一天傍晚，小刘骑车去送货，山区道路本来就窄，这天不知是谁在路边堆了一堆石头。小刘送货回来，一路欢歌，天黑，没留神脚底，一车轮撞到石堆上，滚下深崖。两天后醒来，右腿截肢。接下来写状子、打官司，把那些数过的钱全数给了别人。可到头来那石头究竟是谁的都“闹不清”，找不着“对手”，于是官司不了了之。可怜小刘，腿断了，钱花光了，粉房关张了，原本唾手可得的幸福生活顷刻间变得遥不可及。

一条腿的小刘落得穷乡孤灯，困坐愁城。在山区农村，他还能干啥？为求条活路，小刘千里迢迢，孤帆远影，拖着一条腿来到成都。几经周折，好歹在公司落下了脚。就这样，他与我成了同事。

小刘过日子就一个字，省。每到发工资，工友们都要坐下来“七迁五在手”潇洒几圈，小刘从不参与。几张“大”票子捏在手里点了又点，然后再添几张稍微“大”点的寄回家。我半带调侃地问他：“屋头等着钱买米？”这不问不打紧，一问叫我倒吸一口冷气，他家里还有两个女儿！

小刘曾经有个老婆，姓赵。在淀粉作坊开得正红火的当口，小赵笑脸盈盈，飘香而至，还没结婚小赵就怀上了。这事儿说起来似乎很没规矩，但是，这年头“规矩”二字已经很少有人提起，规不规矩，没人太在意。可接下来的事就叫人在意了，并且很在意。小赵头胎是个姑娘，想要男孩，接着又生，可交了罚款还是姑娘。两人顿时火了，香火总得让我续上啊，还要生！谁知时运不济，就在这时小刘残了，不得不赶紧打住叫停。

小刘的老家在三峡库区，库区水撵着人走。小刘在城里尚且立足未稳，年底小赵拖着孩子也来了。一家四口，两个小女，一个残疾，那景象，任谁看了都会暗自“哎哟”一声。

小赵的到来并没有成为小刘期望中的帮衬甚至是支柱。进城没半月，小赵“跑”了。小赵当然傍不上大款，估计也不会和谁“绞”起，但就是没了人影。亲戚朋友都急得不行，满世界瞎找。小刘却不急，也不找。他知道，自己和小赵早已是枯木傍寒崖，了无温暖气。走就走吧，只可怜两个女儿。

来日茫茫愁如海，再加上两个女儿的到来，小刘的日子乱了。

一年三百六十五天像被揉捏成了一天，每天都是那样简单而又烦乱。他那点工资更是拉扯不过来，盖得住上半月就盖不住下半月，顾得上吃就顾不上住。当月小刘就欠下了房租，小刘欠下房租，房东断了水电。

人啊，有些关口真的过不去。

水电断了三天，小刘愁了三天。眼看着实在迈不过这道坎了，小刘缠住我说："老哥吔，想想办法嘛！"我明白他的意思，公司库房都归我管。园区南头小河边有排仓库，因为潮湿，所以多半空着。这里远离门房，监管松懈，于是我悄悄筹措筹措，腾出了半间。

小刘违规入住，更加小心，不敢走漏丁点儿风声。

在私企里混最难莫过于加薪，因为章法全无，就凭老板一句话，可老板往往把这话"忘"了。

公司的残疾人中有位游历职场的老手，聋子老曹。老曹耳聋，但并不全聋，是左耳聋，蜷着的左耳，黑黢黢，像木耳。据说老曹的左耳从里到外搞成今天这样，全是他咎由自取。早年老曹玩火药枪，一次，他侧着脸装枪药，一不小心弄炸了。如今老曹用右耳，说话的人多了，听得他团团转。

老曹好逞能，老爱在人前拍着胸脯说话。说到加薪，老曹诡秘一笑："不急，看我的。"

一次做大订单，任务急，货期紧，违约有高额罚款。老曹瞅准机会，一声令下：把活路给老子"摆起！"老曹登高一呼，响应者众。

眼瞅着一伙人抱团"揭竿"，小刘很想掺和，可回头一想，万一"偷鸡不成"，砸掉的可不光是饭碗，所以想等等看。但在老曹眼里，这事儿只争朝夕，不能等！见"苦大仇深"的小刘还在迟疑观望，老曹顿时火起，猛地夺下小刘的工具，一声断喝："给老子搁倒！"就这样，小刘也被裹挟其中。

老曹替天行道，步步紧逼，眼看老板就要服软，哪知在这节骨眼上合同延期了！老板一下缓过劲来，非但不加薪，还要"开人！"大伙儿顿时慌了。刚才还不达目的誓不罢休，转眼间人为刀俎我为鱼肉，一时间人人自危。

老板开人，老曹、小刘名列其中。总工心里惦记着小刘，赶忙在老板面前下话。看总工的面子，老板开恩，说："认个错，算了。"老曹油滑，认错写检查，轻松过关。小刘心中却闷着一股子气，好你个怂老曹！挑事的是你，硬拖我进去的是你，溜得快的还是你，现在反把我晾下了。小刘觉得，开掉老曹还有个说法，是他首事。开我！凭啥？小刘不想还好，越想越窝火。妈妈的，等死不如肇死，非但不认错，还给老板雄起："认错?！老子莫得错，老子在公司干了这多年，难道就不该涨几个钱?"

老板听罢，一摆手，算账走人！

这是小刘在那"半间房"里最后一夜了，可就在这天夜里，事情生变。

公司地处远郊，盗贼猖獗。入夜，小刘早早地安顿了两个女儿，自己坐下细细思量：叫我走，没那么容易，老子要……正想着，突然屋外有异响，出门一看，黑影幢幢，盗贼正翻窗入室，小刘大惊，心想：我就要走了，一旦失窃，必定认为是我顺手牵羊……情急之下一声大吼，盗贼哪想到这背静之处还会有人，黑暗中恍惚一看，来人居然还手拄一条"齐眉棍"，立马夺路而逃。慌乱中回头一扬手，突见闪过一道冷光，小刘抬手一挡……待保安赶到，只见小刘捂着的手臂鲜血直淌，低头一看，地上栽着把亮晃晃的菜刀！

盗贼逃了，小刘伤了！

面对血淋淋的伤口，老板服软。小刘不仅保住饭碗，叫人意外的是住房也得到默许！

凭着那股子硬气，小刘一步踏入"江湖"，在残疾人中成了当然的"大哥"，就连老曹都对他毕恭毕敬。老曹一脸愧疚："你硬是运气来'登'了，贼娃子都在帮你……"小刘斜一眼老曹，指指缠着纱布的胳膊说："这是帮我?!"

小刘住房再也不用偷偷摸摸的了，日子也过得仔细起来。还是那间屋，但他隔成了两半，靠里靠窗的一半留给两个女儿，外面一半沿墙一溜是小电视、小书架，小饭桌，饭桌很特别，木架上支一块缺了角的大瓷砖；书架上立着《唐诗》《伊索寓言》《花季·雨季》《校园内·校园外》……我一脸惊讶，小刘却不以为然：“女儿的同学们都有……”那后半句谁都能听出来：“我女儿也该有。”

面对往后的日子，小刘有自己的打算。他打算让“读不得”的大女儿读职高，“读得”的小女儿一直读下去，读累为止。有知识好啊，就像总工，挣大钱不说，还不费劲，多好！

去年初冬的一天，从不请假的小刘请假出了门，回来时身边多出一个人，三十出头，紧身花袄，两人虽是一前一后，若即若离，可还是惹得个个窗口都挤满了脑袋。小刘还有些害羞，那女子却大大方方：“我姓罗，也是打工的……”这事大伙儿早有耳闻，见人，今天还是头一面。

小罗在富士康搞装配。小刘今天带她到公司来，心里拨弄着另一把算盘：公司开年要招人，今天带人来露露脸，先机占得一分。小罗是熟手，再加一分，开年小罗跳槽岂不水到渠成？话说回来，如果小罗真能“跳”到这里，两人凑到一块儿，五分的缘分岂不成了十分。

说起来这事小罗似乎更上心，这天她做了件让小刘掉泪的事——给小刘买了“双”皮鞋。在旁人看来，这算什么，不就一双鞋吗？这你就不懂了，小刘的鞋可不好买，一只左脚，谁卖？可小罗送的就是一双“左又左”。买这鞋小罗可费了周折，她是乘乱换了双“一顺风”。

于是，煦暖的阳光下，园区新添一道风景，小刘牵着女儿在散步，微风轻拂，父女依偎。再看小刘，一只新皮鞋，一条熨烫有致的西裤，那条空空的裤腿按熨缝平整地折起，扎进裤腰，整齐利落。

小刘沉浸在幸福中，找不着北。可旁人心里却犯着嘀咕，小罗好脚好手，无牵无挂，怎么会看上小刘呢？她先前的那段婚姻，难道真如她所说，结束于自己的容貌“不够美丽”。

元旦，小罗做了一桌好菜，一“家”欢聚，其乐融融。酒酣耳热，小罗把自己身世“背后”和盘托出。原来，小罗有个六岁的儿子，孩子看上去活活泼泼，可患有先天性心脏室缺。这事小罗本想一直瞒下去，可看见小刘挺实在的一个人，她于心不忍。

听小罗说罢，小刘呆住了。他虽不懂得什么“先天”“室缺”，但他知道，但凡说到“心脏”，手术费就是天文数字。小刘仰天长叹，悲哉！难道婚姻真是我命中之劫！

开年，不仅小罗跳槽没能“水到渠成”，连小刘也丢了饭碗。

裁员第二天，一大早我赶到公司，河边的小屋已是人去室空。问门卫，说小刘是昨晚走的，几辆“火三轮”拉着一家三口，“突、突、突”绝尘而去。

在公司的失业者中，小刘是绝对的弱者。我知道，这突如其来的裁员已叫他手足无措，一脸愁容的他，昨天一整天都在公司里一步一拐，一拐一步地徘徊。我真替他担心，他这样架着一副拐，拖着一条腿，离开这里又到哪里去呢？我越想心里越急，于是赶紧掏出电话，一摁，全是忙音……

到了三月，公司“调整”迷雾散去，我这才搞清个中原委。原来，这些年公司经营虽好，但明里暗里都玩了些“小把戏”。眼下大环境变了，眼看着老路一条条被堵死，所以合同锐减。老板自感回天无力，欲另谋它途。过去老板是靠贸易起家，所以也就准备重操旧业，也算是轻车熟路，这样一来当然要放弃产品，所以管它什么“头把改刀”，统统裁掉。

这天我正在办公室瞎忙，突然电话响起，一摁——是小刘！我心头一惊：“小刘，你在哪儿？”

“我在深圳！在电子厂打工！”

“在深圳？就你一人？”

“不，我们都来了。女儿，小罗和她儿子。”

“你还好吗？”

“好！这里做计件，你知道，用手，我决不输给谁！”

“你在忙？”

“是，我正在生产线上……我们想好了，把女儿供出来，把儿子的病治好！”

“在那里你还是不是‘头把改刀’？”

“不是，嗯……但不会等太久的。”

“多久？”

“至少不会等到下一个‘二月二’！”

我一愣，哦，今天二月二。二月二，龙抬头！

你说，到下一个“二月二”，小刘会比今天更好吗？

我说，会，一定会。

杀了一头“米线”猪

一大早，连部传出消息，今天杀猪！全连顿时沸腾了。

我们农场很穷，杀猪是大事，老连队一年都杀不了几头猪，像我们这样的新连队，杀猪更是天大的事。别看每次杀猪就分几两肉，可那几两肉压在心头的分量岂是挂在秤头那点斤两。

兴奋归兴奋，大家又感到很困惑，因为连队过去杀猪都是有定时的，那得是“拼命干”这样的“大需要”搭配上国庆、春节之类的“大节气”，一年根本逢不着几次。可眼下既没有“拼命干”也不逢“大节气”，就连星期天都不是，怎么会杀猪呢？更令人感到奇怪的是，这次杀猪事先竟没透出一点口风，要知道过去连队杀猪都是先放风，再收风；刚决定，又“放黄”（即食言），就这样三番五次，折腾得人人血气上冲。望着老在场院上晃悠的肥猪，知青们人人眼光尖利如刀，直盼着有“豪侠”来替天行怒。

这不是玩笑话，过去还真出过这样的事。近旁的新六连就曾出过“豪侠”，闹出了“猪命”。新六连因为“放黄”放“翻了山”（过了头），一天夜里，那头早该“挨刀”的肥猪被砸断背脊，瘫倒在圈，无奈只好杀掉。猪哪里知道，留着更痛苦。尽管连长阴着脸，大骂有失贼体，扬言严加追查，但大家都只顾高高兴兴地吃肉。似乎谁都知道，劳神费力地严肃追查，到头来不是喜剧也是闹剧。

尽管疑问颇多，但谁也不敢去问个究竟，就连疑惑都不敢挂在脸上，生怕有哪点小闪失叫连长“幡然醒悟”，搅黄了这天大的好事。

大伙儿心里正在瞎揣测，事务长“垮”着脸向大家透露：“下星期场部要开会，想调个‘大家伙’去办会议伙食，几天前就派人各处搜寻，为防意外……”正说着，突然远近连队都传来猪们的惨叫，事务长急了：“快！快！人家都动手了！杀猪！杀大猪！杀‘栾平’!!”

大伙儿都直叫好：“事务长，你今天总算是干了件硬事!”

今天要杀的猪叫“栾平”。“栾平”是连队上唯一一头被取了名的猪。前些年，连长从场部搞回几笼猪，最先钻出笼的是一头小猪，大伙儿一瞅，都笑了，因为这家伙长得尖嘴猴腮，又瘦又小。有人说：“这哪里是猪，简直就是‘栾平’嘛!”连长不依了：“哪样？‘栾平’？这都是良种猪，能长到三百斤!”大伙儿都不信，还是笑。

“栾平”不仅尖嘴猴腮，还是头“僵”猪，几年过去了，它的猪兄们好歹都喂“肥”了，可它还在那里“僵”着。“栾平”似乎知道自己太不招人待见，便干脆隐进山林，不见了猪影。去年雨季，“栾平”从山林里探出头来，没想到竟然完全变了个样，它扯起了一个大大的身架子。事务长很疑惑：“难道这家伙要长肉了？”于是，像是押宝，事务长为它破例搭了间猪舍，“栾平”单猪入住，伙食专司。“栾平”也争气，见风长，不到一年就长到三百出头，耳朵像两把小蒲扇，大大的猪舍顿时成了蜗居。知青探亲回来看见都大吃一惊：“嗬！这是‘栾平’啊？几天不见就长成……”接下来说是“大姑娘”“小伙子”好像都不对，因为“栾平”是头劁猪。每到这时，事务长就会接过话：“长成一头最大，最最最大的‘卫星猪’了!”

的确，“栾平”真大，与过去的肥猪比，一头当三头。

“栾平”的出现顿时让我们明白了，这真是良种猪，真能长到三百斤！我们过去杀的那些“肥猪”其实大多都是“早夭”，根本就没长“伸”。

水开了，刀快了，人亢奋了，叫嚷着立起身。被捆住四蹄的“栾平”像是明白了什么，开始乱蹬死挣，用全身的力气尖叫着。人们顿时火了，猛拧猪耳朵，那叫声立马高了八度，又拧，又叫，再拧，再叫，手里像捏着个“肉喇叭”。连长用膝头抵住猪胛，操刀往“栾平”胸腔里猛地一刀，白白的肥膘立刻翻出来，伤口抖着，血连着沫子涌出来……

地里的人都不干活，没心思，拄着锄头算账：“栾平”连毛带屎三百多，净肉该有两百出头。刨去探亲和超假的，眼下全连不到一百人，一个小孩算半个，九个只算四个半，每人最少该分两斤肉。

家里却忙得不可开交，烫猪、褪毛、下头蹄、开膛破肚。“栾平”真是头老猪，猪皮足有一指厚，但“栾平”很肥，望着巴掌厚的肥膘，人人都高兴，唉，终于可以饱饱地吃一顿了，好险啊！这么大一头猪真要被调走了，会气死人！

随着猪肉一块块卸开，人们愣住了，怎么不对劲呢？肉里怎么全是豆大的“小白点”，再仔细看，五脏器官上也有，用竹签轻轻一戳，“小白点”好像还在动，不知谁问了句：“这是不是‘米线猪’哦？”事务长弯腰仔细看了看说：“天哪，像是！”顿时人们头皮都麻了。

云南风气俗俚，猪大都敞放散养，食人粪便，极易感染绦虫病。因绦虫形似米线，所以病猪又叫“米线猪”。据说绦虫病是人猪循环寄生，所以，谁都知道“米线猪”不能吃。

杀了一头“米线猪”，连长没心思了，任凭事务长处理。

面对着一大堆病猪肉，谁也没了主意。分吧，吃出问题谁负责？埋掉吧，面对一群痨寡了几个月的人，谁下得了这个手？消息很快传到了地里，人们叫嚷着拥回连队。几十号人围着一堆白肉细细地瞅。

“这病得不得传染人哦？”一个女生问道。

“要！”卫生员上海知青小俞说。

话音刚落，原本围得紧紧的一圈人顿时散开了，好像那虫子在满世界乱飞，随时都会钻到肚子里似的。人们散开但并不肯散去，退成一个更大的圈，还是围着那堆肉。鸡趁机钻了进来，抢着啄食肉渣骨渣，鸡不怕，鸡可以吃。

“这肉真的就不能吃啦？”成都知青汪某显得很绝望。

小俞说："千万不能吃，要埋掉！你们看嘛，书上写得老清楚了……"他拿着一本《寄生虫病理学》正要读。

汪某一把抢过书："你读哪样读，上次杀猪是春节，都四个月了，管他啥子猪，老子要吃！"

"绝对不能吃，绦虫不比蛔虫，一般的驱虫药根本打不下来！"小俞还在坚持。

"臭假寒酸，不要说是病猪，死猪都吃过。上次那头种猪都死一两天了，还不是吃了……"汪某说的是去年的事，"你说吃不得就吃不得啦？老子晓得咋个吃进去咋个屙出来！"汪某满脸怒气，边说边挽衣袖。

慑于成都知青凶悍霸道，小俞赶紧闭了嘴，返身打电话向分场汇报去了。

汪某蹲下来仔细地看着肉，突然冒出一句："事务长，这到底是不是米线猪哦？你说是就是？你说吃不得就吃不得啊？"

事务长听出这话中有话，立马急了："这便宜我都敢占啊？我的歪哥哥嘞！这真是病猪！吃不得！"挂在事务长的脸上哪里是委屈，简直是冤屈。

"'米线猪'你以前吃过？"汪某问。

"没有。"

"见过？"

"没有！"

"那你咋晓得吃不得呢？"

"……"事务长呆住了。

"不分肉，我晓得你拿来干啥？万一不是米线猪呢？万一吃得呢？那我不是亏大了？不吃，拿来看总可以嘛！"汪某说。

"分！分！吃死了我不管！每人 2 斤 3 两，必须要，免得说我占便宜！"事务长真的恼了。

这边小俞的电话打通了，分场下了死命令：病猪肉必须立刻埋掉，绝对不能吃！小俞还多了个心眼，他清楚，若只是简单地埋掉肯定有人会偷偷刨出来吃，所以必须得先烧后埋，断了思念。于是他急急忙忙搜寻煤油柴火，可这边分肉的动作更快，三下五除二，肉就分出去一多半，提着煤油赶来的小俞顿时傻了眼。

肉分下来了，女生个个连自家的碗盆都不敢沾，用芭蕉叶裹着埋了。男生则是你看我，我看你，像是等着有人来宣布这不是“米线猪”，等着胆大的先吃。

这时指导员从分场赶了回来，看了看肉，肯定地说：“这就是‘米线猪’，我以前见过。”一句话彻底击碎了人们心中残存的侥幸，这的确是“米线猪”，还有谁敢吃吗？

“剁得细细的会不会好点？”

“煮！煮它一整天总能吃了嘛！”

“熬油，行不？”

人们执着而顽强地打着各种主意。

“成都现在有一种锅，叫高压锅，骨头都压得烂，用高压锅煮过肯定可以吃，可惜这里没有。”我想起探亲时家里用的高压锅。

一句话点醒梦中人，科研组的王大兴一拍大腿说：“哪个说没有？分场卫生队有个消毒用的高压釜，前几天科研组还借来用过。”

“真的啊？走！去拿！”人们马上来了劲。

“拿！你以为高压釜是煮饭锅啊，那东西齐腿高，铁砣砣，重得很！”王大兴说。

“就是再重老子也要把它抬回来！”矮矮小小的“叶老实”拖起大兴就动了身。

从连队到分场爬坡上坎来回二十多里，可不到下午 3 点，两人居然把那个铁砣砣抬回来了。高压釜果然齐腿高，三只脚戳在地上，像颗立着的大炸弹，顶上压力表的红色指针格外显眼。王大兴说：“都看清楚，这是压力表，指针到红线位置就该冒气，如果到了红线还不冒气就赶快退火。不然要爆。”

火烧得旺旺的，人都躲得远远的，仿佛那高压釜就是一颗炸弹，不！在女生眼里，那简直就是一颗核弹，里面的病猪肉更可怕。

第一锅出炉了，端上桌，一屋子人脑袋挤脑袋地仔细看。我的天！高压釜真是厉害，才 10 来分钟，“小豆豆”全没了，厚厚的猪皮竟然煮化了，粗大的肋骨一碰就断，骨酥肉烂的一大盆。

汪某淋上兑好的固体酱油，“叶老实”尝了第一口，说：“好吃得很！”竹笆房里顿时一阵欢呼。

高压釜忙碌起来，一锅接一锅，直到深夜。

……

第二天出工路上，“叶老实”给大家讲着他昨晚做的梦：“我梦见吃了肉就传染了绦虫病，满身满脸都是虫在爬……”

“哎呀！我也是！”那声音是从好几个人嘴里一齐蹦出来的。

师　傅

1979 年我支边返城到丝绸厂当了炊事员，说实话，很满意，可以吃饱饭了，并且每月只交六元钱伙食费，对我这个刚返城穷得叮当响的人来说真是太实惠。

伙食团都一个样，几双手抵挡几百张嘴。红案、白案、墩子、饭师、下手都有，只是分得不那么清楚，一般都是轮着转。吃饭的多是中午凑合一顿，吃家常菜，图个省钱，味道不太考究。只有来了检查团，或者过年过节聚餐的关键时刻，那些真正的好身手才会显露出来。

报到第一天，熊班长和几个面容混沌的姆姆（即中年妇女）围着我，将我上上下下一番打量，驼背的钟副班长发给我一把菜刀，拖过来一大筐土豆，吩咐一句："切土豆丝。"

菜刀硕大锋利，我敢担保，这样的菜刀挥舞三个月，保准你受用一辈子。切土豆不比切白菜冬瓜，三切两砍，不软手，不费刀；眼前这一大筐土豆足有 30 多斤，还是切丝，真是存心要我的命。可我返城实在太不容易，比战友们晚了将近一年，刚干上新工作哪敢懈怠？好在支边那几年还有点做饭的底子，但这土豆丝还是切得我莫奈何。紧赶慢赶，终于赶在 11 点前切完。放下刀，擦擦汗，甩甩发酸的手腕。突然，闹哄哄的厨房静了下来，接着竟爆出一片喝彩！一问才知道，伙食团有两个"凡是"。凡是新人，第一天都得切 30 斤土豆丝；凡是新人，不是中途放弃就是伤了手，全都铩羽而归。自打兴这规矩以来，我是第一个过关者。

这样的"考试"看似简单，其实极难，通过了，你今后便在人堆里有了点地位。通不过，只得老老实实听提调，服安排，就连挨骂都是该的。

在一片叫好声中，钟副班长抓起一把土豆丝说："丝子还不够匀净。"我原本喜悦的心情顿时添了堵，心想，真是鸡蛋里挑骨头，我这不是头一回吗？

熊班长见我有一点底子，第二天就安排我上灶炒菜，还特别加以说明："要是换个人，三个月都别想。"

这天要炒的是醋熘白菜，我认真准备着，切菜、备料、发芡粉、调滋汁，头脑里反复默念着那几道程序，并且还专门留了一手，准备先用花椒炝锅，再就是勾第一道芡时不加醋，勾第二道芡时加醋。

虽是很简单的一道菜，但我炒得用心，从色泽和香气里判断，炒出了水平。起锅后众人挨个品尝，都直点头，班长更是一拍案桌："好！咸淡合适，特别是醋香突出！是块学红案的料。"

一旁的老钟走过来，尝了尝，然后冷冷地问道："醋香怎么才出得来？"这一问真是点到了穴，因为我特地掌握了醋下锅的时间，醋下锅时间该尽量短，这样酸味才正，才浓，不会发苦，也才能显出"醋熘"之精妙。听了我的心得后，老钟淡淡地说："食堂炒菜不比家里，家里炒九分熟十分熟都行，因为马上就吃。食堂里只能炒七八分熟，盛在菜盆里捂一捂就熟透了。你今天的菜熟过了，会舀得一团糟。"我听了心里一阵发毛，暗暗骂道：妈妈的，又是这老东西！我刚上班才两天，你就找我两回碴，我已经做得够好了，我容易吗？为什么老跟我过不去？班长看出我心头不爽，打起了圆场："老钟师傅当年是在荣乐园学的厨，手艺非同一般，你如果愿意，拜他为师怎么样？现在叫一声师傅就成。"

我的气还不顺，于是敷衍一句："我才来，过一段时间再说吧。"

嘴上这么说，心里却一惊，"荣乐园"谁不知道，素有川厨摇篮之称，眼下成都最好的餐厅有两个，一个是"芙蓉餐厅"，另一个就是"荣乐园"，况且全川只有荣乐园做得出"满汉全席"。更为轰动的是，前不久荣乐园刚在纽约开了家川菜馆，各家报纸正炒得沸沸扬扬。我便试着问："纽约荣乐园的厨师长曾国华你认识吗?”钟副班长回答更令我大吃一惊:“是我同门师兄。”谁不知道在烹饪界,曾国华是有名的川菜大师,名声如雷贯耳。

我回头一想,同门师兄又怎样,别人在纽约挣大钱,你却在这小小的伙食团里混饭吃,也好意思拿出来说,手艺肯定好不了。

炊事员的午饭是赶在卖饭前吃,并且有严格的规定:荤菜只能吃一份。这份荤菜由老钟掌勺。我心头气不顺,决意要给他出道难题。这天的荤菜是炒肉片和粉蒸肉。我抢在其他炊事员的前面伸过碗说:“肉只能吃一份吗?”

“当然。”

“那我要半份炒肉片,半份粉蒸肉。”

钟副班长顿时傻了,半份?以前没有谁这样吃呀,肉片还好说,粉蒸肉就难办了,一份就那么几片,分去一半,剩下的卖给谁去,老钟犯了难,两眼瞪着我,我使出了知青的赖皮习性,偏着头,碗一直停在那里,堵住了小小窗口。没办法,钟副班长干脆给我倒了一份粉蒸肉,舀了半瓢炒肉片,炊事员都立马炸开了:“我也要一样的!我也要一样的!”小小的伙食团立马乱了套。

在食物匮乏的年代这事属于猛料,很快传遍全厂。午饭刚过,总务科长老魏便召集开会处理。事情是我带的头,大家当然齐刷刷地盯着我,我知道绕不过去,于是开了口:“你们说我多吃多占,我不对。可钟副班长更不对,勺子在你手里,你该坚持原则,对我的要求不予理睬。我刚支边回来,肚里没有油水,见到肉心都是慌的,况且,我并没有强迫你啊。”我发言句句在理,钟副班长急得霍地从板凳上站起来,气得脸红一阵白一阵,半晌说不出一句话。

从此,我和老钟结了怨,更没有人提什么师傅的事情了。

伙食团那点事是看者容易做者难。特别是红白案,感觉很近,其实隔着厚厚的一层,老钟是学红案的,白案就不行。伙食团的白案虽然是馒头、花卷、包子,可名堂也很多,发面的程度,碱粉的分量,“省面”时间的长短都得认真琢磨,慢慢掌握。

这天,轮到钟老师傅早班,上白案。揭开蒸笼,竟是一屉“肝炎馒头”——碱粉放多了。熊班长赶紧补救,在蒸锅水里加醋回笼再蒸,表皮上倒是熏白了,心子里面还是焦黄的。“肝炎馒头”招来厂长一阵奚落，老魏更是急得直跺脚：“老师傅了，咋搞的!？咋搞的!？”

早上蒸馒头中午就该蒸饭，蒸饭更没什么诀窍，火要旺，中途不要散火，猛火一冲，保证饭又香又泡。还有一点要注意，上笼前要把米刨平，把蒸盒放平，不然的话，谁吃到薄的那一边肯定会骂娘。老钟还没有从“肝炎馒头”中醒过来，懵懵懂懂地开始蒸饭，分米、掺水、上笼，然后一阵旺火。突然，伙食团里焦味弥漫，原来，老钟竟然忘了掺甑脚水，把几十盒饭全毁了。

下午，拉潲水的笑嘻了，老钟却被罚了款，心疼得不行。连折两阵，老钟被撤了职，由我接替。老钟的背更驼了。

有了老钟的惨痛教训，一上任我就同熊班长商量，将炊事员按特长分成红案、白案、墩子，并保持稳定，既各负其责，又利于发挥。

决定由我宣读，我看到老钟赞许的眼神里还带着几分感激。

“变法维新”使伙食团的面貌大有改观，特别是老钟，工作热情极度高涨，虽然食物匮乏，但他还是变着花样地出招，什么鱼香碎滑肉、红烧连肝肉……用下脚料做出了一道道廉价的美味，特别是一道素回锅肉格外出彩。将厚皮菜帮焯至七分熟，起锅切成寸节，裹芡炸至金黄，再一回锅，才卖八分钱一份。

我发现，老钟上灶时把人都支得远远的，唯独不避我，嘴里还时不时地念叨：“瘦肉挂芡要狠，豆腐焯水要准，鱼香不离泡椒，清蒸葱姜不能省。”显然是想教我。

我自知，在下厨方面还有一点旁人不具备的悟性，比如，菜谱上一些似是而非的内容：盐少许，味精适量。什么是少许？什么是适量？别人很头痛，我却能适度拿捏。再就是调味全靠自己多琢磨，吃到一样好菜，定下神来想想，有什么配料？什么佐料？有什么特别之处？在我心中，厨艺多为眼见之功，只要平时多留神，偷经学艺照样成材，要什么师傅。况且，你老钟的“肝炎馒头”和一大笼煳饭摆在那里，这样的师傅不拜也罢。

一天，晚报上登出了一篇《曾国华一道“雪花鸡淖”征服美国食客》的报道，老钟顿时来了劲：“雪花鸡淖属高档川菜，成菜颜色洁白，松泡如雪，滑嫩爽口，味道鲜香，油而不腻，那可是曾国华的绝招。”旁边一个姆姆说：“别个曾国华出去为国争光，你俩是同门师兄，你怎么还在这里?”老钟立刻面露难色：“我这驼背出去有损国威，有损国威。”引来大家一阵哄笑。

1980年底，厂里接受企业整顿验收检查，检查团由市经委副主任带队，厂里顿时一片紧张繁忙，伙食团的任务很明确，就是搞出一桌好饭菜。

任务一到，老钟立刻摆出一副舍我其谁的架势，其余的人当然明白，只有打下手的份。于是老钟口授，我执笔，先拖出菜单：家常海参、樟茶鸭、酱牛肉、瓦块鱼、水煮牛肉、锅巴肉片、姜汁热窝鸡……那个年代，一个小小工厂伙食团能做出这样一桌菜，实属不易。

在我眼里做海参食材高档，不易烹饪，便疑惑地问老钟：“海参你能做吗?”

“怎么不能做，家常菜而已。”老钟信心满满。

老钟接着说：“做海参我绝不会出错，因为我差点在这上面栽了大跟斗。一次我在荣乐园做海参，饭桌上全是有头有脸的人物。我心头紧张，错把醋当成了酱油，结果原本咸鲜爽口的海参被我做成了酸辣味，我急得在那里直哭。曾国华二话不说，撩起大褂前襟，托着菜盘昂首挺胸走了出去，菜上桌，想不到众人下箸之后，居然齐声叫好：‘曾大师傅知道我们吃了酒，来一道酸辣海参醒酒！好！好!! 好!!!’曾国华给我解了围。我决不会再错。”

伙食团忙碌起来。为吊高汤，特地在厨房中间支了一只大焦炭炉。高汤香味扑鼻，大家热情高涨，决心要为厂里争个脸面。那天菜做得极顺，老魏不住嘴地夸大伙儿。谁知进餐临近尾声，节外生枝，经委副主任点了一个豆腐。

那时节人们刚吃上几顿饱饭，原本只想大鱼大肉地把检查团伺候好，这豆腐是极普通的菜，谁也没料到会点到它，顿时搞得人们手忙脚乱。采购赶紧买回豆腐，老钟默了默说：“干脆做个熊掌豆腐。”这是我第一次听说熊掌豆腐这个菜名，就连怎样打下手都不知道。只见老钟拿出一只两尺口的浅口平底锅，放在焦炭炉上，足足地倒上油，焦炭炉烈火熊熊，不一会儿便油烟滚滚。老钟吩咐我把豆腐打成三分厚的薄块，煎成“二面黄”。满满一锅豆腐煎得“滋滋”作响，炉火旺得吓人，煎“二面黄”就得一块块地翻面，我心想，赶紧翻吧，火太旺，现在不开始翻，到后面肯定就煳了！老钟一点也不急，一手掌着锅把，一手提着一柄炒勺，从从容容地煎着豆腐。我越看越急，大叫道：“快翻面！要煳了！”老钟还是不急。炉火熊熊，油烟滚滚，全伙食团的人都围了上来，准备帮着翻，就连熊班长都大叫：“老钟，快！”说话间，只见老钟将右手的炒勺往平底锅沿口上一敲，左手跟着一抖，“呼”地一下，一锅豆腐片全部老老实实地翻了个面！我顿时目瞪口呆，竟有这般好手法！竟有如此神功！

熊掌豆腐上桌，一片叫好声。在良好的氛围中，我对着老钟恭恭敬敬地叫了一声：“师傅！”老钟笑着点点头。

于是，我平生有了第一位师傅。

我怕就凭这一声“师傅”拜师过于简单随意，况且也还不知老钟意下如何，正要解释。钟师傅笑着说：“其实我早就想教你这徒弟了。我第一次见你炒醋熘白菜就发现你娃娃是块料，教得出来。”

“真的吗！”

“我的眼光那还有错？别小看这放醋，太有讲究了。有人炒了一辈子菜也找不到感觉，就和我做白案一样。”

挑包裹

在云南我曾经挑过包裹。挑包裹好像只发生在八团的“山上”，别的地方有没有不知道，至少我没听说过。

1971年8月的一个雨夜，营部通讯员踩着泥泞送来一沓包裹单，并传来急话，新一连有百来个包裹压在勐撒邮局，眼下正是雨季，有的包裹都长霉斑了，要赶快去取！

1971年的雨季来得格外早，格外猛，无休止的大雨锁住了一切，孤零零的连队与外界隔绝了整整一个月。别说信件包裹，就连吃水都得到七八里外的老二连去挑；更要命的是，拉救命粮的履带拖拉机被塌方堵在山外，眼看着就要断炊，连长不得不撂下“开带”任务，派人先把粮食挑回来下锅。

虽说取包裹须去到近百里之外的勐撒街邮局，可当晚就有知青要提着马灯赶夜路去取，连领导立马阻止，并紧急决定，派人挑包裹。

凌晨5点，指导员将我、沈一林、田际平摇醒，三沓包裹单早已分派妥帖，每人75斤，要求当天打来回。

揉着惺忪的睡眼，我心头既高兴又纳闷，全连百多个知青同路谋生，为什么独独选中我们？一问才知道，被差遣的理由竟简单得出奇，我三人个子长得高些，显然连长觉得“身大力不亏”。

其实，我们三人心中窃喜，支边四个月了，80里外的勐撒街我只去过一次，虽然就是一条不足百米的小街，但它已经是远近百里的“繁华”之地。我们八团逢十休息（居然有星期九），勐撒街周日赶街，两头很难凑到一起。今天虽然是星期八，可巧得很，今天恰遇勐撒赶街。我们不仅能躲过雨天开带，还能碰上赶街，这天大的“好事”被我们撞上，心里喜得像过节。难怪那些“矮一点”的都在咬着牙地恨，解恨利器就是没完没了的捎带。

从连队去往勐撒街，走公路，一个往返 180 里，走小路 160 里。往常我们赶街都是走小路，三人匆匆商议后决定：走小路。

这条路当然不是阳光坦途，而是陡峭山路。上路刚几里，路边有一线细泉，清冽甘甜，赶路的知青们到此都要停下脚步，喝水、洗脸，精神精神。泉水似乎在告诉我们，往后的路途将会愉快而轻松。然而，像是在捉弄人，在这早早的甘甜之后却是漫长、陡峻和艰险。那近百里山路完全荒无人烟，路上当然没有五里铺，七里店；只有大垭口，躲雨洞，回头弯；这还不算，高山上出现过豹子、老熊，老林里瘴气弥漫。孤寂的小路枯叶没径，路迹难辨；来到山顶小路又分为三叉，一叉通洛凌，一叉通迎门寨，一叉才是我们要去往的勐撒。在这不能叫作路的“路”上，知青们跌伤的、迷路的数不胜数，甚至有人走岔了路，在深山老林里瞎绕了一天，摸着黑才好歹回到连队，惊吓连连，魂魄难安，险些闹得人鬼异界，空中传音。那条小路曾经让无数人畏惧，无数人诅咒。但即便这样，为寄一封薄薄的家书，知青们都必须迈开双脚，勇敢地做出平生第一次翻越，才能将那透着体温的家书小心捧出。

走小路虽然有可能迷路，还有可能遇到豹子、老熊，但眼下不能多想，也根本容不得多想，坚决走小路，毕竟要近 20 里。

我们三人备好绳索、扁担即刻上路。

骤雨如幕，雨中的小路变得陌生，平日里齐膝的“马鹿草”“飞机草”眼下竟没过了头顶，不出十步，浑身就被裹得透湿。小路湿滑，大雨又急又密，在这样的路上，没有“经人指点”这一说，因为路上根本就没有人，我们在雨中辨清方向，一刻不停向勐撒奔行。

中午 1 点赶到勐撒，真叫人高兴，我们竟然没有走错路；更叫人高兴的是，街上唯一的饭馆居然还有吊瓜炒咸肉！要知道，这道菜只有赶街天才卖！我已经快三个月没吃过肉了。

还没来得及坐稳，喉咙里已经伸出手来，抓起咸得发苦的干肉塞在嘴里，腮帮子一紧，又一紧，咽了。接着狼吞虎咽地吃饭，这都是细粮、油肉，本该仔仔细细地吃，但眼下不行。

正吃着，我猛地瞅见街对面唯一的商店打烊，三块木窗板已经上好两块，赶紧冲过去将脑袋卡住窗板，点这样要那样一番扫荡，竟将小店里所有食物一股脑儿地扫尽。

取到包裹，再次细细核对包裹重量是否分得平均，然后将包裹、信件、杂物塞进麻袋，一并绑了，匆匆上路。扳着指头算，即使像来时那样顺当，回到连队也是晚上 10 点。要知道，来时空手，回程一人一副重担，归途漫漫，究竟会咋样，谁说得清？

刚一上路麻烦就来了，久疏荤腥，那一副枯肠已不识油肉、细粮，竟然统统当作秽物排斥。田际平和我顿时腹痛如绞，也顾不得近处就有眼睛，蹲在岩石上一通飞流直下，“飞流”中全是油肉、细粮，两人拉得豪情满怀，沈一林在一旁看得跺脚：“可惜啊！可惜！”

拉空了肚子，也泄掉了力气。在这样的时候最怕有人生病受伤，人人一副重担，就是病了又怎样？别指望有谁帮你。

我和田际平蜷在湿地上，任凭肠子绞着痛，等泄掉的力气一点点聚拢。

雨停了，阳光刺破云层，洒下火样的炽热，湿热的大地像刚揭开的蒸笼。肚子再痛，阳光再毒那也得赶紧上路了，80 里崎岖归途还等着我们。

回程几乎全是爬坡，一溜到顶的光坡。我忍着腹痛，任凭担子压在嶙峋的肩上，爬坡，还是爬坡……身体好像被沉重的担子支配着，每爬一步，它就带着我前后摇晃一下，我就这样一路摇摇晃晃，跌跌撞撞，硬拼着体力。腹痛并没有退去，我肯定面色惨白，豆大的汗滴从发根里痒痒地流出来，流过剧烈起伏的前胸，又痒痒地流进裤腰，湿透的裤腰已经分不清到底是汗水还是雨水。

刚起步上坡时，鼓一口气还能走上百余步，可越走气越短，担子也越发沉。支边刚四个月，我还是一副嫩肩，尽管把衣服裹到扁担上，但还是压得惊疼，我皱着眉，咧着嘴，惨白的面孔肯定狰狞古怪。抬头望望光裸的陡坡，一步也不敢停，咬着牙一步一步地数着走，一步、两步……十步，二十步……

天，乱得很，雨一阵，阴一阵，阳一阵。

下午4点，我们歇脚山顶，坐在湿地上，三人无语，望着雨雾中隐约的山影，心头都盘算着：80里归途，90斤担子……不由得心头一颤。已经用不着细算了，今天无论如何也赶不回连队，山林里荒无人烟，我们该在哪里过夜？

谁也没想到，我们躲过了开岱挖穴，却跌进另一个更深的坑里。

燃一支烟，顺着眼，看着无边的乌云向西隐隐地移。疼得麻木的胃开始慢慢苏醒，冷冷的汗水流下来，我感觉到了饿。我真不希望疼痛就这样过去，因为那样就会感觉到饥饿，我宁愿疼，也不愿意饿。

太阳掩进云层，雨又下起来。在急雨和狂风里我掉队了，眼前是茫茫的雨雾，过顶的荒草，他们在哪里？我一边疾步追赶一边发疯般地狂喊，想用狂喊压过狂暴的风雨，但没有回应，我心头一阵阵发虚，一步也不敢停，发狂地追。我相信他们不会甩下我，一定会在某个地方等我的。现在我什么都可以丢下，就这一副担子不敢丢下，那都是父母口攒肚落省下来的啊。我必须得挑回去。

几乎是拖着担子爬上一段缓坡，一抬头只见他俩坐在路边，我那颗悬着的心又放回到了肚里。两人目光惊愕地盯着我，我赶紧上下打量，只见我的裤腿一大片血痕！撩起裤腿一看，原来是蚂蟥，七八只胀鼓鼓的蚂蟥紧紧地吸在腿上。咬牙扯掉，放在树桩上，抽出砍刀狠命地剁，就是剁成肉泥也消不了气，哼！剁碎的是蚂蟥，流血的是老子！毒水瘴气，水土不服，原本就落得一腿脓疮，现在更是满腿脓血、泥水，但顾不得了，只管歇气。

阴云飘过，露出短短的一截天，一轮混血般的夕照悠悠地悬在西头，荒疏的蒿草中，嗒嗒的雨滴和着夏虫振翅鸣叫，单调的声音像我不愿思考的大脑。三人在浓浓的雨雾中畏缩前行，脚上的解放鞋裹着一大团泥，又黏又重。湿水的担子更重，肩膀被压得血沁，一层肉皮已经松开，不敢换肩，生怕猛一换肩，肉皮就被撕裂。

更黑的云盖过来，四周的一切开始变得狰狞。浓雾、黑森林、重担一齐压来，用压倒一切的力量残忍地挤压我们。肚子饿得想发呕，豆大的冷汗冒出来，汗液不黏，像水，不一会儿身子冷得忍不住地抖。我知道，这是极度劳累饥饿，濒临虚脱，不敢再走了，怕一头栽倒再也爬不起来。

暮色漫开，得准备露宿过夜。此时我们究竟在哪里？谁也说不清。

沈一林掏出火柴，我搂过一抱柴火，田际平寻来几个野枇杷果。火柴潮了，我们狠命地擦，一根，两根……终于燃了，恭恭敬敬地凑过去，火堆却怎么也点不燃。绵绵淫雨，把整个山野浇得透湿。我们呆呆地立在树下，任凭雨点砸在头上……

露宿不成，天边还剩下最后一点微亮，我们再也不敢耽搁，必须趁着那一点微亮，赶在天黑之前走出森林。

黑夜下的森林很静，那些停在树叶上劲道的雨滴还在"扑籁……扑籁……"凭借云缝间微弱的亮还能看见小路上的溏水，我们借着这唯一的"路标"赶路。

我后悔死了，真不该去挑包裹，如果不去，收工后疲倦地归巢，晚饭虽然只是糙米苞谷饭，但也能落个半饱。饭后有闲，很短，知青便一屋一屋地聚拢，竹笛飘来，丝弦拉响，享受那分难得的欢乐……我开始想念战友、连队。

借着微光，前方似乎开阔起来，啊！我们来到了农场地界，那开阔地带是牛车路，离此地四五里应该是营部。于是，我们心里装着热饭、干床，急急赶路。

深夜赶到营部，一切更令人沮丧，没有饭，没有床。一个熟识的女知青费尽口舌才借到两床破棉毯，好不容易找到两张跛腿的破桌，也顾不得桌面水湿，抬进一间破屋。屋里卧着呆牛，赶不走，三个人倒在潮湿的破桌上，听着牛们叹息般的喘气，听着"咕叽咕叽"的反刍，熬到天明。

天刚亮，女知青给我们一人打了一斤干饭，虽然不够塞牙缝，但那女知青已是一脸不舍，要知道，我们已经吃掉她三天的口粮。担子重新上肩，肩头竟像被火烫了一样。歇了一晚，体力没有恢复，肩膀反而全肿了，痛得不敢摸。忍着痛，咬着牙，猛地一下把担子压上肩，借着那一阵惊痛，快步上路。

昨天体力彻底透支，今天浑身上下软得慌，所有关节都僵着，像被锁了。走几步就歇一歇，20 里路，临近中午还没走完。最后干脆把担子扔在地上，拖着走。

只剩下最后一段下坡路，从山顶已经能看见连队了，沈一林脚下一滑，一个劈叉，僵着的关节被生生劈开，立马疼得站不起来了，接着便是惊天动地的号叫。

突然，前方传来呼喊："田际平——！""程裕华——！""沈一林——！"原来是战友们！我们一天半没有返回，他们竟先急了，顺路来寻。

回到连队，我第一件事是一定要搞清楚那副担子到底多重？

上秤一称，一百一十九斤！而我的体重才一百一十八斤。

写在订单背后

支边返城后，我落脚在丝绸厂，辗转基层十余年，磨人的“三班倒”欠下一屁股瞌睡债。年届不惑像是熬出了头，被调到都说有点搞头的服装车间负责。消息刚传出，同岁的老光棍就在厂门口堵住了我，悄悄塞过来一包“红梅”，说：“程兄，服装车间‘花’多，奖金也多，是不是把我也……”

到任时正值冬末。这时节，同行们都靠抓出口订单熬过生产淡季，无奈同行太多，赚钱的订单格外抢手，这找米下锅的“炭圆”不由分说地落在了我手上。

一连瞎撞了三天，我除了憋出几身热汗，招来无数白眼之外一无所获。一肚子打猫心肠的老光棍诡秘地开导我：“跟发单员打交道不能‘干掺’，眼下他们个个肥得打个屁裤裆头都溅的是油，我看最好由年轻异性公关出击，我来带队！”我本来气就不顺，一听这话顿时火冒三丈：“当真话弄出事情，脚子不是你来拣嗦？……”

当车间已有七八天揭不开锅时，我总算“网”住了一张丝绸衬衣的订单，虽然是把“光骨头”，可还是争得打抢，最后跟另外两家厂各自分到两万多件。

30 天的工期一开始就进入“读秒”。

全车间每天加班到深夜 12 点，香港好利得公司派来了跟单员。

两位跟单员一男一女，男的自称乔治·吕，三十来岁，长得脸瘦脖子长，红鼻头尖喉包，看见总让人想起吐绶鸡。他一到车间，那百十来个打工妹立刻让“吐绶鸡”来了劲，逢人就吹他在香港有轿车、存款、洋房，时不时地漏出两句“内地真寂寞”“在香港那边很随便”。平日里他总是紧盯着几个略有姿色的打工妹，煞有介事找“质量问题”，借机动手动脚搞“技术指导”，羞得打工妹面红耳热，不知所措。我为此多次发出警告，但因他把握着我们产品质量的生杀大权，只要不是太过分，有时还得随他去。

一天下午，飞泉宾馆治安联防急令拿钱取人！原来是“吐绶鸡”与女跟单员在宾馆被人“捉双”，已在押两天。联防见三厂家到齐，便宣布：“港人罚款6000！”联防还解释说：“这龟儿子枉自是港人，一身‘焦干’，只有找你们。”无奈，三家厂只有三一三十一，花过这冤枉钱，我勒令“吐绶鸡”不准再进车间门。这钱当然无法报销，只得悄悄打入成本。

看似轻松的缝纫工，遇到做单真是苦不堪言。冬日里寒风刺骨，打工妹满是皴裂和冻疮的手肿得乌红发亮。一不小心，细细的线一勒就是一道血口。她们有的拿一点碎布裹住冻僵的双脚，有的悄悄拖两件产品捂一捂冰凉的膝盖。长长的流水线上，剧烈的咳嗽声此起彼伏，让人揪心。

崇庆县来的小刘是技术尖子，刚开工就患了重感冒。这天一大早，小刘拖着病歪歪的身子坐下来刚一开机，便听见“哎哟”一声惨叫。只见她左手被死死钉在机针下，食指上鲜血直冒，雪白的裁片红了一大团。众人手忙脚乱地设法解救，却听“啪”的一声，机针卡断在指骨里，小刘当即昏了过去。车间里顿时乱成一锅粥，平日里老实温顺的打工妹们愤怒了，冲我一阵乱吼：“我们要休息!”“这么低的工价我们坚决不干了!”

思前想后，这事也怨我，这订单就是一把光骨头。可凭什么那些不做单的人刮油的刮油，剔肉的剔肉，做单的倒落得一根光骨头？任凭你勤劳勇敢，苦干巧干，加班加点，挣得的就这几个血汗钱。大家都怨我瞎猫拖回一只死耗子，到如今才晓得这死耗子还是满肚子的耗子药。眼下罪也受了，骂也挨了，人也整横了，要亏就亏个够。一发狠，我把计件单价提了一大截。

新单价犹如一支强心剂，车间立刻走马灯似的转开了，生产进度陡然冲了上去，我也长长舒了一口气。

谁知天有不测风云，开春后猛然袭来的寒潮，两天就把人放倒一二十个，忙碌的流水线戛然中断，眼看交货日期逼近，急得我到处张罗找兄弟厂帮忙。可这年头人人认钱不认“兄弟”，找来找去，找到了远郊一家残疾人福利厂。听说要做出口服装，身带残疾的人们个个神情庄重，其神圣状不亚于我们当年支边出征。厂长跛着一条腿在车间里来回动员：“这是光荣而神圣的任务，服装出口，为国争光，也是为我们自己争光!”不知咋的，这情景令我既感动，又抑制不住一种莫名的悲哀。

催命的货期到来，货正好出齐。

几大车货出了厂，也带走了我心中的焦虑与烦躁。一结账，亏损上万元，平日里不开腔的核算员把算盘朝桌子上一摔，扯起喉咙不知骂谁：“出口，出你妈的洞子口!”

交货半月后，真正的货主——纽约的曾老板匆匆赶到成都，一下飞机直奔车间，身后一溜跟着老总、经理、发单员，“吐绶鸡”躲躲闪闪地跟在最后。显然曾老板这次赚得不少，因为我记得包装服装时吊牌上标明售价是58美元，可谁会相信，我们接单才合43元人民币！尽管中间“中转”和“短水”吃去不少，但曾老板依然利润颇丰。这不，又要订20万件。我故作吃惊地问：“曾老板，下这么大的单，是因为面料和做工都还好吗?”曾老板摇摇头：“哪里，哪里，中低档的货随便穿穿。”“那一定是结实耐穿?”曾老板淡淡一笑：“在美国，这样的丝绸衬衣只穿一两次，最多洗三水!”我一下子哑了。

不知是哪股火冲起，当着内商外商的面，我把几大箱未能出口的次品拖出库房，大喊贱价处理。围观的打工妹们一拥而上，被扎穿手指的小刘挤散了头发才抓住一件，自言自语地说：“我爸爸还没有穿过绸子呢!”

一个包裹

男知青L君，家中寄来特大包裹，那包裹大概除了包装箱不能吃其余的都能吃。因为“内容”多，所以，包裹中还夹藏“红色家信”一封，信上列出各样食物的理想食用顺序。

L君有些抠，计算也颇为精到，但这都不属于“人之初”，属于“门风”。这本不是什么坏事，可知青堆里却不兴这样，知青有知青的规矩：但凡有人（一般指男知青）家里寄来包裹，不是“见者有份”至少也是左右寝室整齐相聚，家中老母亲掐着指头仔细算过至少能抵挡两三个月的东西，在这里就一顿饭工夫，下手还不能迟疑，不然就连涮豆腐乳瓶的水都没了。

但L君不太合群，别人收到包裹也不去凑趣。在L君眼里，包裹固然是大，但仍然是我的，与你无关。可在别人心里，平日里一丁点儿东西你一人偷偷吃掉也就罢了，但这样大的一个包裹，就算吃不了肉，扯几根“毛”下来总还是可以的吧。一时间，偌大的寝室里，十余知青有的隔床守望，有的往复徘徊，那意思很清楚——别忘了我们。

L君打开包裹，既喜形于色，又恐生意外，于是背过身，用身体挡住一屋人，将食物细细拣入箱中。随着物品越拣越少，满屋知青也越来越急，跺脚的、拍床的、咳嗽的，甚至还有上前递烟的，但这些都是徒劳，只见L君将物品一一入箱，再用硕大钢锁将箱子牢牢把住。

可L君一不小心将书信遗落，立刻被邻床知青杨某一把薅走。

L转过身，强掩一脸兴奋，倒在床上，嗅着空气里残留的余香，闭眼憧憬着那满箱食物该是何等美味。但寝室里更多的是大睁着的眼睛，一双双满是惆怅的眼睛。

知青杨某把信薅到手里，转出门外，偷偷展开油腻腻的信纸，只见L君父母在信中写道：“……边疆气候潮湿炎热，先吃糖，糖要化；后吃面，面易霉；吃面记住放猪油，猪油放久了要‘哈’喉；腊肉每半月煮一块（显然已仔细分切），煮时先将肉皮烧一烧，才容易煮炽；最后吃腐乳和豆瓣，这些东西都搁得……”仅是看信，已垂涎三尺。

看完信，杨某一脸怒气：“哼！老子的包裹半天就吃完了，他还想‘半月煮一块’！”

杨某与L君自幼同学，深知要想在L君那里分得一杯羹算不上与虎谋皮也相当于对牛弹琴，于是准备下午“病假”半天，偷偷撬开钢锁“自给自足”一番。但回头一想，排长与大家同寝一室，如果L君闹起来，那场面必定豆腐脑撒地上——不可收拾，自己“病假”的目的也昭然于人，一番批斗肯定是少不了的。于是，打消了“请病假”的念头，准备当众诵读信文，将L君一番羞辱，骚他的皮！

杨某的打算立刻被众人制止，大伙儿认为，事情并未走到绝路，L君“门风”固然，但毕竟置身知青堆里，近朱者赤嘛。L君终当幡然悔悟，事态发展必定柳暗花明，分一杯羹还是不成问题的，于是将杨某苦苦劝住。程某还信心满满地宣称，让L君自己“解放”自己，那才是最彻底的解放。

但事态的发展出乎所有人预料，当日午饭，L君没有将包裹中的任何一样“见者有份”，只是自己悄悄地戳了半块腐乳。这可惹恼了大伙儿。下午的活路是锄苞谷，海海的一片苞谷长得比人还高，就像书上说的青纱帐。刚出工，青纱帐里就传出朗朗“读信声”：

“先吃糖，糖要化！……”

“再吃面，面要霉！……”

“快吃油，要哈喉！……”

“肉皮子，要烧透！……”

整整一下午，那朗朗的“读信”声此起彼伏，不绝于耳。

当晚政治学习，指导员给大家讲了刚发生在新六连的事：一个知青把家里寄的五斤腊肉和一包豆豉悄悄留到连队食堂，无私奉献，未留姓名。

第二天一早，L 君就把包裹里的腊肉全部捐给了连队食堂。还特别叮嘱，肉皮子要烧透。

中午打饭，平日里乱作一团的食堂窗口秩序井然，队伍安安静静，静得甚至有些肃穆……

嘉嘉自话

我一落地就被父母唤作“嘉嘉”，后来学名为曾小嘉，再后来随我父母唤我的人，远比叫学名的人多，以致一听喊后者，立马肃然，感觉总有不俗之事要发生，比如领导有指示、查身份证、接收快递之类。

我的简历简至无趣。

生于1954年，1971年到云南生产建设兵团二师七团，1979年返城，供职于四川省文联，一年又一年，做到退休。

有朋友满世界晃了二十来年回来，请我喝他从法国原产地带回的红葡萄酒，他小心发问，还在老地方干活？我点头，他说你好耐性啊。我假装贪杯，含糊其词，只当表扬我专一，都说人挪活树挪死，我到底是人还是树，忽然不大明白了。

好在有很多东西不但能挪动，还能飞扬，好比经历，好比记忆，好比文字，最是那些有脑子、有肩膀、有爱恨、有情趣、有灵性的文字，一直让我仰慕。多年前在一片山峦横生的闭塞地采风时，一个民间歌手问我，信不信人死了身体还会唱歌。早先，一个女人死在找水的路上，被人发现的时候，身子都冷了，但发现者肯定地说，他听到了这个女人身体发出的歌声，很轻，像水流，还有点儿害羞。世界上好多民族都有类似传说，比肉体行走得更持久的，是艰辛而高贵的灵魂的歌唱。

沉　钟

——“5·12”大地震的私人记录二

1

2008年5月18日，中国宣布“5·12”汶川特大地震为里氏8.0级，其释放的能量相当于5600颗广岛原子弹爆炸所产生的能量，地震中心烈度为11度。烈度表里总共分了12度，12度是什么样，专家到现在还没有看到，11度几乎是一个极限。

从重灾区回来的人，只一句“太惨了”，就把更多不忍细说的下文狠狠装进了记忆黑匣子。

眼下要求我们不要去第一线，去是添乱，

献血站的门紧闭，因为“血源充足”。

团市委门前人行道上全是盼着做志愿者的青年，以大学生居多。志愿者应征条件，基本限制在医务人员和退伍老兵两类人中。应征无门又不肯离去的大学生退而求其次，在大街上做起了宣传。他们大致排成个方块，手挽手肩并肩，边走边喊，“盲目进入，只会更堵”。去灾区的车辆和志愿者已被严格控制，大量的人车拥入，造成拥堵，阻塞了抢救生命的通道。管理者再三强调有序，进入灾区的车辆须经有关方特许后方可通行。

2

志愿者仍然潮水一样涌进成都。一个北京的大学生一下飞机，就坐上了成都出租，听说小伙子请了假来当志愿者，司机执意不收他的车费。小伙子去不了灾区，急得在大街上哭，成都人带着他找关系开后门，如愿去了一线。北京大学生表扬成都人太热情，太恐怖。

马来西亚华裔小伙子在澳洲读完大学，三个月前被公司派到深圳，地震过后，他跟着一支叫“老兵突击队”的小分队到了成都。去不了灾区，就成天泡在红十字会帮着装车，累得他坐下就能睡过去。

河北进德公益的一队修女，在红十字会门前安静地等待，她们中多数人是学医出身，所以除了到灾区，哪儿都不愿去。披黑头巾的修女出发前搂着我的肩膀说，“我们信教，我们是中国人，为我们祈祷吧。”“中国人”这种话放平常听起来太过大套，非常时候，它是最好的黏合剂。5 月 13 日那天，冷清的街头旁一座大楼的第十二三层窗口伸出两面国旗，路人抬头，纷纷用手机拍照。大难当头，有依靠才挺得过去。

吴生了一张酷似电影明星白杨的脸，读中学时她的着装举止就有几分明星范儿，这个既娇气又养尊处优的女人，到医院去做义工，被医生撵出来又钻进去，一天无数次。她专挑孤儿伺候，倒屎倒尿，按摩身体，孩子想妈妈撒泼的时候，她就把孩子抱在怀里，要孩子大声哭出来，“我就是你妈妈，我爱你”，医生护士看得眼泪汪汪，再也不撵她了。

人手过剩，更多的人连志愿者也做不成，就驻扎在红十字会门口，见缝插针找活干。一个老人往募捐箱里投进 200 元钱，马上就有一队青年男女排成行，向老人恭恭敬敬深鞠一躬。

3

对全国乃至世界的慷慨，四川人深怀感激，我们现在是灾民，真正意义上的流离失所者和精神上的灾民，我们需要时间来修复从肉体到精神所受到的伤害，这个时间不会太短。24 小时滚动播出的电视里充斥着自然灾害的无情和人间至爱，我把纸巾盒抱在怀里，一张接一张地扯，擦不尽眼泪。

4

5 月 19 日，汶川特大地震遇难者哀悼日。

铺天盖地的黑体笼罩了中国——“国殇”!

国旗降半，为中国四川的灾难，为 4 万条（此系当天官方公布的数字）还没走远的生命和更多的失踪者，我听到了被迫远行的足音，一步三回头，步步都是“舍不得”!

14 点 28 分，全城汽笛长鸣，汽车按响长长的喇叭，行人纷纷低头站立，卖水果的小贩示意买主此刻不做生意，一个年轻女子大声武气打手机，立刻招来一群要动手揍她的凶光。

远望汶川，泪如雨下。

摄影家协会李老师在第一时间背着相机去了都江堰、北川等地，抢拍了一大批图片，他眼圈通红，连连说“惨绝人寰!”有个母亲坐在路边上，为死了的女儿梳头擦脸，一遍一遍没个够，就像要送女儿远嫁。女儿出生不几个月，她失去了丈夫，女儿 23 岁，刚有了自己的小杂货店，又在几分钟里糊里糊涂地走了。李老师不敢久看这位母亲脸上的绝望，于是留下 200 块钱，匆匆逃走。李老师身边是壮观的逃难队伍，灾民不得不远离他们曾经美丽的家乡，曾经养活了祖祖辈辈、本来还要继续养活后代子孙的家乡。他们与家乡背道而驰，白天黑夜不停赶路，逃得越远，越觉安全。逃难的间隙，忍不住返身站下来，想望穿埋葬了家乡的废墟，废墟下是从前的绿水青山。

灾民与家园的矛盾，如 8 级特大地震撕扯开的巨大巨深伤口，何时才能平复?

5

诗人北岛说，“死者如沉钟，往往只在家庭团聚时敲响。”

今天是第七天，那些猝然失联的灵魂还没有走远，你们——要记得回来的路哦，家已了无痕迹，但是在我们等你的任何地方，你将失而复得，找到家。

汶川，你看到泪飞如雨了吗?

6

下班后去二医院看 H，她皮肤过敏住院了。

H 这些年隐身青城山修建了一座书院，从设计到一砖一瓦，她都步步紧盯，亲自监工，不敢懈怠。“5·12”那天，她和两个本地诗人在书院古银杏旁的亭子里聊天。据她描述，一团黑云飞快地从头顶划过去，一股黄尘冲天而起，紧接着像有数只蒸汽机头由远而近从地下猛冲过来，轰隆隆气势夺魂，不由分说把人掀翻在地。山摇地动中的银杏，一树巨枝深深倒向书院进门的山沟，如果倾倒的方向相反，整个书院将荡然无存。H 尚未卸尽尘世烦恼，心想，你要是倒错了方向，我这后半生的心血就泡汤了，我又要遭打回原形，无家可归。事后检查，书院除围墙多处倒塌、自家喂的鸡鸭受惊走失（隔天又全部回来了），几乎没有其他任何损失。

她问我，晓得啥子叫良心工程哇?

“老娘做的，就是良心工程。”H 的书院与震中映秀的直线距离不超过 20 公里，人们说书院安然无恙是个奇迹，她说“屁，我才是奇迹，我莫得资格大手大脚，做活路又不敢偷工减料，老老实实，步步为营，哼哼，老天看我辛苦，对我不薄。”

灾区来的伤员挤爆了外科内科，H 的朋友安排她住进了皮肤科，二医院的皮肤科盛誉全川，病房从来都不空。

H 的胃口好得吓人，前天见面时她端个盘子，用手抓吃一摞油腻腻的苦荞粑，紧接着又吃下一大碗绿豆大蒜炖排骨汤，声称“打毒”。过道被探望者的礼物挤得水泄不通，小小床头柜上排满了化妆品、药品，还有一套功夫茶具。她要我下次给她带两件会客的外衣和一瓶香水过来，“老娘还是不能降低生活质量噻。”她坚持体面，坚持把过场做够。

小病大养的 H 坐镇二医院，指挥她的干儿干女大军有序地购买救灾物资，以帐篷、粮油为主，她扳着手指头计算可能去书院避难的文朋诗友，一出手就要备足半年的需求，这个长了副侠义肝胆的小个子女人，不改随时准备拥抱全人类的习性。

7

把换下的衣物扔进洗衣机，就接到电话，“19 到 20 号有强余震，报社要我们都避一下。”我麻木地反问，有那么凶嗦？她不想跟我废话，要我打开电视，看滚动字幕。我还想跟她讨论，她已经失去耐心，“一哈儿把车开出来，我们一起把妈妈拉出去。”这个要求我无论怎样都不能拒绝。

附近小区传来敲锅击盆声，声声催人不敢固执久留——2 单元的，出来完没有——3 单元 5 楼的太婆——×老二，把窗户关好……

来不及开电视，到底是谁在公告，说了些什么，一概不知。我换上一套黑色衣裤，下意识弄出了点儿悲壮，往挎包里放了两瓶矿泉水，一筒肉松，一盒烟，一袋水果，往指头上戴了两只喜爱的指环，匆匆下楼。在大门口碰到一堆熟人，问我细软都带上了不？我酸溜溜回答，“覆巢之下无完卵，带了又能怎样!”

去车库的短短几分钟里，短信电话不断涌入，都晓得我属于死猪不怕开水烫那一拨的，还是谆谆叮嘱我要“听政府的劝”。

5 月 14 号中午，一个传说瞬间就传遍了全城——岷江边化工厂爆炸，都江堰的水已污染，成都饮用水危急。雪上加霜啊，两分钟内，接到 4 条信息，3 个电话，最简洁的一个报信只用了不到 10 秒的时间，刚一接通，我抢先说“知道了”，对方催促“那快动嘿”。

人都疯了，扑向大大小小的超市，目标直指矿泉水。

我的脑袋一下子大了，撒腿往妈妈家跑。妈妈家的宿舍已经停水，只有一楼的公用水管还有股细弱的水流，我和侄儿把家里能装水的器皿都用上了，除了水杯。同时通知了公公婆婆和老姑妈。再给送桶装水的送水点打电话时，为我送了几年水并自认为关系不错的送水电话已无人接听，路边小店要么宣布矿泉水已经卖光，要么明目张胆价翻一倍。

一路小跑到离家最近的百盛，直奔地下超市。我来晚了，超市里人挤人车碰车，重重叠叠的饮料货架一片狼藉，普通矿泉水早已抢得精光，年轻人开始抢碳酸饮料。先下手的人推着小山似的矿泉水在收银台排长队，强烈刺激后来人。我不敢再耽搁，捞脚挽手，把红茶、乌龙茶、茉莉香茶塞了一提篮，10 块一瓶的“依云”和“九千年”矿泉水又塞了一提篮，结账时，还顺手抓了箱牛奶。

刚刚松口气，谁料想突然又一通电话打进来，内容与刚才急报相反。政府发言了，水源污染是谣言，起因是都江堰蒲阳镇橡胶厂的一场普通小火灾。官方再次承诺，成都饮用水可放心使用。

正午的太阳烈而炫目，我用小拖车拖了几十瓶饮料往家走，想起姜昆先生的相声，用浴缸装醋的事，哭笑不得，盘算着好久才能把这一车液体喝得完。

有了这一折腾的经历，我越来越相信今晚的强余震预告是政府在说话，得听，千年不遇的天灾是一盘险象环生的大棋，不是谁想玩就玩得转的。

我和铃铃的车在东风大桥会合，她建议往东沙河方向开。后来的事证明，这是个十分错误的建议，再后来的事证明，这天晚上除了离汶川较近的城西，所有出城的建议都不可能正确。

不知道是否有人统计过，今晚成都有好多私家车在路上，或是堵在路上。夜里 11 点左右，成都人民响应公告的奉劝，倾城而出，有车的都不让车闲着，无车的在街边、河边、绿化带边、各级政府的门边搭起了形形色色的帐篷，更多没有帐篷的人便席地而躺。

车在路上，用挪动说它都奢侈，八车道塞得紧密无间，稍让出缝隙，就有腋下夹着简单卧具的路人强行穿过。动 3 米，塞 10 分钟，驾驶员抱着方向盘打起了瞌睡。出租车上，一个漂亮女孩儿用同样漂亮的京腔对着手机畅骂，“他妈的成都人，全上街了，怕死呗，我他妈动不了。”

每个十字路口都是一锅烧开的粥，警察喊破嗓子，才勉强拟出半条羊肠小道。擦挂顶撞追尾频频，当事人也只好在车上发泄一下了事。平时去幸福梅林不用半个小时，今晚三小时还没开到。

幸福梅林大道两旁已无空位，小车一辆接一辆望不到头，这里离城远，没有高楼，人躲车里，求个心理平衡。

8

一夜无震，早晨5点打开广播，头条就是对中国地震台网中心预报部主任、研究员刘杰的采访。他说："余震区是汶川8.0级地震发生后大量余震的集中区，也是破坏严重的地区。它位于汶川、北川北东向近300公里一个狭长地带。"也就是说成都不在余震区，一场极度虚惊制造出昨晚的倾城大逃亡。

恐惧不是罪过，不是错误，放弃理性就是自己的不对了。我懊恼不迭，"5·12"都没有乱阵脚，这儿还搞出个晚节不保。

大楠也及时发来短信，"专家说这是典型的主震余震型地震。其特点一是只发生在断裂带上，二是余震震级将大大低于主震，只要是1980年以后经质监部门认定合格的房子，都可放心睡觉。"

9

丫丫的父母在同一家大医院当医生，5月19日晚上值班。第二天一大早，在美国的一条高速路上，魂魄游离的丫丫边开车边和母亲通电话，乱糟糟大堆的信息从国内过去，一条就是一把刀，刀刀戳在她心尖上。母亲说没什么，一切都好，放心。丫丫怕母亲哄自己，追问了房子又问胳膊腿，就是放不下心。母亲说，你咋就不信喃，昨晚地震根本就没到成都来，隔起八丈远。

丫丫笑了。突然，一辆与她几乎并肩的警车像影视剧那般，喊着话逼过来，车上下来一警察，丫丫明白她犯的事，高速路上用手机。丫丫解释自己来自中国四川，刚才是和地震灾区的家人通话。警察犯疑，8级地震，通话时你为啥还笑呢？丫丫说，家里平安，我当然高兴啰。

警察公事公办，开出的并非罚单，而是要丫丫准备两周后"出庭"的单子。高速路上不用耳机接听电话是违法，罪名是"危害公共安全"。父母吓傻了，丫丫却无惧，笑嘻嘻对上一次美国法庭心向往之，“看下跟影视剧里头一不一样”。她马上着手准备，到电信部门调出了当天与母亲的通话单，证明被警察逮住的时候，确实是与灾区的母亲而不是别的地区的别的人通话。5月19日四川及成都的地震新闻、余震级别和次数，以及网络上关于那天晚上成都全城恐惧的文章，也尽在掌握。

一切如影视剧讲述的架势，法庭威武，法官威严，法锤威而不露。丫丫心不虚、气不短，用了不到5分钟时间，陈述当时状况，认下在高速路上通话之过，随后呈上她准备的笃实的材料——一切与5月19日的成都有关。法官仔细看过后，板结的脸开始动容，是否有一帮与庭审相干的人物接着传看，是否交头接耳统一思想，是否有人质疑，丫丫没讲，爹妈也没问，结果是——当庭宣布其无罪。

法庭认为，这个中国姑娘是诚实的，她的高速公路之过是可以原谅的。大获全胜归来，公司的美国朋友请丫丫饱喝了一顿啤酒，他们对丫丫说，和8级地震带给你的痛苦焦虑相比，那个电话应该被原谅。

10

云南同事钱，上海同事梅来电话慰问，梅一口一个“好害怕哦”，拖着丝丝凉气。钱嘛，哈尼族酋长的英俊儿子，生性幽默，他说你活到就对了，活不下去就到云南来。

11

杨费了些周折才打通我的电话，“这么大的事，怎么说都要找到你。”杨的父亲是四川南江人，红军路过那里时，跟着当了小兵，从长征起就再没回过老家。“5·12”后，老人拿出地图，他说遭地震那些地方，我都走过。儿子说，你再去，就认不得啰。儿子说的是实话，一拨摄影家从汶川回来，远望岷江两岸重重叠叠的森林，被强悍的地动和野蛮的滑坡冲出一道道沟壑，像硕大的西瓜皮。

12

H来电话，说明天回书院。急急赶回去是因为"山上不可一日无主"，住院几天，儿子自作主张，把她辛辛苦苦筹集的救灾食品呼啦啦分发出去，所剩无几。H承诺开放书院，让都江堰一群受灾文人和新老落难粉丝住进来，她的目标起码是几十口人半年不愁吃喝，H目标远大，儿子打乱了她的整体部署。

这事我还真的帮不了，眼下实行通行管制，一般的车进不了都江堰，如果需要，我要她派××、×××中任何人跟车过来，我认得他们，我可备好物品带上山去。

我们像在商议一场持久游击战。

13

"5·12"狂草一笔，毫不留情修改了成都最宜人居城市的排位，它不在地震中心带上，却躲不过每次大震动连带出的心理和身体双重颤抖。成都房价一度大幅下跌，为鼓励买房，政府甚至给出了买房补贴，不少人在打易地养老的主意。易往哪儿，难住成都人，向来都是别人到成都避暑、避寒、避涝、避旱……包容接收惯了，没想到自己也有弃家出逃的一天。

Z哥不信邪，埋头一番恶补地震知识，其结果令他喜出望外——近两千年里，成都从没遭受过大灾难，包括水、旱、瘟疫、地震等。

建城两千多年，成都行不改姓坐不更名，心平气和，把日子经营得热热络络。还在唐代，就因商贸繁荣，与扬州齐名，被称"扬一益二"，"益"即益州，四川一带古地名。"群山四蔽，其地卑陋"，此时成都地少人多，社会财富大量积聚，交通却严重不便，阻碍了与外界的流通，打压了扩大再生产的动力，消耗社会财富的压力摆到成都人民面前。于是游乐之风盛行，管理者带头游乐，贵族享受游乐，平民积极游乐，游乐与商品交易活动结合，年年搞月月搞，不亦忙乎——"正月灯市，二月花市，三月蚕市，四月锦市，五月扇市，六月香市，七月七宝市，八月桂市，九月药市，十月酒市，十一月梅市，十二月桃符市”，如此布局，可见成都的奢靡有全民共享的传统，透了些风花雪月，亦垄断了日常生活。成都人爱说话会说话，上万家茶馆，天天用茶水润出好多闲龙门阵。摆谱的时候，问你晓不晓得青衣蚕丛，在茂汶叠溪教民蚕桑；晓不晓得云南昭通男子杜宇以更先进的务农方式，把鱼凫族带入成都平原；晓不晓得“九天开出一成都”和第九天莫得相干，是李白觉得成都只该九天上有，人世间无。至于万里桥下的乌篷船，三国的豪战和谋略，交子街的铁铸钱币交子，东大街的百年夜市，话匣子一打开，谁叫暂停都没用，强行阻断的后果是主讲人毫不计较，背过身，立马扯开一新摊位，重打锣鼓另开场。评书散打艺术家李伯清是今天成都“嘴子”的杰出代表，用成都话说，世面见得多，脑壳打得滑，嘴皮子翻得转，世俗成都从他嘴里出来，叫人拍红大腿，再想推陈出新，那周折不是十里八里。李伯清大红后，不安逸的人多了，成都缺啥也不缺嘴子噻。平民休闲生活打造出的成都说话人，就像东北的长冬，懒出门，热炕暖屋打造出源源不绝的二人转高手。

Z哥的腰杆硬了，有两千年的平安闲适在前面做表率，凭什么要逃离成都。但信任仅限于他自己，晚上一定要撵儿子老婆去住帐篷，无牵无挂的Z哥独自留守，在自家屋里睡得很踏实。

14

可儿去救助站服务，救助站安置了数百从灾区来的群众，安置点负责人特意打招呼，他们不是灾民，是灾区群众，要体现出尊重。

安置点条件不错，在羽毛球馆，有床，有专门的洗澡设备，吃住无忧，晚上看露天电影。

可儿说多数人还比较正常，尤其孩子，终于觉得安全。

一个很有意思的男人引起可儿的兴趣。早上来的时候，他肩上扛着只胀鼓鼓却明显没什么分量的编织袋，头发蓬乱，身上的衣服估计“5·12”穿上就没换过，又泥又破，脚趾头从鞋尖顶了出来还绑了胶布。他说他的腿走了很远的路才来到成都，看上去像灌了铅。登记时他注明是映秀人，家中只有个兄弟，找不到了。从洗澡间出来，完全换了个人，头发整得光光生生，蓝T恤，沙滩裤，一张可乐的脸上阳光灿烂。门卫问他去哪儿，他说春熙路。春熙路如北京的王府井，上海的南京路，虽然比前两者短小精悍，但同样是这个城市最有来头的商业文化地。近二十年城市扩张迅猛，扩到哪儿，哪儿就配套出一片时尚商贸，珠光宝气天下美食皆居潮流前沿，春熙路也眼红但不跟着撵路，亨得利、老胡开文、龙抄手、工艺门市部、牙科医院、体育用品商场……还在原地，顽强为成都保留着几代人的记忆。

这种人心理和生存能力绝对强大，像山里最细小的草籽，落到任何一条石头缝里，都活得出来。

安置点有几个农民这两天一直在找车，说啥也要回老家一趟。房子没了，老人没了，儿子老婆也许都没了，但他们的土地还在，地里的麦子油菜该收了，谁劝都没用，他们犟着要回去收割了再来救助站。辛苦一年，就指望这几天，可儿还不太明白，土地和土地上的庄稼是农民真正的命。

15

西南财大光华校区成立了一个爱心学校，接收映秀的孩子。“5·12”后，他们全部被直升机从映秀空运到了成都，有的孩子和家人联系上了；有的还在寻亲，每天回答他们最多的是暂无消息，继续等待。

可儿第一眼见到12岁的羌族女孩儿D，就心疼得不得了。“那些男娃儿调皮得吓人。”可儿说，“找到父母的女娃娃也特别开朗，在操场上打羽毛球、跳绳，跳得毛根儿（发辫）尖尖都在滴水。”D和妹妹同时被转移到成都，至今没有父母的下落，她一直紧搂住妹妹，生怕一松手把妹妹也走失了。她每天有规律地读书——语文、数学、英语，看得出是个守规矩的学生。她爱画画，每一页画上都有只奇怪的小箱子，她解释说：“是爸爸的工具箱，爸爸是个司机，上班总带它。”说罢冲进卫生间。D总是躲着人哭，避开外人的心疼，她不参加同学们的游戏，有空就盯电视，在上面找爸爸妈妈的踪影。她把爸爸妈妈的名字写在一摞小纸片儿上，逢记者就递一张，求大家帮着找，八字不见一撇，孩子倒先向人羞涩地道谢。

可儿讲这些的时候，心事重重。

16

今天是“5·12”以来明显震感最频繁的一天，从凌晨1点起，8点、11点30、下午某时忘了、夜里约23点半，成天都在摇晃中。头昏，胸闷，心跳无序，更多的震动是心跳带来的错觉，这段时间，心动过狠成了常态，一躺下就听到心脏在耳朵边跳，像要蹦出来。

17

5月23日16点24分青川“6.1”级余震是“5·12”后最强一次震动。央视立即中断了水利部关于“堰塞湖”的发布会，白岩松第一时间连线央视在成都、绵阳、青川、广元和甘肃文县的记者，所有记者无一例外都用惊惶和恐惧来形容刚刚过去的余震带给人们的反应。

同样一段经历，晚上央视柴静用了另一种描述：绵阳九洲体育馆的灾民，地动一开始就拼命往外跑，只有一个男人站那儿不动，柴静问，“你咋不跑?”他说我的老婆和娃娃都没有了，跑又有啥子意思。见柴静很难过，他反而安慰记者说，这个体育馆抗得住8级，它要垮了，就找不到安全处了。

细节支持下的现场报道，不再简单使用冰冷的概括和神经质的形容，女记者在一个接一个的不安和惊骇背后发现柔软的呼吸，发现卑微的求生本能，发现脆弱的牵挂，发现活着的意义。央视李小萌在采访完一个背着背篼硬要返回北川的老乡后，嘱咐他：“大叔，注意安全啊。”大叔回头说：“谢谢你关心我。”一句客气话，让小萌失声痛哭，她说：“整个下午，我和摄像师都过得很平静。”因为遭那么大罪的老乡，那么真诚地向一个微不足道的关心道谢。

18

他们是映秀的初中生，那天天塌下来的时候，女生埋到了深处，浅处的男孩儿从怒涛起伏的破石烂砖里爬出来，丢下一句话，“我要救你”，转身就没了人影。没顶之灾中的女生一直不停念叨，“他说的要来救我。”

男孩儿爬出来才晓得整个映秀都毁了，第二天全世界才晓得，1.2 万人口的映秀，余生者仅 3000，其中包括这两个学生。“5·12”那天映秀只能自救，男孩儿和所有最初救援者一样，只能用手去和庞大的废墟较劲，但和其他救援者不同，他浑身都是伤。他好歹抓住了女生的脚，不想腿上压着水泥板，在用劲拖女生的身体前，男孩子和她商量，“我把你脚扯断咋办?”女生也干脆：“莫得事，只要不把头扯断就对了。”女生把自己放心交给了男孩儿。

事后白岩松未能免俗地问男孩儿，你都逃出来了，还跑回去，咋想的?

男孩儿回答极其简洁，“啥子都没想。”

很多天后两个孩子在医院见面了，重伤的女生大大咧咧地对观众夸男孩儿，完全是“我哥们儿”的样子。

既是哥们儿，这“信义”两个字就掷地有声，那天映秀的土地张开了血盆大口，男孩儿硬是把这两个字和女生绑在一起，帮助她爬出了地狱。多年以后，他们要还是哥们儿，就有资格像战后老兵那样，在纪念日的绿树下，喝啤酒并怀念从死人堆里钻出来的所有细节，然后捶打对方的肩头，“嘿！兄弟！”然后泪流满面。多年以后他们要成了情侣，姑娘就有福了，说话算话的男人抵得过一座金山，8 级地震，金山也化成了灰，那个小小承诺却是逃出灾难的男人对受难女人的终极宠爱。

19

在宿舍门口碰到谭，他问，你跑哪儿去了?

我说聚源中学。

他那张有事没事都苦大仇深的脸，快塌了。

都江堰聚源中学的教学楼趴在地上，五颜六色的碎衣破片、书包、课本挤压在凶悍的钢筋和水泥碎块中，好多孩子没逃出来。

5 月 12 日下午 4 点过，成都的 120 疯跑过去，当地已经在奋力自救，操场边上躺着从教学楼里救出来的人，二娃说他开的救护车平常只装一个病人和两三个医务人员，这天光伤员就挤了 10 来个，到医院，一半已无救。人们还在乱砖乱石中刨，刨得两手鲜血，他们不甘心。

几天下来，失去儿女的家长已憔悴不堪，举着孩子的照片，恍恍惚惚。他们想不明白，比教学楼还高还老的房子都在，咋偏偏就孩子们的教学楼要了孩子的命。他们都是 40 多岁的中年人，母亲居多，望着学校废墟，眼睛都舍不得眨一下。天天来，已经不是在等孩子，是等自己死心。见我握着录音笔，就把我当成了记者。我专心地听她们表达——她们想说说不下去，想号号不出声，她们想抱着孩子的照片去陪孩子。那些嘶哑的声音我在好多年后都不敢忘，嘶哑下面有奋不顾身的勇气和决绝。

我轻轻问有好多是独生子女的母亲，回答差不多全都是一样的。

我的眼泪滚到口罩上，轻轻劝她们再生一个吧。

她们杂乱的回应听上去极度荒凉，啥子年龄了，都做了手术，喊我们咋生嘛。

我建议她们抓紧去医院，来得及，现在把输卵管打开还行。

来得及这话不是敷衍她们的，曾有一熟人也是这个年龄丧子，经半年中医调理，激活多年不工作的输卵管，成功受孕，现在孩子快 20 了，很健康。

我说你们要再生个娃娃，有了娃娃，就活得下去了。

一起去的同事笑我，把自己搞得跟妇联一样。

是吗？我问谭，我像妇联的？

事后接到谭的电话，他在抽泣，一个老男人，站在大街上这么干，相当诡异。他一反往日的伶牙俐齿，结巴巴地问，你是咋想出来的，喊人家生娃娃？

我就一俗女人，我说。

说什么都是废话，只要做过母亲，就不难体会眨眼间永失唯一孩子的悲苦。没有办法，无力无助，天塌了，从前这世界的风吹草动都纠扯她的具体生活，怕战争，恨食品不安全，担心被老师叫去学校单独谈话，甚至不敢拿邻居出人头地的儿女鼓励自家孩子，唯恐他留下心理阴影。一直以来拥挤的生活在 2008 年“5·12”那天下午被掏空了，母亲手无寸铁，天下再大，又与自己何干。都清楚生活还要继续，我在这种时候对她们说这话，张不开嘴，生活让她们浑身是伤，专注地听她们叫痛也许是合适的态度。耐心等待伤痛过去，据说伤口会开出鲜花，假设孩子是她们活下去的充分理由，那么重新做母亲将是花中最漂亮的一朵，女人活下来，家就散不了，有家幸存者才看得到明天。

最近波兰女诗人辛波斯卡太热了，我都不好意思引她的诗。读她《一见钟情》的人，称最后四行石破天惊——“每一个开始/仅仅是续篇/事件之书/总是从中途开始”。

非常喜欢这个中途开始的事件，我们只有一次活着的机会。凡事追根溯源从头再来恐怕时间不够，生命被打断形成好多断头我们永远搞不清楚，每个断头都是中途，中途是下一段的出发地，只要愿意开始，后续的日子便应运而生。

绝　技

——与金钱板大师邹忠新有关的记忆

2006 年 8 月，邹忠新先生与马季、常宝华、袁阔成等全国 9 位曲艺大师同获中国曲艺牡丹奖终生成就奖，首次设立此奖，竞争激烈到何等程度，不难想象。半个多世纪前，贾树三的竹琴、李德才的扬琴、曾炳昆的相书、李月秋的清音、王永梭的谐剧和邹忠新的金钱板，以其难以复制的大师气派冠绝锦官城，那是四川曲艺的黄金时代。那个时代走得很远了，仅邹忠新孤峰独耸，把旗帜扛到最后。

四川金钱板又称三才板，取天、地、人三才之意，也叫“打连三”，由三块楠竹或斑竹头做成，其中两块嵌有古铜钱，因此得名。相传金钱板起于明末清初，最早见于文字记载大约是光绪十三年（1887），一百多年间，从刘宝山到杨永昌、孙洪云、邹忠新、张徐等，传承脉络清晰。早年的金钱板艺人为谋生浪迹江湖，摆摊子扯场子，形同乞讨，节目创造突露出他们迫不得已的生存智慧，为了多抓几个观众，内容与时俱进，由唱诵传统“劝世文”逐步转向滑稽有趣的小段。为了在一个地方多演几场，又将小段延伸为长条，每天一段吊人胃口。1949 年前，金钱板流行曲目大致可归三类，一是民间传说小段，如《耗子告猫》，短小精悍，情理接地气，语言幽默搞笑；二是时事新闻，如《追杀赵尔丰》，这类段子缘起当时公众关注的社会事件，也叫“案情书”；三是大传子书，也叫长条书，取自传统章回小说。长住一个茶馆叫“蹲馆”，蹲馆对于飘零八方的艺人来说，意味着短时期内有个安定的窝和稳定的收入，而一部大传子书可以蹲两三个月，常演的有《武松传》《胭脂配》《瓦岗寨》等。1949 年后，金钱板几乎只剩下新编小段，20 世纪 80 年代，还有极少数老艺人偶尔在乡镇茶馆演唱长篇，但时间很快便带走他们，他们带走才智和手艺，我们热热闹闹赶路的时候，长篇逃不过失传。

时年 83 岁的四川金钱板大师邹忠新，集川中各大家所长，形成著名的邹派打、唱、编、演风格，“只知有邹，不知其他”的金钱板格局已为业界和观众认可，在重庆、贵州、云南等金钱板流传地，邹享有当之无愧的领军地位，他创作整理作品数以百计，著名如《武松》《激浪丹心》《双枪老太婆》等，他还是唯一出书总结金钱板理论的四川曲艺艺人。

邹忠新获奖的消息刚刚证实，我就被媒体团团围住，从《东方时空》到本地大小报刊，排队预约要求采访他，寂寥惯了的协会毫无征兆便门庭若市血脉贲张，一时水土不服。协会借机向上级重提多年争取未果的曲艺保护项目，这回竟获慷慨批准，我们沾了邹老师的光。

这时候我才认识了邹忠新。

邹家住在水碾河附近一深巷里，那一片巷道密集，杂货店小食店果蔬店一家连一家，人多车多走路得经常仄身闪让，不过日常生活应该很方便。邹家屋已老旧，光线不大好。邹老师因眼疾双眼基本失明，老伴儿眼睛稍有光感供两人使用，进进出出，只要把手往老伴儿肩上一搭，邹便爽朗叫道“天塌下来与我何干”。至 83 岁邹的声音还保持了职业的高亢，金钱板的唱腔基本出自川剧高腔，对嗓子有很高要求，此时的高亢中明显泄漏出浓重的沙哑，但一问一答一颦一唱间，却是一生腾挪跌宕后的云淡风轻。孩子们想拿到奖金后把爸爸妈妈的房子简装一下，爸爸不以为然，“搞那些爪子哦，直接喊老婆子到口子上去端两笼小包子回来。”他的话虚虚实实，叫人一时分不出哪儿是玩笑哪儿是写真。

1972 年邹忠新随四川慰问团到云南生产建设兵团慰问演出，

他正好分在我当知青的临沧一线，到七团那天，我跑了十多公里去团部，看家乡派来的亲人。舞台前面已经是黑压压一片连绵的后脑勺，站得太远，甚至看不清演员的长相。好在喇叭够响，四川本土的金钱板又朗朗上口，以至慰问团离开好长一段时间，邹老师的节目还在我们口中不断传唱——“扣扣扣，扣你三斗红高粱”，原本是杨白劳黄世仁类似的段子，讲雇主与雇农的债务纠纷，我们顺手拿来挖苦诅咒连队领导。五营王大楠也记得，段子主角叫王大权和王老汉，其中有一段衣食住行的对比描述，表现贫富差别，“我们那时精神空虚，有创作激情没有创作技巧，于是就乱改人家的东西。”大楠说，邹老师他们离开后，那段对比唱词被改成了“王大权穿的是绫罗绸缎，王老汉巾巾挂绺绺（破布条）——雀雀（男性生殖器）在外边。”四十多年后邹忠新已记不得这个应景的段子，我把知青篡改翻唱的桥段讲给他听，他笑出了泪花花儿，夸奖改得好，“我们那哈儿是革命的文艺工作者，咋个能随随便便把雀雀儿都整到节目里头去嘛”；“这一改啊把好穷好惨都说尽了，要得要得”。

邹忠新有个儿子家当时也在云南兵团，与陈小元是好朋友。一天家收到他爸的包裹单，隆重邀请小元一起去邮局，还预告取到包裹先吃了再回连队，包裹是城市食物的代名词，收包裹无疑过大节。掂着包裹偏重，家早已笑不成声，他说有搞，这边小元急红了眼，直喊先拿来吃了再抒情。两个小伙子儿把撕开布包，包里滚落出一副亮黄的金钱板，家一屁股坐地上，半天回不过神，小元恼羞成怒，冲邮局柜台里偷笑的大嫂狂吼“笑个球!”家一时不解父亲良苦用心，邹忠新那阵不敢正经八百收徒弟，也许一厢情愿盼着子承父业，要不就想儿子掌握一门与众不同的实用手艺，多条活路，老话讲的，天干饿不死手艺人。这不是邹忠新的妄想，音乐世家出身的音，自小学钢琴，到兵团后最高理想就是进宣传队。宣传队池浅底薄，容不下也养不起钢琴，她及时转向，借探亲拜师速成琵琶，以仓促练就的两首曲子，顺利考进宣传队，成了第一个琵琶演奏员。音后来在北京做音乐评论，对改变当年处境的那一步，她承认有惊无险，临时抱佛脚，新手艺最多只算入门，不过恰好丰富了民乐队。

提及云南兵团的那次慰问经历，晚年的邹忠新还很激动，他们一路受款待，好吃好喝，一度以为孩子们也过这种日子，越往下面走，真相越是裸露。知青通过各种各样的关系去找慰问团，尤其女知青，常常是还没说话就先哭一场，邹忠新还记得："娃娃些好造孽哦，我们也莫得办法，话还不敢多说，说走板了人家给你两个搞阶级斗争。"他话头一转："还是邓小平凶（厉害），轻轻地，就把阶级斗争放下了。"果然语言大师，"轻轻地"三个字一步甩下几十年，令好多纠缠不清的理论黯然失色。

从见邹忠新的第一面，他就叫我Z大姐，同去的清音大家程永玲解释，艺人之间爱这样称呼，不见外。那段时间我密集去过邹家，陪宣传部长去、引媒体去、给他送奖金去，只要叫声邹老师，他立马打断我，歪着光溜溜的脑袋像个小孩儿，"让我猜，你、你是Z大姐?"猜中了就是一阵天真的哈哈。失明者的奇特听觉取代视力成了他们生存的利器，民间艺人中不乏盲人，我曾经请教扬琴大家徐述，她高度赞美盲艺人对声、音、韵的特殊敏感，眼前无纷争，耳朵里才有一个专注的世界，这是他们的能力，也是定力。早年好多盲人却是因从业前景险恶壅堵，才不得已走上了民间说唱的小路，明眼人坐科8年如蹲10年牢狱，盲人学艺从给师傅端痰盂开始，到执琴打板，到独自诵唱长短段子，到把看似雕虫小技练至大师段位，暗黑的长路是他们以能力和定力做拐棍，扑爬跟斗摸索出来的，求艺之路如同是牢狱，他们要坐穿牢底。

那段时间，我自作聪明为邹忠新承接了几个演出，还背着他与邀请方讨价还价演出费，价格在商业场合是艺人的重量，传统曲艺看着闹热，却极少有要价的机会。多年前，某曲艺理论家领着日本教授去看一老艺人，摆了半天专业龙门阵，其间，老艺人把理论家叫出门，用手比画了一下问挡不挡皮哦?挡皮即江湖俚语，给不给钱的意思。理论家回应放心，肯定要给你办展扎嘛。

展扎指料理光生，办事圆满。艺人的自我保护意识最初出自本能，生活本身是不安全的，邹忠新讲到他那一辈艺人年轻时的经历多次说："今天晚上脱下鞋和袜，不晓得明天早上还穿不穿。"冻死饿死是常事，还说他们是"三子（绳子、席子、杠子）送终，脚板儿举灵"，一无所有。20 世纪 50 年代起，邹忠新就在专业文艺团体工作，他对有保障的安定生活非常知足，著名的口头语是"感谢人民感谢党，感谢同志们来帮忙"，所以请他演出，不管钱多钱少，哪怕义务出场，只要应承下来就从不打折扣。

曲艺花活渐多，邹忠新的一段金钱板配了一群小姑娘伴舞，跳舞出身的姑娘不懂金钱板，要求给个节奏。总不能劳烦八旬邹老师次次参加排练吧，我跑去邹家录音要节奏。邹听说伴舞的事笑言曲艺也阔啦，见我有些紧张，便问是不是担心他在台子上不适应，"Z 大姐你放心，我是老油子（圆熟、油滑之人）了，你让我对到个保温桶我照样唱。"邹忠新不但唱，招招式式都不含糊，虽然身段架势早不及鼎盛期的《武松》。总导演体恤邹老师，表示正式演出可用录音，大师只要肯现身，晚会就有说服力。我大不高兴，邹忠新哪里是个装模作样摆谱的人，他能唱，唱得徒弟都不敢跟他同台。那天他唱的《好四川》，抬手一段打板似天降骤雨，颗粒惊心，"大巴山来小巴山，山清水秀映蓝天/天有星来地有胆，天星地胆百花鲜/我站在巴山望蜀水哟，长江漂来顺水船……"《好四川》中邹大量运用了川江号子和龙船调，如临险滩，如观初霞，激越壮阔，可能太过用力，4 分钟竟唱出了满头大汗，下场第一句他就急切询问："今天要得不?"摄影师酷爱邹老师祥和多趣的说唱俑形象，夸孩子似的夸他胖乖胖乖的，唱得安逸。邹忠新显得格外顺服，"人老了是要乖点儿噻，不当讨人嫌。"

邹忠新要我别再给他接演出了，老了，腿脚不利索，走哪儿都麻烦人。肉眼不管用的邹老师心眼儿透亮，他悄悄催我，趁上头领导看得起，搞紧去要钱做点儿大事，得个奖不容易，要用就用够，不然热闹一过，哦豁，还是啥子都留不下来。他心焦跟他一样的老人，说唱不动就唱不动，一拖拖出千古恨，那才冤枉。

第二年春天起，邹忠新和一批老艺人以极大的热情，配合我们录制和出版了一批传统曲艺作品，那段时间，邹老师夜夜睡不安生，唱了半辈子的东西又闲置了半辈子，没有脚本没有提示，晚年要捡回来，着实逼人。每天盛装登台，录制现场灯光热辣，往往一曲未了，他们已汗湿长衫，《乾隆访江南》《珊瑚配》《十字坡》等几十年难见的大部头，经他不断回忆修正，终于一点点完成了全本的文字记录和表演片断。无论唱腔还是表演，84 岁高龄的邹忠新都已衰疲，都不具有颠扑不破的唯一性，但他是金钱板承上启下有迹可循的来路，是巅峰气质，留下来为大，留不下来，二天去见老祖宗“要遭打屁股”，以后的工作无非膏药一张，熬炼不同，“反正东西在那儿了，黄师傅（外行）牛师傅再咋熬也还是膏药嘛”，邹老师异常通透。

热闹渐稀，隔年冬天，邹忠新和老伴儿住进了熊猫大道附近的老年公寓，整齐划一的房间和陈设，实用简单，屋后能看到浅丘和农民的菜地。看不到这一切的邹老师把我领到阳台上问，“该是好看得很哈?”他喜欢这里，空气好，环境好，离城近，衣食行住有人管，“连碗都有人洗，好巴适哦。”

我陪慕名而来的文化学者李去拜望邹老师，李对金钱板有倾慕无所知，开始还很紧张。我与邹老师有过多次交流，熟悉他的谈话方式，有次为他开座谈会，他率先给我打招呼，“我要是跑到昭化你忍一下哈，跑到宝鸡你就要点我一下了，要不然跑出阳关回不来啰。”他不喜欢在提问者的框框里被摆弄，他思维年轻，记忆惊人，出口成章，语言暗藏机锋，一旦兴起，实在不忍召回。

那天邹老师兴致很高，侃侃而谈，不容插嘴，得意处还手舞足蹈来一小段，引得一群老人堵在长廊尽头围观叫好。李看得满脸通红，直呼过瘾，她试了好一阵终于小心发问，邹先生你觉得你这一生成功吗?

邹老师反问啥子叫成功，几乎一字一顿，“你记到，我们成都人骂的，你背了时了，背时就是违背时代。嘿嘿嘿，别个在那儿酸醋，你要喊醋不酸，别个说那东西甜的呀，你偏说苦得很，莫得啥子成功不成功，识时务者为俊杰，要重视我这个意见哦。”

邹讲了谐剧大师王永梭的一段小故事，20 世纪 60 年代，有关部门要选一批曲艺节目对外交流，审到最后，谐剧一个没选上，“老表那张脸，不好看哈”。谐剧是王永梭 1939 年独创的年轻曲种，形式为一人独演，独演一人，内容多针砭时弊、同情小人物，取其诙谐犀利之意，叫谐剧。当时就有人说他的作品讽刺挖苦批评太多，搞得这个社会都没有希望了。邹去问管事的人，“那个自来水龙头的节目是讲节约嘛，对那些不规矩的人进行鞭策，咋也通不过喃。”回答说那个节目更坏，否定了群众，自来水不关，还躲一边等到看过路的有莫得人去关，你不关，我不关，大家都不关，把人民群众的觉悟写得那么低。邹说那个卖膏药的经典段子喃，骂国民党总要得嘛。管事的人又说了，宣扬江湖假货，卖假药，不得行，“完了完了，我跟老表说，你要想闹成事，恐怕还是不要扭倒骚哦（纠缠）。”

邹老师坦然面对创作和表演的难处，他说：“我只是顺其自然，处之泰然，你做不到你自己倒霉，我也一样。”

邹忠新的哈哈儿把必然遭遇的无奈和困惑埋得很深，深到常人看不见他别无选择的妥协，因为如此，他活了下来，并为我们完好地保存了一批传统经典金钱板节目。这种丝丝入扣的逻辑关系，四川话叫“落榫”，只有恰到好处，卯眼儿与榫头才严丝合缝。

邹忠新天生大舌头，5 岁拜师学艺差点儿被师傅拒之门外，为了吃上金钱板这碗开口饭，硬是长年口含石子控制发音，练就了满嘴功夫。人到晚年，说话时间一长难免有些发音含混，但谈及过往人生，仍机敏清晰，无一句废话。自古人生在世，须有一技之能，就算是手握独门绝技的邹忠新，自称小演员，一辈子奉公守法，严谨自律，谁又能真正读懂他手艺之外那些不肯轻易示人的故事。

愿邹忠新先生在天之灵安息。

奶　奶

父亲家曾是有名有姓的地主，成都某一条老字号小街上，曾有他家一个多重庭院的小院子。父亲对我讲，逢秋收，农民交粮食，他爹总是厉声喝来三个儿女，跪在大门前，到最后一个交租人离开，才准爬起来。他爹要儿女记住，是这些人养活的你们。这完全破坏了地主老财在我心中欺男霸女吃人肉还吮指头的形象，20世纪80年代初，父亲的说法听上去不止不着调，还有把我们听习惯了的历史推倒重来的意思。

不过父亲他爹嗜好张狂，又赌又抽，生生把祖上积累搞了个一穷二白，还屡欠外债。好在此前兄弟已各自独立，他爹败落了，死了，兄弟们仍保住了家业，只是谁都顾不上这一脉孤儿寡母。奶奶家成了破落地主，曾经毫发无损的兄弟家人，划定成分时，少了“破落”二字，落难的奶奶因祸得福，因无现行财产，日子比兄弟家过得稍微平和。后来各自当家的先走了，遗孀们进城跟了自己的儿女，同为前地主婆，破落的觉得自己好歹也沦为了吃苦人，没破落的恨自家屋里咋就没出个败家子。被运动呼来唤去次数多了，处境就显出高低，两边的遗孀总时不时用暗劲儿，捍卫自家脸面。有段时间奶奶和一个我们叫几姨婆的住在小院的两隔壁，共用一间厨房。每个月我或者妹妹去给奶奶送生活费，毫无意外，都要听她指责一遍隔壁老人，主题总是觉得受了欺负。胸腔深处浮出来的陈年怨气，令终身精致的奶奶突然扭曲，牙咬得太紧，细腻的脸都有些扯歪了。隔壁姨婆也不是软和人，她总是抢先占了厨房，选结实器皿摔扣出修养尽失的响动，厨房是她的阵地，她在，奶奶就跨不进那道门槛。

奶奶从一开始就看不上我母亲，母亲的出身与她夫家曾经的名分不般配，嫌母亲说话声音大，做家务不用功，和我姑妈、她那个穿灰布旗袍面若大家的女儿相比，母亲的列宁装大辫子简直无斯文可言。她至死都保持了瘦死骆驼的前贵族气，这气势直接连累到我。母亲生下我，当奶奶的应邀经佑月子，还没满月，就拂袖而去，丢下手忙脚乱的一家人。这事成了忌讳，母亲半辈子没想开，但又从来不说穿。我不在家那些年，换成妹妹去奶奶那儿传书送信，她做了好吃的，像一年难得炖两次老母鸡汤，也只是带话叫我爸和妹妹去吃，躲我妈。

她活得悄无声息，只在贴身的亲人圈子里做地下斗争。我碰到过一次居委会上门给她发口头通知，有个批判会，奶奶作为前地主婆去陪衬。她站得笔直，听得认真，答应得轻微，难得老太太的脑袋低得如此从容，不深不浅，既不失态，也不授人以柄。居委会一走，便绵柔一笑说，习惯了，等到哈，我去给你下碗面。奶奶做的汤面后无来者，简陋且精美，用的是银丝挂面，小葱、蒜泥、黑芝麻末打底，配以 8 分钱一斤的酱油和几滴浓郁醇厚的麻油，一大勺热面汤淋下，满屋喷香，奶白的面条和青绿的菜叶躺细瓷小碗里，我经常舍不得下筷子。每次去，都少不了这口。

奶奶有一段时间帮人带孩子，后来又看管我姑妈的儿子，难怪我妈想不通。但她的主要生活一直依赖我父亲和姑妈，日子过得极俭省，俭省还讲究，难免要露穷酸相，奶奶却不。她从收摊的菜场买回来灰头土脸的尾菜，端上桌，一定要看得、闻得、品得、吃得。家里的碗碟，也一定小巧细腻，偶尔在我家吃顿饭，一桌子的搪瓷盘子搪瓷碗，回回叫她皱眉头。她自己做酱肉，腌制、抹酱、抹醪糟、一抹再抹，风干后皮肉暗红，过年前送几条到我家。她还做豆瓣酱，剁红辣椒、捂霉胡豆、调和味道、翻晒，最后封坛。奶奶的豆瓣，微辣鲜香，吃时加入白糖、切碎的小葱或香菜，就是极美味的下饭菜。

奶奶中年守寡，独守半生，她对死去的丈夫和前地主婆的日子守口如瓶，她不动声色，像只失去传播病菌能力的爬虫，成功地让左邻右舍不屑拍死她。左邻右舍教育孩子的时候，总要抬出她做榜样，你看人家黄婆婆，是咋调教孙儿的。她说话声音跟走路步子一样轻微，你搞不懂她是存心让对方听不明白，还是只有叽叽咕咕自我发泄的需求，叽叽咕咕是我看到奶奶最狠恶的发泄状态，她调教出的姑妈的儿子，也不会粗声说话。

活下来，奶奶点儿都不敷衍。她搬过几次家，住的房子从来都缺阳光，她爱读书，总是凑在一孔小窗前，将就光亮，读竖排本的《红楼梦》，怕漏行，就用米尺压住一行行往下挪。她阅读广泛，从三言二拍到《欧阳海之歌》，跟我们讲起，也尽量用当时主旋律腔调，不落伍。一年四季她都用冷水洗脸，毛巾不紧不慢从脸到耳根再到脖子，小心慎重，像擦拭家传瓷器。她用皂角或者油槵子煮水洗头，头发黑亮，一丝不苟抿在脑后，绾成拳头大的结。她的衣服穿得看不出原色了，还服服帖帖合辙合身。出门总提只墨绿色绒布手袋，袋口磨得光溜溜的木把手，是老派的低调怀旧。

老太太已竭尽所能。

奶奶晚年，姑妈把她接到了自己任教的小城，不久便瘫痪在床，病危时，父亲派我去探视。那时奶奶已糊涂，问我是哪个，我说是嘉嘉，她翻了翻白眼，哦是××嘛，她叫出了我母亲的名字。她说你把我带回成都，我回去给你做胡豆瓣儿，多好吃的。喘几口气后，又问，我没有给你带娃娃，你不怪我嘛？我把这话传给母亲，母亲反问，她哪儿糊涂喃？

姑妈依了奶奶的习惯，用槵子水给她洗头，头发向后脑勺抿得光光亮亮的，终不失态。

三　叔

三叔在川北一煤矿做技术员，三婶儿跟他同事，三婶儿是那种长眉深眼的漂亮，毫不含蓄。读小学时的一个暑假，三婶儿来成都出差，她要带我去矿区。三叔和三婶儿站那儿，经得起左看右看，郎才女貌是专门安慰男人的，但凡肉眼看不过去了，有才无才使这话都不得罪人。三叔表里如一，才貌都没得说，头天见他，倒把我吓得腮帮子直抖，他刚从井底上来，咧嘴一笑，黑乎乎的长下巴直往下掉煤渣。三叔是个讲究人，不下井的时候，天天刮脸，衬衣扎外裤里，一双亮光光的棕色皮鞋，走不出百步就颜色尽失，他还是不肯马虎。跟我爸比，他话多，多出来的都是讨人欢喜的话，任三婶儿在旁边使眼色掐胳膊，仍是不管不顾。矿区离最近的小镇，骑车也要 20 来分钟。我问三叔咋跑这儿来，他说闻到你三婶儿的气气来的。我问你咋不挨奶奶近点儿嘛，他说我挨近了就该你爸往远处跑了。

那个假期老下雨，雨水落地上就成了黑泥浆，三叔找了两个得空的晴天，领我去矿区外的河里摸鱼，他是老手，我负责在浅水里叫好。烹鱼这事三叔不容人插手，他用野茴香和生姜熬鱼，汤浓肉酥，蘸鱼的调料是他在河边摘的野辣椒，锅底下明火一烤，剁成碎断，加盐加鱼汤即成美味。除了这招，三叔不下厨房，这和我爸极像，我爸一生就只有一道看家菜——青菜肉丸子汤，食材大众，做法大众，不同之处在于他剁出的猪肉加了相当分量的姜末，口感化平庸为激烈，并且汤里不能见一粒油腥。

我赶上了一次井下事故，电杆上的有线喇叭不断叫三叔的名字，“矿长喊你，矿长喊你”，三叔说遭了，摔下碗就跑，随后两天都不落屋。黑压压一群人堵在井口，悄无声息，跟电影里看到的呼天捶地完全不同，不见棺材不掉泪，恐怕就是指这些不肯轻易认输的矿工妻儿。第一个担架抬出来，家属约好了似的都往人背后躲，不愿第一个上前辨认。有人忍不下去崩溃了，长声吆吆连哭带唱，“你个死人啊，早上还站着下去的，晚上就挺起出来哦。”引来一片哭号在山沟里轰响了好几天。

假期还长我就闹着要走，三叔咋问我都不讲原因。原因很简单，有天夜里我听见他们吵架，听不太懂，最后三叔还对三婶儿动了手。父亲家兄妹，都不轻易动怒，父亲理性，姑妈雅致，三叔嘴上懒洋洋满不在乎貌似纨绔，人前人后却是极有分寸，对妻子对女儿，从来都将就得很。掐头去尾含沙射影的暴吵中间夹着个男性的名字，几十年后，我大致还记得。可能听说我要走吧，离家两天的三婶儿回来了，她费劲地留我，留到后来我竟哇哇大哭。

没两年，三叔一家搬到了重庆附近的煤矿，接着就是“文化大革命”，乱世远亲人，各人有各人的难处，亲兄弟间竟然一丝丝信息都不通。

1973年的某个晚饭后，我爸我妈照例散步到东风大桥，一中年男子跟了他们好一段路，才谨慎喊了声“哥”，你是××的哥哇，我跟你兄弟到过你们家。父亲大喜，连忙打听三叔下落。男子脱口而出，你还不晓得啊，××遭打死了，都几年了。那天回家，父亲的脸阴得都扭得出水，他把自己关小卧室里任谁都敲不开，半夜，妹妹听到父亲终于一声长号，像用尽了一辈子的气力。

三叔被人打死在牢里，他的朋友怀疑是个阴谋，两边造反派打仗，都说自己是毛泽东的战士而对方是保皇派狗杂种，那边人找了个由头把三叔抓起来丢进笼子，各种折磨朋友不忍细讲，总之最后从这个笼子拖出去的是三叔的尸体，体无完肤。

三叔一死，三婶儿旋即改嫁，嫁的人正是把三叔送进牢房的那一派头头。这个结果成了另一个故事的开篇，线索有限，走向却开放。

想象当时笼里三叔是件极其残忍的事，也许到死他都不明白，以革命的名义要他命的人，很可能仅仅向革命借了支枪，他以为是为信仰慷慨赴死，殊不知猎猎大旗暗渡七情六欲，人亡即家破。他一生酷爱和忠实的那个散发独特香味的女人，做新妇的那夜，就不再是我三婶儿了。

又过了六七年，三叔的大女儿背着她妈妈找到我父亲，开口一叫大伯便泪流满面，父亲草草问了两姐妹的情况，别的一个字不提。表妹很乖，只说生活得还好。他们单独在书房里，长时间不说话，就枯坐，家里人都明白，有个名字碰不得。

那一年过后，三叔曾经的家就和我们了断得干干净净，表妹来，是向大伯道别。

姑　妈

20天里，老姑妈两次住院。一次是取胆结石，本是常规手术，但发生在年近80的老人身上，取出的又是食指大小的18颗顽石，意义就显出重大。术后5天出院，姑妈心情大好，不料刚踏实了几天，又突然便血，昏倒在自家卫生间里，急救医生砸开门，把她背到一墙之隔的川医。刚进抢救室，病危通知就递出来，老姑父握着巴掌大的纸片，鼻涕眼泪糊了满脸。

他们有个独生儿子，我的表弟，出国与早几年出去的妻女团聚了，小弟在国内有份年薪不菲的工作，放下就走，毫不粘连。我离家较早，妹妹与小弟更近，至今机关一同长大的小伙伴提起我这弟弟，都说，就是牵着二姐衣角的那个娃儿。妹对小弟意见很大，都是因了姑妈老两口。小弟一家日子还长，为啥不能多陪父母几年，再去续自己的小日子，老人无条件为儿子，睁着眼睛说些奋不顾身的瞎话，你也信？事实上没人搀扶他们将越走越难，越走越凄凉。

大出血最后确诊为胃溃疡，短暂止血后又一口气拉了4次肚子，拉的全是红色，拉得姑妈满嘴胡话，神经兮兮犟着出院，声称死也要死到家里。我对姑妈尽使哄哄拍拍，天天去陪她，引她讲家族老故事，好歹让她舒缓下来。

6人间的病房，姑妈这张床最寂寞，除了护工，一般就一个家属，偶尔姑父，时常是我或者我妹，其他病床气氛热烈欢快，像赶场天的集镇。川医牌子大，川内各地来的病人多，一人生病，众人随行，陪的人多了，就轮流值班，不当班的出门做短途旅游，吃了火锅，逛了荷花池，回来必有一番心得，大嗓门此起彼伏喳喳哇哇。老姑妈嘴上清高，批评人家修养太差，不尊重病人，其实总拿眼睛往热闹处凑，暗地参与人家的快乐。人家无意刺激她，随便一问婆婆你家里人少哇，她总像跟人争输赢，回答我有两个侄女，旁边年轻的主刀教授说还有我，姑妈眼里一下子充满了泪水。主刀教授是姑妈的高中学生，这两次发病，都是教授亲自为她动的刀，派人上门救的急。老人在成都一直住在儿子7楼的住房，老房子，没电梯。表弟出国之前，多次提出给他们换个不爬楼的住处，他们死活不肯，一换就得换离与川医一墙之隔的优势。教授是他们的独家120，24小时随叫即使不能随到，也会立马安排人紧急处置，老两口宁肯爬一层楼歇两阵气，也不愿去别处的电梯公寓。

姑妈一直把小弟放在成都跟我奶奶，自己大半生都在川北一小城教书，她有足够的时间在学生身上挥霍母爱。姑妈是数学教师，长期带毕业班，管学习是本分，分外还管了哪些事，我不大清楚。她病危住院时，一个跑前跑后的学生说，姑妈与他家有两代的情分，学生为其一，学生的女儿考大学前，也是吃住在姑妈家，在那儿免费补课，连填报志愿，都是姑妈说了算。姑妈爱那座小城，那里有她太多的学生，各行各业，只要开口，谁都愿帮她。“5·12”地震波及小城，震后学校的住房鉴定为危房，重建高楼重分配，姑妈人在成都，小城的学生一手包揽了她从选房到装修全部工程。

小弟突然要卖他的房子，说是那边急需用钱，家里一下子炸开了，我和我妹直想给小弟几大个越洋耳光。姑父有肺气肿，喜欢在成都生活，小城冬天太阴冷。虽然对儿子儿媳陈见深重，但住着他们的房子，腰杆还是挺硬的，失去房子，不单是打道回小城，姑父深信老脸必将扫地。他们，小弟的父亲母亲，在儿子又一次选择中，将再度败给儿媳。明明左右不了儿子，姑父还是成天抱怨指责不断。姑妈不急不躁，也不向儿子做丁点儿争取或请求，她心疼儿子一定遇到跨不过去的坎了。姑妈想回小城，姑父就不答应，为防止矛盾激化，只得将就丈夫，她要我妹去找个老年公寓，尽快把房子腾出来，躲着姑父还给儿子打电话，主动表示卖房款不够她可以支持一笔现金。妹的调查结果让姑妈不满意，现成的老年公寓麻将室多，书报间窄，我们一时难以为她找到带书房的公寓，她也不愿屈就。做生意的亲戚听说后，二话不说，全额买下小弟的房子，告诉姑妈哪儿都不用去，想住好久住好久，还和从前一样。

皆大欢喜了几年，城市房价开始翻着筋斗上涨，姑妈老两口自觉占了别人太大便宜，睡不踏实了。终于有天这房子的女主人带着新买主来看房，姑妈悬着的心彻底放下来，这回姑父也不再坚持，收拾起大包小包，返回小城。

第二年年底，破天荒接到姑父电话，哭得呜呜呜的，说姑妈不行了，肺癌晚期。几天前我才和姑妈通过话，她竟没漏一点迹象。我正生病，妹和她丈夫准备开车急奔小城，车还没动，姑妈就去世了，探望成了奔丧。好容易找到小弟，我不由分说丢下一句话，马上回来！弟媳妇接过电话也尽是哭声，我们早几天就晓得了妈妈的病，没想到这么快。一听这话，火气忽地蹿上头，我尖刻地问她，你以为我姑妈能熬好久？她不与我一般见识，反复讲圣诞节放假，不好订票。我耐心尽失，努力克制还是迸出狠话，我不管，你两口子看着办！从大洋那边到姑妈家的小城，颇费周折。飞机横穿那个国家，就要大半天时间，飞北京，等待转机成都，睡一晚，再改乘第二天最早的火车，前后耗时近两天两夜，到这天中午，才走得完一个儿子为母亲最后的送行之路。

三天后小弟回到小城，安顿好姑妈，姑父就住进了医院。不是因为病，是把那里当成了休养地，这结果对两个话不投机的男人，都能接受。姑妈走了，家便名存实亡，父子间没有了缓冲，更没有留恋，小弟每天去医院陪父亲，道义多过感情，形式大于内容。我建议小弟哪怕敷衍，也在家住上一年，他爹的状况，能熬出一年应该庆幸。哪想小弟订的往返机票，留给父亲的时间不到一个半月。天下可大乱而姑妈不能先倒，姑妈活着，姑父百毒不侵，他理所当然认为，妻子有义务陪他走完最后一步，姑妈住院那几天，他衣服的扣子总是错位，整个人被纠扯着向一边倾斜。单方面指责小弟自私显然不公平，但将这支见风即灭的残烛搁弃在举目无亲的小城，未免残忍。

姑父1949年前揣了一腔热血投奔革命，他精心追求的前途，在1957年被连根切断，多年疏离家人，孤独地对付翻云覆雨的气候，他修炼出一套刻板的生存本领。他早已不习惯做丈夫和父亲，他只爱自己，反过来，却苛求儿子做孝顺孩子。姑父性格孤僻多疑，尤其不擅打理与邻居同事的关系，不时把小事弄成乱麻，置自己于紧张纠结的环境。姑妈刚走，他就当众斥责姑妈多年好友，对姑妈好为的是钱，老太太又是电话又是短信，朝我哭诉，我只好一遍遍向她软语致歉。老太太的儿子从牙缝里放出话说，你（指姑父）就是死在我脚跟前，也休想找我帮忙。平常人们看姑妈面子，姑妈不在了，姑父境况突现严峻，小弟试着跟父亲沟通，提出了几个折中安置方案，他全都不接受。他拿定主意，一天也不多留儿子，不向儿子示弱，就在医院扎下了。

姑父比姑妈多活了13个月，这一年，小弟与父亲在电话里讲的话，可能比他们生为父子一辈子说的都多。每周一次，小弟照例是老套路，问问长短，然后让女儿去逗爷爷舒心，几次下来，女儿害怕了，爷爷在电话里话也不说，只是哭，哭得她发毛。小弟回国料理父亲后事时，终于动了感情，他说不敢想象这一年父亲是咋过来的。

母　亲

母亲是璧山乡下人，一生保留了硬度很高的家乡方言，璧山现在归重庆，说起来，还是改不了口，还是说，四川人。三十多年前去过老家，留守那里的亲戚都住在县城，表弟表妹们摩拳擦掌，欲往重庆，读书，或算计做别的大事。热热闹闹的几天没什么记忆，单记得最怕饭点，十多个人围一方桌，桌子上两大盆主菜垒如危崖，一人领头，众筷齐攻，危崖遇洪水，转眼就坍塌流失。姨妈们一边快乐地佯骂吃长饭的儿子姑娘，一边催掌勺的男主人，手脚遭麻糖黏紧了哇，利索点儿。猛然一瓢米饭越过头顶扣进我才扒拉了几口的饭碗，不容惊讶，主人解释这是老家的规矩，吃多少加多少，直到多次告饶。老家人对饥饿有神经质似的恐慌，母亲一辈吃饭的嘴多，落下了抢着吃的病根儿，吃饱远远大过吃好，遂成真理。我妈晚年，一般人群的传统生活完全乱套，米面肉蛋奶这类主食，随时爆出不自爱不争气的内幕，经人与人、群与群奋力传播，结成广大雷区，不知哪一脚就会踩炸。果蔬杂粮虽也嫌疑重重，但仗着营养学上的地位，身份还是应声上涨。过午不食、每顿六分饱、薄油寡淡的进食风尚深得人心。妈不信那一套，笃信晴备雨伞饱贮干粮，不变应万变，生活阳台上，总有不少于五六十斤的大米，冰柜里永远塞满了比砖头还坚硬的肉疙瘩。正经吃饭是一天最大的正经事，缺了肉油大米的饭食，在她眼里就很不正经。

外婆瘦小，脸窄，皮肤色暗，戴深度近视眼镜，自从嫁给了大块头说话算话的外公，肚子就没闲过，孜孜不倦生了十多个儿女。到底十好多，我妈和弟妹们的口径长时间不统一，到我明事的时候，除了她，健在的还有两个舅舅，四个姨妈。我妈是家中老大，她出生的那个家，有少量薄田，因缺劳力，只得出租给他人耕种。外公敢大着胆子生个没完，全仗那点儿薄田换回的租金，一开始就稳住了阵脚。

外公读过私塾，说话一板一眼，我见过他写给妈的信，即便老年，仍字清句爽，还是繁体。大姑娘自小偏爱书本，到晚年还能背诵“今古河山无定据，画角声中，牧马频来去”，“从前幽怨应无数，铁马金戈，青冢黄昏路”，纳兰性德不是写边塞的好手，纵是写，也凌厉得婉转，妈最先感兴趣的不是他的词，是他稀奇的名字。外公没敢耽搁，送大姑娘从乡村小学读到中学，妈是她家方圆百里第一个考取省城第一大学的女子。外公独饮三天，庆祝自己一生的最高成就，然后卖了粮食送女儿进省城。回忆至此，妈每次都强调那是个重男轻女的社会哦，后半句不说完，那是她对父亲一生的感激。乡下外公脑子管用，不唯尊卑，举全家之力，供养最先成气候的那个孩子。我妈用尽了她弟弟妹妹的福气，弟弟妹妹再没有谁和她一样读至大学，不是他们读不得，是外公养不起。儿女们的命运由此成定局，两个儿子一个当兵一个当船员，走出了乡村；几个女儿除远嫁者，一辈子都没离开老家。妈 80 岁那年，二姨和八姨来为她祝寿，二姨退休前是她所在小城老资格的小学教师，提起童年还是百般放不下，姐姐你记得到不，为了一瓶墨水，我两个争，爸爸硬要我让给你。二姨耳背声大，七十多年前的事了，笑谈中还有委曲。

大姑娘很懂事，自此开始独立生活，边给人当家庭教师边读书，大学毕业到西南文联做了文学期刊编辑。在那里，和我父亲相遇。

父亲做文艺理论研究，母亲和他在一起，就没过几天安生日子，先疑似与胡风集团沾边，被隔离审查。几年后，终以“文艺思想同领导唱反调”，划为“右派”。他不是最倒霉的，倒霉蛋如诗人孙静轩，因“常和‘右派’打堆”，干脆把他划拨到堆里成了正选“右派”。毫无征兆带走我爸的那个晚上，妈接到通知，要她三天内安顿好我和妹妹，随父亲同去农场劳改。那年我 4 岁我妹 3 岁，妈出身农村却并非农妇，和我爸结婚后经济宽松，家里有保姆，另有个叫王妈的专为我们洗衣物。妈的抱负在写作和编辑上，对日常生活既不上心，也不曾预料横生枝叶，那天晚上她方寸大乱，来不及厘清政治身份的突变，就我和妹托付给谁这要命的事，逼她哭了大半夜。诗人雁翼让他家保姆蒸了一笼馒头送过来，保姆带话说，我们家主人说了，先对付两天，饭还是要吃的。妈念了一辈子这笼馒头，屋漏未遭连夜雨，她撑着缓过劲儿来。

妈在重庆只有个舅舅，找上门去低三下四请求收留我们姐妹，她的舅舅我的舅公，是医院的药剂师，共产党员，常跟我爸一起喝酒。但感情归感情，如今爸头上戴顶跟党作对的帽子，与舅公的原则生出严重分歧，他垮着脸，不松口。舅婆看不下去了，表态娃娃她来带。舅婆比我妈年长七八岁，扁圆的柿子脸，说话慢条斯理，爱干净，她摆出罕见的当家样子，让舅公下不了台，妈趁机把我们姐妹连夜送了过去。舅婆没有生育，抱养的女儿当时已到了出嫁年龄，舅婆要我直呼她的全名。他们的女儿平时不在家，偶尔回来，总鸡飞狗跳，有次舅公拿锅铲在她头上铲了个洞，血和密实的头发结成块，到医院救治时，顶上被剪秃一片，舅公评价养女仅四个字，好吃懒做。

我和妹在那里过了 4 年，直到我妈我爸从农场调到成都。离开重庆，妈尽最大努力带走了我爸的一壁藏书，而全家的日用行李仅仅装了一只背篼。此后我妈还了一辈子舅公舅婆的情，过紧日子的时候，三十五十给他们寄钱，舅公先走了，妈的日子也好过了，就半年一次给舅婆三千四千。我对妈讲，我饿得遭不住，偷吃一颗硬糖，被舅公打到最后哭不出声，妹的棉裤尿湿了，也不给换，穿身上捂干。我放学去打兔草，亲眼看到小伙伴从悬崖跌落嘉陵江边活活摔死，妹从幼儿园揣回半片饼干给我，边哭边说，我们两个是一家人。妈奇怪我小小年龄，咋把这些闹心事记得那么清楚，和寄人篱下的遭遇相比，她终身感恩舅公舅婆在三天时限里，及时伸出的那把手，伸得再勉强，好歹救我们于危难。

再说那会儿正是三年灾害时期，他们也难过，没饿死我们姐妹，妈说已经是天大的幸运。我以后不再向妈讲更多的遭遇，疙瘩还在，童年之伤还在，但不妨碍我去理解别人的难处。舅婆晚年多次对妈讲对不起我们姐妹，我背着伤心，童年的残破记忆，终于可以从当事的另一方获得证实，不管怎样，我还是十分感谢他们夫妇。他们收留了我们，走投无路的母亲总算可以按时去劳改农场报到。舅婆孤老时，有个邻居长期帮她管理经济，舅婆去世快一年，也没人吭声，妈照样寄钱，直到一个远房亲戚去重庆看老人，这事才暴露。妈为舅婆流了好多眼泪，那时她只能凭声音分辨我和我妹，眼睛接近失明。

父亲的厄运直接剥夺了母亲的独立命运，她从此不再是自己，仅仅是某人的老婆。我爸劳动改造她同往，我爸关押她跑遍全城监禁场所打探，我爸不恢复工作，她就不歇气地在日记里写检查。检查中出现最多的两个词是“组织”和“爱情”，对前者她绝对服从又充满畏惧，至于后者，她一直做自我批评，怪自己被爱支使，感情上无原则，听任丈夫所言所文，她想为父亲揽下些“罪责”，不惜盲目夸大自己的能耐和用途。她的日记中，抄录有成段的小说原著，比如：

“许多世代的经验证明，他是永远只顾自己的利益，而叫农民吃亏。”——《复活》

“有时候，我独自冥想着这些事情时，就猛然恐怖地站起来，戴上帽子去看看田里的情形怎么样。我让我的良心有责任去警告他：人们是在如何谈论着他的行动。”——《呼啸山庄》

“德拉高斯太太一看见丈夫由一个宪兵陪着来，立刻大吃一惊，她放声大哭，接着就破口大骂起来。她的婆婆也跟她一样，和她的抱怨呼应着。‘不要哭啦，我还没死。’德拉高斯被她们哭得有些发火了，‘我连为什么叫我去还不知道呢！’”——《起义》

显然这些段落被她重视，让小说代替她去矛盾去苦恼去绝望，比白纸黑字直抒胸臆安全。在此之前，她曾一二再争取入党，诚心实意向党交心，笔记本上的反省都情真意切，我爸的事板上钉钉后，她才死心。

此后 20 年，我妈绝大多数时间像个多余的能干人，出现在机关行政部门杂七杂八的位子上。1966 年元月 6 日的工作笔记是机关职工自行车登记，包括自行车拥有者姓名、车型号、牌照号等，吸引我的是那些车的类型，除了当时普及的国产永久、飞鸽、凤凰，居然还有注明日本、匈牙利、苏联、英国的自行车。很难读懂这段记录，从中我看不出妈当时的准确岗位。一年前一章“汇参加四清工作人员工资”的工作记录，就能看出她当时在做出纳。再往前推两年，距今已 40 多年了，机关建职工宿舍，派我妈去做最招人恨的拆迁杂事。圈地中的老住户被挤到高墙外，那个时代新潮的单元住宅大楼起来后，一年里大部分时间将挡住他们矮屋的阳光。有几户强硬者誓做钉子，分管领导见进度缓慢，便授意妈如何对人家软硬兼施，还信口开河，许诺给最硬钉子几间新房。领导手下不止我妈一个人，但我妈最好使唤，就她不能对组织说不。住宅建好后，高墙下开了道小侧门，上班或去市场，那是条捷径。我妈很快就不敢独自从侧门进出了，侧门外是两三步宽的小巷，巷子左右一家挤一家的拆迁户都认得她。L 大爷能说会道，见妈路过就堵着喊，某老师，你说的给别个几间洋房子得嘛，咋个的喃，要不我们搬到你屋头去住要得不！大爷专拣劲儿大的话，挑起群情激愤，妈像过街老鼠浑身惊恐无处闪躲，逃出巷子还抖得收不住。她只好选择放弃捷径，要不就把我妹推前头，先探路，她再随行。我妹打小就长得高，性格像男孩儿，妈也不客气，经常拿她当男孩子用，L 大爷显然小看了这个个头接近 1.7 米的小姑娘。在他又一次放肆羞辱我妈的时候，妹的拳头差点儿搁到他的鼻子上，平时起哄的人赶忙两边拉，妹不肯罢休，伶牙俐齿一番敞骂，中心意图无非要人家搞清楚，你们找错人了，我妈只做活路，不管事。妹成功地转移了矛盾，解除了妈的出行危机。前不久我和我妹还聊起这事，她说那阵的人多纯善的，受了欺负遭人哄骗了，最多就在侧门外头吓你一下。说到 L 大爷，她有歉意，为了保卫妈，只有对不起他老人家了。

不务正业的日子长过了 20 年，1979 年母亲因父亲恢复清白，才得以归位，到复刊的《星星》诗刊当编辑。那正是中国诗歌和诗人的风流年代，喷薄无羁，各自妖娆，人们的情感特别明亮特别松弛，一首《我不相信》可以引发数百人如雷般齐诵的震撼场面，而《致橡树》则在俭朴婚礼中，一再被新娘们泪眼婆娑拿来做誓词。《星星》在新声剧场搞诗歌朗诵会，北岛、顾城、舒婷、叶文福等悉数到场，追捧者来自全国，剧场爆满，窗户上爬满了人，不得已请出警察维持秩序。我妈的专业本事基本被废了，面对这样一个前所未有的诗歌盛世，她的感受、眼界和判断力大大不够用，好在那时《星星》兵强马壮，像白航、流沙河这样的编辑大家和老牌诗人，都顶在一线，保障了刊物的权威品质和地位，我妈的编辑任务稍轻，更多扮演管家婆角色。

女人做事，无论大小，都忍不住带出母性本色，何况我们家那些年聚少离多，供她发挥的场合毕竟太有限，她便把往来诗人当成了自家亲人，喊小 W“老幺”，喊马加“乖儿”，喊天琳“妹子”。见柯愈勋打个光脚板，硬要塞钱叫别个去买双胶鞋。北岛上飞机前，她还忙慌慌买了一袋新鲜豌豆尖让人家带回北京。她总是不打招呼就领了谁回家吃饭，吃饭的人好些后来名震中外，名震中外了人家还记得她，记得我们家餐桌上的萝卜连锅汤。

以至我一碰到她那个圈子，听到的介绍都是“婆婆的女”，“婆婆的女”有点儿通吃的意思。到宜宾开会，诗人张新泉问我想吃啥，我说煮鸡蛋，他马上煮了 10 个送来，大热的天，吓得我放下会议伙食，熬更守夜，赶在它们变质前将它们装进肚子。

母亲在她 85 岁那年的春节静悄悄地走了，终其一生，也没能消化父亲带给她的全部生活。她天性乐观宽厚，待人善良，同时又敏感紧张，深藏余悸，尤其最后那几年，虽有妹妹一家的百般照护，还是未能摆脱内心惊恐和狂躁的纠缠。她看似不经意地讲起一位老朋友，延安时期的老干部，50 年代因同情知识分子，摔了大跟斗，以后几十年踮着脚尖走路，在人前从不多说一句自己的话，弥留昏迷中，竟多次高声惊叫，又来抓我啦！母亲要强得厉害，她说我才不怕来抓我呢。

她绷得紧紧的，紧到断裂声响起，但她从不抱怨跟父亲捆绑在一起的命运，至死对这个博学刚直的男人都心怀骄傲。

癌病房

今晚行色豪华

这些年我不断出门，拉了不大不小的箱子，挎着包，穿戴宽松舒适，顶一张用极在意脂粉貌似不经意小动过手脚的脸，一圈两圈反锁家门，独自外出旅行，俗称瞎晃荡。

今晚出门行色豪华，有人陪，有人拖箱拎包，有人的手机快被忧心忡忡收集的资料挤爆了。此人是钢哥，4 小时前匆匆从南方城市赶回来送我，去癌病房，10 个小时后，我将上手术台。

本想等女儿，她的飞机从北方城市来，晚点，估计到站已是夜里 11 点后，再去病房折腾他人，于心何忍。一房三床位，我居中，名号 2 床。

我和钢哥蹑脚轻手溜进去，室内灯光突然大亮。靠墙 1 床的丈夫从凹凸纤瘦的陪床上欠起身子，憨厚一咧嘴，半躺的妻子一身粉底红花睡衣裤，笑声沙哑爽朗；临窗 3 床捂着被子，露出一颗光光的脑袋，声音高亢激越，吐字急速紧密，却难以听清楚一行完整句子。1 床和 3 床家乡相邻，以后 1 床主动做了我们的翻译。1 床乐不可支，你终于来了，白天化疗的人多，一张床挤两个人，多热闹的，晚上就我们两个，好冷清哦。1 床和 3 床你来我往，争相打断对方的话，询问我的来路，病、手术、家住哪儿、娃娃喃、有单位的人嘛、能报销好多钱……

钢哥及时化被动为主动，把话转贴到她们身上。二位与我同症，都已手术，俨然血战中带伤归来的女侠，洒脱又真实，宽慰我，丁点儿都不痛，莫得事，睡一觉，该割的割，该掏的掏，睁开眼睛，医生啥子都给你弄干净了。她们像在谈论杀年猪。

3床的光头证明了她的资深，手术嘛，快当得很，上了化疗，才晓得锅儿是铁倒（铸）的。1床不惧威胁，很肯定不用遭那罪，不做化疗，拆了线就回家，她说我的癌轻。

1床的丈夫自那一欠身后，无声无息，连坐姿都没变过，直到猛一炸裂的惊叫从病区另一头凄厉地冲过来，妻子提着引流袋翻身下床看热闹，他才拔屁股撵上去。

早知道大半夜还这么生龙活虎，真该等等女儿。

我也癌了

一切都来得太快，24小时之内，在机关的例行体检中被操纵彩超的医生明确告知，乳腺“情况非常不好”，有包块，“不是良性”。马上联系医院，找专科医生，再做深入检查，无误，与医生坐在他瘦长的办公室里，谈治疗方案。8楼的办公室通风凶猛，小雨逼挤进来，飕飕作响。医生每一口烟都吸得深，松散的烟灰一截截被他弹飞，想事儿和累了，熟练吸烟人都这样。估计他是累，他是这个专科的头一刀，有在德国学习的经历，擅长早期乳腺癌的诊治和术后乳房重建。据说夜半三更，还在网上回答焦躁的患者或家属各种稀奇古怪的问题，外行的、久病成医的、钻牛角尖的、要死要活的……

医生提出两个手术方案，一即传统方法，是癌就大切除，从胸到腋窝甚至累及面更宽，这占中国患者选择80%以上；二是全力争取提高术后生活质量，除恶保善，做乳房再建，这在西方已是极普遍的选择，占患者约64%，医生在德国遇到的最年长的术后乳房再建者，93岁。

我对93岁的老奶奶肃然起敬，但还是选择了与绝大多数中国患者站在一起，理由坚定，我对形体已无奢求，只求安全。医生完全尊重我的意见，一个多余的字都没哼，私底下却对我朋友讲，他本想为我做重建术的。我当时不能理会他的用心，傻呵呵顺嘴一溜，这也算问题，不是有义乳吗，大杯小罩，总有一款适合我。术后醒来，我用手试着去摸被绷带缠得硬邦邦的左胸，像摸在一块与我八竿子打不着的皴土上，扁平的麻木让我一时不敢久留。第二天被催着下地活动，头重脚轻晃去护士站，一过磅，减肥 1.5 公斤，瞬间抑郁，难道我曾丰乳？半个月后，我在自家浴室的镜子里，第一次看到了术后左胸，早就给朋友发短信称，将坦然接受和适应失去女性身体的一部分，但还是脑门发懵，心动混乱。钢哥用很烫的毛巾擦洗我，躲过被纱布敷衍盖着的横一道斜一道竖一道的伤口，漫不经心说，我可以在家头给你换药。剩下我一个人的时候，我为这话流出了大滴大滴眼泪。

我开始想念我多灾多难的乳房。15 岁那年，意外检查出右乳里长了乒乓球大小的一个肿瘤，医生冷漠地问，乳房一边大一边小，都不晓得发育不对哇？我哪里懂这种高难度的性问题，以为两边轮番发育才正常呢。当时除了手术，没有更先进的手段事前验证肿瘤善恶。父母都在大邑安仁镇“毛泽东思想学习班”，全封闭被“文化革命”，安仁镇有著名地主刘文彩的庄园，学习班最诡异的死亡是著名电影演员冯喆自杀。那边形势严峻，父母请假不准，我自己去医院，草草签下了手术书。那时的人火气旺，革命或江湖都号称文攻武卫，实际上经常使武攻教训对手，医院成天乱哄哄的。从急诊大厅到住院部走廊，抬眼就是血糊糊横竖摆放的身体和怒气冲天的含愤战友。实施抢救的医生正是接诊我的医生，用血手指戳着我的签名，厉声告知，要是恶性，只有把这只乳房都摘了哈，那不是桃子，摘了就长不出来了，你要想好。我不明白他为什么一定要在这个场合，发布比手术器械还掷碰凛冽的术前通告，围观的含愤战友顿时清风雅静，津津有味听医生警告一个黄毛丫头乳房的前途。我悲愤交加，恶狠狠在心头发誓，摘嘛摘嘛我叫你摘，摘干净了二天我到北大荒去当知青，一年四季都穿棉大衣。两个同龄男女朋友天天来陪我，对他们说出这些话的时候，底气已薄，一只乳房的存亡，在我，比天天讲月月讲年年讲的事大多了。

手术中，隐约听到血手指说，她还年轻，还要当妈，注意保护乳腺。我很幸运，那是颗纤维瘤，良性。

这次就不那么走运了，这次光是要签字的术前告知文书就一小摞，医生问你丈夫呢？在外地。子女呢？也在外地。他们晓不晓得你这些情况？暂时还不晓得。

文书厚实精细严谨，招呼打得无缝无隙，麻醉、用血、药物反应、镇痛磅、导尿管、冰冻检验……甚至有可能第二次上手术台。医生耐心又通俗，讲完我明白了一多半。24 小时里，我没上网，拒绝与乳腺癌有关的所有信息，把空白愚昧的自己交给科学，交给专家，态度端正还拣一大懒。我陪护过做同类手术的女友，见识了她谈化（疗）色变的痛苦治疗，也和她同去欧洲旅行近两月，她背包行走的速度和每天读书的速度，我都赶不上。她不是仅有的例子，一个 94 岁曾患乳腺和子宫癌的老太太，携病体快乐敏捷地生活了几十年，前些天还在最小的外孙女婚礼上，甜蜜请求，明年亲手抱一抱她最小的重孙。榜样在前，成多路纵队，凹胸失乳，仍气度非凡。我相信这手术的成熟度，相信医生，痛快地一页页签下自己的名字。

我问最坏的结果是什么？

医生说终身治疗。

包括永无终期被口耳相传妖魔化了的化疗放疗。

我接受。

医生微笑着问我，不紧张嘛？

不，真的不，它选中了我，总有它的意思，我能做的，就是接受，然后想办法，解决它，你能帮我，对不对。

能做的我都做了，“不是良性”没有轰退我，但也一度走神，开着车差点儿冲撞红灯，那时我不断拨打肿瘤医院老友的电话，总说暂时无法接通。回到家，煮了一大碗青菜面条，按最讲究的四川素面，配了 9 种调料，这一天，把我饿安逸了。

不能剥夺我们的知情权

定下三天后手术，电话告知了钢哥，要不要对女儿讲，我俩犹豫了。最后还是我先下决心，对她讲，不管手术结果是转危为安，还是越转越不安，有机会亲眼看一遍生命的脆弱无常，或者最终的无能为力，难得。女儿打小敏感周到，心疼父母，拿这事给她上课，我都觉得自己矫情得丑陋。

她蓓姐姐听说后，义正词严表态，你们做父母的不能剥夺了我们的知情权。

孩子们非常不了然父母老把他们当孩子。

进手术室前半小时，女儿为我即将失去的乳房拍照，头一天医生在上面画出了动刀区域，蓝色大圈套小圈，圈中还有芒星样的看不懂图案，我笑称达·芬奇密码。女儿倒吸凉气，连声叹，这么大一片啊。

我没问她慌过没有，我晓得她把手机充电器放在办公室最显眼的地方，忘了带走。守护我的时候，不停和同事朋友联络，术后休养生息攻略雪片般蝗虫般扑来，删切剪辑后，她俯在我耳边，只给我几条听上去靠谱的亲历者经验。她领我走出术后虚弱的第一步，用身体挡住我伤口一侧，怕被病区里错身的冒失者不慎撞上。她用最短的时间，快速培训我家小苏阿姨，一是清洁卫生，二是清洁卫生，三还是清洁卫生。

二十天后，她在办公室慢条斯理跟我通话，承认开初的确有恐惧，二十多年风平浪静的家，一下子变了天。妈妈你把我们稳住了，你的态度多积极的，我们自然就松下来了。

我要去加拿大

术前我只有三天时间，两天全面检查，一天手术准备。医院床位打挤，入院其实就给你一虚拟床号，手术前一晚保证有一正床等着你便是。接过入院单，护士娴熟利麻，往我右手腕上啪地扣死一蓝色胶带，摘不掉，撕不开，可水洗，上面写着我的姓名年龄和住院号，它将陪我到出院那天。

我用一条黄褐双色薄纱巾缠住右手腕，做时尚状，开始处置必须挽结的杂事。

我说，我要去加拿大，两三个月。

向所有应承过的约会请假，跟往来密切的友人打招呼，找朋友替我做公务联络。唯有两个饭局，开不了推口，一个是因我的谎言而提前为回国定居老友的接风，一个是早就说好的发小聚会。不说真话真是不好意思说，乳腺癌在我这年龄、我的身边和传说中，已然常见病多发病，说出去未免夸张。

只有大楠看出“嘉嘉这节奏不对啊”，“这个时候去加拿大，太冷，门都出不了”。果然忙中露馅，只想着那里有我的弟弟，忘了为自己安排个时令去处。

右边3床

头天夜里欢迎我入住，3床意犹未尽，我一提第二天早晨我是头一台手术，她就热情洋溢提供现身说法。1床的翻译速度跟不上，有一搭无一搭，我不敢耽搁，粗鲁关掉最亮的顶灯，她才闭嘴。早晨6点半我刚一起床，她立马高声大气续上了半夜中断的龙门阵，好像没有睡过的人。

半下午我插着管儿，挂着液，吊着镇痛磅迷迷糊糊被送回病房，3床的声音穿透麻药，哇啦啦叫得我头痛，我用尽全力几乎发不出声地求她，轻点儿。我婆婆也使劲解释，她刚做了手术。3床不理会，话赶话越来越急，调门儿都要炸开了。经1床倒口，昏昏沉沉听出了恨铁不成钢的意思，3床说她昨天晚上就给我讲过了，万万不要安镇痛磅，居然还是遭人家编进去了，“400块一天哪，点儿都不痛的事，就想赚钱”。

事后我怎么都想不起她对我有过告诫，想来是语言障碍，倒是记得1床翻译中有半句说，单位的钱也不能让人黑吃。

3床五十来岁，孙子都5岁了，得病多年无钱进医院，被严重耽误，术后确认22个淋巴转移，已经做了6次化疗，接下去两次化疗后，还有放疗等着她。她什么疗都不想做了，头发掉光了，人高，一瘦就只剩下副耸肩曲背的骨架子。你听到过22个转移的没有？她问我，22个！妈×干脆肠肠肚肚都爬满，我认，都是命哦！你看我们农村人，空气比你们城头的好，吃的自己种，又不打药，还是要遭。每到吃饭就见不着她人，别人动嘴她要吐，后来见到饭碗她都恶心。她到街边买烤红薯，蹲在没人的地方，边啃边吐，吐过再啃，回到病房就凶神恶煞对自己咆哮，死了算球！死了算球！

她的兄弟不答应，兄弟在姐姐家长大，姐姐养鸡卖蛋供他读中学，又在县城谋了不错的差事，兄弟包下了姐姐大部分治疗费用，病友啧啧羡慕。兄弟和姐姐的嗓门果然一母所赐，他劝说姐姐咬牙雄起，放弃轻生念头，原本用意温情，张嘴出来，竟如刻薄上司训斥犯了大错的员工。姐姐只保持了不到半小时的顺服，兄弟前脚才出门，3床便怒吼，治你个球哦，你的钱不是钱哪，是牛屁股屙的屎！

她坦然亮着光头，不戴帽子不戴头套，夹枪带棒用家乡土语在病房高谈阔论22个以外的龙门阵，很快乐，我再也不示意3床小点儿声。

另一个3床

另一个3床来自川东，大嗓门儿3床还没出院，两口子就在病房搭铺排队等床位，大嗓门儿比他们还急，最后一天把液体放得飞快，我开她玩笑，不如一针管推进去了事。

川东3床是第二次化疗，脸色苍白，短发乌黑，自述没得啥子反应。她丈夫身形瘦小，端张黑脸，没事就坐窗户边翻手机，手机铃声是湖南高腔山歌型的《洞庭鱼米乡》，掐头去尾，只截了中段，“洞庭啊湖上哟/哟吆吆喂吆嘿耶/好哎风光/八月呀风吹哟哟吆吆喂吆嘿耶　稻哎花香/千张啊白帆哟　吆吆喂吆嘿耶　盖哎湖面”，铃声威武昂扬，遇来电，他从不马上接听，反而跟着嘹亮男高音小声弹弹跳跳，合唱到“盖哎湖——”才从容斩断。窗口看出去的天，是群楼缝里挤出来的青灰，铃声一响，我病歪歪的眼睛像被突袭的光芒射得睁不开。

来成都化疗，是丈夫的主意，打工攒了点钱，他要让妻子得到最好的治疗。来之前他们在当地少办了一道什么手续，回去报账被要求，必须当着管事人的面给成都医院的医保部门打电话，直接核实，否则一分钱也报不了。丈夫气急败坏，电话回回打回回通，就是无人接听，他骂那个“狗乡镇”，宁肯信一个电话，也不信医院的详细治疗清单。眼见打工打得的钱三漂两不漂，连下次的化疗都拿不下来，妻子娘家人觉得嘴上有毛的男人，办事依然不牢。

夫妻俩为这个一天吵几回，真吵假吵混而搭之，真吵过后，丈夫一定要把内容向病友公开，试图争个公道。假吵则连隔床布帘子都来不及拉拢，便凑妻子脸上，逗她哄她，妻子喊丈夫滚，声音连推带嗲，老夫老妻一辈子，也还活得有声有色。

血检提醒3床，要增加营养！食堂订餐的胖大嫂心直嘴大，问她丈夫，订份鱼汤不，你老婆的嘴皮子发乌哦。妻子一翻身，用背顶开丈夫眼巴巴的注视，回应不要，我鱼汤过敏。连续几餐，丈夫都拎回三只饭盒，一人捧一大盒白米饭，就另一盒素炒青菜，他们吃饭的速度快过病房所有人，他们从不剩饭剩菜。

左边1床

医生几次建议，要1床家的女人们去做个基因检测。1床问啥子叫基因，医生一时找不到合适的解释回答这个初中都没读完的女子，只好摆出事实，你们家姐妹4个，两个乳腺癌，一个侄女，也发现了乳腺肿瘤，这就叫家族史，也就是说，你们家女性得这种病的可能比隔壁邻居要高些，做个检测，有啥子问题早预防早好。

1床还是迷糊，旁边有人点拨她，就是你爹妈撒的种子，在你们的土里头扎下了。这回1床有些懂了，替爹妈抱不平，他们都没有得过癌症。

42岁的1床是川西坝子土生土长的村姑，小巧玲珑，眉眼俏丽，两句话就听出是家庭管事人，还是抓大不放小那种。丈夫心明眼亮，跟老婆走既是美德，也是对里外一把手的老婆绝对服气。她是家中老小，几个上了年龄的姐姐和英气勃勃的侄女，个个看上去都漂亮过和正漂亮着，你说这个也叫基因，1床就嘿嘿地笑。

她在镇上一个建材加工坊打磨石料，凌晨两三点上班，干到晚上七八点，吃灰咽土，一月能挣两三千块钱。前两年下班，还要摸黑经佑自家的土地，实在扛不住了，才把土地租了出去。丈夫在小城市打工，有手艺，木活、泥活、水电样样拿得起，跟一群乡亲抱团做房屋装修。丈夫是个老实的能干人，结婚的时候，家里大床圆桌高低柜，全套，都是他打的，十里八乡，耀眼得很。1床的爹死得早，家里孩子多，她14岁就辍学自谋生路，砍过竹子，养过兔子，编过毛线灯笼，卖过黄桷兰，做过卤肉，当过学校食堂杂工，辛辛苦苦攒下几个小钱，又被人骗走。这孩子爱笑不爱哭，每次跌了筋斗，爬起来，不长记性，又把自己摔进催她早熟的成人世界。所以有人把那个老实能干的小伙子带到她面前时，她突然有了安全感，从少年起，疯了似的在车水马龙中奔跑，险象环生，这回才找到了斑马线。

丈夫负责打工挣钱，她负责带儿子、种地，儿子寡言内秀像爹，细皮俊朗像妈，学习成绩高三排名，一直在全县 30 名以内，就这，爹不像妈不像。每次开家长会，1 床都收拾打扮归整，去听老师表扬儿子，下来还舍不得走，追着老师想多听几句好话，儿子把妈拖出人堆，抱怨，别个同学的妈会不高兴的。儿子预示了她此生再无机会攀爬的高峰，妈妈的唯一理想就是要儿子出人头地。读二本三本？她轻蔑一哼，那不上算！她去了建材加工坊，帮着丈夫一起挣钱，盘算苦他三几年，为儿子攒够读大学的费用。儿子是她吃灰咽土的全部动力，一年前她就摸到了左乳的包块，她停不下来，顾不过来，她不能让这个一脚就要踏进出人头地门槛的儿子，砸爹妈手上。

大姐乳房里也长了包块，恶性，有转移，大姐化疗做得很辛苦，人家喝甲鱼汤，她吃冬苋菜稀饭。两次化疗间的 21 天，她卖自家菜地的蔬菜都攒了一千多块钱，大姐茂密的发顶现出了两指宽的头皮，腿脚也越来越不给劲。

这才把 1 床吓慌了，丈夫说了三个字，去医院。穿刺结果，她的肿瘤恶性程度低于大姐，她理解为“癌轻”，不用化疗。术后她天天嘻嘻哈哈，侄女的肿瘤检查为良性那天，她抱拳作揖，团团打转，感谢病友的真诚祝福。乐极生悲来得之快，她跟我说，周末差不多就可以出院了，不到周末，她接到医生通知，术后最终检测有 4 个转移，要做 6 期化疗。那天是她的哀伤日，从跟她同室，就没见她蔫儿成那样，盘腿坐在床中央，下巴压到脖子上，光打嗝儿，不说话。

她家老美女小美女围着病床以情动人，1 床一觉醒来就打起精神，跟医生讨价还价，来一个她揪住一个，可不可以不做喃？可不可以少做两期嘛？医生耐了性子给她打比方，你的目的地是成都，车都开到成温邛高速口子了，你硬要调头回乡下，喊别个咋个说。会开车的丈夫又说了三个字，我们做。

1床丈夫长相酷似演《暗算》时的柳云龙，除了牙齿稍稍有些不守纪律。川东3床夫妇吵了嘴，偶尔有小段冷战期，3床男人总挑话找他解寂寞，他从不接茬，只回一个友善的浅笑。他走南闯北，见过世面，不拿经历做面子，倒做成了内敛得体的里子。病房的电视从早开到晚，都是连篇累牍的药广告插播无聊电视剧，每天夜晚，1床丈夫总是等病人和陪床都睡了，把电视调至无声，看深圳卫视的政论性节目——美中期选战——奥巴马或将无力掌控欧制裁俄罗斯——爱派克上习将抢奥风头……好在有字幕。

化疗要埋管，一埋数年，防止病情复发，作输液通道。埋手臂上的管一两千，埋胸上要八千，埋胸上除了对病人隐私有所保护，还腾出了手臂，可以自如的活动。1床先是心疼钱，拒不考虑八千，后听说不影响劳动甚至体力劳动，忍痛接受了。她想身体恢复后，再找活干，把花掉的钱挣回来。完成这一次的全部治疗，据她说要花光一家人二十来年全部积蓄，她把这些钱都看成是儿子的，一说眼睛就红，怀着负罪感，

我问她，晓不晓得贫困家庭的孩子读大学有多种奖学金、有助学贷款、勤工助学，中国最好的师范大学如北师大等，还可减免学费。她茫然摇头。他们夫妻还没想好对儿子说不说出实情，拿不准该怎样说，才不影响儿子明年的高考。

她问我，要你咋办？

我说先顾你自己吧，你好好活着，才有机会爱你的儿子，看他出人头地，陪他结婚生子。

我们总是小看了自己的孩子，对他讲实话，当然有些残酷，但他是家庭一员，母亲患癌致家庭贫困这个事实，应该让他知道，男孩儿到男人，有时就一步。这些我没说。

上天待我不薄

做完第一期化疗，我也要出院了，21 天后我还来，病友们祝我吃好睡好不要感冒，迎接传说中最凶险的第二或第三期。新来的 1 床是个 20 岁的姑娘，眼圈深而灰，自带忧郁，她问阿姨你下次来真的就没有头发啦。

我哈哈大笑，我家钢哥早有准备，只要一开始掉头发，他就亲自给我剃成光头，他说我们嘉嘉脑袋长得圆，剃光了肯定好看。钢哥已有十年以上光头史，我对女儿说，没想到一屋檐过了快三十年，终于长出了夫妻相，不容易。

一切都还没有结束，但我必须说出下面的话：谢谢医生护士，谢谢我的亲人朋友，谢谢病友，谢谢那些转弯抹角的打气，谢谢每天的请安，谢谢没心没肺的隔空搞笑，谢谢“让我们来照顾你一回”的预约，谢谢你们尊重我，赐我安静……我无以承诺，仅感激，仅感恩，谨记上天待我不薄。

2014 年 11 月第一期化疗后

代后记

老兵仗剑，拔亦然，收亦然

\ 嘉嘉

《马语》作者6人，皆生于1954年，属马，1971年初中毕业从成都去了云南生产建设兵团，自此有了一段相似的青春遭遇。七八年后，我们先后返城，各自寻路，企图踩上国家的节奏，读书、出国、从商、弄文、下岗，到了想在一起做《马语》的时候，已经可以正眼笑谈所有挥霍和虚度的日子。

老兵三尺剑，拔亦然，收亦然。

我们是朋友，《马语》是朋友一场，这个朋友圈热腾腾都是酒肉气和书卷气。

传说郭小马像带了个内裤生产车间去兵团，穿一条往草房顶上甩一条，只弃不洗，阔气。熟悉以后问过这事，马儿本就羞涩，越解释越像是真的。这人的散淡从骨子往外冒，一点儿都不装，再大的事，不见他费啥劲，就做得字正腔圆；也不见他如何忙，一不留神就被国家选派去加拿大，拿回中国第一批MBA的学历。他执酒杯写文作诗，一出手便翩翩才子风，雅俗两道，顺风顺水。马儿善良温和，却暗含侠气，三教九流，在他心头生而平等，为一段青春友情，他会泣血蘸泪撰文，让早逝者如纪念碑一般活着。认识马儿三十多年了，前两个月才从别人口中听说，他的家族与沪上商贾、北平军调处、延安、开国某大人物等曾共一段历史。教养、谦卑，摔跟斗和从知青时代起对若干出版物的眉批与质疑，积攒成燃料，长麻细线供养了郭小马点石成金的一生。

有个高智商成语叫触类旁通，到了四川俗语里，变得有点刻薄，叫一踩九头翘，因为王大楠，这刻薄就与聪明失度无关了。

大楠是头头翘头头都很难露怯的人。金融、地理、艺术、历史、体育种种，边边角角都有从头道来的底子，读杂书、走杂道和强悍的记忆帮了他大忙。我请教他，《东方红》的陕北原始民谣版怎么唱，他张口就来："骑白马，跑沙滩，你没有婆姨我没有汉，咱俩捆成一嘟噜蒜，呼儿嗨哟，土里生来土里烂。"牛人不罩有矫情嫌疑，大楠的固执也有名有声，但他极理性。他给我发数千字的信件，论证对某社会热点争执的立场，也会在朋友圈里公开承认偶尔表态的失误。要说短板，据我所知，一是做家务，洗过几只碗，削完几棵菜皮，他就会兴冲冲扑进朋友圈，通告"我很有成就感地回来了"。再个是他手痒痒写下的头一篇旅德随笔，不忍卒读，东一榔头西一棒子，废话成行，读者也不客气，一番棒打。再过半天，他拿出修改稿，吓人一大跳，像找了九段枪手干出来的，而后一发不可收拾，刻人画事，利落朴素，板着脸把字码得活色生香。还想说大楠是个优质吃货，能吃善吃，不敢往下说，因为我和他有一比。

程裕华很会讲故事，地道的方言，直奔主题的节制铺垫，挽得紧紧的包袱，最后轰一松开水落石出的淋漓，经常听得我们倒抽凉气。若握一惊堂木，再配之身段手势，就是四川老茶馆里受追捧的说书人。他的麻婆豆腐，每次也都烧出如此欲罢不能的效果。老程曾在云南勐撒一寨子偶遇随卢汉起义、后到了云南省参事室的一位老军人，下放去的，放到西南最荒僻的山里，就被忘了。老人的言谈气度震慑了老程，再去看他时，老人竟已离世，生前穿戴的蓝色涤卡中山装和帽子，被一根竹竿挑起，竖在小卖部门口。原来老人的葬礼是老乡们资助的一大堆柴火，燃烧的5斤煤油是在小卖部赊的。老人的衣物被剥下来，指望卖了抵消煤油钱，可没人买得起这套中山装。队里便决定，挂在小卖部，供年轻人结婚时租用，两角一次，慢慢抵那5斤煤油。我听得肉颤，生怕老参事是被裸送上那堆烈火。老程没将这故事选入集子，他恨他的文字不足以道出数十年郁积难化的悲愤。

1990年筹备《青春无悔》纪念活动时，认识了在电视台做导演的陈晓元，小个子，大气场，文章豪放，文字暴力，书法狂野。

忽然听说他多年前曾患重疾，却一直没事儿人样，该吃吃，该喝喝，该愤青愤青，啥都没耽误，一时相见恨晚。2004 年秋天，他病情复发，我乱了方寸，去文殊院烧香，经声佛号尚在，晨钟暮鼓依然，晓元还是独自受苦。我去看他，跨进防辐射隔离铅板墙隔开的病房，蹲地上一边抽烟，一边读他电脑上痛批中国当代书法不是艺术是技术的长文。这个被父亲逼着练出一身书法童子功的男人，不知道自己还有多少时间，但他坚持表达轻蔑。从病房出来，正碰上晓元的妻子晓红，晓红脸色不快，冲丈夫说，该隔（离）还是要隔，病人要有病德。晓红是晓元的福气，晓红性情豁达，厚道坚强，几十年晓元死去活来好多回，回回都是晓红陪丈夫共赴险境。与此同时，还和晓元一道，为他渐渐失忆的父母养老送终，一个女人该有多粗大的神经和多经扛的肩膀，才迈得过这么深这么密集的沟壑啊！晓元晓红的家，多年来一直是我们的茶室酒屋会所，什么时候去，不谈宾至如归，个个都像主人。

至于陈蔺，从初中我知道她起到现在，就是个又红又专又美丽的女人。在学校是学生干部，到兵团亦步步向上，用劳动和才华获得赞美羡慕不断。人家铁姑娘咽口水都嫌山不摇地不动的时候，她带领她能歌善舞的宣传队，争得了整个孟定几乎可以拿到的所有荣誉。她组织的男子篮球赛，客队球员崴了脚，经她搀扶下场，几十年后提起，葳脚男还心慌意乱念及“触电感觉”。最近还有人问我，如果某人狠起命追，陈蔺得不得松口。这话不好说，且不说名花有主，好多没主之花，不也绻紧花瓣宁凋不绽吗？陈蔺的叱咤在她一生优雅地坚持中，凡事心里有底，认准了，无论职业还是家庭还是茶余饭后，从不马虎。她一生经历不可谓不多磨，但从面容到内心，都是副乐观相，痛也痛快，爱也痛快，不叫苦。“文革”时，一同学曾以我父亲的“不洁身份”骄傲地羞辱我，我耿耿于怀好多年，陈蔺以她一贯的善意淡淡劝说，那时年轻不懂事，不该是故意的。陈蔺的宽容，令我心底那一小片顽固的阴暗开始不安。

我与朋友们的故事，可另辟章节，在这儿就不多话了。

2014 年 12 月 31 日于成都